ZONDER GEZICHT

Robert Bryndza bij Boekerij:

Het meisje in het ijs
De stalker in de nacht
Donker water
Laatste adem
Koud bloed
Doods geheim

Zonder gezicht

www.boekerij.nl

ROBERT BRYNDZA

ZONDER GEZICHT

EEN KATE MARSHALL-THRILLER

BOEKERIJ

ISBN 978-90-225-8881-9
ISBN 978-94-023-1417-5 (e-book)
ISBN 978-90-528-6279-8 (audio)
NUR 330

Oorspronkelijke titel: *Nine Elms*
Oorspronkelijke uitgever: Sphere UK
Vertaling: Willeke Lempens
Omslagontwerp: Henry Steadman
Omslagbeeld: Shutterstock en Henry Steadman
Zetwerk: Mat-Zet bv, Huizen

HERFST 1995

1

Rechercheur Kate Marshall zat in de trein naar huis toen haar telefoon overging. Ze haalde het toestel (dat het formaat had van een baksteen) uit de binnenzak van haar lange, wijde winterjas, trok de antenne eruit en meldde zich.

Het was haar baas, inspecteur Peter Conway. 'Meneer! Hallo.'

'Hèhè: eindelijk neemt ze op!' blafte hij. 'Ik probeer je al de hele tijd te bereiken. Wat heeft het verdomme voor zin om zo'n nieuw, draagbaar geval te hebben als je toch niet opneemt?'

'Sorry. Ik heb de hele dag in de rechtszaal gezeten, voor de berechting van Travis Jones. Hij heeft uiteindelijk drie jaar gekregen, wat meer is dan ik...'

'Iemand die zijn hond uitliet heeft het lichaam van een jong meisje gevonden. Ze was gedumpt in het Crystal Palace-park,' onderbrak Conway haar ruw. 'Naakt. Met bijtwonden op haar lichaam en een plastic zak over haar hoofd.'

'De Kannibaal van Nine Elms...'

'Operatie Hemlock! Je weet dat ik niet van die naam hou.'

Kate wilde antwoorden dat het grote publiek zich allang in die naam had 'vastgebeten' en hem echt niet meer zou loslaten, maar haar baas hield niet zo van grapjes.

De pers had deze bijnaam twee jaar eerder gemunt, toen de zeventienjarige Shelley Norris was aangetroffen op een autokerkhof in de wijk Nine Elms in South West London, vlak bij de rivier de Theems. Technisch gesproken at de moordenaar niets van zijn slachtoffers op, hij beet ze slechts. Maar dat had de pers er niet van weerhouden hem een tot de verbeelding sprekend alias aan te meten. In de afgelopen jaren waren er nog twee tienermeisjes ontvoerd, beiden vroeg in de avond, op weg van school naar huis. Hun lichamen waren steeds een paar dagen na hun verdwijning weer opgedoken, gedumpt in een van de vele parken van Londen. Er was niets waar je meer kranten mee verkocht dan met een loslopende kannibaal.

'Waar zit jij nu?'

Het was donker buiten het raam van de trein. Ze keek op naar de elektronische klok in de wagon. 'In de Docklands Light Railway, meneer. Bijna thuis.'

'Ik pik je op bij het station, op ons vaste stekje.' Hij hing op zonder haar reactie af te wachten.

Twintig minuten later stond Kate te wachten op een smalle strook stoep tussen de onderdoorgang van het station en de drukke South Circular, waarover een rij auto's voorbijkroop. Een groot deel van het gebied rondom het station was in ontwikkeling. Kates looproute naar haar kleine appartement leidde dan ook langs een lange weg vol verlaten bouwterreinen. Niet bepaald een omgeving om te blijven rondhangen in het donker. Alle passagiers met wie ze de trein had verlaten waren inmiddels overgestoken en hadden zich verspreid over de donkere straten. Ze wierp een blik over haar schouder, naar de lege, vochtige tunnel die zich hulde in schaduwen. Ze verplaatste haar gewicht van de ene hoge hak op de andere. Tussen haar voeten stond een tas met boodschappen, met onder andere haar avondeten. Er viel een druppel in haar nek, en toen nog een. Daarna begon het serieus te regenen. Ze zette de kraag van haar jas omhoog en kroop er zo goed mogelijk in weg. Ze schuifelde wat dichter naar de felle koplampen van de file toe.

Zestien maanden eerder was Kate ingedeeld bij Operatie Hemlock, toen het aantal slachtoffers van de Kannibaal van Nine Elms nog op twee stond. Het had heel wat voor haar betekend dat ze zich had mogen aansluiten bij zo'n spraakmakende zaak, vooral omdat ze erdoor was gepromoveerd tot rechercheur in burger.

In de acht maanden sinds het lichaam van het derde slachtoffer was gevonden – een zeventienjarig schoolmeisje, Carla Martin – was de zaak echter stilgevallen. Operatie Hemlock was op een lager pitje gezet en Kate was, tezamen met nog een paar jonge agenten, overgeplaatst naar de narcoticabrigade.

Ze kneep haar ogen samen tegen de regen en bestudeerde de lange file. Er verschenen steeds weer nieuwe koplampen in de scherpe bocht verderop, maar ze hoorde nog steeds geen politiesirenes in de verte. Ze keek op haar horloge en stapte weer uit de lichtbundels.

Kate had Peter al twee maanden niet meer gezien. Kort voordat ze werd overgeplaatst, was ze met hem naar bed geweest. Hij deed zelden sociaal met zijn team, maar op een avond waren ze toch, na een paar drankjes na het werk, aan de praat geraakt. Ze had zijn gezelschap en zijn intelligentie als stimulerend ervaren. Ze waren tot laat in de pub gebleven – de rest van het team was allang naar huis – en waren uiteindelijk in haar appartement beland. De avond erop had hij haar bij hem thuis uitgenodigd. Deze scharrel met de baas – niet één, maar zelfs twee keer – vervulde haar nu met diepe spijt. Het was een moment van verstandsverbijstering geweest (oké, twee momenten), waarna ze allebei weer bij zinnen waren gekomen. Kate had een sterk moreel kompas én ze was een uitstekende politievrouw.

Ik pik je op bij het station, op ons vaste stekje.

Ze vond het maar niets wat Peter daarnet aan de telefoon had gezegd. Tweemaal had hij haar een lift naar het werk gegeven; beide keren had hij daarbij ook haar collega hoofdagent Cameron Rose opgepikt, die bij haar in de buurt woonde. Zou hij tegen Cam ook woorden als 'ons vaste stekje' hebben gebruikt?

De kou begon langs de rug van haar lange jas omhoog te kruipen. De regen wás al door de gaatjes in de zolen van haar 'goede schoenen' gekropen, die ze speciaal voor de rechtszitting van vandaag had aangetrokken. Ze trok nog eens aan haar kraag, dook ineen en richtte haar aandacht weer op het verkeer.

Bijna alle chauffeurs waren witte mannen van in de dertig: hét bevolkingssegment van de seriemoordenaar. Een vies, wit busje gleed voorbij; het gezicht van de chauffeur werd vertekend door de regen op de voorruit. De politie dacht dat de Kannibaal van Nine Elms een busje gebruikte om zijn slachtoffers in te ontvoeren. Draadjes uit de vloerbedekking van een Citroën Dispatch uit 1994 – waarvan er in en rond Londen meer dan honderdduizend geregistreerd stonden – waren op twee van de slachtoffers aangetroffen. Kate vroeg zich af of de agenten die voor Operatie Hemlock waren blijven werken die lijst van Citroën Dispatch-eigenaren nog steeds aan het afwerken waren. En wie was dit nieuwe slachtoffer eigenlijk? Er had niets over een vermissing in de krant gestaan.

De verkeerslichten verderop sprongen op rood; een paar meter van haar vandaan stopte een kleine, blauwe Ford. De man erin was een echt City-type: een iets te dikke vijftiger, met een bril en een krijtstreeppak. Toen hij haar zag kijken, trok hij veelbetekenend zijn wenkbrauwen op en flitste met zijn koplampen.

Kate keek vlug de andere kant op.

De Ford schoof steeds dichterbij en dichtte het gat tussen hem en zijn voorligger, net zolang tot zijn passagiersraampje zich bijna naast haar bevond. Het raampje ging naar beneden, de man boog zich naar voren. 'Hé, hallo... Jij ziet eruit alsof je het koud hebt. Ik wil je wel warm maken, hoor...' Hij klopte erbij op de zitting van de passagiersstoel. Toen stak hij zijn tong uit, die dun en spits was.

Kate verstijfde en paniek borrelde op in haar borstkas. Ze vergat helemaal dat ze politieagente was, werd overspoeld door angst.

'Kom dan! Spring er maar in. Dan zullen we jou eens lekker heet maken,' zei de man. En hij klopte weer op de stoel, ongeduldiger nu.

Kate deed een stap naar achteren. De onderdoorgang achter haar was donker en verlaten. In alle voertuigen in de file zaten mannelijke chauffeurs, die in hun veilige, warme cocon niets leken te merken van wat haar overkwam.

De lichten stonden nog steeds op rood, de regen roffelde loom op de autodaken.

De man boog zich nog wat verder naar voren, waarna zijn passagiersportier een paar centimeter opensprong. Kate deed nog een stap naar achteren, maar voelde zich gevangen. Stel dat hij nu uitstapte en haar die tunnel in duwde? 'Hé, neem me niet in de zeik. Hoeveel?' vroeg de man. De glimlach was ondertussen verdwenen en ze zag dat hij zijn broek al had opengemaakt. Zijn onderbroek was groezelig. Hij stak zijn vinger achter de broeksband en toonde haar zijn penis, te midden van een grijzend bosje schaamhaar.

Kate stond nog steeds als vastgenageld, biddend dat de lichten gauw op groen zouden springen.

Toen doorsneed opeens een politiesirene de stilte. Blauw licht weerkaatste op de auto's en de ronde bovenkant van de tunnel. De man bracht haastig zijn kleding in orde, trok zijn gulp en het portier dicht, activeerde de centrale deurvergrendeling en zette weer een neutrale blik op.

Toen pas begon Kate in haar tas te zoeken, vond haar politiepenning, liep naar de blauwe Ford toe en drukte het mapje met de penning tegen het passagiersraampje – kwaad op zichzelf dat ze dat niet veel eerder had gedaan.

Peters ongemerkte politieauto (maar met een blauw zwaailicht op het dak) stoof intussen half over de zachte berm langs de file op haar af.

Eindelijk sprongen de lichten op groen.

Zodra de voorste auto begon te rijden, draaide Peter in de ruimte die deze achterliet. De bestuurder van de Ford hád het niet meer: nerveus streek hij over zijn haar en zijn stropdas. Kate keek hem nog een keer strak aan, stopte haar politiepenning terug in haar tas en beende toen zo kalm mogelijk naar het passagiersportier van Peters auto.

2

'Sorry dat ik je heb laten wachten. Druk op de weg,' zei Peter, terwijl hij breed naar haar glimlachte. Hij griste een stapel papieren van de passagiersstoel en legde hem op de grond achter zijn eigen stoel. Peter Conway was een knappe man van achter in de dertig, met brede schouders en dik, golvend donker haar, hoge jukbeenderen en zachtbruine ogen. Hij droeg een duur zwart maatpak.

'Ja, natuurlijk,' zei Kate. Opgelucht zette ze haar handtas en boodschappen op de vloer en plofte op de stoel. Zodra ze het portier achter zich had dichtgetrokken reed Peter weg, met de sirene weer aan.

De zonneklep aan de passagierskant was omlaag. Voordat ze hem opklapte, ving ze een blik op van zichzelf in het spiegeltje. Ze droeg geen make-up, kleedde zich nooit uitdagend en vond zichzelf altijd een beetje gewoontjes. Ze was niet bepaald fijngebouwd en had vrij grove trekken. Haar op schouderlengte geknipte haar droeg ze in een paardenstaart, die ze had weggemoffeld onder de kraag van haar lange winterjas. Het enige opvallende aan haar gezicht waren haar ogen, die verrassend korenblauw van kleur waren, met in het linkeroog een donkeroranje veeg die vanuit de pupil uitwaaierde – het kenmerk van sectorale heterochromie, een zeldzame, permanente aandoening waarbij de iris twee kleuren heeft.

Minder permanent was de kapotte lip (waar net een korstje op zat), die ze had te danken aan een dronkenlap die zich bij zijn arrestatie een paar dagen eerder fel had verzet. Ze had toen geen enkele angst gevoeld, laat staan schaamte dat ze zich door hem had laten raken. Dat hoorde nu eenmaal bij haar werk. Waarom schaamde ze zich nu dan wel, nu ze bijna was aangerand door een geile zakenman? Híj was degene met die lubberende, groezelige onderbroek en dat treurige slurfje tussen zijn benen!

'Wat was dat daarnet? Met die auto?' vroeg Peter.

'O, een van zijn remlichten deed het niet,' zei ze. Liegen was gemakkelijker. Ze geneerde zich kapot. Ze duwde de man met zijn blauwe Ford gauw uit haar gedachten. 'Heb je het hele team naar de plaats delict geroepen?' vroeg Kate.

Hij wierp haar een korte blik toe. 'Vanzelfsprekend,' zei hij. 'Meteen nadat ik jou had gesproken, kreeg ik een telefoontje van onze assistent-korpschef, Anthony Asher. Hij vertelde me dat, mocht deze moord een link blijken te hebben met Operatie Hemlock, ik maar hoef te kikken of ik krijg alle benodigde middelen tot mijn beschikking.'

Hij scheurde in de vierde versnelling over een rotonde en nam de afslag naar Crystal Palace Park. Peter Conway was een echte carrièrejager, en Kate twijfelde er niet aan dat hij na het oplossen van deze zaak zou worden gepromoveerd tot hoofdinspecteur of zelfs commissaris. Hij was immers ook eens de jongste inspecteur in de geschiedenis van de Metropolitan Police geweest.

De ruiten begonnen te beslaan. Peter zette de verwarming wat hoger, zodat de boog van condens op de voorruit begon te rimpelen en zich vervolgens langzaam terugtrok.

Tussen een paar rijtjeswoningen door zag Kate een glimp van de verlichte Londense skyline. Miljoenen lichtjes fonkelden onder de evenzovele speldenprikken in de zwarte stof van de hemelboog: de huizen en kantoren van honderdduizenden. Kate vroeg zich af welk lichtje bij de Kannibaal van Nine Elms hoorde.

Stel dat we hem nooit vinden? De politie heeft Jack the Ripper ook nooit gevonden. En in die tijd was Londen nog maar klein, vergeleken met tegenwoordig.

'Hebben jullie nog aanwijzingen gevonden in dat wittebusjesdossier?' informeerde ze.

'We hebben nog zes kerels voor ondervraging naar het bureau laten komen, maar hun DNA kwam niet overeen met dat van onze man.'

'Dat hij zijn DNA zomaar op zijn slachtoffers achterlaat! Da's geen achteloosheid of gebrek aan controle meer. Het is alsof hij zijn territorium afbakent – als een hond.'

'Denk je soms dat hij wíl dat wij hem pakken?'

'Ja... Nee... Misschien wel.'

'Hij gedraagt zich alsof hij onoverwinnelijk is.'

'Hij dénkt ook dat hij dat is! Maar op een gegeven moment maakt hij heus wel een fout. Dat doen ze altijd,' zei Kate.

Ze sloegen af naar de noordelijke ingang van het Crystal Palacepark. Daar stond een politieauto te wachten. De agent erin gebaarde dat ze konden doorrijden. Ze reden over een lang, recht grindpad dat gewoonlijk door voetgangers werd bewandeld het park in. Het werd omzoomd door grote eiken, die hun herfstbladeren met een soppig geluid op de voorruit lieten vallen, waar ze de ruitenwissers blokkeerden. In de verte stak de radiotoren van Crystal Palace als een soort ranke Eiffeltoren boven de bomen uit. Het pad liep naar beneden, waar het eindigde bij een kleine parkeerplaats naast een langwerpig, keurig gemaaid grasveld met bomen erachter. Er was een lang politielint helemaal om het gazon heen gespannen. In het midden was nog een afzetting gemaakt, rondom een witte forensische tent die als een gigantische schemerlamp stond te stralen in het duister. Naast dit lint stonden het busje van de forensisch patholoog, vier politieauto's en nog een grote, witte politiebus.

Bij het wapperende eerste politielint werden ze begroet door twee geüniformeerde agenten: een man van middelbare leeftijd met een buik die over zijn riem hing en een lange, magere jongen die bijna nog een tiener leek. Kate en Peter toonden de oudere agent hun politiepenning. Hij had opvallend grote oogleden, met veel los vel. Terwijl hij van hun ID's naar haar en Peters gezicht keek, deed hij Kate denken aan een kameleon. Hij gaf de penningen terug en aarzelde even voordat hij het lint omhooghield. Hij keek naar de lichtgevende tent. 'In al mijn jaren bij de politie heb ik nog nooit zoiets gezien,' zei hij.

'Waren jullie de eersten ter plaatse?' vroeg Peter, die ongeduldig wachtte tot de man het lint voor hem optilde maar niet bereid was het zelf te doen.

‘Ja. Agent Stanley Gresham, meneer. En dit is agent Will Stokes,’ zei hij en hij wees naar de jonge agent, die opeens een raar gezicht trok, zich van hen af draaide en toen over het politielint heen braakte. ‘Het is zijn eerste dag,’ voegde Gresham er hoofdschuddend aan toe. Kate schonk de jongen een medelijdende blik, waarop deze kokhalsde en nogmaals overgaf. Er hingen dunne spuugsliertjes in zijn mondhoeken.

Peter trok een schone, witte zakdoek uit zijn binnenzak. Kate dacht dat die voor de jonge agent was bedoeld, maar hij drukte hem tegen zijn eigen neus en mond. ‘Ik wil dat deze plaats delict geheel wordt afgesloten,’ zei hij. ‘En geen woord, tegen wie dan ook.’

‘Natuurlijk, meneer,’ zei Gresham.

Toen maakte Peter een ongeduldige handbeweging boven het politielint. Stanley Gresham tilde het vlug op, waarna Peter en Kate eronderdoor doken. Het grasveld liep schuin af naar het tweede politielint, waar rechercheur Cameron Rose en hoofdrechercheur Marsha Lewis al stonden te wachten. Cameron was net als Kate halverwege de twintig. Marsha was de oudste van hen allemaal: een stevige vrouw van in de vijftig, gekleed in een fraai zwart broekpak en een lange, zwarte jas. Haar zilverkleurige haar was kortgeknipt en ze had een rauwe rokersstem.

‘Meneer,’ zeiden ze, allebei tegelijk.

‘Hoe is de stand van zaken, Marsha?’ vroeg Peter.

‘Alle in- en uitgangen van het park zijn hermetisch afgesloten en de lokale politie komt hierheen voor een *fingertip search*, een minutieuze inspectie van de directe omgeving, én een buurtonderzoek. De forensisch patholoog is al aanwezig. Zij staat klaar om ons bij te praten,’ zei Marsha.

Cameron was een lange slungel die boven hen allemaal uittorende. Hij had kennelijk geen tijd gehad om zich om te kleden en leek met zijn spijkerbroek, gympen en groene winterjack meer op een probleemjongere dan op een rechercheur. Kate vroeg zich af waar hij mee bezig was geweest toen ze hem belden dat hij naar deze plaats delict moest komen. Waarschijnlijk was hij hier met Marsha naartoe gekomen.

'En wie is onze forensisch patholoog vandaag?' vroeg Peter.
'Leodora Graves,' antwoordde Marsha.

Het was warm in de lichtgevende tent, en de lampen waren zo fel dat ze bijna pijn deden aan de ogen. Forensisch patholoog Leodora Graves, een kleine vrouw met een donkere huid en doordringende groene ogen, was er samen met twee assistenten aan het werk. Een naakt meisje lag met haar gezicht naar beneden in een ondiepe, modderige kuil in het gras. Haar hoofd was bedekt met een doorzichtige plastic zak, die strak om haar hals was dichtgebonden. Haar bleke huid was besmeurd met modder en bloed en zat vol met ontelbare krassen en snijwonden. In de achterkant van haar billen en bovenbenen zaten een paar diepe bijtwonden.

Kate ging naast het lichaam staan. Ze zweette zich nu al kapot onder de capuchon en het gezichtsmasker van haar dikke witte forensische overall. De regen roffelde zo luid op de strakke stof van de tent dat Leodora haar stem moest verheffen.

'Het lichaam is met opzet in deze houding neergelegd: op de rechterzij, met de rechterarm onder het hoofd; de linkerarm ligt plat en reikt naar voren. Er zitten zes bijtwonden in haar onderrug, billen en dijbenen.' Ze wees de diepste beten aan, waar het vlees zelfs helemaal weg was, zo diep dat de ruggengraat van het meisje te zien was. Toen liep ze naar het hoofd van het slachtoffer en tilde dit voorzichtig op. Een stuk dun touw was strak om de hals gebonden, waardoor het in het intussen opgezwollen vlees sneed. 'Let op de speciale knoop.'

'Een apenvuist...' liet Cameron zich voor het eerst horen. Hij klonk geschokt. De gezichten van haar collega's gingen goeddeels verborgen achter de forensische maskers, maar Kate zag de gealarmeerde blik in hun ogen.

Leodora nam de knoop in haar gehandschoende hand. 'Inderdaad,' zei ze. Typisch voor deze knoop was de reeks elkaar kruisende draden, als bij een bol wol. Hij was bijna onmogelijk machinaal te maken.

'Het is 'm! De Kannibaal van Nine Elms...' stamelde Kate. De woorden waren haar mond uit voordat ze ze had kunnen tegenhouden.

'Ik zal meer conclusies uit mijn lijkschouwing moeten trekken, maar... Ja,' zei Leodora. Het begon nog harder te regenen, het geluid op het dak van de tent werd een donderend geraas. De patholoog legde het hoofd van het meisje voorzichtig terug op haar arm. 'Er is tevens bewijs dat ze is verkracht: er zijn lichaamssappen aangetroffen. En ze is gemarteld: gesneden met een scherp voorwerp en ook nog verbrand. Jullie zien hier de brandwonden op haar armen en de buitenkant van de dijen. Deze lijken te zijn toegebracht met de sigarettenaansteker uit een personenauto.'

'Of een bestelbusje. Een witte Citroën Dispatch bijvoorbeeld,' zei Kate.

Peter wierp haar een strakke blik toe. Hij werd niet graag gecorrigeerd. 'Doodsoorzaak?' vroeg hij effen.

'Zoals ik al zei, moet ik de lijkschouwing nog uitvoeren, maar officieus zou ik op dit moment zeggen... Verstikking, met behulp van de plastic zak. Er zijn tekenen van petechiale bloedingen in het gezicht en de hals.'

'Dank je, Leodora. Ik kijk uit naar de resultaten van je lijkschouwing. Ik hoop dat we deze arme jonge vrouw dan gauw zullen kunnen identificeren.'

Leodora knikte naar haar assistenten, die daarop een opklapbrancard binnenbrachten met een glanzende zwarte lijkenzak erop. Ze zetten hem naast het lichaam neer en rolden de jonge vrouw voorzichtig op de brancard. Ook de voorkant van haar naakte lichaam bleek verminkt, met kleine, ronde brandwonden en krassen. Het was onmogelijk te zeggen hoe ze er ooit had uitgezien, zo grotesk vervormd was haar gezicht onder het plastic. Haar grote lichtblauwe ogen, melkachtig geworden door de dood, staarden voor zich uit.

De blik in die ogen bezorgde Kate een koude rilling. Er was geen sprankje hoop meer in te zien, alsof haar allerlaatste gedachte in haar ogen was bevroren. Ze had geweten dat ze ging sterven.

3

Na de aanblik van het gehavende lichaam van de jonge vrouw voelde Kate zich niet alleen verward, maar ook uitgeput. En ze had al zo'n lange dag achter de rug! Maar bij een onderzoek van deze omvang moest er snel worden gehandeld. Zodra ze de forensische tent hadden verlaten, kreeg Kate daarom de opdracht het huis-aan-huisonderzoek te leiden in Thicket Road, een lange laan vol mooie, vrijstaande huizen aan de westzijde van het park.

Hoewel ze een team van maar liefst acht agenten tot haar beschikking had, kostte het hun bijna vijf uur om de hele straat af te werken. En de regen bleef intussen maar vallen. Hun belangrijkste vraag – 'Hebt u misschien een wit Citroën Dispatch-busje uit 1994 gezien en/of iemand die zich verdacht ophield?' – zorgde voor schrik en nieuwsgierigheid onder de bewoners van Thicket Road. De zoektocht naar een witte bestelbus was immers breed uitgemeten in de pers. De politie mocht echter niet ingaan op de bijzonderheden van deze nieuwe zaak. Toch begrepen de meeste mensen die Kate sprak wel dat het onderzoek draaide om de Kannibaal van Nine Elms, en hadden ze allemaal zo hun meningen, vragen en verdachtmakingen. En deze genereerden natuurlijk een stortvloed aan tips, die allemaal weer zouden moeten worden nagetrokken.

Even na middernacht werden Kate en haar team naar het afgesproken ontmoetingspunt geroepen. Het lichaam van de jonge vrouw lag inmiddels voor de lijkschouwing in het mortuarium. De minutieuze omgevingsinspectie in het Crystal Palace-park werd ernstig gehinderd door het donker en de aanhoudende regen, dus werd hun gezegd dat ze alle bezigheden voor vannacht konden staken, om er de volgende ochtend mee verder te gaan.

De agent met wie Kate had samengewerkt stapte op de bus terug naar North London, waarna zij alleen achterbleef op de parkeerplaats. Ze wilde net een taxi bellen toen de lichten van een auto in de hoek aansprongen en Peter op haar af kwam lopen.

'Heb je een lift naar huis nodig?' vroeg hij. Hij was ook doorweekt en moe, zag Kate. Ze waardeerde het dat hij gewoon ook zijn handen uit de mouwen had gestoken en niet met een kop koffie in een van de politiebusjes was gaan zitten wachten.

Ze keek de parkeerplaats rond. Er stonden nog drie politieauto's, maar die waren vast van de agenten die aan het kortste eind hadden getrokken en vannacht in het park moesten blijven.

Hij zag haar aarzelen. 'Geen moeite, hoor. Je had je spullen toch al in mijn auto laten staan,' zei hij. Het feit dat hij niet leek te staan popelen om haar naar huis te brengen, maakte haar eerder bereid om op zijn aanbod in te gaan.

'Bedankt, dat zou fantastisch zijn,' zei ze. Ze verlangde opeens hevig naar een warme douche, een kop thee en wat toast met veel boter en honing, en dan haar warme bed.

Peter maakte de kofferbak van zijn auto open en trok een stapeltje handdoeken uit een waszak.

'Dank je,' zei Kate toen ze er een aannam, om haar schouders sloeg en er haar kletsnatte paardenstaart mee uitwrong. Toen opende ze het passagiersportier. Haar boodschappentas stond inderdaad nog op de vloer.

Peter trok het chauffeursportier open en begon in het handschoenenkastje te rommelen. Er kwamen een instructieboekje van de auto en een sleutelbos uit voordat hij de doos met babydoekjes had gevonden die hij kennelijk zocht. Hij maakte zijn handen schoon en smeet de gebruikte doekjes onder de auto.

'Is er trouwens nog iets uit die omgevingsinspectie gekomen?' vroeg Kate, nog steeds naast de auto staand.

'Ja, wat draadjes, sigarettenpeuken en een schoen... Maar ja, het is een park, hè: die dingen kunnen van iedereen zijn,' antwoordde Peter, terwijl hij een van de handdoeken over de passagiersstoel hing. Toen pakte hij een thermosfles uit de middenconsole, gaf hem haar aan en begon een andere handdoek over de chauffeursstoel te draperen.

Kate keek geamuseerd naar hem. Het zag er zo huiselijk uit, zoals hij de stof gladstreek en instopte om de provisorische stoelhoezen op hun plek te houden. 'Ik geloof dat je de eerste bent die ik dit ooit zo heb zien doen,' zei ze.

'Nou ja, we zijn doorweekt en dit is een gloednieuwe auto. Je weet niet hoe hard ik ervoor heb moeten vechten,' zei hij met een diepe frons.

Het was de eerste emotie die ze vanavond bij hem zag. Hij vond het écht erg als zijn autostoelen vies zouden worden! Ze vroeg zich af of dat altijd met je gebeurde als je lang bij de politie werkte: dat je je afsloot voor de gruwelijke dingen en je juist druk maakte over onbenulligheden.

De hele rit naar Deptford brachten ze zwijgend door. Kate staarde maar wat door de voorruit. Ze twijfelde of ze het beeld van dat jonge meisje uit haar hoofd moest zien te krijgen, of dat ze het juist moest onthouden: of ze haar gezicht niet mocht vergeten en elk detail ervan moest opslaan in haar geheugen.

Kate bewoonde een appartement op de begane grond, achter een rij lage winkels in een zijstraat van Deptford High Street. Om er te komen, moest je eerst over een hobbelige parkeerplaats vol grind. Peters auto hotste en botste door de met regenwater gevulde kuilen, waarna hij voor haar deur tot stilstand kwam, onder een doorhangende luifel, naast een stapel kratten met lege frisdrankflesjes en het afhaalloket van de buurtchinees. Peters koplampen weerkaatsten op de lichte muur en verlichtten daardoor ook het interieur van de auto.

'Bedankt voor de lift,' zei Kate. Ze opende het portier en zette haar been zo ver mogelijk van de auto, om een grote plas te vermijden.

Hij boog zich naar haar toe en reikte haar de boodschappentas aan. 'Vergeet deze niet. Morgen om tien uur weer op het station, hè!'

'Ja. Tot dan.'

Ze pakte de tas van hem aan en gooide het portier dicht. Zijn koplampen verlichtten kortstondig de parkeerplaats terwijl zij haar sleutel zocht en de voordeur opende. Toen was het donker. Ze draaide zich om en zag nog net zijn achterlichten verdwijnen.

Ze had een paar weken geleden een rare, domme vergissing gemaakt door met haar baas naar bed te gaan. Maar nu ze dat dode meisje had gezien en wist dat haar moordenaar nog steeds vrij rondliep, leek dat opeens lang niet zo schokkend meer.

4

Het was koud in haar appartement. De kleine keuken keek uit over de parkeerplaats; Kate sloot vlug de gordijnen voordat ze het licht aandeed. Daarna liep ze naar de douche. Ze bleef heel lang onder de brede straal staan, net zolang tot er weer wat warmte in haar botten zat. Toen trok ze haar badjas aan en liep terug naar de keuken. De cv-ketel deed goed zijn werk, al ging het door de radiators pompen van het hete water gepaard met veel gegorgel; de ruimte begon al lekker op te warmen.

Ze verging opeens van de honger. Toen ze de magnetronlasagne uit haar boodschappentas wilde pakken, bleken de sleutelbos en de thermosfles uit Peters auto daarbovenop te liggen. Ze zette de fles op het aanrecht en liep vlug naar de telefoon aan de keukenmuur om Peters pieper te bellen, zodat hij niet helemaal naar huis hoefde te rijden voordat hij ontdekte dat hij zijn sleutels niet had.

Ze wilde het nummer net intoetsen toen ze de sleutels in haar hand eens goed bekeek. Het waren er vier, allemaal groot, dik en oud.

Peter woonde in een nieuwbouwflat in de buurt van Peckham. De voordeur daarvan had een modern yaleslot. Dat wist ze zeker omdat ze daar die tweede avond, toen hij haar had uitgenodigd om bij hem te komen eten, een poosje twijfelend naar had staan staren. *Waar ben ik in godsnaam mee bezig? De eerste keer was ik nog dronken; nu ben ik nuchter en toch kom ik terug voor meer.*

De sleutels in haar hand waren van die ouderwetse insteeksleutels voor zware sloten. Er hing een stuk koord aan de sleutelring. Het was vrij dun, met een rood-blauw geweven patroon, maar duidelijk gemaakt voor zwaar gebruik. Ze draaide de koordlus om en om in haar hand – aan het eind ervan zat een apenvuistknoop. Ze legde de hoorn terug op de haak en staarde naar de sleutels.

Ze kreeg het gevoel alsof de hele kamer onder haar voeten begon te draaien en de haartjes in haar nek gingen overeind staan. Ze sloot haar ogen. Achter haar oogleden flitsten de plaatsdelictfoto's van de dode meisjes voorbij: de vacuüm getrokken plastic zak om hun hals, hun vervormde gezicht... en die knoop aan het touw. Ze opende haar ogen weer en keek naar de sleutelbos met de apenvuist in haar hand.

Nee. Ze was gewoon moe en dacht te ver door.

Ze trok een stoel onder de keukentafel uit en ging zitten. Wat wist ze eigenlijk van Peter, buiten het werk om? Zijn vader was overleden. Ze had wel eens gehoord dat zijn moeder geestesziek zou zijn en in een inrichting zat. Hij had een behoorlijk arme jeugd gehad, had geworsteld om zichzelf daaruit te bevrijden en was er terecht trots op dat hem dat was gelukt. En de grote bonzen van de politie hadden een hoge pet van hem op. Peter had geen vrouw of vriendin: hij was getrouwd met zijn werk.

Die sleutels konden natuurlijk ook gewoon van een vriend zijn, of van zijn moeder. Ze pasten op een grote deur of een zwaar hangslot. Er was tijdens het onderzoek wel eens gespeculeerd dat de moordenaar een plek moest hebben om zijn busje én zijn slachtoffers te verstoppen: een of andere schuur of een grote garage. Maar als Peter opslagruimte bezat, had hij daar vast iets over gezegd. Ze herinnerde zich dat hij zich eens had beklaagd over het gebouw waarin hij woonde: hij betaalde volgens hem een fortuin, en daarvoor kreeg hij niet eens een eigen garagebox maar slechts een plaatsje in de gezamenlijke ondergrondse parkeergarage.

Nee. Het was een lange, stressvolle dag geweest en ze moest gauw gaan slapen.

Ze legde de sleutels op het aanrecht en haalde de lasagne uit de tas. Ze trok de buitenste verpakking eraf, zette het plastic schaaltje in de magnetron en stelde hem in op twee minuten.

Ze dacht terug aan die keer dat ze een expert op het bureau hadden laten komen: een gepensioneerde hopman, die iedereen in de centrale meldkamer over de apenvuistknoop had verteld. Deze knoop sprong eruit doordat niet iedereen hem kon maken: je moest echt wel weten wat je deed. De apenvuist werd aan het uiteinde van een stuk touw gemaakt als versiering, maar ook wel als extra gewicht, zodat een touw bijvoorbeeld gemakkelijker te gooien was. En hij heette natuurlijk zo omdat hij op een kleine gebalde vuist of poot leek.

De lasagne draaide langzaam zijn rondjes in de magnetron.

De hopman had hun verteld dat de meeste jongens als kind bij de scouting knopen leerden maken. En al had de apenvuistknoop weinig praktisch nut, het was wel een knoop die enthousiastelingen graag leerden. Vervolgens had iedereen in de meldkamer het geprobeerd, onder het toeziend oog van de expert. Alleen Marsha was het gelukt. Peter had er een potje van gemaakt. Kate herinnerde zich zelfs het grapje nog dat hij erover had gemaakt: 'Ik kon mijn eigen schoenveters ook pas op mijn achtste strikken!' had hij uitgeroepen, waarop alle agenten in lachen waren uitgebarsten en Peter zijn handen zogenaamd beschaamd voor zijn gezicht had geslagen.

De sleutels waren oud, zelfs een beetje roestig. Maar ze werden wel af en toe geolied om ze soepel te laten draaien, zag ze aan het op sommige plekken vettig glanzende touw. Ook de apenvuist was oud, er zat olie en ander vuil tussen de strengen.

Kate beet op haar nagels. Ze merkte niet eens dat de magnetron al drie keer had gepiept om aan te geven dat haar eten klaar was. Ze ging aan de keukentafel zitten.

De eerste drie slachtoffers waren schoolmeisjes geweest, tussen de vijftien en de zeventien jaar oud. Ze waren allemaal op een donderdag of een vrijdag ontvoerd en hun lichamen waren aan het begin van de daaropvolgende week gevonden. De slachtoffers waren ook allemaal sportief: alle drie waren gepakt op weg naar huis vanaf hun naschoolse training. En de ontvoeringen waren zo foutloos uitgevoerd dat het niet anders kon of de moordenaar had geweten waar ze op een bepaald moment zouden zijn. Hij had ze opgewacht.

Ze hadden gymleraren en sporttrainers uit alle wijken ondervraagd en er zelfs een paar voor verhoor naar het bureau geroepen. Hetzelfde gold voor mannelijke docenten met een wit Citroën Dispatch-busje uit 1994 op hun naam. Maar niemands DNA was overeengekomen met wat ze hadden gevonden. Vervolgens hadden ze gekeken naar de ouders van de slachtoffers en hun vrienden. Het net werd alsmaar groter en de theorieën over de link tussen de slachtoffers en de moordenaar werden alsmaar wilder.

Kate dacht aan de vraag die op het whiteboard in de centrale meldkamer had gestaan.

WIE ZIJN ER OP SCHOLEN IN CONTACT GEWEEST MET DE SLACHTOFFERS?

Ineens flitste er een gedachte als een stroomstoot door haar hoofd. Ze hadden een hele lijst gehad: docenten, onderwijsassistenten, conciërges, klaar-overs, kantinedames... Maar hoe zat het met de politie? Politieagenten komen immers ook regelmatig op scholen, om voorlichting te geven over drugs, asociaal gedrag en zo!

Tweemaal had Peter haar overgehaald met hem mee te gaan bij zo'n schoolbezoek. Ze hadden er een paar Londense schoolkinderen bijgepraat over veiligheid in het verkeer. Ook wist ze dat Peter had meegewerkt aan een antidrugspresentatie die op meerdere scholen was gegeven. Hoeveel scholen had hij toen bezocht? Twintig, dertig? Lag de oplossing pal voor haar neus, of was ze gewoon moe en overwerkt?

Nee... Ze herinnerde zich ineens dat Peter had opgemerkt dat hij de school van het derde slachtoffer, Carla Martin, een maand voor haar vermissing nog had bezocht.

Ze stond op en begon in haar kastjes te zoeken. Het enige wat ze kon vinden, was de fles droge sherry die ze voor haar moeder had gekocht, de laatste keer dat zij op visite kwam. Ze schonk zichzelf een flinke bel in en nam een slok.

Stel dat ze geen fatsoenlijke aanwijzingen meer hadden... omdat de Kannibaal van Nine Elms ook wel bekendstond als... Peter Conway? Plotseling kwamen haar de twee nachten die ze met elkaar hadden doorgebracht weer voor de geest. Ze huiverde en duwde die gedachte vlug weg.

Ze ging weer zitten, trillend over haar hele lichaam. Had ze echt het lef om haar baas ervan te beschuldigen dat hij een seriemoordenaar was?

Toen zag ze Peters thermosfles staan, naast haar magnetron. Daar had hij in de auto nog uit gedronken, dus zijn DNA moest erop zitten!

Ze stond moeizaam op. Haar tas stond op de vloer bij de deur. Het kostte haar wat moeite om de gesp open te krijgen, maar uiteindelijk vond ze in een van de binnenvakjes een nog ongebruikte plastic bewijszak.

Op deze fles zit Peters DNA én we hebben het DNA van de Kannibaal van Nine Elms. Ik zou gewoon heel stiekem een verzoek kunnen indienen...

Ze trok een schoon paar latex handschoenen aan en liep op de thermosfles af, behoedzaam alsof het een wild beest betrof dat ze moest overmeesteren. Toen haalde ze diep adem, griste de fles van het aanrecht en liet hem in de bewijszak vallen, die ze daarop onmiddellijk sloot. Ze legde hem op de kleine keukentafel. Het voelde als verraad – van alles waar ze in geloofde.

Ze bleef een paar minuten staan luisteren naar de regen op het dak. Toen nam ze nog een slok sherry. Ze voelde hoe deze haar vanbinnen verwarmde en het scherpe randje van haar paniek wegnam.

Niemand hoeft ervan te weten.

Wie zou ze het kunnen vragen, wie was er discreet genoeg? Akbar van de forensische afdeling misschien. Ze was hem een keer tegen het lijf gelopen toen hij uit een homobar in Soho stapte. Het was een ongemakkelijk moment geweest: zij was met een man, hij ook. De volgende avond had hij haar na het werk gevraagd iets met hem te gaan drinken, waarbij zij hem had verzekerd dat zijn geheim – áls het dat al was – bij haar veilig was.

Ja. Ze zou hem morgenochtend meteen bellen, er vroeg naartoe rijden en hem een wattenstaafje over die fles laten halen. Of misschien leek dit alles na een nachtje slapen gewoon een idiote theorie...

Opeens werd er luid op haar deur gebonsd. Kate schrok er zo van dat ze haar glas liet vallen. Het viel kapot op de keukenvloer: glassplinters en bruine vloeistof spatten op het linoleum.

Er viel een korte stilte, daarna riep een stem: 'Kate? Ik ben het, Peter. Alles goed daar?' Ze keek op de klok: bijna twee uur 's nachts. Hij klopte opnieuw. 'Kate? Ik hoorde glas breken. Gaat het wel met je?' Hij timmerde nog wat harder op de deur.

'Ja hoor, alles in orde!' zong ze, terwijl ze naar de troep op de vloer keek.

'Zo klínk je anders niet. Kun je even opendoen?'

'Ik heb net een glas laten vallen, vlak bij de deur. Maar wat doe je hier eigenlijk?'

'Heb jij mijn sleutels?' vroeg hij. 'Ik geloof dat ik ze in een van jouw tassen heb laten vallen.'

Kate zweeg een hele tijd. Toen stapte ze over het gebroken glas heen, deed de ketting heel stilletjes op de deur en opende hem. Door de kier zag ze Peter staan: hij was kletsnat en had de kraag van zijn jas omhooggeslagen. Hij glimlachte breed. Wat waren zijn tanden toch recht en wit, dacht ze.

'Ha, fijn! Ik was bang dat je al naar bed was. Heb jij mijn sleutels?'

5

Kate keek op naar Peter. De parkeerplaats achter hem was aardedonker, ze zag zijn auto er niet staan.

'Kate, het regent pijpenstelen. Mag ik even binnenkomen?'

'Het is laat. Wacht even,' zei ze, en ze boog zich over de glasscherven heen om de sleutelbos van het aanrecht te grissen. 'Hierzo!'

Hun blikken ontmoetten elkaar terwijl ze haar hand door de spleet van de deur naar hem uitstak. Peter keek naar de kleine lus met de apenvuist op haar trillende hand en toen weer naar haar gezicht. Hij grijnsde breed.

Pas later zou Kate bedenken wat ze anders had moeten doen. Als ze had gegrapt dat het dezelfde knoop was als de moordenaar altijd gebruikte, zou hij de sleutels dan gewoon hebben aangepakt en gauw naar huis zijn gegaan?

Eindelijk verbrak hij de stilte. 'Moet je horen, Kate... Ik heb gedoe met mijn auto. Ik kreeg een eindje verderop een lekke band.' Hij veegde de regendruppels van zijn gezicht. 'En toen ontdekte ik dus dat mijn sleutels niet meer in het handschoenenkastje lagen.' Hij pakte de sleutelbos niet aan; zij stond daar maar met haar uitgestoken hand. 'Kate... Ik sta hier kletsnat te regenen. Mag ik heel even binnen?'

Ze aarzelde, slikte. Haar keel was kurkdroog.

Toen zette hij zijn schouder tegen de deur en duwde. De ketting brak meteen.

Peter stapte de drempel over (waardoor zij niet anders kon dan de keuken in stappen) en trok de deur achter zich dicht. En daar stond hij dan, druipend van de regen. 'Wat heb jij toch?'

Ze schudde haar hoofd. 'Niets. Sorry,' zei ze. Haar stem klonk schor en iel tegelijk.

'Ik heb een handdoek nodig... Ik ben echt zeiknat.'

Alles aan deze situatie was onwerkelijk.

Kate liep de keuken uit, naar de kleine linnenkast en trok er een handdoek uit. Haar hersenen maakten overuren. Ze moest zo normaal mogelijk blijven doen. Ze keek om zich heen, op zoek naar iets om zich mee te verdedigen, en pakte een kleine glazen presse-papier – het enige wat ze kon vinden dat een béétje op een wapen leek.

Toen ze terugkeerde naar de keuken, stokte haar de adem in de keel. Peter stond midden in de kleine ruimte naar de thermosfles te staren – die in zijn plastic bewijszak op haar keukentafel lag.

Toen hij zich naar haar omdraaide, zag ze dat hij totaal was veranderd. Woede had van hem een soort wild dier gemaakt dat op het punt van aanvallen stond: zijn ogen waren groot, zijn pupillen opengesperd en zijn lippen hoog opgetrokken, zodat al zijn tanden zichtbaar waren.

Doe iets! gilde een stem in Kates hoofd. Maar ze kon zich niet meer verroeren. Met een luide bons viel de presse-papier uit haar hand op de vloer.

'Verdorie, Kate... Kate, Kate, Kate,' zei Peter zacht. Het gebroken glas knarste onder zijn voeten toen hij naar de deur liep en hem op slot draaide.

'Peter... Meneer... Ik heb geen seconde gedacht dat jij, dat u... Het is mijn werk om dingen uit te zoeken...'

Peter trilde bijna even hard als zij, maar zijn bewegingen waren uiterst kalm terwijl hij naar de telefoon liep. In één snelle beweging trok hij hem van de muur, met ophangbeugel en al. Kate kromp ineen toen ook de krammetjes waarmee de draad aan de muur was bevestigd eruit werden getrokken en op het linoleum stuiterden. Vervolgens rukte hij het snoer uit het stopcontact en smeet de telefoon op het aanrecht, naast de koelkast. 'Grappig, je zei het nog: dat de moordenaar heus wel een fout zou maken. Die sleutels, die verrekte sleutels...' Hij deed een stap in haar richting.

'Nee nee, dat zijn gewoon maar sleutels,' beweerde Kate zwakjes.

Nog één stap en hij zou hij haar de weg versperren en stond ze opgesloten in de keuken.

'En dan ook die fles nog...' Hij schudde zijn hoofd en lachte – een koude, metalige lach, zonder een sprankje humor.

Kate probeerde te vluchten naar de woonkamer, waar haar draagbare telefoon lag op te laden.

Maar Peter was sneller: hij greep haar bij haar paardenstaart, draaide haar in het rond en liet haar tegen de deur van de hoge koelkast knallen. Het leek alsof de zijkant van haar gezicht explodeerde. Vervolgens drukte hij zich tegen haar aan, draaide haar schouders zo dat ze hem wel móést aankijken en greep haar nek met één hand beet. 'Ruige buurt waar jij woont, hoor,' zei hij kalm, terwijl hij haar met behulp van zijn schouder en zijn linkerbeen tegen de koelkast duwde en zijn rechterhand om haar keel klemde.

Kate schopte en raakte de zijkant van zijn been. Vervolgens probeerde ze naar zijn gezicht en hals te klauwen, maar hij gebruikte zijn ellebogen om haar armen in bedwang te houden.

'Er is ingebroken, je hebt de indringer betrapt, maar hij raakte in paniek en heeft je toen vermoord.'

Zijn vingers knepen nog wat harder in haar keel. Ze kon niet meer ademhalen. Zijn gezicht, dat hoog boven haar uittorende, begon al te vervagen. Ze graaide wild om zich heen, haar vingers raakten de rand van het aanrecht. Peter drukte met zijn volle gewicht op haar borstkas. Ze voelde hoe hij het laatste restje lucht uit haar longen perste en gilde het uit toen ze een van haar ribben voelde breken.

'Ik zal zorgen dat ík de leiding over jouw zaak krijg: de tragische dood van een rijzende ster binnen de politiemacht.'

Kate kronkelde en duwde haar lichaam naar achteren, waardoor ze haar linkerarm een klein eindje vrij wist te maken. Haar hand tastte weer langs de rand van het aanrecht en vond de kapotte telefoon die Peter daar had neergegooid. Ze had niet veel kracht meer toen ze ermee zwaaide, maar de scherpe rand van de metalen beugel schraapte over Peters voorhoofd en ritste de huid vlak boven zijn oog open.

Eén ogenblik verslapte zijn greep – net lang genoeg voor haar om hem van zich af te duwen. Geschrokken deed Peter een paar passen naar achteren. Het bloed gutste uit de jaap in zijn voorhoofd.

Kate tilde de telefoon op aan de beugel en vloog weer op hem af. Ze voelde het gebroken glas onder haar blote voeten niet eens. Peter stommelde verder naar achteren en spuwde wat bloed uit. Toen stoof hij op het messenblok bij de gootsteen af en trok er een mes uit.

De messen! Waarom heb ík daar niet aan gedacht?

Ze draaide zich vliegensvlug om en rende naar de woonkamer. Maar ze struikelde, viel en belandde boven op de telefoon. Alle lucht werd in één klap uit haar longen geperst. Ze rolde zich snel om en probeerde weer overeind te komen, maar Peter hing alweer boven haar.

Hij stompte haar in haar gezicht en sleurde de wild schoppende en schreeuwende vrouw naar de slaapkamer, waar hij haar op het bed gooide. Haar hoofd raakte het hoofdbord, en heel even zag ze sterretjes – letterlijk. Haar badjas viel open, eronder was ze naakt.

Peter klom boven op haar, zijn gezicht kletsnat van het bloed. Het maakte het wit van zijn ogen roze en zijn grijns nog manischer. Hij zette zijn knieën op haar heupen en trok haar polsen naar beneden, zodat hij die ook onder zijn knieën in bedwang kon houden. Toen hief hij het mes, streek met de punt ervan langs haar tepels en trok het toen verder omlaag, naar haar navel. Daar stak hij het lemmet in haar huid. Het scherpe staal gleed soepel door het vetweefsel en de spieren van haar onderbuik.

Kate gilde het uit van de pijn en kon zich niet meer bewegen. De bloedplas op haar buik groeide angstaanjagend snel.

Vervolgens draaide Peter het mes kalm om en trok het omhoog, in de richting van haar hart. Het bleef steken achter een van haar ribben. Toen boog hij zich naar voren, zijn lippen hoog opgetrokken boven zijn roze tanden.

De pijn was ondraaglijk, maar Kate verzamelde haar allerlaatste krachten, schopte en kronkelde en wist op een gegeven moment haar knie te bevrijden, die ze vervolgens fel omhoogbracht: recht in zijn kruis.

Kreunend viel hij ruggelings van het bed af op de vloer.

Kate keek naar beneden, naar het mes dat nog steeds uit haar buik stak. Haar witte badjas en beddengoed waren doordrenkt met bloed.

Laat dat mes erin zitten. Zodra je het eruit trekt, bloed je dood.

Peter begon alweer overeind te komen, zijn ogen wild van razernij en rood van het bloed dat nog steeds uit zijn hoofdwond stroomde. Kate dacht aan zijn slachtoffers, aan al die onschuldige, gemartelde jonge meisjes – en haar woede zorgde voor een vloedgolf van adrenaline en energie. Ze greep de lavalamp van haar nachtkastje en liet de zware glazen, met olie en was gevulde fles neerkomen op de bovenkant van zijn hoofd – één keer... twee keer... Toen pas bleef hij liggen, op een rare manier onderuitgezakt, met zijn benen gespreid.

Kate liet de lamp uit haar handen vallen. Het scheelde niet veel of ze raakte buiten westen van de pijn. Het kostte haar al haar wilskracht om het mes niet uit haar buik te trekken terwijl ze naar de woonkamer strompelde, ook al verschoof het lemmet daarbij extra pijnlijk. Ze pakte haar draagbare telefoon en belde er het alarmnummer mee. Ze gaf haar naam en adres door en vertelde dat inspecteur Peter Conway de Kannibaal van Nine Elms was, en dat hij zojuist had geprobeerd haar te vermoorden in haar eigen appartement.

Dat was het moment waarop de telefoon uit haar handen glipte en Kate het bewustzijn verloor.

VIJFTIEN JAAR LATER

SEPTEMBER 2010

1

Het was eind september en een grijze ochtend toen Kate haar weg zocht door de duinen. Ze droeg een zwart badpak en haar zwembril bungelde aan haar gebogen rechterarm. Het zand was droog terwijl ze tussen de golvende, met lichtgeel helmgras begroeide duinen door zigzagde; haar blote voeten braken de dunne zoutkorst die was gevormd door de nevel van de zee. Het strand lag er verlaten bij en het hoogwater was nog zo ver weg dat er zelfs een paar donkere rotsrichels te zien waren, vlak voor de plek waar de golven braken. De lucht boven haar was parelgrijs, maar in de richting van de horizon was hij zich langzaam in een donkere knoop aan het draaien.

Kate had het zwemmen in zee zes jaar geleden ontdekt, toen ze was verhuisd naar Thurlow Bay aan de zuidkust van Engeland, zo'n acht kilometer van het universiteitsstadje Ashdean, waar ze tegenwoordig criminologie doceerde.

Elke ochtend, weer of geen weer, ging ze zwemmen. Het gaf haar het gevoel dat ze leefde. Het was goed voor haar stemming, een uitstekend tegengif tegen de duisternis die ze in haar hart altijd meedroeg. De ontmaskering van Peter Conway als de Kannibaal van Nine Elms had haar bijna het leven gekost, maar de nasleep ervan was nog verwoestender gebleken. De pers was achter haar seksuele relatie met hem gekomen, waarna dit feit zelfs een belangrijke rol in zijn proces had gespeeld. Vijftien jaar na dato had ze nog steeds het gevoel dat ze de brokstukken aan het opruimen was.

Kate kwam uit de duinen en voelde het zand steeds natter en steviger worden. Een paar meter van de plek waar de eerste golf omklapte, bleef ze staan om haar zwembril op te zetten. De branding stuwde al omhoog rond haar knieën. Op de koudste dagen hakte het water als een mes op haar in, maar ze zette altijd door. Een gezond lichaam was écht een kwestie van een gezonde geest, vond ze. En het was maar water. Zij wist immers hoe een mes echt aanvoelde. Het vijftien centimeter lange litteken op haar buik was altijd de eerste plek waar de kou doordrong.

Ze stak haar handen in het water, voelde het wegtrekken en bleef achter op het natte zand met een paar groene zeewierslierten tussen haar vingers. Ze schudde ze ervan af en trok haar haar, dat al een beetje begon te grijzen, in een paardenstaart. Toen schoof ze de rubberen band van haar zwembril over haar hoofd. Een nieuwe golf brak op het zand, verdrong zich rond haar voeten en golfde omhoog tot aan haar heupen. De lucht begon steeds donkerder te worden. Ze voelde de relatief warme regenspetters al op haar gezicht en hoorde het gerommel in de verte.

Met haar hoofd naar beneden dook ze de volgende golf in. Het water wikkelde zich om haar heen. Ze zwom ervandoor, fel trappend met haar benen, en voelde zich snel en gestroomlijnd als een pijl die de stroming onder de brekende golven doorkliefde. Toen ze naar beneden keek, zag ze het zand snel wegstromen in de richting van de donkere rotsen.

Het gebulder van het water weerklonk en verdween weer, telkens wanneer ze na vier slagen gezwommen te hebben het oppervlak doorbrak om adem te halen. Ze was al een heel eind in zee en bewoog zich nog steeds dwars tegen de naar de kust toe rollende watermassa in, recht op het naderende onweer af.

Toen pas vertraagde ze, draaide zich op haar rug en liet zich meevoeren door de golven – omhoog, omlaag, omhoog, omlaag. De donder rommelde weer, luider nu. Kate keek naar haar huis, hoog op een rotsachtig klif. Het was aangenaam, maar nogal uitgewoond en het laatste van een paar ver uit elkaar staande, vrijstaande woningen. Ernaast lag een surfwinkel annex snackbar, die momenteel echter voor het winterseizoen gesloten was.

De lucht knetterde van de statische elektriciteit. Het onweer was nu heel dichtbij, de zee verstilde al. Kate nam een hap adem en liet zich onder water zakken. Hoe verder haar lichaam afzakte naar de zanderige bodem, hoe zwakker de stuwende kracht van het getij werd. Koude stromingen gleden links en rechts om haar heen, de druk op haar hoofd nam steeds verder toe.

Peter Conway was nooit ver uit haar gedachten. Op sommige ochtenden, als uit bed komen een bovenmenselijke taak leek, vroeg ze zich af of hij het er ook zo moeilijk mee had om telkens weer een nieuwe dag tegemoet te treden. Hij zou voor de rest van zijn leven opgesloten blijven. Hij was een geruchtmakende crimineel, een monster dat werd gevoed en verzorgd door de staat. Maar hij had nooit ontkend wat hij had gedaan.

Kate, in alles zijn tegenhanger, vertegenwoordigde daarmee in wezen de goede kant van de mensheid. Toch had zijn aanhouding haar haar carrière en haar reputatie gekost. En ze was nog steeds bezig om de nasleep ervan te verwerken, te trachten een zo normaal mogelijk leven te leiden. Soms vroeg ze zich wel eens af wie van hen tweeën eigenlijk levenslang had. En vandaag voelde ze zich zelfs nog dichter bij hem. Vandaag zou hij voor het eerst het onderwerp van haar college vormen.

Pas toen haar longen bijna knapten, schopte Kate een paar maal krachtig met haar benen, waardoor ze omhoogkwam en door het wateroppervlak heen brak. Daarna begon ze terug te zwemmen. De donder rommelde nog steeds. Terwijl ze zich liet meevoeren door de groeiende golven, voelde ze haar hart pompen en haar huid tintelen in het zoute water. De kust kwam steeds dichterbij. Achter haar kwam een grote golf omhoog, haar voeten draaiden onder haar lichaam weg en tot haar grote opwinding voelde ze hoe de golf omsloeg en haar razendsnel meenam en over het zand sleurde. Toen voelde ze vaste bodem en stond ze weer veilig op het land.

De collegezaal van de universiteit was groot, stoffig en kleurloos, met vele rijen stoelen die opliepen tot aan het plafond. Kate keek graag vanaf haar plekje op het kleine, ronde podium hoe haar studenten de zaal binnenkwamen. Het verbaasde haar altijd weer hoe weinig ze leken mee te krijgen van hun omgeving: allen waren ze verdiept in hun telefoon en keken zelfs amper op wanneer ze hadden plaatsgenomen.

Ze werd op het podium bijgestaan door haar assistent Tristan Harper, een lange, goedgebouwde jongen van begin twintig. Hij had heel kort, donker haar en een verzameling tattoos op zijn gespierde onderarmen. Verder droeg hij het officieuze uniform van de mannelijke academicus: een beige chino en een geruit overhemd met opgerolde mouwen. Het enige verschil was dat hij in plaats van de gebruikelijke lichte loafers of donkere brogues had gekozen voor een paar knalrode, hoge Adidas-gympen.

Tristan bukte zich om de diacarrousel naast de lessenaar te checken, die hij van tevoren had gevuld. 'Ik heb uitgekeken naar dit college,' zei hij, terwijl hij Kate de afstandsbediening aangaf. Toen glimlachte hij en verliet het podium.

Enkele seconden later gingen de lichten uit en werd de collegezaal in duisternis gehuld. Er klonk een opgewonden geroezemoes. Kate zag dat de gezichten van de studenten nog steeds werden verlicht door hun mobiele telefoons. Ze wachtte geduldig tot iedereen stil was; toen drukte ze op de afstandsbediening van de projector.

DE KANNIBAAL VAN NINE ELMS luidde de tekst op het grote scherm.

Toen meteen daarop een plaatsdelictfoto het hele scherm vulde, werd er overal hoorbaar naar adem gehapt. De foto was genomen op een autokerkhof. Het lichaam van een meisje lag op zijn zij in de omgewoelde modder, naast een berg roestende en half platgedrukte autowrakken. De stapels afgedankte auto's strekten zich uit tot in de verte, met daarachter de mistige skyline van Londen, met de karakteristieke schoorstenen van de voormalige kolencentrale van Battersea. Een eenzame kraai keek vanaf een van de stapels op het lichaam neer. De modder en de blootstelling aan de elementen hadden haar huid een roestige kleur gegeven, alsof ze van metaal was. Een nietig en tegelijkertijd grotesk voorwerp, achteloos weggegooid door zijn eigenaar.

'De module waarvoor jullie je hebben aangemeld draagt de titel "Criminele Iconen" en laat zien hoe we als samenleving zijn geobsedeerd door moord, en in het bijzonder door seriemoordenaars. Het leek me in dit kader het meest passend om te beginnen met de seriemoordenaar die ik zelf heb gekend: Peter Conway, de voormalig inspecteur van de Metropolitan Police die tegenwoordig bekendstaat als de Kannibaal van Nine Elms. De jonge vrouw op deze foto was zijn eerste slachtoffer, Shelley Norris...'

Kate stapte uit de lichtbundel van het geprojecteerde beeld en ging ernaast staan. 'Als jullie dit beeld onprettig vinden om te zien, dan is dat goed. Dat is een volkomen normale reactie. Maar wie criminologie wil studeren, zal zich toch moeten storten op het laagste wat de mensheid te bieden heeft. Deze foto is genomen op een autokerkhof aan Nine Elms Lane, in maart 1993.'

Ze liet de carrousel doordraaien naar de volgende dia. Het was een groothoekbeeld van het lichaam van een andere jonge vrouw, die op haar buik in hoog gras lag. Een lage nevel hing boven de omringende bomen. 'Zijn tweede slachtoffer was de vijftienjarige Dawn Brockhurst. Haar lichaam werd gedumpt in het Beckenham Place-park in Kent.'

De volgende dia liet het lichaam in close-up van voren zien. Het gezicht was zo goed als verdwenen: er was nog slechts een bloederige massa van over, met daarin een deel van de onderkaak en een rij tanden.

'Kent, aan de rand van Londen, heeft een van de grootste wildevossenpopulaties van Groot-Brittannië. Dawns lichaam werd pas na enkele dagen gevonden. De plastic zak die over haar hoofd was gebonden, was er toen al vanaf getrokken door vossen – aaseters – die een deel van haar gezicht hadden weggevreten.' Kate ging door naar de volgende dia: een close-up van een paar bijtwonden. 'De Kannibaal van Nine Elms beet zijn slachtoffers graag. Maar omdat Dawns lichaam onder invloed van het weer al in een vrij ver stadium van ontbinding verkeerde, werden deze beten in eerste instantie eveneens – echter ten onrechte – toegeschreven aan de vossen. Hierdoor werden de eerste twee moorden door de politie niet meteen aan elkaar gekoppeld.'

Er klonk een doffe bons. Een van de houten stoelen klapte op en een student, een jonge vrouw in het midden van de gehoorzaal, rende met een hand voor haar mond de zaal uit.

Kate klikte door naar de dia's van Peters volgende slachtoffer en eindigde vervolgens met de plaatsdelictfoto van het vierde slachtoffer, Catherine Cahill.

Haar gedachten vlogen terug naar die koude, regenachtige avond in het Crystal Palace-park. De warme lampen in de forensische tent, die de stank van rottend vlees hadden versterkt maar ook het gras hadden doen geuren als op een mooie zomerdag... Catherines ogen, die haar hadden aangestaard door dat strak om haar hoofd gewikkelde plastic... En na dat alles: Peter, die die handdoeken over de zittingen van zijn autostoelen drapeerde, bang dat de bekleding anders vuil werd...

Ze drukte weer op de knop. Er werd een foto van Peter Conway geprojecteerd, van zijn politie-ID uit 1993. Hij glimlachte er breed op naar de camera, in zijn Metropolitan Police-uniform met pet: knap, charismatisch. 'Peter Conway: overdag gerespecteerd politieman, 's avonds seriemoordenaar.'

Daarna vertelde ze het verhaal van hoe zij als politievrouw nauw met Peter Conway had samengewerkt en hoe ze op een gegeven moment was gaan vermoeden dat hij de Kannibaal van Nine Elms was, hem hiermee had geconfronteerd en op het nippertje aan hem had weten te ontsnappen.

De volgende dia toonde Kates appartement na haar worsteling met Peter. De thermosfles en de sleutelbos op de keukentafel, elk met een genummerd label eraan; het meubilair in de woonkamer, oud en sjofel. En toen haar slaapkamer: het omkrullende behang met zijn patroon van gele, oranje en groene bloemen, dat zo vochtig was dat het van de muren af kwam; het tweepersoonsbed met de kluwen bloeddoorweekt beddengoed; de brokken ingedroogde oranje was en de scherven van de gebroken lavalamp waarmee ze hem had geslagen.

'Het had niet veel gescheeld of ik was het vijfde slachtoffer van de Kannibaal van Nine Elms geworden... Maar ik heb me hevig verzet en doortastende artsen hebben mij het leven gered nadat ik door Peter in mijn buik was gestoken. Toen Peters maag werd uitgepompt, bleken er nog niet geheel verteerde stukken van Catherine Cahills rug in te zitten. Dit was voor zover bekend het enige geval waarin hij zijn bijnaam terecht droeg: bij de andere slachtoffers had hij wel bijtwonden toegebracht, maar niet aantoonbaar van zijn slachtoffer gegeten.'

Je kon inmiddels een speld horen vallen in de collegezaal. Elke student zat er als gehypnotiseerd bij, inclusief Tristan.

Kate vervolgde haar verhaal. 'In september 1996 begon Peter Conways proces, vanaf januari 1997 genoot hij de gastvrijheid van Hare Majesteit in Blundeston Prison in Suffolk. Na een terugval van zijn mentale toestand en een aanval door een medegevangene wordt hij tegenwoordig, in het kader van de Geestelijke Gezondheidswet, voor onbepaalde duur vastgehouden in Psychiatrische Inrichting Great Barwell in Sussex. Het is een zaak die nog steeds tot de publieke verbeelding spreekt én een zaak waaraan ik voor altijd onlosmakelijk zal zijn verbonden. En dat is precies de reden dat ik ervoor heb gekozen om in deze collegereeks deze zaak als eerste te presenteren.'

Er viel een lange stilte nadat de lichten weer aan waren gegaan. De studenten in de gehoorzaal knipperden tegen het felle licht.

'Oké. Wie heeft er een vraag?'

Een meisje met kort, roze haar en een gepiercete lip stak haar hand op. 'U bent degene die deze zaak heeft opgelost, maar toch bent u door de politie aan de schandpaal genageld en vervolgens aan uw lot overgelaten. Denkt u dat dit komt doordat u een vrouw bent?'

'De Metropolitan Police werd natuurlijk enorm in verlegenheid gebracht toen een van hun rijzende sterren de dader van hun meest geruchtmakende zaak bleek te zijn. Deze zaak had jarenlang de krantenkoppen gedomineerd! Maar jullie hebben wellicht ook gelezen dat ik de fout heb gemaakt om een korte seksuele relatie met Peter Conway aan te gaan. Toen dit openbaar werd, ging de pers ervan uit dat ik daardoor op de een of andere manier ook op de hoogte zou zijn geweest van de gepleegde feiten – wat beslist niet zo was.'

Er viel een korte stilte.

'Zou u ooit terug willen, naar de politie, bedoel ik?' vroeg een jongen die helemaal in zijn eentje op een stoel in een hoek zat.

'Op dit moment niet. Ik heb altijd bij de politie willen werken en het voelt inderdaad alsof mijn carrière in de kiem is gesmoord. Het oppakken van de Kannibaal van Nine Elms was mijn grootste triomf.

Tegelijkertijd maakte dit feit het voor mij onmogelijk om mijn carrière bij de politie voort te zetten.'

De jongen knikte en schonk haar een nerveuze glimlach.

'En uw collega's dan? Vindt u het niet oneerlijk dat de meesten van hen anoniem hebben kunnen blijven en hun carrière wél gewoon hebben kunnen vervolgen?' vroeg een ander meisje.

Kate zweeg even. Ze zóú willen antwoorden: *Natuurlijk is dat verrekte oneerlijk! Ik was dol op mijn werk en had nog zo veel te geven!* In plaats daarvan haalde ze diep adem en zei: 'Ik werkte destijds samen met een geweldig team van politiemensen. Ik ben erg blij dat zij wél nog steeds in de gelegenheid zijn om de straat op te gaan en onze veiligheid te bewaken.'

Er klonk even wat geroezemoes; toen stak het meisje met het roze haar haar hand weer op. 'Eh... Misschien is het te persoonlijk, maar het intrigeert me enorm... U schijnt een zoon met Peter Conway te hebben, is dat waar?'

'Ja,' zei Kate.

Er trok een geschokt gemompel door de collegezaal. Kennelijk wist nog niet iedereen alles van haar. Maar ja, de meesten van hen waren ook pas een jaar of drie, vier toen deze zaak speelde.

'Wauw... Oké, dus die is nu... veertien?'

Kate praatte niet graag over hem. 'Hij is een paar maanden geleden veertien geworden,' bevestigde ze.

'Weet hij van zijn verleden? Weet hij wie zijn vader is? En hoe is dat voor hem?'

'Dit college gaat niet over mijn zoon.'

Het rozeharige meisje keek haar vrienden naast haar even aan – een jongen met lange, donkerblonde dreadlocks en een meisje met een kort, donker bloempotkapsel en zwarte lippenstift. Ze beet op haar lip – ergens beschaamd, maar ook vastbesloten om meer aan de weet te komen. 'Eh... Maakt u zich geen zorgen dat hij, zeg maar... ook seriemoordenaar zal worden – net als zijn vader?'

Kate sloot haar ogen. Een golf van herinneringen overspoelde haar.

De ziekenhuiskamer leek wel een hotelsuite. Dik tapijt, veloursbehang, bloemen, vers fruit op een schaal en een menukaart met gouden letters op het nachtkastje. Maar het was er zo stil. Kate had veel liever op een normale kraamafdeling gelegen, als iedere andere moeder: bed aan bed, het uitgillend van de pijn, en de vreugde en het verdriet van de anderen gewoon met elkaar delend. In de vroege uurtjes van de ochtend waren haar vliezen gebroken, bij haar ouders thuis, waar ze destijds logeerde. Ze had de weeën verwelkomd: de korte, scherpe pijnen doorsneden het doffe gevoel van beklemming dat de afgelopen vijf maanden voortdurend aan haar had geknaagd.

Haar moeder, Glenda, zat naast haar bed. Ze pakte haar hand, min of meer plichtmatig, gespannen en bevreesd; en zonder de gebruikelijke vreugdevolle opwinding over het feit dat ze weldra haar eerste kleinkind zou kunnen begroeten.

De privékamer werd bekostigd door een van de grote roddelkranten. Ironisch genoeg was dat Kates laatste redmiddel geweest in haar zoektocht naar privacy. In ruil voor het voldoen van de rekening zou de krant een exclusieve foto krijgen van moeder en kind – te nemen op een door Kate gekozen moment, door het raam van haar ziekenhuiskamer. Voorlopig was de luxaflex nog naar beneden, maar Kate merkte dat haar moeders blik er voortdurend naar afdwaalde, in de wetenschap dat aan de andere kant, in een kantoorpand aan de overkant van de straat, een fotograaf klaarstond.

Kate had niet geweten dat ze al ruim vier maanden zwanger was, die avond dat ze de zaak oploste. Al haar inwendige organen waren zwaar toegetakeld. Na Peters aanval had ze wekenlang op de intensive care doorgebracht, met allerlei complicaties en zelfs een ernstige infectie. Tegen de tijd dat ze in staat was te kiezen voor een eventuele abortus, was de zwangerschap de wettelijke termijn al gepasseerd.

Het was een lange, pijnlijke bevalling. En toen de baby zich eindelijk naar buiten had geworsteld, vond Kate zijn eerste schreeuw huiveringwekkend. Uitgeput leunde ze achterover en sloot haar ogen.

'Het is een jongen en hij is kerngezond,' zei de verloskundige. 'Wil je hem even vasthouden?'

Maar Kate hield haar ogen gesloten en schudde haar hoofd. Ze wilde hem niet zien, ze wilde hem niet vasthouden. Ze was opgelucht toen ze hem weghaalden en het gehuil ophield. Nadat Glenda de kamer had verlaten, om een paar uurtjes te gaan rusten in een hotel vlakbij, lag Kate nietsziend voor zich uit te staren. Ze voelde zich alsof ze zich in een andere dimensie bevond. Deze baby was haar door het noodlot opgedrongen. Ze verafschuwde hem, ze verafschuwde iedereen. En dan was het ook nog een jongen! Een meisje had ze nog wat beter kunnen verdragen: jongens werden immers seriemoordenaars, meisjes hoogstzelden.

Ze viel in een rusteloze slaap. Toen ze wakker werd, was de kamer donker. Er was een wiegje naast haar bed gezet. Een zacht gorgelgeluidje trok haar aandacht. In haar gedachten was de baby geboren met hoorntjes en knalrode ogen, maar wat ze in het wiegje zag liggen, was gewoon een heel mooie baby. Het jongetje opende zijn ogen. Die waren verrassend lichtblauw en in een van zijn ogen zat een oranje veeg – net als bij haar. Een piepklein handje ging omhoog. Ze stak haar vinger ernaar uit, hij greep hem en glimlachte zijn tandvlees naar haar bloot.

Kate had wel eens gehoord over hoe het moederinstinct kon toeslaan. Maar dit had ze toch niet verwacht: het was alsof er een elektrische stroom door haar lichaam schoot, alsof er een schakelaar werd omgezet. Ze werd overspoeld door liefde. Hoe had ze ooit kunnen denken dat dit prachtige baby'tje slecht zou zijn? Oké, het deelde zijn DNA *met Peter Conway – maar ook met haar! En ze hadden dezelfde uiterst zeldzame oogkleurafwijking: dat moest toch wel wat zeggen? Jazeker, dat betekende vast dat hij meer op zijn moeder leek dan op zijn vader.*

Ze stak haar handen uit en tilde hem heel voorzichtig uit het wiegje. Ze voelde hoe zijn warme lichaampje perfect paste in de ronding van haar arm. En ze rook zijn hoofdje, die hemelse geur van een pasgeboren baby... Haar baby!

Met een schok keerde Kate terug in het heden. Alle studenten zaten haar bezorgd aan te kijken en er hing een gespannen stilte in de collegezaal.

Ze klikte vlug door naar de laatste dia. Er verscheen een krantenknipsel met een foto van Peter Conway, die gehandboeid de Londense Old Bailey-rechtbank in werd geleid. De kop luidde:

MOORDENDE KANNIBAAL KRIJGT LEVENSLANG

'Dat is exact wat we tijdens deze collegereeks gaan bespreken. *Nature* versus *nurture*: aanleg tegenover opvoeding. Worden seriemoordenaars geboren of gemaakt? En om jouw vraag te beantwoorden... Ik wil... nee, ik móét geloven dat het laatste het geval is.'

2

Na het college ging Kate meteen naar boven, naar haar kantoor. Haar bureau stond naast een groot erkerraam dat uitkeek op de zee. Het campusgebouw stond aan de rand van het strand, met nog slechts een weg en de zeewering ertussen. Het was vloed en de golven beukten tegen de zeewering, waardoor er telkens een wolk fijne waterdruppels de lucht in spatte. Het was een gezellig kantoortje, met twee rommelige bureaus, een versleten bank en een boekenkast die de hele achterwand besloeg.

'Gaat het wel?' informeerde Tristan, die zich aan zijn bureau in de hoek opmaakte om de post te gaan doornemen. 'Het moet zwaar zijn om dat steeds opnieuw te moeten beleven.'

'Ja, soms is het net *Groundhog Day*,' zei Kate, terwijl ze haar stoel onder het bureau uit trok en ging zitten. Ze hadden op weg naar boven koffie gehaald en toen ze het plastic deksel van haar beker haalde, wilde ze dat ze een miniflesje whisky aan haar americano kon toevoegen. Gewoon wat Jack Daniel's, warm en troostend, om het bittere randje van de koffie – en al die rotgevoelens – weg te nemen. Ze haalde diep adem en schoof de gedachte aan alcohol gauw aan de kant.

Het blijft nooit bij één drankje.

Iedereen op de faculteit kende het verhaal van Kate en Peter Conway, ook Tristan. Maar dit was de eerste keer dat ze er in zijn bijzijn tot in de details over had gesproken. Ze weigerde een slachtoffer van haar verleden te zijn, maar als je dat eenmaal in andermans ogen was, bleef dat stempel algauw hangen, wist ze.

'Ik geloof niet dat er veel criminologiestudenten zijn die een docent hebben die eigenhandig een seriemoordenaar heeft gepakt,' zei Tristan. Hij blies over zijn koffie en nam een voorzichtige slok. 'Best cool eigenlijk.' Toen draaide hij zich om, startte zijn computer op en ging aan het werk.

Kate was opgelucht. Tristan zag haar blijkbaar niet anders dan eerst, en hij wilde ook niet de diepte in en haar het hemd van het lijf vragen. Hij wilde gewoon op de oude voet verder, en daar was ze hem dankbaar voor. Een van de redenen dat ze graag een mannelijke assistent had gehad, was dat ze mannen veel directer vond. Tristan werkte hard, maar was ook relaxed en gemakkelijk in de omgang. Ze konden samen heel goed in aangename stilte werken, zonder steeds te hoeven kletsen. In de korte periode dat hij nu haar assistent was, had ze hem volledig leren vertrouwen.

Ze draaide zich ook om naar haar computer en zette hem aan. 'Had jij al iets terug gehoord van Alan Hexham?'

'Ik heb hem vrijdag gemaild...' zei Tristan, terwijl hij door zijn inbox begon te scrollen. 'En hij heeft nog niet gereageerd.'

Alan Hexham was een forensisch patholoog met wie Kate al drie jaar samenwerkte. Een paar maal per semester kwam hij naar de universiteit, om haar als gastdocent bij te staan tijdens haar colleges over cold cases.

'Probeer het nog eens, als je wilt? Ik wil graag een bevestiging dat ik op hem kan rekenen voor het college van volgende week, over forensische protocollen op de plaats delict.'

'Zal ik hem maar eens proberen te bellen, dan?'

'Graag. Zijn nummer staat in het bestandje "Contacten", op het bureaublad.'

'Komt voor mekaar.'

Kate opende haar inbox. Ze herkende het adres van de eerste mail niet. Ze klikte hem open.

Clearview Cottage
Chew Magna
Bristol
BS40 1PY

25 september 2010

Beste mevrouw Marshall,

Allereerst mijn excuses dat ik u zomaar uit het niets benader. Mijn naam is Malcolm Murray en ik schrijf u namens mezelf en mijn vrouw Sheila.

Onze dochter, Caitlyn Murray, is op zondag 9 september 1990 vermist geraakt. Zij was toen pas zestien jaar oud. Ze ging naar een vriendin en is nooit meer thuisgekomen. Om redenen die ik u zo meteen zal toelichten, zijn wij ervan overtuigd geraakt dat Caitlyn door Peter Conway is ontvoerd en vermoord.

Door de jaren heen zijn wij steeds wanhopiger geworden. Eerst hebben we met de politie samengewerkt; toen haar zaak een cold case werd, hebben we een privédetective ingehuurd. Alles tevergeefs, helaas: het is alsof ons lieve meisje van de aardbodem is verdwenen. Vorig jaar hebben we naar ons gevoel het allerlaatste gedaan wat we nog konden verzinnen en zijn we zelfs naar een helderziende gestapt. Zij vertelde ons dat Caitlyns leven kort na haar vermissing is beëindigd, maar dat ze nu wel vrede heeft.

Maar toen liep ik eerder dit jaar Megan Hibbert tegen het lijf, een oude schoolvriendin van Caitlyn, die een paar weken voordat onze dochter vermist raakte met haar ouders naar Melbourne emigreerde. Dit was in 1990, dus nog voordat het internet bestond, waardoor zij in haar nieuwe woonplaats niet veel over de zaak-Peter Conway heeft vernomen. Bovendien vond Caitlyns vermissing natuurlijk al vijf jaar vóór de Nine Elms-zaak plaats.

Hoe dan ook, Megan en ik raakten aan de praat, waarbij zij zich opeens herinnerde dat Caitlyn haar eens had verteld over een paar stiekeme afspraakjes met een politieman. Volgens haar had ze Caitlyn zelfs met deze man gezien, en zoals zij hem mij omschreef leek hij verdacht veel op Peter Conway. Zoals u weet, was de heer Conway van 1989 tot 1991, voor zijn overplaatsing naar de London Metropolitan Police, hoofdagent bij de Greater Manchester Police.

Ik heb de politie deze nieuwe informatie onlangs schriftelijk doorgegeven, waarna zij het dossier keurig opnieuw hebben bestudeerd en Caitlyns gegevens op hun website over vermiste personen hebben geüpdatet. Volgens hen was dit echter niet voldoende om de zaak officieel te heropenen.

En dat is dus de reden dat ik u nu schrijf. Zou ú misschien willen overwegen om hier nader onderzoek naar te doen?

Mijn vrouw en ik hebben ons er ondertussen bij neergelegd dat Caitlyn inderdaad zal zijn overleden. We willen ons kleine meisje alleen nog vínden. We moeten er niet aan denken dat haar stoffelijke resten ergens in een greppel of een rioolpijp liggen. Onze enige wens is nu dat we haar een fatsoenlijke begrafenis kunnen geven.

We zullen u vanzelfsprekend gewoon voor uw diensten betalen. Mijn mobiele nummer staat hieronder, maar u mag me ook terugmailen.

Met de beste, hoopvolle wensen,
Malcolm Murray

Kate leunde achterover. Haar hart bonkte zo luid in haar borstkas dat ze ervan overtuigd was dat Tristan het ook kon horen. Maar die zat aan de telefoon en sprak net een boodschap in voor Alan, waarin hij hem verzocht terug te bellen om zijn aanwezigheid als gastdocent te bevestigen.

Ze dronk het laatste restje van haar koffie op. Nu verlangde ze nog meer naar een scheut alcohol! Er waren wel vaker geruchten geweest, tot verhalen in de pers aan toe, dat Peter Conway nog meer vrouwen zou hebben vermoord. De politie had door de jaren heen meerdere aanwijzingen nagetrokken, maar nooit iets gevonden. Dit was de eerste keer dat ze de naam Caitlyn Murray hoorde vallen.

Ze keek door het raam en tuurde over de zee naar de horizon. Zou het ooit voorbij zijn? Zou ze ooit kunnen ontsnappen aan de schaduw van Peter Conway en alle gruwelijkheden die hij had gepleegd?

Ze las Malcolm Murrays mail nog een keer door en wist dat ze dit verhaal niet zomaar naast zich neer kon leggen. In haar hart bleef ze altijd een politievrouw. Kate trok haar stoel wat dichter naar het bureau en begon een antwoord te schrijven.

3

Vijftig kilometer van Kates kantoor kwam de regen met bakken uit de hemel. Forensisch patholoog Alan Hexham racete in zijn auto over een kronkelweg. Tussen de dicht op elkaar staande bomen flitsten als in een film beelden van heuvels en een uitgestrekt, grillig landschap langs de ramen.

Alans mobieltje, dat samen met een in papier verpakte Sausage & Egg McMuffin over de passagiersstoel gleed, rinkelde. Hij griste het van de zitting. Toen hij zag dat het om een nummer uit Ashdean ging, annuleerde hij het gesprek echter en gooide de telefoon terug op de stoel. Toen pakte hij de McMuffin, trok er met zijn vrije hand het papiertje af en nam een grote hap.

Hij had niet verwacht vandaag dienst te zullen hebben. Zijn hoofd was nog wazig van een lange avond in het mortuarium. Nu hij achter in de vijftig was, viel werken tot in de kleine uurtjes, zoals hij altijd had gedaan, hem steeds zwaarder.

Het begon nog harder te regenen. Alan zag nagenoeg niets meer en zette de ruitenwissers op de hoogste stand.

Zijn telefoon rinkelde opnieuw. Hij zag dat het een van zijn teamleden was, nam op en zei, met zijn mond vol: 'Ik ben er over vijf minuten... Waar zit jij? Jezus, trap dat pedaal eens in! Die zeikregen spoelt al mijn bewijsmateriaal weg!' Hij hing op en smeet zijn telefoontje weer op de stoel. Ineens werd de weg aanmerkelijk smaller: nog slechts één rijstrook leidde tussen twee hoge rotswanden door naar de heuvels in de verte. Hij zette zijn koplampen in het halfdonker aan en bad dat er geen tegenligger kwam. Pas toen de rotsen aan weerszijden waren verdwenen en de weg zich weer verbreedde tot twee banen gaf hij opnieuw plankgas.

Bij een lage stapelmuur, naast een geopend hek, zag hij een politieauto staan. Hij parkeerde er vlak achter. Toen hij uitstapte sloeg een woeste windvlaag het portier terug en blies zijn tot op de schouders hangende grijze haren in zijn gezicht. Even hoorde hij weer zijn moeders afkeurende stem: *Daar kom je niet ver mee, met die lange manen. Naar de kapper met jou, Alan: kort vanachter en opzij!* Hij pakte een van de elastiekjes die hij altijd om zijn pols droeg en bond zijn haar in een staart. Hij werd er nog steeds opstandig van, ook al was zijn moeder al jaren dood.

Er zaten twee politieagenten in de andere auto, die nu uitstapten en naar hem toe kwamen. Ze leken allebei wel in shock te verkeren. Met de vrouw, agent Tanya Barton, had hij al eens samengewerkt, maar de jonge man, met een huid die zo bleek was dat deze haast doorzichtig leek, was hem onbekend. Alan torende boven de twee jonge agenten uit. Hij was altijd al lang geweest, maar door de jaren heen was hij ook steeds steviger geworden. Hij was tegenwoordig een imposante beer van een vent, met een verweerd gezicht en een dikke baard, die al even grijs was als zijn haar.

'Goedemorgen, meneer. Dit is agent Tom Barclay,' zei Tanya. Ze moest schreeuwen om boven het geluid van de wind en de regen uit te komen. Tom stak zijn hand uit.

'Ik wil zo snel mogelijk naar de plaats delict,' riep Alan. 'Regen en forensisch bewijsmateriaal zijn een waardeloze combi!'

Tanya ging hem voor, door het hek heen en het veld in, dat begroeid was met een mengeling van gaspeldoornstruiken en stug gras, waartussen hier en daar een hoopje schapenbotten lag. Haastig staken ze het veld over, met hun hoofd naar beneden, terwijl de wind om hun oren bulderde en de grijze wolken hen leken te willen verpletteren. Op een gegeven moment ging het steil omlaag, naar een rivier die door de regen behoorlijk gezwollen was. Het bruine water kolkte over de rotsblokken en nam grote takken en allerlei andere troep met zich mee.

Het lichaam lag tussen een paar rotsblokken en gaspeldoornstruiken op de rivieroever. Alan zag dat het in een behoorlijk vergevorderde staat van ontbinding verkeerde. Het was sterk opgezwollen en de huid was al gemarmerd, met een patroon van gele en zwarte vlekken. Het lag op de buik en had een bos smerig en verward lang haar en zes open wonden op de rug en de dijen. Op twee plaatsen was het vlees zelfs zo ver weggebeten dat de ruggengraat zichtbaar was.

Maar het was vooral de manier waarop het lichaam lag die de alarmbellen bij Alan deed afgaan. Toen hij eromheen naar het hoofd liep, om te zien of het een man of een vrouw betrof, voelde hij even de inhoud van zijn maag omhoogkomen. Het hele gezicht was weg. Alan was door zijn vak natuurlijk wel gewend aan bloed en ingewanden, maar soms leek de bruutheid van een misdaad op de een of andere manier nog in de lucht te hangen. Het leek erop dat het gezicht was weggerukt, waarna slechts een deel van de onderkaak en het kaakbot met daarin een rij tanden waren achtergebleven.

Hij kwam nog wat dichterbij en begon zijn latex handschoenen aan te trekken. 'Hebben jullie iets aangeraakt?' vroeg hij.

Toen de wind even van richting veranderde, blies deze de geur van rottend vlees recht in hun gezicht. De twee jonge agenten huiverden en deinsden achteruit. 'Nee, meneer,' zei Tom, met een hand voor zijn mond.

Alan tilde het bovenlichaam voorzichtig op en zag dat het om het een vrouw ging. Ze lag op haar linkerzij, met haar hoofd tegen haar schouder en één arm recht naar voren. Er zat iets rond haar opgezwollen hals. Met zijn vrije hand tilde Alan het hoofd op, waarbij hij zijn andere hand op haar heup legde zodat ze niet de rivieroever af rolde, het troebele water in. Een dun stuk touw was strak om de nek gewikkeld, met daaromheen de restanten van een plastic zak met treksluiting. Toen hij het hoofd nog wat hoger optilde, kwam de rest van het touw uit de modder omhoog en zag hij de knoop aan het uiteinde ervan: een kleine bal van elkaar kruisende draden.

'*Fuck!*' riep hij uit, maar zijn krachtterm werd weggedragen door de wind. Hij draaide zich naar Tanya. Zij leek hem van hen tweeën de minst waarschijnlijke kandidaat om te gaan braken. 'Ik heb mijn telefoon nodig, in mijn linkerzak,' riep hij, terwijl hij het hoofd van het slachtoffer bleef vasthouden en met zijn kin naar zijn jaszak wees. Tanya aarzelde heel even, maar stak toen haar hand uit en begon voorzichtig tussen de plooien van Alans lange jas te zoeken. 'Snel!' Ze stak hem de telefoon toe. 'Nee, ik wil dat jíj een foto maakt, van dit touw rond haar nek. En van die knoop,' zei hij. 'Mijn toegangscode is twee-één-drie-twee-vier-drie.' Met trillende handen opende ze zijn toestel, deed een stap naar achteren en hield het omhoog. 'Dichterbij, het is geen vakantiekiekje! Close-ups heb ik nodig!'

Terwijl Tanya de foto's nam, zag Alan op de onderrug van het slachtoffer een Chinese tattoo. Een deel ervan was weggebeten, de rest was doorgelopen en vervormd door het opzwellen van de huid.

Alan liet het hoofd van de jonge vrouw voorzichtig weer zakken en stond op. Tot zijn opluchting reed precies op dat moment het busje van de forensische dienst het veld in. Hij trok de handschoenen uit en nam zijn telefoon van Tanya over. Hij zocht de laatste foto op en zoomde in op de knoop. Hij zou hem nooit als een apenvuist hebben herkend als niet ook alle andere aspecten van de misdaad hadden geklopt: de bijtwonden, de manier waarop het lichaam erbij lag en het afgerukte gezicht.

Hij keek op naar de twee jonge agenten, die hem gespannen stonden aan te kijken. Toen stopte Alan zijn telefoon weg, schoof zijn vermoedens over de Kannibaal van Nine Elms aan de kant en concentreerde zich op het redden van zo veel mogelijk bewijsmateriaal op deze plaats delict.

4

Na de lunch zat Kate alleen in haar kantoortje. Ze had een hele stapel scripties die ze moest beoordelen, maar kon zich niet concentreren. Ze bleef haar mail maar checken om te zien of Malcolm Murray al had teruggeschreven.

We willen ons kleine meisje alleen nog vínden... Onze enige wens is nu dat we haar een fatsoenlijke begrafenis kunnen geven.

In haar reactie op zijn mail had ze expres geen beloftes gedaan. Immers, wat kon ze doen? Ze zat niet langer bij de politie en had daardoor geen toegang tot welk onderzoeksinstrument dan ook. Ze had wel aangeboden met hen te komen praten en hen in contact te brengen met iemand uit het politieteam van de oorspronkelijke zaak. Nu wilde ze dat ze daar wat minder snel mee was geweest. Ze had immers helemaal geen contact meer met die mensen! Cameron was tegenwoordig inspecteur, was getrouwd, had kinderen en woonde in het noorden; Marsha was vier jaar na Peters veroordeling overleden aan longkanker; de rest van haar collega's van toen was ze uit het oog verloren.

Ze schoof haar correctiewerk aan de kant, ging naar Google en begon te zoeken naar informatie over Caitlyn Murrays verdwijning. Er stond vrijwel niets uit de plaatselijke krantenarchieven uit de jaren negentig online. Het enige wat ze vond, was een piepklein artikel uit 1997 waarin melding werd gemaakt van het feit dat de vermissingszaak officieel door de politie was gesloten.

Vervolgens logde ze in op de website Vermiste Personen in Groot-Brittannië. Het was hartverscheurend om te zien hoeveel dui-

zenden mensen door familieleden en geliefden werden gezocht. Het kostte nog aardig wat graafwerk (haar naam was er abusievelijk in gespeld als 'Caitlin'), maar uiteindelijk vond ze haar in deze database. Er stond maar één foto bij: Caitlyn Murray in haar schooluniform: groene blazer, roomkleurig shirt, korte groene rok, zwarte brogues en een zwarte panty. De foto leek uit een grotere klassenfoto te zijn geknipt: Caitlyn zat op een plastic stoel en achter haar was een deel van het uniform van een andere leerling te zien. Ze was een mooi meisje, met een hartvormig gezicht en grote blauwe ogen. Haar handen lagen gevouwen op haar schoot, haar schouders hield ze licht opgetrokken. Ze droeg haar lichtbruine haar in een staart. Een paar lange lokken ervan werden opzijgeblazen, wat Kate deed vermoeden dat de foto in de openlucht was genomen. Het viel haar op hoe vertrouwd Caitlyn met de camera leek: ze keek er recht in, met een wat wrange glimlach.

Het krantenknipsel dat ze had gevonden, kwam uit de *Altrincham Echo*. Er stond onder andere in dat Caitlyn op de Altrincham Old Scholars Grammar School had gezeten. Toen ze de website van deze school bezocht, bleek hun fotoarchief echter maar terug te gaan tot het jaar 2000.

Terwijl de middag vorderde en de zon op een gegeven moment langzaam in de zee zakte, kreeg Kate steeds meer het gevoel dat ze op een dood spoor zat. Even voor zessen checkte ze haar mail voor de laatste keer. Toen ze zag dat er nog steeds geen reactie van Malcolm Murray was, verliet ze haar kantoor.

Haar huis was gelukkig lekker warm toen Kate de hal in stapte. De centrale verwarming was al behoorlijk oud en nu het kouder begon te worden, was ze wel eens bang dat deze misschien niet nóg een winter zou meegaan. Ze hing haar jas op. Het getik van de ketel op zolder, gevolgd door het zachte geborrel van heet water dat door de buizen stroomde, gaf haar een aangenaam gevoel.

De begane grond van Kates huis bestond uit één grote ruimte: een woonkamer met een open keuken. De achterwand was helemaal van glas, met uitzicht op zee. Hiervoor stond de gemakkelijke stoel waarin Kate het grootste deel van haar vrije tijd doorbracht. De zee had voor haar iets hypnotiserends en troostrijks, en zag er altijd weer anders uit. Vanavond was ze helder: het onweer van vanochtend had zichzelf weggeblazen, de maan was bijna vol en wierp een zilveren glans over het water. De rest van het meubilair in de woonkamer was oud en zwaar: een gehavende bank, een salontafel en een piano (die ze niet kon bespelen). De andere muren verdwenen achter grote boekenkasten, die rommelig waren gevuld met romans en wetenschappelijke publicaties. Het huis hoorde bij haar baan, de inhoud ervan was van haar voorganger.

Ze liep naar de keuken, zette haar tas op de kleine ontbijtbar en opende de koelkast. Hij wierp een gele driehoek van licht in de nog steeds donkere kamer. Ze haalde er een kan ijsthee uit en een bord met een paar citroenschijfjes. De behoefte aan een drankje direct na thuiskomst van haar werk had haar nog niet verlaten. Ze pakte een glas, vulde het half met ijsblokjes, gooide er een schijfje citroen bij en schonk het toen vol met ijsthee. Ze liet het licht nog even uit, ging zitten in de leunstoel bij het raam en keek naar de donkere, glooiende zee die lag te glanzen in het maanlicht. Toen nam ze een slok en genoot van de ijskoude, bitterzoete thee met suiker en citroen.

Kate zat bij de Anonieme Alcoholisten, en bij de AA werden over dit soort gewoontes eigenlijk de wenkbrauwen opgetrokken. Ook al zat er geen alcohol in haar ijsthee, er hoorden wel alle rituelen bij van een typische na-het-werkborrel. Stik maar, dacht Kate, ik doe het lekker toch. Ze bezocht trouw alle bijeenkomsten, onderhield braaf contact met haar sponsor en was nu al zes jaar nuchter. Ze was altijd een drinker geweest. Het hoorde ook bij de cultuur van de politie om na het werk met zijn allen naar de pub te gaan en je een flink stuk in de kraag te drinken. En zowel goede als slechte dagen rechtvaardigden er een drankje. Maar nadat de Nine Elms-zaak haar hele wereld op zijn kop had gezet, was haar drinkgedrag een heus probleem geworden – onder andere doordat ze daardoor niet altijd een goede, verantwoordelijke moeder kon zijn.

Ook al was Jake nooit iets overkomen, toch dronk Kate vaak zo veel dat ze niet volledig meer kon functioneren. Haar ouders, Glenda en Michael, namen hun kleinzoon daarom vaak in het weekend van haar over. Maar ook daarbuiten waren zij meerdere malen voor Kate ingesprongen. Een paar keer had Jake zelfs langere tijd bij hen gelogeerd, om hun dochter de tijd te gunnen alles weer op een rijtje te krijgen.

Het was echter tot een uitbarsting gekomen op een vrijdagmiddag, toen Jake zes was. Hij was net begonnen op een basisschool in South London; en Glenda en Michael waren een lang weekend weg. Kate had de hele week al gedronken, maar volgens haarzelf niet excessief. Die middag was ze echter midden in de supermarkt in elkaar gezakt en met spoed naar het ziekenhuis gebracht, waar alcoholvergiftiging werd geconstateerd. Hierdoor kwam ze niet opdagen toen Jake van school had moeten worden gehaald. De school belde eerst haar en vervolgens haar ouders, maar kreeg nergens gehoor. Toen het alsmaar later werd, besloot men daarom professionele hulp in te schakelen. Glenda en Michael hadden zich inmiddels terug naar huis gehaast, waardoor Jake uiteindelijk slechts enkele uren was opgevangen door een vriendelijk pleeggezin.

Dit incident betekende echter wel dat iedereen in één klap wist van Kates alcoholprobleem. Ze stemde in met opname in een afkickkliniek en droeg de voogdij over Jake tijdelijk over aan haar ouders.

Achteraf bezien had ze toen geestelijk vreselijk slecht in haar vel gezeten en had ze het afkicken niet erg serieus genomen. Voor haar idee logeerde Jake gewoon even bij haar ouders, zoals wel vaker was gebeurd. Zodra zij haar lesje had geleerd en weer nuchter was, zouden ze herenigd worden, dacht ze. Er waren toch wel meer ouders die ziek werden en hun kind daardoor niet van school konden halen?

Maar toen ze drie maanden later uit de kliniek werd ontslagen, ontdekte ze dat Glenda en Michael een officiële aanvraag hadden ingediend voor permanente voogdij over Jake – en dat die hun ook was toegekend.

De jaren die daarop volgden waren voor Kate een ware worsteling om haar leven weer op de rails te krijgen. Niet alleen moest ze keer op keer de strijd aanbinden met haar ouders om haar zoon te mogen zien; ze zette tevens meerdere gerechtelijke stappen om weer bij de politie aan het werk te mogen. En daar nog eens bovenop gingen Peter Conways advocaten in beroep tegen zijn veroordeling, waardoor zijn zaak opnieuw alle kranten haalde en het mediacircus maar bleef voortdenderen.

Pas zes jaar geleden wist Kate zichzelf eindelijk tot geheelonthouding te bewegen, toen haar een reddingslijn werd toegeworpen in de vorm van haar huidige baan aan de Universiteit van Ashdean. Er hoorden een huis en een geheel nieuwe omgeving bij, en Kate ontdekte dat het academische leven haar bijzonder veel voldoening schonk. En ze werd er niet langer veroordeeld.

Lange tijd was het haar levensdoel geweest om Jake weer bij zich te krijgen. Maar tegen de tijd dat ze naar Ashdean verhuisde, was hij al acht jaar, zat hij op een geweldige school, had er vriendjes en was hij over het algemeen erg gelukkig. Ze zag in dat haar ouders er al die tijd voor hem waren geweest toen zij dat niet kon en moest erkennen dat het voor haar zoon het beste zou zijn om bij hen te blijven.

In de jaren die daarna voorbijgleden herstelde hun verhouding zich langzaam. Tegenwoordig zag ze Jake elke schoolvakantie en zo nu en dan een weekend; en tweemaal in de week, op woensdag en op zondag, skypeten ze met elkaar. Ze hadden nu een goede band. Ook al zou Kate zich eeuwig schuldig blijven voelen over de schande dat ze het zover had laten komen dat ze haar zoon van haar af hadden moeten pakken, ze wist van de drank af te blijven en zich vast te houden aan de goede dingen van het leven.

Hoe ouder Jake werd, hoe beter ze inzag dat het goed voor hem was dat hij Glenda had om hem naar school en speelafspraken met vriendjes te brengen. Zo was hij tenminste niet 'dat kind met die beruchte moeder en die seriemoordenaar als vader'. Dankzij hun fysieke afstand kon Jake een relatief normaal leven leiden en gewoon 'dat kind zijn dat bij zijn grootouders woonde, in dat grote huis met die gigantische tuin en die grappige hond'.

Jake wist dat zijn vader een foute man was die in de gevangenis zat, maar Peter Conway speelde geen enkele rol in zijn leven. Het was Peter zelfs officieel verboden om vóór Jakes zestiende contact met hem op te nemen. Maar Kate voelde de problemen voor de toekomst opdoemen: over twee jaar was het immers al zover. Jake had Glenda al aan haar hoofd gezeurd om op Facebook te mogen en begon onderhand echt een tiener te worden, zelfbewust en vol kritiek.

Het was altijd vreemd blijven aanvoelen dat zij moederziel alleen thuiskwam, terwijl ze elders een zoon had. Maar ze moest vooruit blijven kijken en blijven geloven dat het beste nog moest komen. Jake zou een geweldig leven krijgen. Ze was vastbesloten om daarvoor te zorgen, ook als dat betekende dat ze zich in zijn vormende jaren zelf op afstand moest houden.

Op een tafeltje naast haar leunstoel stonden een paar ingelijste foto's van Jake. Zo was er zijn laatste klassenfoto en een die was genomen in de grote, groene tuin van haar ouders: samen met Milo, zijn geliefde labrador. Maar Kates lievelingsfoto was de allerlaatste, eind augustus hier op het strand gemaakt. Het water was nog net op de achtergrond te zien en ze stonden met zijn tweeën naast een gigantisch zandkasteel, waar ze de hele middag aan hadden gebouwd. Jake had allebei zijn armen om haar middel geslagen en ze glimlachten breed. De zon scheen in hun gezicht en accentueerde bij hen allebei de oranje veeg in het lichtblauw van hun ogen.

Ze pakte de foto op en streelde haar zoons gezicht door het glas heen. Jake kwam inmiddels tot aan haar schouder. Hij had vriendelijke ogen en donker haar, dat was geknipt in die nonchalante boybandstijl van de jongens van One Direction. Jazeker, hij was een knappe jongen, maar wel met Peter Conways neus: stevig en aan het eind wat spits. 'Natuurlijk lijkt hij op zijn vader, da's de natuur,' zei Kate hardop tegen zichzelf. 'Maar de opvoeding, dat is mijn... eh, mijn ouders verdienste. Hij is gelukkig, hij heeft geen enkele reden om een slecht mens te worden.'

Ze voelde dat haar ogen zich vulden met tranen en zette de foto vlug terug. Ze keek naar haar glas ijsthee.

Het zou zo gemakkelijk zijn om nu een drankje te nemen. Eentje maar...

Ze schudde de gedachte gauw uit haar hoofd – hop, wég ermee.

Ze dronk haar glas leeg en begon Jakes schoolfoto te bestuderen. De kinderen uit zijn klas poseerden op twee rijen banken, samen met hun juf Prentice, een mooie blondine van voor in de twintig. Jake werd omringd door vier van zijn beste vrienden. Ze leken wel een jongensband in wording zoals ze daar stonden te grijnzen, hun ogen dichtknijpend tegen de zon. Haar gedachten vlogen terug naar Caitlyn Murrays schoolfoto. Zij had er lang niet zo onbezorgd uitgezien als Jake.

Ze stond net op om haar laptop aan te zetten, om te kijken of Caitlyns vader al op haar mail had geantwoord, toen haar mobieltje rinkelde. Ze liep naar haar tas in de keuken en zag dat het Alan Hexham was. 'Hallo! Zo laat nog aan het werk?' zei ze. Ze mocht Alan graag. Hij gaf elk semester een gastcollege aan haar studenten. Ze vond hem niet alleen een briljant forensisch patholoog, maar hij was ook een goede vriend geworden.

'Kate, heb jij het druk?' vroeg hij zonder verdere inleiding.

'Nee. Is er iets aan de hand?'

'Ik zou graag willen dat je naar het mortuarium kwam... Ik heb behoefte aan een second opinion.'

'Een second opinion?' vroeg ze. Alan was normaal gesproken altijd erg opgewekt, maar vanavond klonk hij overstuur, geschokt haast.

'Ja. Alsjeblieft, Kate. Ik kan jouw hulp en inzichten nu echt goed gebruiken.'

5

Het mortuarium lag aan de rand van Exmouth, op slechts een paar kilometer van Kates woning. Het was gevestigd in de kelder van een groot victoriaans ziekenhuis. De parkeerplaats was stil en verlaten toen ze er aankwam. Op de achterkant van het gebouw stond een hoge schoorsteen, waaruit dikke, zwarte rook de heldere lucht in wolkte.

Een zijdeur bracht Kate in een vochtige tunnel die langzaam afliep naar de kelder, waar het rook naar schimmel en ontsmettingsmiddelen. De gelige lampen die op regelmatige afstand van elkaar aan het plafond hingen, flakkerden en gonsden. De tunnel leidde naar een felverlichte receptieruimte met een hoog, rijkversierd victoriaans plafond, met een patroon dat Kate deed denken aan strak opgerolde darmen of aan hersenweefsel. Nadat ze zich had gemeld, werd ze naar een collegezaal geleid met rijen houten klapstoelen die langs de zijwanden omhoogliepen, zelfs zo hoog dat een deel ervan in de schaduw verdween.

In het midden van de zaal, op een roestvrijstalen sectietafel, lag een naakt lichaam, waaraan Alan met twee assistenten aan stond te werken. Ze droegen alle drie blauwe operatiekleding en een doorzichtig plexiglazen masker. Het opgezwollen, zwart geworden lijk was opengesneden van vlak boven het kruis tot aan het borstbeen, waar de snee zich splitste en elk deel apart doorliep naar de schouder, tot aan de hals. De ribbenkast was doormidden gezaagd en opengebogen, waardoor deze leek op een paar vlindervleugels. Waar het gezicht had moeten zitten zat slechts een gat, dat er haast obsceen uitzag. Er stak alleen een rij ondertanden omhoog door het vlees. Ze deden Kate denken aan een groepje giftige paddenstoelen. Even bleef ze staan treuzelen in de deuropening. Ze nam de stank in zich op, die zich vermengde met de geur van stoffig hout van de oude gehoorzaal. Het was koud in de ruimte.

'De longen zijn goed en gezond, maar al bijna vloeibaar,' sprak Alan, terwijl hij ze met bebloede handen omhoogtilde. Het leek wel een dode octopus, zoals ze daar hingen te druipen boven de verminkte torso, vond Kate. 'Snel... Ze vallen zo uit elkaar.' Een van Alans assistenten haastte zich met een roestvrijstalen schaal naar hem toe, en hij legde de longen er behoedzaam in.

Toen pas zag Alan Kate. Hij knikte naar haar. 'Bedankt dat je bent gekomen,' zei hij. Zijn stem weerkaatste tegen het hoge plafond. 'Er hangt een schone set operatiekleding aan de achterkant van de deur. Vergeet de schoenhoezen niet, hè!'

Kate kleedde zich zo snel mogelijk om, kwam terug en bleef een eindje van het lichaam af staan, met haar armen gevouwen voor haar borst. Ze stond dichtbij genoeg om de restanten van de organen van het meisje te kunnen zien: keurig tegen elkaar aan gevlijd in de openliggende torso. Ze vroeg zich af wat deze jonge vrouw met haar te maken had. En het was al zo lang geleden dat ze bij een lijkschouwing aanwezig was geweest... Hopelijk kon haar maag het nog steeds aan.

Alan, die hoog boven zijn twee assistenten uittorende, vertelde Kate waar en wanneer ze dit lichaam hadden gevonden. 'Hoewel ze geen gezicht meer heeft waarmee we haar zouden kunnen identificeren, heeft haar lichaam wel een overvloed aan monsters opgeleverd. Sperma, speeksel en drie verschillende haren: schaamhaar uit de vagina, een wimper uit een van de bijtwonden aan de achterkant van haar benen...'

'Bijtwonden?' herhaalde Kate traag.

Alan keek naar haar op. 'Ja,' zei hij. 'Zes stuks.'

Een van de assistenten tilde nu voorzichtig het hart uit de torso en droeg het eerbiedig met twee handen naar een weegschaal.

'Liam...' zei Alan berispend. 'Breng de schaal naar het orgaan toe, ga er niet mee rondlopen! Samira...' Liam bleef abrupt midden in de ruimte staan en hield het hart vast, terwijl Samira een kleine kom voor hem haalde.

Kate negeerde het toneelstukje en liep naar het lichaam, dat sterk naar rottend vlees rook. Op een tafel ernaast lag een chirurgische zaag, vol gestold bloed. Zo bedaard als een lijkschouwing altijd werd uitgevoerd... Ze had het wel eens horen omschrijven als 'iemand met heel veel zorg uit elkaar rukken'.

'Is ze verstikt?'

'Ja,' zei Alan. 'Kijk maar naar de striemen in de hals: die bestaan uit allemaal kleine, rode speldenprikken, als een soort uitslag.' Hij wees de bedoelde plekken voor haar aan. 'Dat duidt op een snelle afname van zuurstof, waarna het bloed heel gauw weer zuurstofrijk wordt. Haar is de zuurstof ontnomen totdat ze bíjna was overleden, daarna is ze weer tot leven gewekt...'

'Lag ze in een bepaalde pose? Op haar zij, met één arm uitgestrekt?'

'Ja.'

'En haar lichaam was achtergelaten in een parkachtige omgeving?'

'Heideachtig: Dartmoor National Park. Maar wel buiten, ja. In weer en wind.'

'Heb je al een naam?'

'Nog niet. Maar als ik naar de resterende tanden kijk, zou ik zeggen dat ze nog maar net tiener af was.' Hij liep naar een roestvrijstalen rolwagentje en pakte er een bewijszak af, met daarin de losgetrokken bovenkant van de plastic zak en het touw met de knoop. Hij gaf de zak aan Kate. 'En dit zat om haar nek.'

Voor de tweede keer die dag werd een brok verleden onverhoeds Kates heden in geslingerd. Er trok een rilling over haar hele lichaam terwijl ze de knoop door het dikke plastic heen betastte en de ribbels van de kleine bal bevoelde. Ze keek op naar Alan. 'Jezus! Een apenvuistknoop,' zei ze zacht. Ze keek weer naar het lichaam, dat al zo vergaan en opgezwollen was dat moeilijk te zeggen viel hoe dit meisje er levend had uitgezien. 'Wat zegt de politie ervan?'

'Dat jij bij mijn lijkschouwing bent? Dat weten ze niet,' zei Alan.

Ze keek hem aan en trok één wenkbrauw op. 'Dat bedoelde ik niet.'

'De zaak wordt geleid door een jonge, vrouwelijke inspecteur. Zij speelde waarschijnlijk nog met d'r barbies toen Peter Conway op oorlogspad was. Ik heb het haar nog niet verteld. Ik wilde eerst dat jij ernaar keek, voordat ik deze moord aan een oude zaak koppel.'

Kate keek weer naar de knoop. 'Ik heb geen enkele twijfel. Alle elementen zijn aanwezig: het is de Kannibaal van Nine Elms.'

'Peter Conway is niet ontsnapt, mocht je je daar zorgen over maken. Die zit nog steeds keurig achter slot en grendel in Hare Majesteits Staatshotel.'

Kate knikte. 'Dat weet ik. Als hij ontsnapt, hoor ik dat als een van de eersten. En er zijn allerlei veiligheidsmaatregelen getroffen om mij en mijn zoon dan te beschermen...' Ze zag een zweem van medeleven in Alans ogen. Ze hadden haar situatie nooit met elkaar besproken, maar het was duidelijk dat hij ervan op de hoogte was. 'Wie dit ook heeft gedaan, het ziet ernaar uit dat het om een na-aper gaat. Een copycat. Of maak ik nu een te grote sprong? Er is gewoon te veel om het nog toeval te kunnen noemen. Vind ik tenminste.'

'Ja,' zei hij. 'Ik ben het met je eens.'

Ze richtte haar aandacht weer op het lijk. 'Weet je wanneer ze is gestorven, het tijdstip van overlijden?' vroeg ze.

'Nou... ze heeft lang buiten gelegen, in wind en regen, tussen de insecten en andere dieren. We hebben al maden gevonden in het vlees achter het linkeroor en in de schouder, en het hele lichaam is opgezwollen. Dus ik zou zeggen... vijf à zes dagen geleden.'

'Dat zou dus afgelopen dinsdag of woensdag zijn geweest. Maar Conway nam zijn slachtoffers altijd op een donderdag of een vrijdag te grazen. Dan had hij het hele weekend om ze te martelen en te vermoorden, waarna hij hun lichaam altijd op een maandag of een dinsdag dumpte,' zei Kate. Ze keek Alan aan. 'Heb je tandafdrukken van die bijtwonden kunnen nemen?'

'Nee. De huid is al te erg vergaan.'

'En haar gezicht? Weet je hoe dat is verdwenen?'

Alan trok een plastic zakje uit een van de zakken van zijn operatiekleding en hield het omhoog. Er zat een lange tand in. 'De linkerhoektand van een hondachtige,' zei hij. De tand was glad en wit.

'Een hónd?'

Alan knikte. 'Een dobermann of een Duitse herder. Maar zo'n beest zou behoorlijk opgejut moeten worden voordat hij zoiets zou doen. Ik bedenk liever niet hoe dat is gebeurd. Deze tand hebben we gevonden in de restanten van haar rechterbovenkaak. Maar ik geloof niet dat die hond dat gezicht er in zijn eentje vanaf heeft gekregen. Er zijn ook snijwonden, gemaakt met een gekarteld lemmet.'

'Alsof die hond heeft aangevallen en het gezicht daarna is verwijderd? Dat het karwei dus is afgemaakt met een mes?'

'Precies,' zei Alan.

'Ben je al eerder moorden tegengekomen met Conways kenmerken?'

'Nee.'

'Kun je dat nazoeken?'

'Kate, ik heb om je professionele mening over dit lichaam gevraagd, waar ik je erg dankbaar voor ben, maar...'

'Alan... Jij hebt toegang tot de politiedatabases. Als er iemand bezig is Peter Conways moorden na te apen, dan is dit meisje al zijn twééde slachtoffer. Conways tweede slachtoffer was Dawn Brockhurst. Zij was naast een rivier gedumpt, vossen hadden de plastic zak om haar hoofd eraf getrokken en een deel van haar gezicht weggevreten. Shelley Norris, zijn eerste slachtoffer, werd gevonden op een autokerkhof aan Nine Elms Lane...'

Alan stak zijn handen in de lucht. 'Ja ja, dat weet ik... Maar mijn taak is puur het aangeven van de feiten. De doodsoorzaak.'

'Maar kun je het op zijn minst even checken? Of de politie erop wijzen dat ze daarnaar moeten kijken?'

Alan knikte vermoeid. Zijn assistenten waren intussen bezig om heel voorzichtig de ribbenkast te sluiten, waarna ze de lange, Y-vormige incisie op het borstbeen zouden dichtnaaien.

Toen Kate naar beneden keek, zag ze dat ze nog steeds de plastic bewijszak met het besmeurde stuk touw met de apenvuistknoop beethield. Haar hand begon te trillen en ze gooide Alan de zak gauw toe. Het voelde alsof het ding haar, als ze het nog een seconde langer vasthield, zou besmetten en mee terug zou sleuren naar de turbulente hel die de zaak van de Kannibaal van Nine Elms was geweest.

6

Kate kon zich niet meer herinneren dat ze het mortuarium had verlaten of afscheid had genomen van Alan. Voor haar gevoel liep ze zomaar opeens uit de lange, vochtige tunnel de parkeerplaats op.

Haar benen bewogen automatisch en haar bloed pompte zo snel door haar aderen dat het pijn deed. En alles, zoals ook het geluid van de drukke weg die ze overstak, klonk gedempt. Er hing een dunne nevel rond het gelige licht van de straatlantaarns. De diepe angst die ze voelde was irrationeel, dat wist ze ook wel; het was ook niet één beeld of één gedachte die het 'm deed. Maar het nam haar volledig in beslag. *Gaat die angst me ditmaal afmaken – eens en voor altijd?* Haar nek en rug dropen van het zweet; ze rilde in de koude buitenlucht.

Het volgende moment stond ze in de slijterij aan de overkant van het mortuarium. Ze keek naar beneden: ze had een fles Jack Daniel's in haar hand.

Ze schrok er zo van dat ze de fles liet vallen. Hij knalde kapot en spatte in duizend stukjes op de grauwe linoleumvloer en over haar schoenen. Achter de kassa zat een kleine Indiase man een film te kijken op zijn laptop. Door het geluid van de vallende fles keek hij op; hij trok zijn oortjes uit zijn oren en pakte een grote rol blauw keukenpapier. 'U betaalt hem wel gewoon,' zei hij vlak.

'Natuurlijk,' zei ze. 'Wacht, dan help ik u.' Ze knielde en pakte een scherf van de gebroken fles op. Hij glinsterde van de amberkleurige vloeistof, die zo dicht bij haar tong was dat ze de whisky kon ruiken...

'Nee nee,' zei de man. 'Niets aanraken.' Hij wierp haar een afkeurende blik toe. Kate zag hem denken: weer zo'n dronkenlap!

Eindelijk schoof de werkelijkheid weer op haar plek. Ze rommelde in haar tas en haalde er een briefje van twintig pond uit. De man nam het van haar aan, waarna zij over de glasscherven heen stapte en de winkel uit liep. Zonder om te kijken stak ze haastig de weg over – waarbij ze bijna een busje over het hoofd zag, dat luid begon te toeteren.

Bij haar auto aangekomen, stapte ze in en sloot de portieren. Haar handen trilden, ze rook de whisky aan haar schoenzolen en er zaten natte plekken op haar benen. Een deel van haar zou de drank wel uit de stof willen zuigen. Ze haalde diep adem en opende het raampje. Ze voelde de koude lucht door de auto waaien, waarna de whiskygeur algauw minder werd.

Toen haalde ze haar mobieltje tevoorschijn en stuurde een tekstbericht naar Myra, haar sponsor bij de Anonieme Alcoholisten.

BEN JE NOG OP? HAD BIJNA GEDRONKEN.

Tot haar opluchting kwam er zo goed als onmiddellijk een reactie.

JE BOFT, WIJFIE. IK BEN NOG OP ÉN IK HEB CAKE. IK ZAL HET WATER ALVAST OPZETTEN.

Myra woonde naast Kate, in een klein appartement boven haar surfwinkel. De zaak was gesloten voor de winter en de kleine parkeerplaats ervoor was verlaten. In de muur zat een geldautomaat en voor de winkel stond een langwerpig, dubbelzijdig bord met afgeronde hoeken. De wind liet het razendsnel draaien en wisselen tussen KOUDE DRANKEN en IJSJES.

Kate liep naar de zijdeur en klopte erop. Ze wierp een blik op de verlichte geldautomaat in de hoek. In de zomermaanden werd die veel gebruikt door surfers, maar buiten het seizoen was zijzelf een van de weinigen die er gebruik van maakten, en dan nog alleen als ze te lui was om de stad in te gaan.

Myra opende de deur met twee dampende theemokken in haar hand. 'Hier, hou eens vast,' zei ze, terwijl ze ze aan Kate gaf. 'Laten we even naar beneden lopen, wat frisse lucht happen.'

Ze trok een lange, donkere winterjas aan en stapte in een paar rubberlaarzen. Haar gezicht was behoorlijk gerimpeld maar fris van kleur, en ze had een flinke bos wit haar dat bijna licht leek te geven onder het ganglicht. Kate had Myra nooit naar haar leeftijd gevraagd; zij had het nooit uit zichzelf verteld. Myra was nogal op zichzelf, maar Kate nam aan dat ze achter in de vijftig, of misschien al zestig was. Ze was bijna zeker van vóór 1965: dat was immers het jaar waarin Myra Hindley en Ian Brady waren opgepakt voor de Heidemoorden. Er waren maar weinig mensen die hun dochter daarna nog Myra noemden.

Ze liepen langs het zeezichtterras met drie rijen lege picknicktafels in de schaduw. In de hoek leidde een afbrokkelende betonnen trap naar beneden, naar het strand. Kate volgde Myra langzaam: ze moest zich concentreren om geen thee te morsen. Hoe dichter bij de onderkant van de trap, hoe luider het gebulder van de wind en de golven werd.

Onder aan de duinen stonden twee roestige strandstoelen. Ze kraakten toen ze erop gingen zitten. Kate nam dankbaar een slok van de hete, zoete thee; Myra trok een doosje Mr Kipling battenbergcakejes uit haar jaszak.

'Oké, waarom wilde je drinken?' vroeg ze toen, met een ernstig gezicht. Ze klonk niet veroordelend, maar wel streng. En terecht: zes jaar onthouding was niet iets om lichtvaardig mee om te springen.

Terwijl ze af en toe een hap van haar cakeje nam, vertelde Kate over de vernietigende drietrapsraket van die dag: haar college over Peter Conway, de mail die ze had ontvangen en daarbovenop nog eens die lijkschouwing. 'Ik voel me verantwoordelijk, Myra. De vader van die Caitlyn heeft niemand anders tot wie hij zich nog kan wenden.'

'Maar je weet helemaal niet of zij ook door Peter Conway is ontvoerd. Het kan gewoon toeval zijn,' zei Myra.

'En dan die jonge vrouw van vanavond... Jezus, zoals ze daar lag, als een platgeslagen stuk rauw vlees. Als ik bedenk dat het allemaal opnieuw begint...'

'Wat wil je eraan doen?'

'Helpen! Voorkomen dat het opnieuw gebeurt.'

'Je kunt best helpen: door te vertellen, te delen wat je weet. Maar vergeet niet dat je herstel nooit eindigt, Kate. Je hebt een zoon die zijn moeder nodig heeft, je moet ook aan jezelf denken. Niets is belangrijker dan dat jij nuchter blijft. Stel dat je straks opnieuw een slijterij binnenloopt en die fles whisky níét laat vallen? Stel dat je naar de toonbank loopt, afrekent en... een terugval krijgt?'

Kate veegde een traan uit haar ooghoek.

Myra pakte haar hand. 'Peter Conway zit veilig opgesloten. Daar heb jij voor gezorgd. Laat de politie dit gewoon afhandelen, laat Alan doen wat hij moet doen. En wat dat vermiste meisje betreft: wat denk je dat je kunt doen om haar te vinden? En hoe kunnen haar ouders zo zeker weten dat Conway degene is door wie ze is vermoord?'

Kate keek omlaag, naar het zand, en maakte het plat met de rand van haar schoen. Dit gesprekje met Myra had haar alweer wat gekalmeerd. Nu de adrenaline niet langer door haar aderen raasde, voelde ze ineens hoe moe ze was. Ze keek op haar horloge: bijna elf uur. Ze draaide zich om naar de zee, waar de lichtjes van Ashdean fonkelden in de duisternis. 'Ik moet eens gaan slapen, en zorgen dat ik deze spijkerbroek uit krijg – die stinkt naar drank.' Kate zag heus wel dat Myra zich zorgen maakte. Maar ze had geen zin om haar te beloven dat ze zich niet met die zaken ging bemoeien.

'Ik loop nog even met je mee,' zei Myra. 'Dan help ik je die broek in de wasmachine te stoppen.'

Kate wilde eigenlijk protesteren, maar knikte toch. Toen ze nog dronk, had ze aardig wat idiote fratsen uitgehaald. Alleen al de geur van verschaalde drank had haar in het verleden wel vaker over de streep getrokken.

'En morgen gaan wij samen naar de vroege bijeenkomst,' voegde Myra er streng aan toe.

'Oké,' zei Kate. 'En nog bedankt.'

7

Peter Conway liep door de lange gang van Psychiatrische Inrichting Great Barwell, geflankeerd door twee ordebewaarders, Winston en Terrell.

Door de vele jaren in gevangenschap met beperkte activiteit had Peter een buikje gekregen en er staken twee magere, onderontwikkelde benen onder zijn iets te korte badjas uit. Zijn handen waren op zijn rug geboeid en hij droeg een spuugkap. Deze was gemaakt van dun metaalgaas en bedekte zijn hele hoofd; een verstevigd plastic paneel aan de voorkant bewoog in en uit met zijn ademhaling. Zijn grijze haar, dat nog nat was van het douchen, kwam deels onder de kap uit en hing tot over zijn schouders.

Peters laatste gewelddadige incident was nu een jaar geleden. Toen had hij tijdens de groepstherapie een medepatiënt gebeten, een manisch-depressieve man genaamd Larry. Het conflict had gedraaid om Kate Marshall. Peter droeg nog steeds een stevige hoeveelheid emoties jegens haar met zich mee: woede en haat, maar ook wellust en gemis. Kort voor de betreffende groepssessie had Larry een artikeltje over Kate in de krant gevonden. Niets schokkends of belangrijks, maar hij had Peter er wel mee uitgedaagd. Larry was degene die de eerste klap had uitgedeeld, maar Peter had het vervolgens afgemaakt door het puntje van Larry's korte, dikke neus eraf te bijten. Vervolgens had hij geweigerd toestemming te verlenen om zijn maag te laten uitpompen, zodat het ontbrekende stukje lichaam nooit was teruggevonden. Sindsdien moest Peter buiten zijn cel – of 'kamer' zoals de progressievere artsen graag zeiden – altijd gehandboeid zijn en een spuugkap dragen.

Er waren door de jaren heen meer incidenten geweest waarbij Peter iemand had gebeten: een ordebewaarder, een arts en twee patiënten. Er waren dan ook diverse gebitsbeschermers en zelfs een hockeymasker à la Hannibal Lecter op hem uitgeprobeerd. Bijten voor het genot en bijten uit zelfverdediging waren in Peters hoofd twee verschillende dingen. Jong vrouwenvlees had een delicate, haast geparfumeerde kwaliteit, waarvan hij kon genieten als van een goed glas wijn. Mannenvlees daarentegen was harig, taai en sterk van smaak. Hij had nog nooit anders dan uit zelfverdediging in een man gebeten.

Met verwijzing naar de Wet op de Mensenrechten had Peters advocaat steeds met succes bezwaar aangetekend tegen het gebruik van dergelijke beperkende middelen. De spuugkap werd gewoonlijk door de politie gebruikt bij arrestaties, als bescherming tegen blootstelling aan lichaamssappen. Deze was overgebleven als de enige oplossing voor Peter waar zowel de inrichting als de rechterlijke instanties en zijn advocaat zich in konden vinden.

Peters cel lag aan het eind van een lange gang. Alle deuren waren er van dik metaal en hadden een luikje dat alleen van buitenaf kon worden geopend. Geroep, gebonk en zo nu en dan een ijselijke kreet klonken erdoorheen, maar dit waren voor Peter en zijn ordebewaarders slechts achtergrondgeluiden op hun vaste ochtenduitstapje van en naar de douche – ongeveer vergelijkbaar met het gekwetter van vogeltjes in de vrije natuur. Winston en Terrell waren grote, imposante mannen, allebei dik boven de één meter vijfentachtig en 'gebouwd als een bootwerker', zoals Peters moeder altijd zei. Hoewel het gewoon een ontspannen wandeling leek, van de badkamer terug naar de cel, droegen beide ordebewaarders een dikke leren riem met daaraan onder andere een busje pepperspray.

De patiënten in de extra beveiligde vleugels werden zo veel mogelijk van elkaar gescheiden gehouden. Het grootste deel van de dag brachten ze ieder in hun eenpersoonscel door, daarbuiten kwamen ze slechts hoogstzelden met elkaar in contact. De gangen van de inrichting werden bewaakt via een uitgebreid netwerk van camera's, zowel ten behoeve van de veiligheid als voor het stroomlijnen van de gewone dagelijkse verplaatsingen. Peter wist dat hij binnen een paar minuten terug moest zijn in zijn cel, zodat de volgende naar de douches kon.

Hij zat al zes jaar in dezelfde ruimte. Toen ze bij zijn deur kwamen, ging Peter keurig tegen de tegenoverliggende muur staan, waarbij Terrell hem in de gaten hield terwijl Winston de deur van het slot haalde. Zodra de deur open was, maakte Terrell de riemen op de achterkant van de spuugkap los en ging Peter naar binnen. Daarna werd de deur gesloten en weer op slot gedaan.

'Ik ga het luik nu openen, Peter. Ga met je rug naar de deur toe staan en steek je handen erdoorheen,' zei Winston. Peter voelde de tocht toen het luik openging en deed wat hem was opgedragen. Nadat hem zijn handboeien waren afgedaan, trok hij zijn armen terug, maakte zelf de spuugkap verder los, trok hem van zijn hoofd en gaf hem door het luik aan.

'Bedankt, Peter,' zei Winston. Het luik werd weer gesloten.

Vervolgens trok Peter zijn badjas uit en kleedde zich aan: een spijkerbroek, een blauw linnen overhemd en een trui. In de loop van de afgelopen zes jaar was er steeds meer luxe zijn cel binnengeslopen, zoals een digitale radio. En terwijl veel gemeentelijke bibliotheken in Groot-Brittannië waren wegbezuinigd, bezat Great Barwell nog een behoorlijke bibliotheek. Er lag dan ook een flinke stapel boeken op Peters nachtkastje. De enige reden dat hij spijt had van zijn aanvaring met Larry destijds, was dat hij daardoor nu geen waterkoker meer bezat. Het privilege om zelf warme dranken te mogen klaarmaken moest namelijk worden verdiend – maar kon ook weer worden verspeeld. Peter miste het enorm dat hij nu zelf geen kop thee of koffie meer kon zetten.

Het verlangen om vrij te zijn had hem ook nooit verlaten. Na het laatste boek dat hij had gelezen, over de chaostheorie, was hij gefascineerd geraakt door het zogenaamde 'vlindereffect' dat daarin werd beschreven. Ook al scheidden talloze deuren en hekken met scheermesdraad erop hem van de vrijheid, toch wist hij dat er binnen afzienbare tijd ergens een paar vleugels zouden fladderen – als metafoor voor een minieme verschuiving of opening in de gevangenisroutine – waarna hij wellicht de kans zou krijgen te ontsnappen.

Hij hoorde het gepiep van schoenen op de gang en het lage gerommel van de wielen van een rolwagentje.

Lang geleden had hij al geleerd dat de inrichting alle tijd opdeelde in blokken van vijf minuten. Toen hij op een keer onderweg was geweest naar de dokter, had er een incident met een andere patiënt plaatsgevonden. Hij was toen via een lange omweg, door allerlei hem onbekende gangen, teruggebracht naar zijn cel. Door een openstaande deur had hij toen een glimp opgevangen van het interieur van de controleruimte. Op een gigantische verzameling tv-schermen waren er beelden van elke deur en gang in Great Barwell te zien geweest. Hoe lang hij er ook al zat, de volledige plattegrond van de inrichting doorzag hij nog steeds niet.

Er werd op zijn deur geklopt, het luikje ging open. Een bijna lachwekkend lange neus stak erdoorheen, met daaronder een paar opvallend rode, vochtige, door acne omringde lippen. 'Peter?' kraste een stem. 'Ik heb je post hier.'

'Goeiemorgen, Ned,' zei Peter, en hij kwam naar het luik.

Ned Dukes was de langstzittende patiënt van de inrichting. Hij zat al veertig jaar achter de tralies, voor het opsluiten en verkrachten van veertien jongens. Hij was klein en verschrompeld en de bewuste neus en mond bevonden zich in een groot, rond gezicht. Zijn blinde, melkachtige ogen rolden heen en weer in hun kassen terwijl zijn handen tussen de brieven en pakketjes op het rolwagentje graaiden.

Ned werd vergezeld door een oudere vrouw, een ordebewaarster met een liploze mond, die ze meestal in een grimmige streep trok. 'Eén plank lager,' zei ze ongeduldig.

Hij was niet de meest efficiënte postbode, maar Ned deed deze klus ook al voordat hij zijn gezichtsvermogen verloor en raakte zonder de structuur van zijn postronde buitengewoon gestrest en geïrriteerd. De laatste keer dat de inrichting had geprobeerd hem deze taak af te nemen, had hij geprotesteerd door kokend water over zijn geslachtsdelen te gieten. Hij was hierdoor zijn warmedrankenprivilege kwijtgeraakt, maar had zijn baantje als officieuze postbode mogen houden.

Neds ademhaling klonk luid en nasaal toen hij zijn hand naar beneden bracht en tussen de keurig opgetaste brieven begon te rommelen, waardoor een van de stapels er bijna vanaf viel.

'Helemaal onderop! Daarzo!' snauwde de ordebewaarster, en ze greep zijn pols en legde zijn hand op Peters stapel. Ned pakte de brieven en gaf ze hem door het luik aan.

'Bedankt, Ned.'

'Dag,' zei Ned, en hij grijnsde zijn gruwelijke verzameling afgebroken, bruine tanden bloot.

'Ja, dag-dag,' mompelde Peter toen het luik weer dichtklapte.

Hij liep naar zijn bed en begon de post door te lopen. Zoals gewoonlijk was alles al door de inrichting geopend, gecontroleerd en slordig teruggestopt in de enveloppen.

Hij had weer een brief van zuster Assumpta, de non die hem al jaren schreef vanuit haar klooster in Schotland. Ze wilde weten hoe de badjas die ze hem had gestuurd beviel en informeerde naar zijn schoenmaat, omdat ze op Amazon een paar bijpassende slippers had gevonden. Ze eindigde haar brief met de mededeling dat ze zou bidden voor zijn ziel.

De rest van de correspondentie vond Peter maar saai: een verzoek van een auteur om een citaat te leveren voor diens boek met waargebeurde misdaadverhalen; een man en een vrouw die hem – los van elkaar – vertelden dat ze verliefd op hem waren; en op de een of andere manier bleek zijn naam op een *Reader's Digest*-mailinglijst te zijn beland.

Hij had Kate ooit één keer geschreven: een lange brief tijdens een zwak moment toen hij nog in voorarrest zat, in afwachting van zijn vonnis. Hij had toen net gehoord dat ze zijn kind droeg en had haar verzocht het te houden, en gevraagd of hij deel zou mogen uitmaken van zijn of haar leven.

Hij had er nooit iets op gehoord.

De enige informatie die hij door de jaren heen bijeen had weten te sprokkelen, kwam van zijn moeder Enid en uit de pers. Hij had Kate niet meer geschreven. Haar afwijzing van wat hij zag als een hartverscheurende, oprechte brief voelde voor hem als een groter verraad dan het feit dat ze zijn misdaden aan het licht had gebracht.

Om het nog wat erger te maken, volgde er zelfs een gerechtelijk bevel dat moest voorkomen dat Peter of zijn moeder ooit contact met Jake zouden opnemen of diens adres te weten konden komen. Maar natuurlijk kende Enid zo veel mensen dat zij Jakes adres intussen allang had – niet omdat ze ook maar enige interesse in haar kleinzoon had, maar puur omdat ze de autoriteiten graag te slim af was.

Over twee jaar zou Jake echter zestien worden, waarmee alle gerechtelijke bevelen vervielen. Peter wist dat Kate een verloren zaak was, maar zijn zoon – die zou hij op een dag ontmoeten, dat wist hij zeker. En o, wat zou hij er dan van genieten om hem gigantisch tegen haar op te zetten...

Hij liep naar zijn celdeur en luisterde. Het was stil op de gang. Toen liep hij naar de radiator in de hoek, die aan de muur was vastgelast. Er zat een grote plastic draaiknop op waarmee je de temperatuur kon regelen. Een paar weken geleden had Peter daaraan gedraaid, waarna hij er plots mee in zijn handen had gestaan: het voorgevormde plastic omhulsel ging er zomaar af. Dat was een onverwachte meevaller geweest: nu had hij een plek om dingen te verstoppen in een cel die dagelijks minutieus werd doorzocht.

Peter draaide de radiatorknop langzaam naar links en wrikte wat aan het plastic totdat het losging. Toen pakte hij zijn leesbril, gebruikte een poot ervan om ermee in de knop te peuren en draaide hem om en om totdat er iets kleins uit viel. Het was de oplosbare huls van een vitamine C-capsule. Hij trok de twee helften uit elkaar en pulkte er met zijn nagels een piepklein rolletje papier uit. Vervolgens maakte hij de vitaminecapsule weer dicht en legde hem op de stapel boeken. Hij kroop op zijn bed, schoof zo ver omhoog dat hij plat tegen de muur lag en vanuit het luik net niet kon worden gezien, en wikkelde het rolletje toen voorzichtig open. Het strookje was van dat dunne, witte, wasachtige papier dat altijd wordt gebruikt voor kassarollen en was dicht beschreven met keurige, zwarte letters.

Toen ik je eerder schreef en vertelde dat ik ter ere van jou een meisje had vermoord, dacht je vast dat ik een van die sneue, eenzame fantasten was die jou wel vaker schrijven. Ik schrijf je nu opnieuw, om je ervan te overtuigen dat ik het serieus meen. en dat ik echt

besta. Ik heb nog een meisje ontvoerd en vermoord. Haar naam was Kaisha Smith en ik heb haar lichaam achtergelaten bij een rivier in de buurt van Hunter's Tor in Dartmoor. Hier zal zeer binnenkort in de pers melding van worden gemaakt. Ik zal blijven voortgaan in jouw voetstappen, in de hoop jou waardig te zijn. Houd onze communicatielijnen alsjeblieft open: je zult er geen spijt van krijgen. Ik heb namelijk niet alleen plannen om jouw werk voort te zetten, maar ik wil jou ook gelukkig maken. Ik zal je helpen oude rekeningen te vereffenen en uiteindelijk zal ik je zelfs de vrijheid teruggeven.
Een Fan

Peter had deze brief de afgelopen dagen al meerdere malen gelezen. Zijn moeder had hem verzekerd dat deze 'Fan' echt bestond. Sterker nog: zij had hem zelfs ontmoet. Het frustreerde Peter mateloos dat mensen buiten de poort zomaar met elkaar konden communiceren, maar dat hij zich moest behelpen met geheime briefjes en tergend trage reactietijden.

Hij stak zijn hand uit naar zijn radio, zette hem aan en begon langs de kanalen te scrollen. Hij was net op tijd voor het achtuurjournaal van BBC Radio Devon. Elke ochtend schakelde hij nu heen en weer tussen Radio 4 en de plaatselijke radio, in de hoop dat ze iets meldden wat de woorden uit de brief van de 'Fan' zou bevestigen. Ook vandaag luisterde hij het hele nieuwsbericht af, maar weer kwam er niets.

Hij zette de radio weer uit en was het briefje net weer strak aan het oprollen, toen hij herrie hoorde op de gang. Hij kon de lege capsule niet meteen terugvinden en kreeg het even Spaans benauwd, totdat hij hem onder zijn bed zag liggen. Het ding loste al bijna op in zijn zweterige handen toen hij het briefje er weer in schoof. Hij had de radiatorknop net weer op zijn plek toen met een luide klap het luik in zijn celdeur werd geopend.

'Koffie!' riep de stem van de vrouw die de drankjes en de maaltijden rondbracht.

Peter liep naar het luik en zag de roodplastic tuitbeker staan. Hij kreeg één warm drankje per ochtend – in zo'n stomme kinderbeker. Zogenaamd voor de veiligheid, maar volgens hem was het ding eerder

bedoeld om hem te vernederen. 'Wel melk, geen suiker?' checkte hij.
'Eh, ja...'
'Je lijkt er anders niet erg zeker van.'
'Je mag je beker niet in mijn bijzijn openmaken!' snauwde de vrouw hem toe. 'Of je drinkt het gewoon op, of ik neem hem meteen weer mee.'
Peter pakte de beker. 'Bedankt,' zei hij, waarna hij voor zich uit mompelde: 'Kutwijf.'
'Wat zei je daar?'
'Ik zei... een koekje erbij zou wel lekker zijn.' En hij liet haar glimlachend zijn bruine tanden zien.
De vrouw schudde haar hoofd en schonk hem een blik vol afkeer. 'Ik kom over een uurtje terug. Die beker moet dan...'
'Leeg zijn, op zijn kop staan, met het deksel eraf... Ja ja, ik weet het,' zei hij.
De vrouw klapte het luik dicht.
Peter zette de beker tegen zijn lippen en nam een slok. De vloeistof was koud, melkachtig en zoet.
Hij liep naar zijn bureau, haalde er een vel schrijfpapier uit en scheurde er met behulp van een liniaal een smalle strook af. Toen begon hij aan zijn antwoord voor zijn Fan.

8

De volgende ochtend ging Kate samen met Myra naar de AA. Het was hun vaste bijeenkomst, die altijd werd gehouden in een parochiehuis even buiten Ashdean. Kate biechtte er eerlijk op dat ze op het punt had gestaan om haar periode van onthouding te verbreken, en zoals altijd putte ze weer erg veel kracht uit de bijval en verhalen van de andere aanwezigen. Toen zij en Myra op de trappen voor de kerk afscheid van elkaar namen, was Kate blij dat haar buurvrouw niet doorvroeg over wat ze die dag ging doen.

Toen Kate op kantoor arriveerde, was Tristan er al. Hij zat al volop te werken. 'Goeiemorgen,' zei hij. 'Alan Hexham heeft eindelijk contact opgenomen. Hij komt volgende week inderdaad college geven. En... hij wilde weten hoe het met jou ging. Hij maakte zich zorgen dat je te overstuur was geraakt door de lijkschouwing van gisteravond...'

'O, bedankt. Ik zal hem even terugbellen,' zei ze vlak; ze ging aan haar bureau zitten en zette haar computer aan. Ze zag vanuit haar ooghoek dat Tristan zich afvroeg wat er precies aan de hand was. Waarom deed Alan dat nou, zo'n indiscrete boodschap achterlaten? Hij wist toch niet of haar assistent alles van haar wist?

Toen ze haar mailprogramma opende, zag ze dat ze een reactie van Malcolm Murray had. Hij wilde haar ontmoeten.

Ze keek weer naar Tristan. Hij was bezig met de coldcaseoefening voor het aankomende college: de studenten kregen daarvoor een syllabus met allerlei informatie uit het politiedossier en diverse verslagen. Ze nam een besluit. 'Wil je misschien even een kop koffie gaan halen?' vroeg ze.

Hij duwde zijn stoel al naar achteren. 'Natuurlijk. Wat wil jij?' vroeg hij.

'Nee, ik bedoelde: laten we even een kop koffie gaan drinken, beneden. Er is iets waar ik met je over wil praten.'

'Oké,' zei hij. Hij trok zijn dikke, donkere wenkbrauwen aarzelend naar elkaar toe. 'Ik heb toch niet iets verkeerd gedaan?'

'Welnee! Kom, ik snak naar wat cafeïne. Laten we daar verder praten.'

Ze liepen naar beneden, naar de fonkelnieuwe Starbucks op de begane grond van het faculteitsgebouw. Het was er warm en gezellig. Toen ze hun koffie eenmaal hadden, wisten ze een mooie tafel aan het raam te bemachtigen, met uitzicht op zee.

Kate keek om zich heen, naar de tafeltjes vol studenten met gloednieuwe laptops en muffins en lattes-van-drie-pond voor hun neus, en dacht terug aan haar eigen armoedige studententijd, met haar ijskoude kamer en haar dieet van linzen en fruit. Een Starbucks-latte en zo'n muffin kostten al meer dan wat zij toen per week aan eten kon uitgeven!

Tristan leek haar gedachten te lezen. 'Veel van deze studenten moeten wel stinkend rijk zijn,' merkte hij op. 'Zie je hem daar bijvoorbeeld?' Hij wees naar een knappe, donkerharige jongen die onderuitgezakt in een van de leunstoelen tegen zijn mobieltje zat te praten. 'Dat zijn Adidas Samba Luzhniki World Cup-gympen, *limited edition*, die hij daar aanheeft.'

Kate keek naar de witte sportschoenen met de rode strepen. 'Echt? Ik vind ze er maar doodgewoon uitzien.'

'Nee, daar zijn maar een paar duizend paar van gemaakt. En ze zijn van bizonleer met suède. Die gast zal van vijfhonderd pond niet veel wisselgeld hebben teruggekregen... Maar sorry, jij wilde iets vertellen.'

'Geeft niet, hoor,' zei ze glimlachend. Hoe beter ze Tristan leerde kennen, hoe meer ze hem mocht. Ze begon hem te vertellen over de mail van Malcolm Murray en haar ontmoeting met Alan Hexham gisteravond. Alleen het feit dat ze bijna weer was gaan drinken en wat zo'n terugval voor haar zou hebben betekend, verzweeg ze. Ze liet hem Murrays mail lezen.

'Denk je dat ze met elkaar te maken hebben? Dat meisje van die lijkschouwing en deze Caitlyn?' vroeg Tristan.

'Nee, dat niet. Hoewel dat meisje van gisteren op een gruwelijke manier was omgebracht en haar moord alle kenmerken van Peter Conways werkwijze bezat. Maar Peter zit in de gevangenis en de politie is al met die zaak bezig. Nee, ik wil dat jij me gaat helpen bij het onderzoek naar de verdwijning van Caitlyn Murray.'

'Hoe dan?' vroeg hij, terwijl hij de mail nog eens bekeek.

'Nou, je hebt van alles zitten voorbereiden voor mijn coldcasecolleges, je hebt allerlei oude dossiers bestudeerd... Ik wil graag dat je met me meegaat naar Malcolm en zijn vrouw – voor de broodnodige frisse blik. Ikzelf zit nogal dicht op deze zaak, da's duidelijk, dus daarom ben ik benieuwd naar jouw mening.'

Hij keek zowel verrast als opgetogen. 'Te gek! Ik vond dat uitzoeken van al die cold cases echt geweldig, al die oude politiebestanden doorlezen en zo. Superinteressant allemaal!'

'Hoeveel werk heb jij voor morgen ingepland staan?' informeerde Kate. De woensdag was een collegeloze dag en werd door hen altijd gebruikt voor voorbereiding en administratie.

'O, ik kan wel met wat dingen schuiven, vandaag wat langer doorwerken en zo. Wilde je het morgen gaan doen dan?'

'Ja. Maar dan moeten we wel vroeg in de ochtend vertrekken. En eh... het zal natuurlijk gewoon worden aangemerkt als een werkdag en ik zal al je onkosten vergoeden.'

'Klinkt goed,' zei Tristan, waarna hij zijn koffie opdronk. Hij bestudeerde de foto van Caitlyn die Kate online had gevonden. 'Dit moet voor jou toch aanvoelen als een soort wond die weer wordt opengekrabd. Peter Conway was jouw zaak... En nu zouden er opeens misschien nog meer slachtoffers kunnen zijn!'

'We weten nog niets, hè: er is nooit een lichaam gevonden! Maar helaas, de zaak-Peter Conway zal voor mij altijd wel een open wond blijven...'

Tristan knikte. 'Hoe was hij eigenlijk? Peter, bedoel ik. Ik weet hoe hij nú is, maar eens moet hij toch een volkomen normaal iemand hebben geleken. Jarenlang heeft immers helemaal niemand hem verdacht.'

'Tja, hij was mijn baas. En ook al hebben we kort iets met elkaar gehad, toch was het ook weer niet zo dat we dikke mik waren of zo. Hij leek gewoon een fatsoenlijke vent, die populair was bij zijn team. Na een lange, zware werkdag gaf hij altijd een rondje. En er was bijvoorbeeld een rechercheur die was verlaten door haar man, die door hem vaak werd ontzien. Zij mocht gewoon haar zoon van school gaan ophalen en zo. Nou, ik kan je wel vertellen: als je in die tijd – 1995 – als politievrouw problemen had met de opvang van je kinderen, dan belandde je sneller achter een bureau dan dat je "vrouwenrechten" kon zeggen...'

'Denk je dat hij dus ook een normale persoonlijkheid in zich had?'

'Jazeker. Dat zie je vaak bij meervoudige moordenaars: dat de twee kanten van hun karakter – goed en slecht – constant met elkaar in conflict zijn.'

'Maar de slechte kant wint die strijd wel vaak.'

'Ik mag toch hopen dat de goede kant even vaak triomfeert...' Ze zweeg abrupt. Ze wist het zelf ineens ook niet meer zo zeker.

Tristan knikte. 'Bedankt. Ik beloof je dat ik je nu niet meer zal lastigvallen met vragen over hem... O, ik vind het zo cool dat ik jou weer aan het werk zal mogen zien als politievrouw en misdaadonderzoeker!'

'Ho ho, ik wil gewoon met je op visite bij Malcolm Murray en zijn vrouw, meer niet. Ik ga die twee nog helemaal niets beloven.'

9

De volgende ochtend gingen Kate en Tristan al vroeg op pad. Via de snelweg kostte het hun zo'n twee uur om in Chew Magna te komen, een fraai stadje zo'n vijftien kilometer buiten Bristol. Malcolm en Sheila's cottage lag aan de rand ervan, aan een kort zandpad dat door de regen van de laatste tijd behoorlijk modderig was geworden. Ze parkeerden vlak bij het hek in de voortuin. Tristan moest vanuit het passagiersportier over een grote plas heen in de zachte berm springen.

De schilderachtige cottage van de familie Murray was totaal niet wat Kate zich had voorgesteld. Ze had een sjofele kleine rijtjeswoning of een huurflat voor zich gezien, zoals de huizen van de andere slachtoffers. Dit was echter een keurig, witgeschilderd huisje, met een dikke blauweregenrank die langs de regenpijp omhoog kronkelde. De takken waren kaal op een paar geel geworden bladeren na, die deinden op de wind.

Ze liepen naar de voordeur. Het gras in de voortuin kwam tot aan hun knieën en het onkruid groeide hoog tussen de stoeptegels.

Malcolm Murray deed open. Hij was een kleine, stevige man met afhangende schouders en erg weinig, pluizig haar op een dooraderde schedel. Hij droeg een spijkerbroek met een messcherpe vouw en een trui met een rood-blauw ruitenpatroon. Hij gaf hun glimlachend een hand. 'Hallo, hallo. Zo fijn om kennis met u te maken,' zei hij met schorre stem. Kate keek naar de donkere vlekken op de rug van zijn handen: de man moest achter in de tachtig zijn.

'Het ging wat sneller dan verwacht. Ik hoop niet dat we te vroeg zijn?' zei Kate. Het was nog maar net negen uur.

'O, mijn vrouw en ik zijn veel beter vóór de lunch. Dus hoe eerder, hoe beter. Daarna worden we steeds een beetje gekker...' Hij grijnsde breed en deed een stap naar achteren om hen binnen te laten. 'Eh, het zou fijn zijn als jullie je schoenen zouden willen uitdoen. Dat zijn wij zo gewend.'

In de lage, vaag verlichte gang lag dik, verschoten lila tapijt en het rook er naar ontsmettingsmiddel en meubelwas. Kate hing haar jas op en begon haar schoenen uit te trekken.

Tristan maakte de veters van zijn gympen los en trok ze heel voorzichtig uit. Eronder droeg hij smetteloze, spierwitte sportsokken. 'Zo zo, flitsend, hoor,' zei Malcolm.

Tristan liet hem zijn gympen zien. 'Dank u wel,' zei hij. 'Vintage Dunlop Green Flash.'

Malcolm zette met een trillende hand zijn dikke bril recht. 'O nee, ik bedoelde je sokken: die zijn zó wit! Die mag ik van Sheila nooit dragen. Veel te besmettelijk, zegt ze.'

Tristan lachte. 'Dat klopt wel een beetje, ja. Maar ik ben in ons huishouden degene die de was doet, dus...' zei hij, terwijl hij zijn jas ophing.

'Ben je getrouwd?'

'Nee, ik woon samen met mijn zus. Zij is de kok, ik ben de flessenspoeler en de sokkenwasser.'

Kate glimlachte. Dat wist ze nog niet van haar assistent! Ze nam zich voor hem daar nog eens naar te vragen.

'Malcolm, het tocht! Gooi die deur eens gauw dicht!' klonk een schrille vrouwenstem vanuit de woonkamer. 'En zoek een paar slippers voor ze.'

'O ja. We kunnen niet hebben dat jullie een koutje vatten,' zei Malcolm, en hij trok de voordeur dicht. 'Oké dan... Waar zijn die slippers ook alweer?'

Kate en Tristan benadrukten dat dat heus niet hoefde, maar Malcolm stond erop. Hij begon te rommelen in een grote kist onder de kapstok, net zolang tot hij voor hen allebei een paar vergeelde hotelslippers had gevonden. PLEZIER, ZON, SHERATON! stond erop. Hij liet ze voor hun voeten op de grond vallen. 'Daarzo! Wij zijn met de eeuwwisseling naar Madeira geweest. Het was de laatste vakantie voordat Sheila's vliegangst te erg werd, en toen... Nou ja, goed... Trek die maar aan, dan zitten jullie er warmpjes bij. En zo blijven die witte sokken mooi schoon.'

Toen Malcolm zich omdraaide, trok Tristan een gezicht naar Kate: de veel te kleine slippers stonden bespottelijk aan zijn gigantische voeten.

Ze liepen langs een grote, luid tikkende staande klok naar de woonkamer, die een stuk lichter was. Maar hij zag er wel wat raar uit: twee leunstoelen met een set bijzettafeltjes ertussen waren helemaal naar het voorraam geschoven; en de eethoek stond weggeduwd onder het achterraam, dat uitkeek op een overwoekerde achtertuin. Een paar vierkante moeten in het tapijt lieten zien waar het meubilair had gestaan.

Maar toen Kate Sheila zag, begreep ze waarom hun kamer er zo uitzag. Het hele midden ervan was leeggemaakt om plaats te maken voor de enorme stoel met hoge rug waarin Sheila troonde, ingestopt onder een zachte, blauwe deken. De vrouw droeg haar lange, grijze haar in een losse paardenstaart en haar huid zag donkergeel. Naast haar stoel stond een gigantisch dialyseapparaat met knipperende lichtjes te zoemen en te gonzen; aan de andere kant stond een hoge tafel vol flesjes en medicijndoosjes en ernaast een gele scherpafvalcontainer, voor het weggooien van naalden en verbanden. Een paar dikke, met bloed gevulde slangen kwamen onder de deken uit en verdwenen in het apparaat, waar het bloed kennelijk doorheen werd gepompt en gezuiverd, waarna het weer Sheila's aderen in werd geleid.

'Malcolm, je had ze even moeten waarschuwen! Moet je die arme jongen daar zien staan,' zei Sheila toen ze Tristan zag, die inderdaad een beetje bleek was weggetrokken. 'Hallo, ik ben Sheila.'

Kate en Tristan liepen naar haar toe en schudden haar de hand.

'Wat is hij knap!' zei Sheila, die Tristans hand nog steeds vasthad. 'Is hij uw zoon?'

'Nee, hij is mijn onderzoeksassistent op de universiteit.'

'Dat lijkt me een interessante baan! Heb je een vriendinnetje, jongen?'

'Ja, dat is het zeker. En nee, dat heb ik niet,' zei Tristan, terwijl hij al dat bloed om hem heen probeerde te negeren.

'Een vriendje dan? Een van mijn verpleegkundigen, Kevin, is ook homoseksueel. Hij is net terug van een Disneycruise.'

'Nee, ik ben vrijgezel,' zei Tristan.

Toen pas liet Sheila zijn hand los. Ze nodigde hen met een gebaar uit in de leunstoelen te gaan zitten. Kate kreeg de indruk dat deze vrouw niet vaak visite kreeg. Ze bleef maar tegen hen kletsen, totdat haar man terugkeerde met een dienblad vol spullen. Ze vertelde hun onder andere dat ze op een wachtlijst stond voor een nieuwe nier. 'Ik bof echt dat de gemeente driemaal in de week dit apparaat komt langsbrengen.'

Kate keek de kamer rond. De schoorsteenmantel was de enige plek waar niets aan was verschoven. Er stonden vijf ingelijste foto's van Caitlyn op. Op een ervan keek ze als baby met grote ogen op vanonder een blauw dekentje in een wieg. Op een andere zaten een veel jongere Malcolm en Sheila op een strand, op hun knieën naast een vijf- à zesjarige Caitlyn. Het leek een mooie, zonnige dag: ze hadden allemaal een ijsje in de hand en glimlachten breed naar de camera. Vervolgens was er een foto die zo te zien een paar jaar later was gemaakt, door een professionele fotograaf. Het was een close-up van hen drieën, naast elkaar voor een blauw-wit gevlekte achtergrond, weemoedig in de verte starend. En dan waren er nog twee foto's van Caitlyn als prille tiener: een met een stralende glimlach naast een hoge zonnebloem en een met een lapjeskat. De schoolfoto die de krant had gebruikt stond er niet bij. Kate huiverde omdat de fotoserie zo abrupt eindigde: Caitlyn had nooit kunnen opgroeien en er haar trouwfoto of een kiekje met haar eerste baby aan kunnen toevoegen.

Een poosje later zaten ze al aan hun tweede kopje thee en babbelde Sheila er nog steeds lustig op los, nu over de drie verpleegkundigen die haar afwisselend kwamen verzorgen.

Malcolm zat op een vrij hoge eetkamerstoel naast zijn vrouw. Ten slotte stak hij een hand op en zei vriendelijk: 'Lieverd, deze mensen zijn van ver gekomen. We moeten het nu toch echt over Caitlyn gaan hebben.'

Sheila zweeg abrupt. Meteen daarop betrok haar gezicht en begon ze te huilen. 'Ja ja, ik weet het...' zei ze. Malcolm pakte een zakdoekje voor haar; zij depte er haar ogen mee droog en snoot haar neus.

'Ik begrijp dat het moeilijk is,' zei Kate, 'maar mag ik een paar vragen stellen?' Ze knikten allebei. Kate haalde een notitieblok tevoorschijn en bladerde erdoorheen. 'Meneer Murray, u vertelde in uw mail dat Caitlyn op 9 september 1990 vermist is geraakt. Wat was dat voor een dag?'

'Een zondag,' antwoordde Sheila. 'Caitlyn ging uit met haar vriendin. We woonden toen nog in Altrincham, vlak bij Manchester. Ze zouden samen gaan lunchen en daarna naar de film. Ik weet nog precies wat ze droeg toen ze die ochtend vertrok: haar blauwe jurk met de witte bloemetjes op de zoom, blauwe sandalen en een blauw handtasje. Ze zag er altijd prachtig uit, Caitlyn wist zich heel goed te kleden.'

'Die vriendin met wie ze had afgesproken, was dat dat meisje dat naar Australië is geëmigreerd?'

'Nee, dit was een andere schoolvriendin. Haar beste vriendin, Wendy Sampson,' antwoordde Malcolm. 'Zij heeft de politie verteld dat ze die zondag in een Italiaans restaurant hebben geluncht, waarna ze *Back to the Future III* hebben gezien. Even na drieën die middag verlieten ze de bioscoop, aan het eind van de hoofdstraat zijn ze uit elkaar gegaan. Het was immers een mooie dag, en met lekker weer ging Caitlyn altijd te voet terug naar huis. Het was maar twintig minuten lopen...'

'Maar ze is nooit thuisgekomen,' maakte Sheila zijn verhaal af. 'Een vrouw heeft haar nog in de krantenkiosk gezien, halverwege de route naar ons huis. Ze kocht er een rol pepermuntjes.'

'Kunt u zich de naam van die vrouw nog herinneren?'

'Nee, sorry.'

'Hoe lang nadat ze afscheid van Wendy had genomen was dat?' wilde Kate weten.

'Een kwartiertje of zo. Die vrouw wist het exacte tijdstip niet meer,' zei Malcolm.

'Het is alsof Caitlyn van de aardbodem is verdwenen, zonder ook maar één spoor achter te laten,' zei Sheila. 'Ik heb heel lang niet willen verhuizen, zelfs niet toen ze al tien jaar weg was. Ik bleef maar denken dat ze misschien zou terugkomen en kon de gedachte niet verdragen dat ze dan tevergeefs bij ons huis zou aankloppen.'

Ze zwegen allemaal even. In de stilte klonk het piepen en zoemen van het dialyseapparaat.

'Hebt u Wendy's gegevens voor me: een telefoonnummer of een adres?' vroeg Kate.

'Wendy is twee jaar geleden overleden, aan borstkanker. Ze was getrouwd; haar echtgenoot heeft ons nog uitgenodigd voor de begrafenis,' zei Sheila.

'Ik kan zijn adres wel even opzoeken,' zei Malcolm.

'Wat deed Caitlyn buiten school eigenlijk?' vroeg Kate.

'Ze ging vaak naar het jeugdhonk, op dinsdag- en donderdagavond. Dat zat zo'n beetje bij ons om de hoek,' zei Malcolm. 'En ze werkte parttime bij een videotheek, op maandagavond en zaterdag. Die videotheek heette Hollywood Nights en het jeugdhonk werd Carter's genoemd. Ik heb de officiële naam ervan nooit geweten: de beheerder was een ouwe mopperkont genaamd Carter, en die naam bleef hangen.'

'Hebt u zijn adres ook voor me?'

'O, die is allang dood. Hij liep in 1990 al tegen de zeventig,' zei Sheila.

'Deed Caitlyn op school aan sport, of zat ze buiten schooltijd bij een sportclub?' informeerde Kate. Sheila schudde haar hoofd en drukte een zakdoekje tegen haar neus. 'En wat weet u van die schoolvriendin uit Melbourne?'

'Megan Hibbert,' zei Malcolm. 'Ja, dat was zo gek... Wij gaan elk jaar terug naar Altrincham, om bloemen te leggen op het graf van Sheila's moeder. Maar omdat Sheila dit jaar niet mee kon, ging ik in mijn eentje. Op de begraafplaats kwam er een vrouw naar me toe, die vroeg of ik soms Caitlyns vader was. Het was voor mij een schok om een vreemde haar naam te horen uitspreken. Maar dat was dus Megan. Zij was na al die jaren terug in Groot-Brittannië voor familiebezoek en kwam het graf van haar opa bezoeken. We zijn samen een kop koffie gaan drinken. Ze bleek pas een paar jaar later te hebben vernomen wat er met Caitlyn was gebeurd. In die tijd zat je daar nog echt afgesloten van de rest van de wereld. Ja, en toen liet zij dus vallen dat Caitlyn haar ooit had opgebiecht dat ze iets met een politieman had... Daar schrok ik wel van, want... Nou ja, wij hebben altijd gedacht dat we alles van onze dochter wisten.'

'Heeft Megan haar ook met die man gezien?'

'Ze vertelde me dat ze op een avond in het jeugdhonk wat aan het tafeltennissen waren, toen Caitlyn zei dat ze naar het toilet moest. Toen dat wel erg lang duurde, ging Megan haar zoeken en vond Caitlyn buiten. Ze stond voor het gebouw door het zijraampje van een auto met een man te praten...'

Kate en Tristan zagen Sheila's reactie op dit verhaal: haar gezicht betrok en ze probeerde haar ogen te drogen met een al kletsnat zakdoekje.

Malcolm pakte een schoon zakdoekje voor haar. 'Stil maar, lieverd, het is goed,' zei hij sussend.

'Hoe zag die man eruit?' wilde Kate weten.

'Megan had hem niet zo goed gezien, daar was het te donker voor. Maar hij leek erg knap, ergens in de twintig, en hij had strak achterovergekamd donker haar en opvallend rechte en witte tanden. En zijn auto – een donkerblauwe Rover – was gloednieuw: het kenteken begon met een H. Volgens Megan stond Caitlyn erg lacherig en flirterig met hem te doen. Op een gegeven moment stak de man een arm door het raampje en sloeg hem om haar middel, waarna zij bij hem instapte en met hem wegreed. Ze heeft Megan zijn naam nooit verteld, alleen dat hij een smeris was. Dit was overigens niet op de dag van Caitlyns vermissing: volgens Megan kwam ze de volgende dag gewoon weer naar school en leek er verder niets aan de hand. Ze was gewoon even vrolijk als altijd.'

'Heeft Megan hen nog vaker samen gezien?'

'Nee.'

'Heeft Caitlyn haar nog meer verteld?'

'Nee. Zij waren wel vriendinnen, maar geen hartsvriendinnen.'

'En wanneer speelde dit precies?'

'Volgens Megan ergens in de zomer, begin augustus. Het begon net rond negen uur 's avonds te schemeren. En het moet op een dinsdag of een donderdag zijn geweest.'

'Even over het politieonderzoek naar Caitlyns verdwijning: hebt u namen voor me van politiemensen die daaraan hebben gewerkt?' vroeg Kate.

'Daar hebben we er destijds maar twee van ontmoet, een man en een vrouw. De vrouw was nog erg jong, agent Francis Cohen heette ze; haar baas was ene inspecteur Kevin Pearson. We weten niet waar zij tegenwoordig werken,' zei Malcolm.

'Ze zijn altijd erg aardig tegen ons geweest, maar ze hadden gewoon geen enkel aanknopingspunt...' zei Sheila. 'Tegen de tijd dat Caitlyn vermist raakte, waren Megan en haar ouders al verhuisd: zij emigreerden eind augustus. Megan heeft dit alles nooit eerder aan iemand verteld; en Caitlyn heeft haar vriendin Wendy kennelijk nooit in vertrouwen genomen over deze politieman.'

'Peter Conway is van begin 1989 tot maart 1991 politieagent geweest bij de Greater Manchester Police, daarna is hij naar Londen verhuisd. Weet u of hij destijds ook aan deze zaak heeft gewerkt?' vroeg Kate.

'Een paar weken geleden hebben we die vraag officieel ingediend, omdat we wettelijk gezien nu eenmaal recht hebben op informatie. Maar daar is nog geen reactie op gekomen,' zei Malcolm. 'We hebben wel gehoord dat hij destijds bij de narcoticabrigade werkte. De Greater Manchester Police is natuurlijk een grote organisatie, maar hij woonde niet meer dan een paar kilometer van ons huis in Altrincham: hij huurde een kamer in een huis aan Avondale Road in Stretford. Dat hebben we gelezen in een van die boeken die over hem zijn geschreven. We hebben ook foto's van hem gezien toen hij nog jonger was, en daarop lijkt hij best wel op Megans omschrijving: knap, achterovergekamd donker haar en een opvallend recht en wit gebit. Natuurlijk weten we inmiddels wat hij met die tanden heeft gedaan...'

Nu brak Sheila helemaal. Ze drukte haar gezicht snikkend tegen Malcolms schouder. 'Lieverd, denk om de buisjes. Doe nou voorzichtig,' zei hij, terwijl hij een met bloed gevulde slang van zijn pols haalde.

Hij stond op en liep naar het dressoir naast de open haard. Hij haalde er een grote archiefdoos uit en gaf deze aan Kate. 'Dit is wat ik door de jaren heen allemaal heb verzameld.' Kate opende de doos. 'Er is van alles: krantenknipsels, foto's van Caitlyn, allerlei details over de dag van haar vermissing... We geloven niet dat ze nog in leven is, maar zoals ik in mijn mail ook al zei: we willen haar gewoon vinden, om haar op haar laatste rustplaats te kunnen leggen.'

'Ik weet dat het een lastige vraag is, maar zou Caitlyn eventueel ook kunnen zijn weggelopen? Was ze ergens ongelukkig over? Hebt u ergens ruzie met haar over gehad?'

'Wat? Nee!' riep Sheila, met ineens verontwaardiging in haar stem. 'Nee nee nee, Caitlyn was gewoon gelukkig! Natuurlijk, ze was een tiener, maar... nee. Toch, Malcolm?'

'Ik wist in ieder geval ook nergens van. De avond voor haar vermissing hebben we samen nog een heel gezellige zaterdagavond doorgebracht. We hadden fish-and-chips gehaald en hebben *The Generation Game* en daarna een James Bond-film zitten kijken. Met zijn drietjes, hartstikke knus.'

'Het spijt me, maar ik móést het vragen,' zei Kate.

Malcolm knikte.

Sheila was weer wat gekalmeerd. 'Zoals ik het zie, ben jij onze enige hoop, Kate. Jij was de enige politieagent die door Peter Conways masker heen wist te kijken. Jij hebt hem opgepakt en achter slot en grendel gekregen.' Ze stak haar hand naar haar uit. Kate stond op en liep naar haar toe. Sheila's hand voelde droog aan als papier en de gelige huid ervan was bijna doorzichtig. 'Alsjeblieft, zeg dat je ons gaat helpen.'

Kate keek in Sheila's ogen en zag haar pijn. 'Ja,' zei ze. 'Ik ga jullie helpen.'

10

Zo'n honderdvijftig kilometer buiten Londen arriveerde Enid Conway per taxi bij Psychiatrische Inrichting Great Barwell. Ze gaf de taxichauffeur exact wat ze hem verschuldigd was – Enid geloofde niet in fooien – en smeet het portier dicht, met meer kracht dan je bij iemand van haar leeftijd zou verwachten. Ze was een kleine, magere vrouw met kraaloogjes, pikzwart haar dat als een helm om haar hoofd lag en een hard gezicht, dat nog harder leek door de zware make-up. Ze droeg een lange pied-de-poule-jas en had een roze Chanel-tas over haar schouder. Voordat de taxi wegreed, bewonderde ze nog vlug even haar spiegelbeeld in het zijraam.

De inrichting lag tegenover een rij chique woonhuizen. Meteen aan de andere kant van de straat begon het terrein van de inrichting, dat was afgezet met een zes meter hoog hek met rollen scheermesdraad erop. Bij de poort stond een gebouwtje waar alle bezoekers zich moesten melden.

Enid liep naar het loket ervan, waarachter een oudere vrouw met een streng gezicht achter een verzameling monitors zat. 'Morgen, Shirley,' zei ze. 'Hoe gaat het ermee?'

Shirley stak haar hand uit. 'Dit weer is niet best voor mijn gewrichten,' zei ze.

'Tja, dat komt door het vocht. Als ik jou was, zou ik thermo-ondergoed aanschaffen... Ik kom voor Peter.'

'Dan heb ik eerst uw bezoekaanvraag nodig,' zei de vrouw, nog steeds met uitgestoken hand.

Enid zette haar gloednieuwe tas op de balie tussen hen in (met het metalen Chanel-logo demonstratief naar Shirley toe) en begon erin te rommelen. Shirley leek niet erg onder de indruk.

'Hier,' zei Enid en ze overhandigde de bedoelde brief.

Shirley controleerde hem even en schoof toen een bezoekerspasje door het luikje. Enid liet het vlug in haar jaszak glijden. 'Nee, mevrouw Conway, u kent de regels: bezoekers moeten hun pasje zichtbaar op hun kleding dragen,' zei Shirley streng.

'Maar dit is een gloednieuwe jas, een echte Jaeger! Daar heb jij misschien nog nooit van gehoord, Shirley, maar da's dus een heel duur merk,' zei Enid.

'Dan hangt u het maar aan uw riem.'

Enid wierp haar een nijdige blik toe en beende weg.

Shirley keek Enid na. 'Zo zo, heeft die effe lekker met geld gesmeten!' mompelde ze. 'Maar al draagt een aap een gouden ring, het is en blijft een lelijk ding...'

Great Barwell bestond uit een aantal grote, vrijstaande victoriaanse gebouwen van rode baksteen, met een nieuwe, futuristisch ogende bezoekersvleugel ervoor. Toen Enid bij de eerste beveiligingspost aankwam, maakte ze de knopen van haar jas los. 'Ben jij een van de nieuwen?' vroeg ze aan de kleine, magere jongen bij de bodyscan. Ze gebruikten hier dezelfde apparatuur als op luchthavens.

De jongen zag scheel aan zijn linkeroog en had heel dun, donker haar op een veel te groot hoofd. 'Ja, dit is mijn eerste dag,' zei hij nerveus, terwijl hij keek hoe Enid haar jas uittrok. Ze droeg er een chique pantalon en een friswitte blouse onder. Hij hield haar een grijze bak voor, waarop zij haar hooggehakte schoenen uittrok, zich ontdeed van een gouden armband en haar oorringen en alles in de bak legde. De Chanel-tas en een boodschappentas vol snoep gingen in een andere bak. Toen liep ze door de bodyscan. Deze begon alsnog te piepen.

'Godver, ik heb alles toch afgedaan? Mijn hoorapparaatje hoeft toch niet ook nog uit?' vroeg ze. Ze hield haar hoofd schuin zodat hij het in haar linkeroor kon zien zitten.

'Nee nee, da's in orde. Hebt u soms een metalen plaat in uw hoofd of ijzeren pinnen in uw botten? Sorry, maar dat moeten we nu eenmaal vragen.'

Enid wierp een blik op haar spullen die langzaam over de lopende band op het röntgenapparaat af schoven. Door een luik in de muur zag ze de controlekamer, waarin twee beveiligers achter een verzameling schermen zaten. 'Nee. Het is vast de beugel in mijn beha die dat alarm laat afgaan,' zei ze.

De lopende band was ondertussen gestopt en de bak met haar tassen ging opnieuw door de scanner. De beveiligers in de controlekamer tuurden naar het röntgenbeeld. Een van hen wees iets aan.

Enid greep vlug de hand van de nieuweling en drukte hem tegen haar boezem. 'Hier, controleer maar. Voel maar eens goed,' zei ze, extra luid.

De schele jongen probeerde zich los te rukken, maar daarop trok Enid zijn hand naar beneden en duwde zijn vingers tussen haar benen. 'Mevrouw, alstublieft!' riep hij paniekerig.

Ze bracht haar gezicht heel dicht bij het zijne. 'Voel je wel? Dat ben ik – en verder helemaal niets.' Toen ze naar de controlekamer keek, zag ze dat ze de aandacht van de andere beveiligers had weten te trekken: zij stonden grinnikend van leedvermaak naar hen te kijken. De bak met haar tassen schoof intussen de scanner weer uit. Enid liet de hand van de jongen abrupt los en stapte weer door de bodyscan. Hij piepte weer. 'Zie je wel, mijn behabeugel,' zei ze.

'Ja ja, het is wel goed zo,' zei de jongen met trillende stem.

Enid griste haar spullen bij elkaar en liep naar een dikke glazen deur. Toen ze daarbij langs de controlekamer kwam, gaf ze de twee oudere mannen een vette knipoog.

Even later zoemde de deur en kon ze doorlopen naar een hokje van spiegelglas. Op een bordje stond:

VOETEN UIT ELKAAR

OMHOOGKIJKEN NAAR DE CAMERA

Er stond een geel vierkant op de vloer met een paar weggesleten voetstappen erin. Enid ging erop staan en keek omhoog. Er klonk een zacht gegons toen de lens zich op haar richtte en inzoomde. Vervolgens hoorde ze een piepje, waarna de deur tegenover haar een paar centimeter opensprong.

Deze leidde naar een tweede beveiligingspost, waar haar tassen opnieuw werden doorzocht, ditmaal door een lange zwarte beveiliger die ze niet mocht. Hij keek in de plastic tas en haalde er een paar snoepzakjes uit. 'Je weet toch dat ik altijd snoep voor Peter meeneem,' zei ze, toen hij de verpakkingen nauwgezet begon te bestuderen. Ze hoopte dat hij niets zou openmaken. 'Wat nou? Denk je soms dat je röntgenogen hebt? Dat is verdomme allemaal al door de scanner geweest!' Hij keek haar even strak aan en knikte toen, waarna hij geduldig wachtte totdat ze alles weer in haar boodschappentas had gestopt. Vervolgens scheen hij met een kleine zaklamp in haar mond (Enid deed braaf haar tong omhoog) en controleerde haar oren en het gehoorapparaat. Toen pas gebaarde hij dat ze kon doorlopen.

Peter Conway stond nog steeds geclassificeerd als gewelddadig – categorie A – en werd als zodanig behandeld. Enid had er echter met succes voor gelobbyd om haar zoon persoonlijk te mogen treffen, zonder glazen afscheiding.

Ze ontmoetten elkaar tweemaal in de week in een kleine ruimte. Deze bezoekjes werden met de bewakingscamera opgenomen én er was altijd een ordebewaarder die via een groot observatieraam meekeek. De ruimte was felverlicht en bevatte slechts een vierkante kunststof tafel en twee stoelen, die allemaal aan de vloer waren vastgeschroefd. Enid werd altijd als eerste binnengelaten, daarna kwam Peter. Beiden hadden ze meerdere juridische documenten moeten ondertekenen om te bekrachtigen dat ze zich ervan bewust waren dat Enid Peter geheel op eigen risico ontmoette en dat ze, mocht hij haar aanvallen, op geen enkel rechtsmiddel zou kunnen terugvallen.

Enid wachtte tien minuten in de kamer, waarna Peter door Winston en Terrell werd binnengeleid, gehandboeid en met de spuugkap om zijn hoofd.

'Goedemiddag, mevrouw Conway,' zei Winston. Hij leidde Peter naar de stoel tegenover Enid, maakte de riempjes aan de achterkant van de spuugkap los en verwijderde de handboeien. Hierop begon Peter doodkalm zijn mouwen op te rollen, alsof de ordebewaarders er niet waren. Zij liepen intussen achteruit naar de deur – de een met een gummiknuppel, de ander met een taser in de aanslag. Zodra ze door de deur waren klonk er een gezoem, gevolgd door het geluid van het slot dat werd geactiveerd.

'Alles goed, liefje?' vroeg Enid.

Peter reikte naar de achterkant van zijn hoofd en trok de kap er zwierig af. Toen vouwde hij hem keurig op en legde hem voor zich op tafel, alsof het een trui was die hij zojuist had uitgetrokken. 'Ja.'

Enid wees naar degene die hen vandaag achter de ruit zat te beloeren. 'Alweer een nieuwe,' zei ze. 'Hebben ze hier op hun sollicitatieformulieren soms standaard staan dat kandidaten *godvergeten lelijk* moeten zijn?' Ze wist heel goed dat hun gesprek ook buiten de kamer te beluisteren was. Het gaf haar een kick dat de beveiliging geen flauw vermoeden had van wat zich tijdens deze bezoekjes werkelijk afspeelde. De ordebewaarder achter de ruit bleef hen onbewogen bestuderen.

Ze stonden allebei op, waarna Peter zich naar haar toe boog en haar een kus op de wang gaf. Daarna omhelsden ze elkaar. Peter streelde zijn moeders rug, zijn handen gleden af naar beneden, naar de ronding van haar billen; Enid drukte zich met een zuchtje van genot nog wat steviger tegen hem aan. Ze bleven zo lang zo staan dat de ordebewaarder op een gegeven moment op het glas tikte. Met tegenzin maakten ze zich van elkaar los en gingen weer zitten.

'Ik heb je snoep weer bij me,' zei Enid. Ze tilde de boodschappentas op en schoof hem over de tafel naar hem toe.

'Ha, lekker. Bedankt, mam.' Peter haalde er negen zakjes zoetigheid uit: drie met zuurtjes, drie met fruitgums en drie met Cadbury's chocolade-eclairs. 'Ah, dat zijn mijn lievelingssnoepjes, die eclairs.'

'Ja, om straks fijn van te genieten, bij een kopje thee,' zei Enid met een alwetende glimlach. 'Heb je je waterkoker alweer terug?'

'Nee.'

'De klootzakken! Ik zal weer eens contact opnemen met Terrence Lane en hem nog een brief laten schrijven.'

'Mam, dat ding geven ze me heus niet terug. Dat kost je alleen maar weer een paar honderd pond aan advocaatkosten.'

'Maar het is toch gewoon een basisrecht voor elk mens om zijn eigen thee te mogen zetten!'

‘Serieus, mam, laat het nou zitten.’

Enid leunde achterover en tuitte haar lippen terwijl ze naar de man achter het glas keek.

Wacht maar, jullie zullen niet weten wat je overkomt.

Toen pakte ze de roze Chanel-tas van de grond en zette hem haast eerbiedig tussen hen in op tafel.

Peter floot bewonderend. ‘Jezus, mam! Is die echt?’

‘Tuurlijk is-ie echt!’

‘Hoeveel heeft die je wel niet gekost?’

‘Breek jij daar je hoofd maar niet over. Maar hij is zo echt als het geld waarvan ik hem gekocht heb...’ Ze leunde glimlachend achterover en beet op haar lip. Ze moest zich inhouden om haar mond niet voorbij te praten. Voor de duizendste keer wenste ze dat ze weer eens vrijuit met elkaar konden spreken.

‘Mam toch!’

Er werd weer op het glas geklopt. Toen ze zich omdraaiden, zagen ze dat de ordebewaarder gebaarde dat ze de tas weer op de grond moest zetten.

‘Wat maakt het nou uit of dat ding op tafel staat of op de grond? Ze hebben me toch al gefouilleerd?’

‘Mam, mam... Toe nou,’ zei Peter.

Enid trok de tas met een boos gezicht van tafel. ‘Straks douwen ze nog een camera in mijn reet om te zien wat ik als ontbijt heb gehad,’ zei ze.

‘O, dat doen ze bij mij zo vaak,’ zei hij.

Ze pakte zijn hand. Ze wilde iets zeggen, maar wist zichzelf nog net op tijd te weerhouden. ‘Peter, die chocolade-eclairs... Zodra je weer in je cel bent, maak je een zakje open, oké?’ Ze gaf een klopje op zijn hand en ze keken elkaar veelzeggend aan.

‘Natuurlijk, mam,’ zei hij knikkend. ‘Dat zal ik doen.’

11

Op de terugweg van hun bezoek aan Malcolm en Sheila in Chew Magna stopten Kate en Tristan bij een tankstation langs de snelweg. Het was nog net vóór de grote lunchdrukte. Ze bestelden allebei fish-and-chips en vonden een rustig hoekje in het eetgedeelte. Een paar minuten aten ze zwijgend. Tristan werkte zijn maaltijd met grote happen naar binnen, maar Kate schoof haar eten maar wat heen en weer over haar bord. Ze werd een beetje misselijk van de vettige gepaneerde vis.

'Ik had zo'n medelijden met die twee,' zei Tristan toen. 'Ze zagen er echt gebroken uit.'

'Toen jij even naar de wc was, heb ik ze nog eens gevraagd naar die helderziende die ze hadden ingeschakeld – diegene die hun had verteld dat Caitlyn dood was. Weet je dat ze daar driehonderd pond voor hebben neergeteld?'

Tristan slikte en legde zijn vork neer. 'Maar ze geloofden haar wel?'

'Ja, zij was de eerste die zorgde dat ze het een beetje konden afsluiten. Dat heb ik wel vaker gezien bij de zaken waaraan ik heb gewerkt. Als een dierbare verdwijnt, is dat niet alleen hartverscheurend. Het doet ook geestelijk iets met je. Pas als er een lijk is gevonden, kunnen mensen het echt gaan afsluiten. Je hebt Sheila toch ook horen zeggen dat ze niet wilde verhuizen, voor het geval Caitlyn zou terugkomen?' zei Kate.

'Denk je dat je genoeg informatie hebt om een begin te maken?'

'Ja, diegene met wie Caitlyn afsprak bijvoorbeeld. Er moet een reden zijn waarom ze hem voor iedereen geheim heeft gehouden. Misschien gewoon omdat hij veel ouder was dan zij. Maar het blijft gek dat ze hem zelfs voor haar beste vriendin heeft verzwegen.'

'Jammer dat die vriendin er niet meer is om onze vragen te beantwoorden,' zei Tristan.

'Ja, maar haar man is er nog wel,' zei Kate.

Ze keek naar de archiefdoos die op een hoek van de tafel stond. Het was natuurlijk allemaal maar oud papier, maar ze had hem toch niet in de auto willen achterlaten; daarvoor waren die spullen te waardevol voor Malcolm en Sheila. Ze veegde haar handen af aan haar servet en opende de doos.

Bovenop lag Caitlyns laatste schoolfoto, die waar de krant een deel van had gebruikt. De twaalf meisjes van de klas zaten in twee rijen, de voorste rij met hun knieën zedig tegen elkaar en hun handen gevouwen op schoot. De foto was genomen op een grasveld. Achter de groep waren allemaal sportspullen te zien: hordes, een grote zak met voetballen en een stapel gymmatten. Kate draaide de foto om. Op een sticker onderaan stonden de namen van alle leerlingen, de docent en de fotograaf. 'Ik wil beginnen met het opsporen van haar klasgenoten. Zit jij op Facebook?' vroeg ze.

'Natuurlijk. Jij niet dan?' vroeg Tristan, die met de tanden van zijn vork een erwt achternazat op zijn bord.

'Nee.'

Hij stopte, met de gevangen erwt halverwege zijn mond. 'Dat meen je niet!'

Ondanks de sombere stemming moest Kate lachen om zijn geschokte blik. 'Ik wil gewoon niet dat mensen alles van me weten, zeker niet gezien mijn verleden. Kun jij me helpen ze op te sporen?'

'Natuurlijk,' zei hij, terwijl hij de laatste frietjes allemaal tegelijk in zijn mond stopte.

'En ik wil die vriendin uit Melbourne spreken. Sheila heeft me haar mailadres gegeven.'

Tristan veegde zijn handen af, nam de schoolfoto van Kate over en bestudeerde hem nauwkeurig. 'Ze kijkt niet erg gelukkig, hè, die Caitlyn?'

'Dat viel mij ook al op. Maar ja, het is wel op school, hè. Misschien was ze gewoon pissig omdat ze zonder jas buiten in de kou moest poseren.'

Hij gaf haar de foto terug. 'Denk jij dat ze nog in leven zou kunnen zijn?'

'Zóú kunnen. Ik heb veel vreemde dingen meegemaakt in mijn tijd bij de politie, ook mensen die na jaren van vermissing toch weer opdoken. Maar Sheila en Malcolm zeiden niets over eventuele problemen met of voor Caitlyn. Al kan ze natuurlijk toch van huis zijn weggelopen, waarna haar iets is overkomen.'

'Zoals dat ze door Peter Conway is vermoord?'

'Dat is nog steeds een mogelijkheid. Hij woonde in de buurt, dus hij kán de man in die auto zijn geweest. Maar ja, "lang, donker en knap", daar kom je niet erg ver mee. En het past ook niet echt bij zijn stijl: Peter maakte nooit afspraakjes met zijn slachtoffers. Hij ontvoerde ze heel praktisch door de week, zodat hij ze in het weekend kon martelen en vermoorden. Maar aan de andere kant: seriemoordenaars ontwikkelen hun typische stijl altijd pas na verloop van tijd.' Kate legde de foto neer en wreef door haar vermoeide ogen. 'Er zijn tientallen vragen en aanwijzingen waar we ons op kunnen richten.'

Haar mobieltje begon te rinkelen. Ze zocht in haar jasje, dat over de rugleuning van haar stoel hing, en trok het eruit. Het was Alan Hexham.

'Hoi, Kate. Heb je even?' vroeg hij.

'Tuurlijk.'

'De politie heeft de jonge vrouw van die lijkschouwing geïdentificeerd. Het is een schoolmeisje uit de omgeving: de zestienjarige Kaisha Smith. De familie is inmiddels op de hoogte gebracht, dus is haar naam eveneens vrijgegeven aan de pers. Ik heb intussen allerlei zaken uit het afgelopen half jaar nagelopen op "jonge vrouwen gedumpt op een autokerkhof". Je had gelijk: op woensdag 28 juli jongstleden is het lichaam van een jonge vrouw gevonden, ene Emma Newman. Ze was naakt achtergelaten tussen de autowrakken van Autosloperij Nine Elms, in de buurt van Tiverton. Ze was zeventien en had kort daarvoor het kindertehuis verlaten waar ze al van kinds af aan woonde. Niemand had haar nog als vermist opgegeven. Ze was gebeten, Kate – net als Kaisha.'

'Dat eerste meisje is gevonden op een autosloperij die de naam Nine Elms draagt?' vroeg Kate. Ze had het opeens ijskoud gekregen.

'Macaber, hè? Ik weet het.'

'En dat weet je zeker?'

'Ja, ik heb haar dossier ingezien.'

'Hoe dicht bij de tweede plaats delict ligt die autosloperij?'

'Eh... even buiten Tiverton, dus zo'n dertig kilometer ervandaan.'

Toen Kate opkeek, zag ze dat Tristan dichter bij een tv was gaan zitten, die aan de muur boven een paar tafels verderop hing. Het journaal was erop. In beeld waren de rivier en het omringende landschap van de tweede plaats delict, vanuit de lucht gefilmd. Eronder stond: LICHAAM VERMISTE ZESTIENJARIGE GEVONDEN. 'Alan, het is net op het nieuws. Ik bel je zo terug.' Kate hing op en liep naar Tristan toe. 'Dat is het meisje van die lijkschouwing,' zei ze.

'Zo te zien hebben ze een drone gebruikt,' zei Tristan. De beelden op het scherm kwamen inderdaad van behoorlijk hoog en bestreken de hele plaats delict: het rotsachtige, met gaspeldoorn overgroeide landschap, met de witte forensische tent vlak naast de vieze, kolkende rivier. Toen werd een dronebeeld van twee dagen eerder getoond, waarop de zwarte lijkenzak door het veld van de forensische tent naar het busje van de patholoog werd gedragen.

Vervolgens verscheen een verslaggeefster in beeld. Ze stond midden in het veld naast een stapelmuur; haar blonde haar wapperde wild in de harde wind. 'Het slachtoffer is geïdentificeerd als de zestienjarige Kaisha Smith uit Crediton. Zij was een leerlinge van Hartford School, een particuliere school hier in de buurt.' Er kwam een foto in beeld van een breed glimlachend meisje in een schooluniform. Haar blonde haar was, op haar pony na, gepermanent en ze droeg een bruine blazer met daaronder een blouse en een stropdas. Kate huiverde. Dit vrolijke kind leek in niets op het opgezwollen, gehavende lijk in het mortuarium. 'Kaisha werd twaalf dagen geleden als vermist opgegeven, nadat ze op weg van school naar huis was verdwenen. De plaatselijke politie roept getuigen op zich te melden.' Daarna ging het journaal door met het volgende item.

Het was ondertussen steeds drukker geworden in het wegrestaurant. Kate en Tristan keerden terug naar hun tafel, waar Kate hem op de hoogte bracht van haar gesprek met Alan.

'Autosloperij Nine Elms?' herhaalde Tristan. 'Wat een griezelig toeval.'

Kate knikte. Het was niet gewoon griezelig, het maakte haar doodsbang! Twee jonge vrouwen waren nu op precies dezelfde manier vermoord. Ze keek naar de half opgegeten vis op haar bord. Het vet vormde inmiddels een plasje rond het geel geworden beslag. Ze moest opeens denken aan Kaisha's rottende vlees en zette haar bord vlug op het tafeltje naast het hunne.

Tristan trok zijn telefoon tevoorschijn en begon op het scherm te tikken. Even later liet hij haar iets zien.

'Wat?' zei Kate.

'Autosloperij Nine Elms ligt vlak bij afslag 6 van de M5. Daar komen we zo meteen langs.'

12

Toen Peter terugkwam in zijn cel, zette hij de radio aan. De drie zakjes met chocolade-eclairs zette hij naast elkaar op zijn bed. Hij moest het zakje hebben dat ietsje lager was dan de andere twee.

Zijn moeder had thuis een sealapparaat, maar als je een zak snoepjes wilde openen en vervolgens weer sluiten, moest je eerst een strook van de zak afknippen. Toen hij het kleinere zakje had gevonden, trok hij het open en gooide de in papier gewikkelde snoepjes op zijn deken. Het waren er tweeëndertig. Hij begon ze een voor een open te maken, bestudeerde elke toffee nauwgezet en pakte hem dan weer in.

Al bij de zesde vond hij het nagenoeg onzichtbare streepje op de zijkant waarnaar hij op zoek was. Cadbury's chocolade-eclairs zijn gemaakt van stevige toffee met een zachte chocoladevulling. Peter drukte zijn vingernagel in de dunne streep, waarna de twee helften van de toffee gemakkelijk uit elkaar gingen. De chocoladevulling was eruit geschraapt, waardoor een kleine holte was ontstaan waar nu een doorzichtige pilcapsule in zat. Hij haalde hem eruit en stopte de twee helften van de toffee in zijn mond. Voorzichtig veegde hij de capsule af aan een stukje tissue. Hij zag het strak opgerolde papiertje er al in zitten.

Peter liep naar zijn celdeur en luisterde. Het karretje met de post rammelde net door de gang. Het vertraagde even, maar ging zijn deur toen voorbij. Hij ging op bed zitten, met zijn rug naar de deur, en maakte de pilcapsule open. Hij trok het papierrolletje eruit en vouwde het open. Het stond vol met zijn moeders nette handschrift in zwarte inkt.

Peter, die man die zich 'Een Fan' noemt, meent het serieus. Ik vroeg hem om tienduizend pond, om te bewijzen dat hij niet nep was – en hij heeft het betaald! Twee dagen later stond het bedrag al op mijn bankrekening. Het kwam van een naamloze vennootschap en hij had er 'douceurtje' bij gezet. Met deze betaling wil hij duidelijk mijn vertrouwen wekken. Hierbij vind je ook weer een brief van hem. Ik heb hem zelf niet gelezen. Ik weet liever niet wat hij met jonge meisjes uitspookt en ik wil ook niet dat jij het er met me over hebt. Het enige waar ik interesse in heb, zijn z'n plannen voor jou en mij. Volgens hem kan hij jou daar weghalen, hij beweert daar zelfs al een plan voor te hebben. En hij gaat regelen dat wij samen ergens ver hiervandaan een nieuw leven kunnen beginnen. Ik zal nog wat meer proberen uit te vinden.
Enid

Peter leunde achterover op zijn bed. In de afgelopen acht jaar had hij zijn moeder op deze manier af en toe toch privé kunnen 'spreken'. Met het hoe en wanneer waren ze altijd erg voorzichtig geweest.

Een paar maanden geleden was Enid in het park door iemand benaderd. De man had haar verteld dat hij 'een fan' was en graag met Peter in contact zou willen komen. Dat was wel vaker gebeurd, dat mensen op zijn moeder afstapten met cadeautjes, of omdat ze een handtekening van hem wilden of zo. Enid zorgde er altijd voor dat haar extra moeite werd beloond. Maar deze fan had grotere, gewaagdere plannen – én hij had blijkbaar genoeg geld om dingen voor elkaar te krijgen.

De radio op de achtergrond stond nog steeds aan. Het nieuws begon. Peter veerde op toen hij hoorde wat het hoofditem was. 'Het lichaam van de zestienjarige Kaisha Smith is verminkt aangetroffen op een rivieroever in de buurt van Hunter's Tor in Devon. Kaisha zat op Hartford School, een particuliere school in de omgeving, en was al twaalf dagen vermist. De politie behandelt haar dood als verdacht.'

Peter stond op, liep naar de radiatorknop en pakte de laatste brief van de Fan, die hij eigenlijk allang had moeten wegwerken. Met trillende vingers rolde hij het papiertje uit. Hij wist natuurlijk allang wat erin stond, maar wilde het zeker weten. Ja hoor: Kaisha Smith was de naam van het meisje dat hij had genoemd, en ook de locatie klopte.

Vlug begon hij de rest van de eclairs op zijn bed te doorzoeken, net zolang tot hij zijn tweede brief van vandaag had gevonden. Hij las hem met stijgende opwinding.

Daarna strekte hij zich uit op het dunne bed en stelde zich voor dat hij de zon op zijn gezicht voelde; dat hij samen met Enid aan zee zat, met een zelf gezette kop thee in een gewone mok. Ze kregen een nieuwe identiteit, geld...

Peter zag zijn moeder graag genieten van nieuwe kleren, maar hij hoopte dat ze geen ander parfum zou nemen. Al zo lang als hij zich kon herinneren, gebruikte ze hetzelfde geurtje: Ma Griffe. Hij dacht terug aan hoe hij als klein jochie op de rand van haar bed had zitten toekijken wanneer zij zich klaarmaakte voor de ontvangst van een van de vele 'ooms' die bij hen aanbelden. Op een gegeven moment haalde ze dan die vierkante fles uit haar nachtkastje en depte met behulp van een wattenstaafje wat van het parfum op haar hals en tussen haar blote borsten. Als hij heel lief was, mocht híj het zelfs doen – zolang hij maar voorzichtig was en niets morste. Dan stak ze hem de fles toe en duwde hij het wattenstaafje erin, waarna zij haar hoofd achterover deed. De huid van haar hals was toen nog zó strak en haar borsten waren klein en stevig geweest, met grote, donkere tepels. Toen hij vier was, was zij immers nog maar twintig – piepjong...

Peter ging op zijn bed liggen, trok zijn T-shirt omhoog en klopte op het bleke vlees van zijn buik. Hij had alle brieven van zijn moeder, evenals die welke waren ondertekend door de Fan, doorgeslikt. Zodra ze waren verteerd, werden ze deel van hem: uit papier en inkt ontstond nieuw vlees. Hij keek zijn kleine cel rond, opgewonden maar ook op zijn hoede. Wie was deze figuur? Kon hij hem echt helpen te ontsnappen en hem naar een plek brengen waar hij en Enid een nieuw leven konden beginnen?

Hij sloot zijn ogen en riep het beeld van zijn moeder als jonge vrouw weer op: zittend voor de spiegel op haar nachtkastje, met haar hoofd achterover, terwijl hij haar met parfum besprenkelde. Hij stak zijn hand in zijn broek.

Eindelijk weer bij elkaar. Mam en ik. Samen. Een nieuw leven.

13

Zodra Kate de afslag had genomen, voelde ze dat haar hart sneller begon te slaan. Ze wierp een blik op Tristan, die zijn mobieltje gebruikte om te navigeren. Ze scheurden door een enorm heidegebied, met dikke bomen aan weerszijden van de weg.

'Bij de volgende rechtsaf,' zei Tristan.

Ze remde af en passeerde een ouderwetse, rode telefooncel naast een veld vol schapen, die geschrokken uiteenstoven bij het zien van de auto. Enkele minuten later verscheen er aan hun rechterhand een bord met AUTOSLOPERIJ NINE ELMS. Ze sloegen af en stuiterden verder over een modderig pad vol kuilen en plassen, omringd door groepjes bomen en een paar oude, verwaarloosde huizen. Modder spatte tegen de ramen van de auto.

Kate voelde een verwachtingsvolle spanning in haar hele lichaam. Ze leefde nu al zo lang in de comfortabele academische wereld, en nu was ze opeens teruggeworpen in de échte wereld. Het pad boog af naar links en kwam uit op een groot, modderig terrein, met in alle richtingen, zo ver het oog reikte, rijen opgestapelde oude auto's.

'Mijn god, wat een hoop wrakken,' mompelde Kate voor zich uit.

Opeens klonk er een soort brandalarm. Kate stopte en liet haar zijraam zakken. 'Dat komt vast van het kantoortje af.' Ze volgde het geluid en sloeg bij de volgende kruising tussen de autostapels links af. Het pad leidde er omlaag langs een lange rij gammele zeecontainers. Op een ervan stond een scheve, skeletachtige kerstboom naast een opblaaspop in een kerstmannenpak, met een sigaar in de obsceen geopende mond.

Aan het eind van de zeecontainerstraat bleek een slordige parkeerplaats te zijn, met een bouwkeet ernaast. Op een verschoten rood bord stond dreigend: ALLEEN CONTANT. GEEN PIN OF CREDITCARDS!!!! Alle ramen zaten vol modderspatten en binnen klonk uit een radio 'Love is All Around' van Wet Wet Wet.

Kate stopte en zette de motor uit. 'Hoe zullen we het brengen?' vroeg ze.

'Ik ben jouw zoon en ik ben een beetje een straatracer. Nu heb ik mijn auto in de prak gereden, maar ik heb mijn ketting met een christoffelpenning eraan in het handschoenenkastje laten liggen. Die is er vast niet meer, maar we willen het toch even checken,' gooide Tristan er in één adem uit.

'Schud je dat zo uit je mouw?' vroeg Kate. Ze was onder de indruk.

'Nee, dat heb ik zitten verzinnen terwijl jij reed.' Hij grijnsde breed.

'Lijkt me een prima verhaal. Neem jij dan het voortouw?'

'Oké.'

Kate parkeerde naast een smerige vrachtwagen. Met behulp van stro was er een provisorisch pad over de modder gemaakt. Ze liepen eroverheen naar het kantoortje en klopten aan.

De deur werd geopend door een oudere man in een verschoten blauwe joggingbroek vol modder- en verfspatten en een al even groezelig fleecevest. Er hingen een paar lange, wilde plukken aan zijn verder kale schedel en hij had een borstelige, grijze baard. Hij kneep zijn ogen tot spleetjes en bestudeerde eerst Kate en toen Tristan van top tot teen. 'Kan ik jullie helpen?' Hij had een sterk Schots accent.

Tristan speldde hem het verhaal van de in de vernieling gereden auto op de mouw.

'Die vind je nooit meer,' zei de man. Hij gebaarde naar de vele auto's. 'De zigeuners storten zich als een zwerm sprinkhanen op die wrakken. En mijn jongens weten dat er wat zwaait als ze iets meenemen, maar ja, ik kan ze niet constant in de gaten houden.'

'Zou het helpen als we een kenteken hadden, om in uw archief in te voeren?' vroeg Kate. Ze wilde best een vals nummer opgeven om hun verhaal te ondersteunen.

De man trok een pakje sigaretten uit zijn zak en stak er een op.

'Daarzo, da's me "archief"!' snoof hij. Er kwam rook uit zijn mond en zijn neusgaten terwijl hij met zijn kin naar een viezige, oude vaste telefoon op een bureau wees, met een dik, geel notitieboek met omgekrulde bladzijden ernaast.

Kate draaide zich naar Tristan. 'Het is jouw schuld dat die auto naar de filistijnen is! Die ketting was verdomme nog van je oma!' schreeuwde ze, in de hoop dat hij zou meespelen.

'Het ging per ongeluk! Ik zag gewoon niet dat die auto voor dat verkeerslicht stopte!'

'Nee, omdat je naar die meid zat te loeren die uit de Tesco kwam!' riep Kate, genietend van haar rol.

De oude man keek geamuseerd toe en plukte een sliertje tabak van zijn tong.

'Ik dacht dat het Sarah was, mam! En die had beweerd dat ze die dag te ziek was om te komen.'

'Ja ja. Je hebt die ketting waarschijnlijk zelfs voor Sarah afgedaan. Ik heb je nog gezegd dat je hem niet aan haar mocht geven!'

De man stak een groezelige hand op. 'Oké, oké... Wanneer is dat geweest, dat akkefietje met die auto van je?'

'Het was geen akkefietje, maar een heus ongeval... Zo'n vijf weken geleden,' zei Kate. 'Hij is keihard achter op een bestelwagen geknald, bij een stoplicht. De hele voorkant zat in mekaar. Het was een rode Fiat.'

De man gebaarde weids met zijn vlakke hand. 'Nou ja, jullie zien hoe het er hier uitziet. Het terrein is verdeeld in vakken,' zei hij. 'En daarachter... dat zijn die van de laatste twee maanden. Dus daar staat die van jou misschien tussen. Maar niet in een auto klimmen die ergens bovenop staat, hè! Ze betalen me hier niet genoeg om jullie ook nog eh...' Hij likte over zijn lippen en keek Kate met zijn kraalogen aan.

Die brutale ouwe zak wilde geld! Ze rommelde wat in haar tas en haalde er een briefje van twintig uit.

Hij nam het van haar aan en wreef vrolijk met het biljet tussen zijn vingers. 'Jullie hebben een uur, totdat mijn baas terugkomt. Als er iets gebeurt, zoek je het zelf maar uit. Dan moet je moeder maar een ambulance bellen... Ik wil de politie hier niet weer over de vloer hebben.'

'Hoe bedoelt u: "weer"? Vanwege die zigeuners?' informeerde Tristan.

'Nee. Afgelopen juli was er in die hoek daarachter een jong grietje gedumpt, een hoertje. Arm schaap. Ik begrijp alleen niet wat zo'n tippelaarster in deze uithoek moest.'

'Een lijk? Hier?' zei Kate.

'Ja, en ik heb haar gevonden,' zei hij. Hij knikte gewichtig. 'Daarachter, bij die grote Bob Marley-tekening.'

'Wie was ze?' vroeg Kate.

'Geen idee. De politie heeft iedereen hier ondervraagd, daarna bleef het stil. Maar ze was behoorlijk toegetakeld en zat helemaal onder de modder.'

'Was ze 's nachts hier gedumpt?'

'Moet wel,' zei hij, 'dan is hier niemand. Dit is een behoorlijk afgelegen plek. Ik krijg er zelf soms ook nog wel eens de rillingen van, als de wind door al dat metaal huilt.'

'Hadden uw bewakingscamera's er niets van opgevangen?' wilde Tristan weten.

De man sputterde een wolkje rook uit. 'Dit is verdomme Harrods niet, maar een autokerkhof!'

'Oké, bedankt,' zei Tristan.

'Ja ja. Succes met het vinden van je ketting!' De oude man schoot zijn peuk in de modder. 'En pas op met al dat oud ijzer. Als je je ergens aan snijdt, moet je als de sodemieter een tetanusprik gaan halen.'

Ze beloofden het hem en liepen terug naar hun auto.

'Puik acteerwerk,' zei Kate zodra ze zaten. Ze wachtte tot de man terug was in zijn kantoortje. 'Heb jij hier bereik?' vroeg ze toen.

Tristan trok zijn telefoon uit zijn zak en hield hem omhoog. 'Ja.'

'Googel dan eens of er een afbeelding is van de plaats delict van het eerste slachtoffer van de Kannibaal van Nine Elms.' Ze startte de motor en reed naar de achterkant van het terrein, naar de plek die de man had aangewezen.

'Yep, daar is een foto van,' zei Tristan.

'Want als er iemand is die Peter Conway probeert na te apen, dan zal die hebben gekozen voor het deel van dit terrein dat zo veel mogelijk lijkt op de oorspronkelijke plaats delict.'

'Maar dit is kilometers van de Londense Nine Elms Lane!' zei Tristan.

'Klopt. In Londen wordt alles heringericht. Dat autokerkhof aan Nine Elms Lane bestaat niet eens meer, evenmin als mijn oude bureau – Falcon Road – dat er vlakbij zat. Daar komen allemaal chique kantoren en luxe appartementen.'

Ze reden langs hoge stapels auto's vol deuken en andere zware beschadigingen. Op meerdere voorruiten en bekleding zagen ze zelfs spatten zitten die op bloed leken – sommige waren al donkerbruin, maar soms leken ze ook nog vrij vers.

Tristan maakte de foto op zijn schermpje met twee vingers wat groter. 'We moeten zoeken naar twee stapels met een smal pad ertussen,' zei hij. 'En de auto's zijn er vierhoog opgestapeld.'

Ze kwamen bij een kleine open plek. Toen Kate om zich heen keek, zag ze opeens een enorme afbeelding van Bob Marley, die op de zijkant van een half in de modder weggezakte caravan was gespoten. Samen met drie andere autostapels vormde hij een deel van een kruising.

Kate zette de motor uit en opende haar portier. Overal lag een dikke laag zachte modder. 'Ik heb rubberlaarzen achterin liggen,' zei ze. Ze stapte uit, glibberde voorzichtig naar de kofferbak en keerde terug met twee paar laarzen, waarvan ze hem één paar aanreikte. 'Dit is de grootste maat. Ze zijn van mijn spon... eh, mijn vriendin Myra. Wij gaan wel eens samen wandelen.' Kate kon haar tong wel afbijten: ze klonk als een alcoholist die romantische afspraakjes maakte met haar sponsor.

Tristan nam de laarzen echter zonder commentaar van haar over. Toen stapten ze uit en bestudeerden de hoge stapels. Het was er stil, maar de zachte wind liet de stukken verwrongen metaal van de hen omringende auto's af en toe bewegen en zacht kreunen.

Tristan stak zijn telefoon omhoog.

'Wat denk jij?' vroeg Kate, terwijl ze de plek waar ze stonden vergeleek met de foto op Tristans scherm. 'Kan ze hier ergens hebben gelegen?'

‘Hm… de auto’s zijn natuurlijk anders en de skyline van Londen ontbreekt, maar een autokerkhof is een autokerkhof,’ zei Tristan.

‘En dat is precies het probleem,’ zei Kate. ‘Alles lijkt op elkaar. Misschien moet ik gewoon nóg een twintigje ophoesten en die ouwe kerel vragen of hij ons kan laten zien waar… Of nee, hij zei: “Bij Bob Marley.”’ Toen ze omkeek, keken de ogen van de zanger haar treurig aan. Ze bestudeerde de foto op Tristans telefoon opnieuw. ‘Shit, moet je kijken!’ Ze griste de telefoon uit zijn hand en zoomde in op de bovenkant van de rechtse stapel. Toen keek ze naar de stapel rechts van waar ze nu stonden. ‘Godverdomme!’

‘Wat?’ vroeg Tristan.

‘Op die foto zit boven op die stapel een kraai. Zie je? Ik herinner me ineens weer dat ik in het oorspronkelijke politierapport heb gelezen dat de politie daar nogal moeite mee had gehad. Ze joegen dat beest steeds weg, maar hij streek telkens weer neer op die ene auto. Ze waren bang dat hij aan het lichaam zou gaan pikken… Maar moet je kijken: d’r zit niet alleen een kraai op die auto op de foto, maar ook daar: recht voor ons!’ Ze wees naar de bovenste auto. Op het dak van een oude gele Mini zat inderdaad een kraai.

‘Jezus!’ zei Tristan.

Kate floot, maar de vogel verroerde zich niet; ook niet toen ze allebei in hun handen begonnen te klappen en het geluid over het hele terrein weerkaatste. ‘Nep dus,’ zei Kate. ‘Maar wie heeft hem daar neergezet? Want dat is wel een beetje té toevallig.’

14

Ze stonden een paar minuten naar de vogel boven op de autostapel te turen. Zijn veren bewogen mee op de wind, maar het dier zelf bleef doodstil zitten.

'Zullen we de politie bellen?' vroeg Tristan.

'Wat moeten we dan zeggen? "Kom snel, d'r zit een opgezette vogel boven op een auto op een autokerkhof"?'

'Hm ja, dat zou wel een beetje gek klinken.' Hij maakte er een foto van met zijn telefoon en zoomde erop in, waarna ze hem samen bestudeerden.

'Hij lijkt ergens mee te zijn vastgebonden,' zei Kate. 'Daar zóú natuurlijk DNA op kunnen zitten. Als hij daar al een hele tijd in weer en wind staat, is de kans dat er nog iets te vinden valt klein, maar toch. Ben jij goed in klimmen?'

'Nee. Ik heb zelfs heel erge hoogtevrees.' Hij keek haar aan en glimlachte zwakjes. 'Bij de minste of geringste hoogte doe ik het letterlijk in mijn broek...'

Kate liep naar de autotoren. Die bestond uit vier lagen en overal misten portieren en ramen. Die gaten zou ze kunnen gebruiken als een soort traptreden. Ze dacht terug aan haar tijd bij de politie. Toen had ze zo vaak steigers, bomen en hoge muren beklommen! Alleen was ze lang zo fit niet meer als toen. Oké, ze zwom, maar daar kreeg je een heel ander soort conditie van. En ze zwom ook geen lange afstanden, maar dook slechts tien à vijftien minuten per ochtend de zee in.

'Zullen we die oude man erbij halen?' vroeg Tristan.

'Zag die er lenig genoeg uit om zo'n autotoren te beklimmen?'

'Nee... Shit, het spijt me zo,' zei hij. Alleen de gedáchte aan klimmen leek hem al nerveus te maken.

'Geeft niet, joh. Heb jij toevallig een oude plastic zak of zo bij je?'

Tristan zocht in zijn zakken, vond een Tesco-tasje en gaf het haar.

Toen stak Kate haar hand uit naar de eerste auto, een grote groene Rover. Ze schudde er even aan. Hij voelde stevig aan en al het glas was eruit.

'Wacht even,' zei Tristan. Hij trok een paar oude autobanden uit de modder, sleepte ze naar de Rover en begon ze bij het portier op te stapelen. 'Dan heb je alvast een opstapje.'

Kate ging op de banden staan. Het scheelde inderdaad een flink stuk: hierdoor kon ze haar voet op de rand van het open zijraam zetten.

Tristan huiverde. 'Voorzichtig, hè, met die lompe laarzen,' zei hij.

'Niet zo bang kijken. Ik sta pas op de eerste laag,' zei Kate.

'Sorry.'

Kate zag dat de tweede auto een busje was. Daardoor was de afstand van de Rover naar het volgende passagiersraampje vrij groot. 'Tristan... Kun je me misschien even een zetje geven?'

'Eh, natuurlijk...'

Met een hoop onelegant geduw en gesteun (waarbij Tristan beide handen onder haar achterste moest zetten) lukte het haar uiteindelijk om in de raamopening van de tweede auto te gaan staan. Toen ze naar de modder en het verwrongen metaal onder haar keek, leek dat al een enorm eind – en ze was nog maar op de helft! Ze was wel erg blij met haar dikke leren handschoenen: in de sponning van het raam van de tweede auto staken nog een paar flinke glasscherven.

'Gaat het nog?' vroeg Tristan bibberig.

'Ja, hoor. Even op adem komen.'

De derde laag bestond uit een lage sportauto, waarvan het dak in elkaar was gedrukt en half weggevaagd. Terwijl ze zich eraan optrok, probeerde ze zo min mogelijk naar binnen te kijken. Het eens spierwitte leer was vies geworden: het zat vol met vogelpoep en op de hoofdsteun zag ze een enorme bloedvlek.

‘Alles oké?’ riep Tristan omhoog. Hij had zijn ogen intussen gesloten.

‘Yep,’ loog Kate. Wat zag hij er klein uit! Ze moest denken aan die keer op vakantie toen ze op de hoge duikplank was geklommen. Haar broer Steve was er zonder problemen vanaf gesprongen, maar zij had één blik op die verraderlijke diepte en die piepkleine rechthoek water onder haar geworpen en was de ladder weer af gekropen... ‘Kom op, je kúnt dit,’ zei ze hardop tegen zichzelf.

Ze greep de rand van het zijraampje van de vierde auto – een Mini die van achteren was aangereden, waardoor de achterkant als een accordeon in elkaar was gevouwen. Maar op het moment dat haar voeten de sportauto loslieten en ze zichzelf optrok, knarste het passagiersportier van de Mini luid en vloog het open. Dat had ze niet zien aankomen. Kate zwaaide eraan naar buiten; haar voeten bungelden opeens hoog in de lucht. ‘Shit!’ riep ze uit. ‘Shit, shit, shit!’

‘O, mijn god!’ gilde Tristan. Hij rende naar de onderste auto en sprong op de stapel autobanden.

Kates handen zweetten nu zo erg dat haar handschoenen begonnen uit te glippen. En ze voelde dat haar greep om de rand van het raampje begon te verslappen. ‘Tristan, weg daar! Straks val ik nog boven op je!’

Omdat er ook niets boven op de Mini lag, begon deze nu te wankelen, en het portier boog door aan zijn scharnieren. Met een uiterste krachtsinspanning wist Kate haar armen wat verder door het open raam te steken, zodat ze niet meer kon uitglijden, waarna ze heel voorzichtig met haar benen begon te zwaaien. ‘Fuck!’ gilde ze. Ze voelde dat ze kwijlde en haar armen begonnen steeds heviger te trillen. Het was ook allemaal zo snel gegaan: opeens hing ze midden in de lucht, wel zeven meter boven de modderige bodem. Zou ze nu, na alles wat ze in haar leven had meegemaakt, haar einde vinden op een autokerkhof?

‘Kate! Heb je hier soms een deken of zoiets liggen? Om je val te breken?’ riep Tristan, die in de kofferbak van haar auto stond te rommelen.

Kate voelde haar veel te weinig gebruikte buikspieren branden, maar wist uiteindelijk ook haar linkervoet in het zijraam te wurmen. 'Laat maar, het gaat me lukken!' schreeuwde ze. Ze werkte zich verder omhoog en kroop toen door het raam heen op de passagiersstoel. Eenmaal binnen draaide ze zich om, keek naar beneden en riep: 'Alles oké!' Ze voelde dat haar spieren ontspanden zodra ze haar balans had hervonden.

'Zeker weten?' vroeg Tristan, naar haar opkijkend.

Ze haalde een paar maal diep adem en knikte. Haar conditie viel haar echt tegen: haar slap geworden armen hadden behoorlijke moeite gehad met het extra gewicht van de rest van haar lichaam... Ze haalde nog een keer diep adem en zette haar voeten stevig op de autovloer, stak haar hoofd naar buiten en draaide zich toen om, zodat ze met haar rug naar de afgrond stond. Haar hakken hingen over de rand, brokken modder van de zolen van haar laarzen vielen naar beneden. De auto had dakdragers. Ze checkte even hoe stevig de dichtstbijzijnde stang zat en greep deze toen met één hand beet.

Nu kon ze de kraai eindelijk goed zien. Hij zag er verweerd uit, zijn veren waren doorweekt en verfomfaaid. Ze trok haar mobieltje uit haar zak en maakte er een paar foto's van. Daarna haalde ze Tristans plastic tas tevoorschijn.

'Het lijkt een echte kraai die ergens mee is gevuld, kranten of stro of zo. Opgezet dus, zo te zien door een professionele preparateur,' riep ze naar beneden.

De klauwen van de vogel waren vastgezet met kabelbinders. Ze keek in de auto. Op een van de stoelen lagen nog een paar glasscherven van de voorruit. Heel voorzichtig bukte ze zich, pakte een scherf en begon ermee aan de eerste kabelbinder te zagen. Het ging niet gemakkelijk, en de kraai zat op maar liefst vier plaatsen aan de dakdrager vast. Hoewel de lucht koud was, zweette Kate zich algauw kapot in haar dikke jas en handschoenen. Na een paar minuten hard werken was ze eindelijk klaar. Ze stopte haar hand in Tristans boodschappentas, pakte de kraai ermee beet, trok de tas binnenstebuiten en riep: 'Hebbes!'

'Kom maar, ik vang hem wel,' zei Tristan, die recht onder haar stond.

Kate liet de vogel vallen en begon toen heel langzaam en voorzichtig aan de afdaling, die opnieuw lastig was maar een stuk minder inspannend dan de klim.

Toen ze eindelijk weer veilig beneden stond, liepen ze samen naar hun auto en maakten er de blikjes cola en chocoladerepen soldaat die ze bij het tankstation hadden gekocht. Kate trilde over haar hele lichaam. Ze wist niet of dat nog van de spanning was, uit euforie of omdat ze spieren had gebruikt die jarenlang hadden gesluimerd.

'Best een grote vogel,' zei Tristan, die in de zak gluurde. 'Da's nog een dure grap, weet je dat? De vader van iemand bij mij op school zette ook dieren op: die zaten er thuis behoorlijk warmpjes bij. Hij heeft me eens verteld dat zijn vader een Deense dog voor iemand had opgezet. Voor achtduizend pond! Maar goed, hij had er speciale glazen ogen voor gemaakt en zelfs nepballen... Het was een reu.'

'Ja ja, dat begreep ik al,' zei Kate.

'Zo'n beest moet heel goed schoon worden gemaakt, de vulling is duur en ze naaien alles heel precies dicht...' Tristan keerde de vogel om.

Ineens viel Kate iets op. 'Wat is dat?' vroeg ze, wijzend naar de vogel. 'Je zegt net dat ze alles altijd zo goed dichtmaken.' Ze veegde haar handen af en draaide de vogel in de tas zo dat de achterkant eruit stak.

'Er steekt iets uit zijn gat, een papiertje of zo,' zei Tristan.

Er zaten op die plek slechts een paar losse steken, die Kate vrij gemakkelijk wist los te peuteren. Vervolgens trok ze een opgerolde, in plastic verpakte strook papier uit de vogel.

'Een bericht?' zei Tristan. Hij moest duidelijk zijn best doen om niet al te opgewonden te klinken.

Kate zette de plastic tas met de vogel neer en begon de folie van het rolletje af te pellen. Ze wist dat ze nu eigenlijk de politie moest bellen om dit in zijn geheel bij hen af te leveren, maar haar nieuwsgierigheid won het.

De strak opgerolde strook bleek inderdaad een briefje, dat geheel met de hand in zwarte letters was geschreven.

NINE ELMS IS WAAR IK BEGIN. EMMA IS DE EERSTE, MAAR ZIJ ZAL NIET DE LAATSTE ZIJN. TOT DE VOLGENDE KEER.
EEN FAN

'Jezus, hij noemt het slachtoffer bij naam,' bracht Tristan verbluft uit. 'Dat briefje zit daar dus al twee maanden, boven op die auto? Is dit nou wat ze "feitelijk bewijsmateriaal" noemen?'

Kate knikte. Ze had weer helemaal dat oude gevoel – de opwinding van de jacht – dat ze altijd had gehad bij een doorbraak in een onderzoek. Al was het ditmaal natuurlijk niet háár onderzoek. 'Ik hou alles vast, dan maak jij foto's van de vogel en het briefje,' zei ze.

Tristan trok zijn telefoon uit zijn zak en deed wat ze vroeg.

'En nu moeten we de politie bellen,' zei Kate.

Haar handen trilden nog steeds, maar nu wist ze zeker dat het van opwinding was.

15

'Hm, de plaatselijke dienders,' zei Kate toen ze een politieauto over het modderige pad op hen af zag komen hobbelen. Zelf stonden ze geparkeerd op een verbreding, vlak bij de ingang van het autokerkhof.

'Hoe weet je dat ze hier uit de buurt komen?' vroeg Tristan.

'Ze sturen altijd eerst geüniformeerden van de plaatselijke politie om dingen te checken. Kat in boom, dat soort werk.'

'Vogel op auto... Sorry, flauw,' zei hij, maar Kate glimlachte.

Toen de politieauto vlak voor die van hen tot stilstand kwam, sprongen zijn blauwe zwaailichten én de sirene aan – één keer maar.

'Oei, zitten we nu in de problemen?' vroeg Tristan.

'Welnee,' zei Kate. 'Ze heeft gewoon per ongeluk tegen de knop gestoten. Die zit vlak naast het stuur...'

De chauffeur stapte uit en zette haar politiepet op. Kate vond haar achterlijk jong lijken, met haar romige, strakke huid en lange rode paardenstaart. Een iets oudere, al kalende man met een jong gezicht stapte aan de passagierskant uit en zette zijn pet op zijn kortgeknipte grijze haar. De twee kwamen traag op hen af.

'Wacht jij maar even in de auto,' zei Kate. Zelf stapte ze uit, met de tas met de vogel in haar hand. 'Goedendag. Ik ben degene die jullie heeft gebeld,' zei ze.

De politievrouw keek argwanend van haar naar Tristan in de auto.

Kate begon vlug uit te leggen wat ze hadden gevonden en stak daarbij de vogel en het briefje (dat ze in een ander plastic zakje had gestopt) omhoog. 'Ik denk dat dit bewijsmateriaal is voor de moord op Emma Newman. Kijk maar, het slachtoffer wordt in dit briefje genoemd,' maakte ze haar verhaal af.

De twee agenten bleven zwijgen. Ze keken elkaar aan. Toen vroeg de vrouwelijke agent: 'Dus u hebt een opgezette vogel gevonden, met een briefje erin?'

'Ja,' zei Kate, en ze overhandigde haar de twee plastic zakken.

De politieagente pakte het zakje met het briefje, haalde het eruit en las het. Zonder iets te zeggen gaf ze het door aan haar collega. Deze las het met een cynische blik op zijn gezicht. 'En wie mag die Emma dan wel zijn?' vroeg hij, terwijl hij het briefje omhooghield.

'Kunt u alstublieft handschoenen aantrekken? Dat is officieel bewijsmateriaal. Er wordt in verwezen naar Emma Newman, die twee maanden geleden op dit autokerkhof is gevonden,' zei Kate.

'En u bent?' vroeg de politieman.

'Kate Marshall. Ik heb bij de Londense Metropolitan Police gewerkt.'

'En dat is uw zoon?'

'Nee. Dat is Tristan Harper, mijn assistent.'

De man klopte op het zijraam van de auto en gebaarde naar Tristan dat hij moest uitstappen. Tristan deed het braaf, liep om de auto heen en kwam bij hen staan. Hij keek bloednerveus.

'Assistent? Waarbij dan?' vroeg de politievrouw.

'Ik doceer criminologie aan de Universiteit van Ashdean. Tristan is mijn onderzoeksassistent,' zei Kate.

'Kan hij zelf ook praten?'

'Jawel,' zei Tristan. Hij schraapte zijn keel.

'Mijn naam is trouwens agent Sara Halpin en dit is agent David Bristol,' zei de vrouw, waarbij ze allebei haast mechanisch hun politiepenning lieten zien. 'Waarom ging u eigenlijk hiernaar op zoek?'

'Hebt u wel eens gehoord van de zaak-Peter Conway?' De twee agenten keken haar allebei blanco aan. 'Of de zaak van de Kannibaal van Nine Elms... in Londen, zo'n vijftien jaar geleden?'

'Ja... dat doet wel een belletje rinkelen,' zei David. Sara trok één wenkbrauw op, ten teken dat Kate moest doorgaan.

'Ik was degene die die zaak toen heeft opgelost.'

'Juist, ja. En?'

'Ik geloof dat deze persoon, de schrijver van dit briefje, bezig is deze moorden na te bootsen – de moorden van Peter Conway, de Kannibaal van Nine Elms...' Tristans nervositeit begon langzaam over te slaan op Kate, die merkte dat ze begon te ratelen. 'Via een collega van me, een patholoog, weet ik dat de politie hier twee maanden terug het lichaam van ene Emma Newman heeft gevonden. Een paar dagen geleden is het lichaam van een andere jonge vrouw, Kaisha Smith, bij de rivier bij Hunter's Tor gevonden. Dat was vandaag nog op het nieuws.'

'Ja, daarvan zijn we op de hoogte,' zei Sara. 'Maar wat hebben die opgezette vogel en dat papiertje daar dan mee te maken?'

Vervolgens was Kate nog wel drie kwartier bezig om alle details van de zaak uit de doeken te doen en te vertellen hoe ze uiteindelijk bij de vogel waren uitgekomen. Tristan liet er de foto's bij zien die hij met zijn telefoon had gemaakt. Sara nam hun verklaring op, maar enkel omdat Kate daarop aandrong. Het duurde erg lang voordat ze alles had genoteerd en de boel kon worden ondertekend. Het begon al te schemeren tegen de tijd dat de twee politieagenten vertrokken – met de verklaring, de vogel en het briefje.

'En wat gebeurt er nu?' vroeg Tristan toen ze weer in de auto zaten.

'Ik hoop dat ze het serieus nemen en dat die vogel en dat briefje niet tussen allerlei andere bewijsmaterialen verdwijnen. Anders kan het dagen duren voordat alles op de juiste afdeling is.'

Ze kwamen bij het eind van het modderpad, waar Kate links afsloeg en toen via de hoofdweg terug naar de snelweg racete. Ze keek op haar horloge en zag dat het net vijf uur was geweest. 'Shit!' riep ze uit. 'Ik heb beloofd dat ik om zes uur met mijn zoon zou skypen.' Ze trapte het gaspedaal diep in.

16

Om exact één minuut voor zes stopte Kate voor haar huis. Ze stoof naar binnen, trok haar jas uit, liet hem gewoon op de vloer van de hal liggen, holde door naar de keuken en deed er het licht aan. Haar laptop lag onder een berg papieren op de ontbijtbar. Het leek eeuwen te duren voordat hij aansprong en eindelijk de bekende icoontjes in beeld verschenen, zodat ze Skype kon openen.

Als alcoholist was Kate jarenlang volkomen onbetrouwbaar geweest: ze was complete afspraken vergeten en altijd en overal te laat gekomen. Daarom zaten de drie minuten te laat voor haar vaste skypeafspraak met Jake haar nu niet lekker. Tot haar grote opluchting had hij nog niet zelf geprobeerd haar te bereiken. Ze streek even over haar haar, trok een stoel bij en drukte toen op Bellen.

Daar was Jake al, in het vierkantje onder aan haar scherm. Hij skypete haar vanaf de keukentafel: achter hem zag Kate haar moeder druk bezig achter het fornuis, waar ze in een grote zilverkleurige pan stond te roeren. Jake droeg een Manchester United-shirt en zijn donkere haar zat modieus slordig. 'Hoi, mam,' zei hij met een grijns.

'Hé, hoe gaat-ie?' vroeg ze. Ze maximaliseerde het venstertje zodat haar zoon het hele scherm vulde.

'Prima,' zei hij, terwijl hij via de camera zijn haar probeerde goed te doen.

'Goeienavond, Catherine,' riep Glenda, zonder zich om te draaien. Zij zag er zoals gewoonlijk onberispelijk uit, met haar smetteloze, witte schort over een lichtgekleurde pantalon en blouse.

'Hoi, mam,' riep Kate. 'Wat is oma aan het maken?' vroeg ze toen samenzweerderig aan Jake.

Hij trok zijn schouders op.
'Ik maak abrikozenjam,' riep Glenda vrolijk, 'voor een battenbergcake.'
Jake rolde met zijn ogen. Hij kwam wat dichter bij het scherm en fluisterde: 'Ik heb haar al verteld dat je voor minder dan twee pond gewoon een Mr Kipling battenbergcake kunt kópen, maar zij wil haar tijd per se verspillen.'
Het was Kate in de afgelopen weken al vaker opgevallen dat Jake haar moeder niet langer blindelings aanbad, zoals toen hij nog klein was. 'Ik weet zeker dat een zelfgemaakte veel lekkerder is,' zei ze diplomatiek.
Jake trok een gekke bek.
'Pas maar op: als de klok twaalf slaat, blijft je gezicht zo staan,' zei Kate.
Hij lachte. 'Leuke dag gehad, mam?'
Kate geloofde niet dat ze al kon (of mocht) praten over wat haar vandaag allemaal was overkomen. Ze was zelf nog bezig het te verwerken. Maar ze was erg blij dat ze haar zoon weer zag, ook al voelde ze zich nog steeds een beetje schuldig over het feit dat ze zich hun telefoonafspraak pas op het allerlaatste moment had herinnerd. 'Ik heb gewoon gewerkt. En ik ben vanochtend weer gaan zwemmen, zoals altijd... De zee was erg ruw.'
'Heb je nog rare kwallen gezien?'
'Nee, dit keer niet.'
'Als je weer eens een rare aangespoelde kwal ziet, stuur je me er dan een foto van?'
'Zeker weten.'
'Cool!' Jake plukte aan de witte M van zijn Manchester United-shirt. Die begon een beetje los te laten, zag Kate. 'Mam, heb jij wel eens van "geocaching" gehoord?' vroeg hij.
'Nee, wat is dat?'
'Da's echt heel cool. Mensen begraven dingen, zoals een munt, een badge of iets anders, en dat wordt dan in de grond gestopt, samen met een logboek en een gps-tracker. Dan meld je je aan met een speciale app en kun je al die dingen gaan opsporen en uitgraven. En dat zet je

dan bijvoorbeeld online, op je profiel. Ik heb die app al en er zit een heleboel in de omgeving van Ashdean en overal langs de kust en zo. Zullen we gaan geocachen als ik in de herfstvakantie naar jou toe kom?'

'Ja, leuk!' Het deed Kate goed om te horen hoeveel zin Jake erin had om in oktober bij haar te komen logeren.

'En het is nog gratis ook, da's natuurlijk helemaal cool.'

'Hoe spel je dat eigenlijk?' vroeg Kate. Jake vertelde het haar en zij noteerde het. 'Heb je het in Whitstable ook al gedaan?'

'Zeker te weten. Mijn vriend Mike is er helemaal wild van. En zijn moeder houdt van lange, ruige wandelingen. Heel anders dan oma, die wil nooit ver van het asfalt af omdat haar schoenen anders vies worden.'

Kate wilde glimlachen, maar hield haar gezicht wijselijk neutraal. Ze veranderde vlug van onderwerp en vroeg hem wat híj vandaag had gedaan.

'Ik ben naar school geweest, en naar voetbal.' Hij trok zijn schouders op en blies zijn wangen bol. 'Allemaal nogal saai eigenlijk. Vooral omdat "een bepaald iemand" niet wil dat ik op Facebook ga...'

Kates moeder had kennelijk staan meeluisteren op de achtergrond, want ze legde nu haar lepel neer, draaide zich om naar de camera en wees met haar vinger naar Jake. 'Jij weet heel goed hoe ik over Facebook denk. En ik vind het niet leuk dat je het nu achter mijn rug om toch voor elkaar probeert te krijgen!'

'Relax, Glenda... Ik zit hier gewoon een beetje met mijn moeder te praten!'

'En dát wil ik al helemaal niet horen: ik ben je oma, niet een of ander vriendje op de skatebaan!'

Jake rolde met zijn ogen. 'Ik heb helemaal geen vrienden die Glenda heten. Mijn skatevrienden zouden nog niet dood gevonden willen worden met zo'n naam!'

Kate zag dat haar moeder knalrood werd, alsof ze op het punt stond uit elkaar te knallen. 'Jake, zo praat je niet tegen je oma,' zei ze. 'En rol niet zo met je ogen naar mij!'

'Ik word volgend jaar al vijftien en zij verpest mijn hele leven! Iedereen zit op Facebook, al mijn vrienden! Een jongen uit een klas hoger heeft zelfs een baantje op een festival gevonden dankzij een post op Facebook. Je ondermijnt hiermee dus misschien zelfs mijn toekomstige carrière!' riep hij. En hij stond op en stormde de keuken uit.

Glenda en Kate wachtten even; toen hoorde Kate een deur dichtslaan. 'Nou nou, zijn "toekomstige carrière",' zei Kate. 'Hij weet je zwakke plek wel te vinden...'

Glenda trok een stoel onder de tafel uit en ging zitten. 'Ja, hij gaat steeds vaker tegen me in.'

'Wanneer is hij daarmee begonnen, met jou bij je voornaam te noemen?'

'Vorige week, toen we onenigheid kregen over hoe laat hij thuis moest zijn. "Relax, Glenda" is zijn nieuwe lievelingszinnetje.'

'Noemt hij pap dan ook Michael?'

'Nee, je vader mag nog steeds "opa" zijn. Ik ben altijd de kwaaie pier.'

'Waar ís pap eigenlijk?'

'Snookeren met Clive Beresford. Je krijgt de groeten van hem.'

'Krijg ik de groeten van Clive Beresford?' vroeg Kate. Ze kon het niet laten om haar moeder even te plagen.

'Catherine... Begin jij niet óók nog eens!'

'Ach, moeten we niet gewoon blij zijn dat Jake een doodnormale, humeurige tiener aan het worden is?'

'Jij hebt makkelijk praten.'

Kate trok haar wenkbrauwen op, maar ging er verder niet op in. 'Maar mam, ik denk toch dat we hem op Facebook moeten laten.'

'Maar...'

'Luister nou even. Als we dat niet doen, maakt hij misschien een of ander anoniem profiel aan waar wij niets van weten. Zeg hem maar dat hij erop mag, op voorwaarde dat hij ons zijn wachtwoord vertelt. En hij moet ons allebei bevrienden.'

'Moet ik dan ook op Facebook gaan?' vroeg Glenda.

'Ja. En ik zal het zelf ook doen. Dan kunnen we de boel in de gaten houden. En zodra er iets gebeurt wat ons niet bevalt, halen we hem ervan af.'

Daar moest Glenda even over nadenken. 'Maar als je-weet-wel-wie of die achterlijke moeder van hem dan contact met Jake zoekt?'

'Mam, Peter en Enid hebben een officieel verbod voor welke vorm van communicatie met Jake dan ook: daar horen ook mail en social media bij.'

'Maar stel dat hij iets akeligs ontdekt?'

'We kunnen hem niet de rest van zijn leven verbieden gebruik te maken van internet,' zei Kate.

Glenda zette haar bril af en wreef door haar ogen.

'Mam... ik vind het ook allejezus eng, hoor.'

'Catherine, niet zo grof...'

'We moeten het slim aanpakken. Dingen verbieden werkt nooit, dat maakt het vaak alleen maar erger. We zullen onze spionagetechnieken moeten inzetten om hem online in de gaten te houden.'

Glenda glimlachte. 'Daar ben jij waarschijnlijk beter in dan ik.'

'Nou... Jij hebt op mijn twaalfde een keer het slot van mijn dagboek kapotgemaakt. En daar stond helemaal niks schunnigs of zo in...'

Glenda schudde haar hoofd: daar kon ze niets tegen inbrengen. 'Oké dan... Maar dan wil ik wel dat jij volledig achter me blijft staan. Ik wil niet de kwaaie pier zijn én degene die hem van Facebook haalt.'

'Als wij willen dat hij eraf gaat, zal ík hem dat vertellen,' beloofde Kate.

'Maar dat zal dan toch tot morgen moeten wachten: ik moet die akelige battenbergcake nog afmaken, voor de liefdadigheidsbazaar van de vrouwenbond. Ik heb trouwens geen flauw idee hoe je een Facebook-profiel aanmaakt.'

'Kijk gewoon over Jakes schouder mee als hij het doet. Ik zal mijn assistent naar Jakes profiel laten kijken. En dan maak ik er morgen zelf ook eentje aan,' zei Kate.

'Wil jij het hem vertellen?' vroeg Glenda. 'Ik wil hem wel even van zijn kamer gaan halen?'

'Nee nee, vertel jij het hem maar. Mag je ook eens de góéie pier spelen.'

'Ah, dank je...' Ineens sprong ze op. 'O verdorie, mijn jam!' riep ze. 'Dag hoor, lieverd!'

'Ik spreek je morgen weer. Geef Jake maar een kus van me,' zei Kate, en ze beëindigde het skypegesprek. Ze vrolijkte altijd op van praten met haar zoon, maar als ze ophing was daar altijd even die afschuwelijke leegte als ze besefte dat ze weer moederziel alleen was.

Het was stil in huis, ze hoorde de wind om het huis jammeren. Ze liep terug naar buiten, naar haar auto, en haalde de archiefdoos met de spullen over Caitlyn naar binnen. Toen smeerde ze een boterham en schonk een glas ijsthee in.

Omdat ze vond dat ze nogal kortaf tegen Tristan was geweest toen ze hem daarnet thuis had afgezet, belde ze hem meteen nadat ze had gegeten. 'Bel ik ongelegen?' vroeg ze.

'Ik laat net mijn bad vollopen,' zei hij. 'Wacht even.' Ze hoorde water spatten en kranen piepen.

'Ik maak het niet lang, hoor. Ik wilde je gewoon nog even bedanken voor je hulp vandaag. Ik had niet verwacht dat deze dag zo'n vreemde wending zou krijgen.'

'Vertel mij wat! Maar wat gaat er nu gebeuren? Het lijkt er toch op dat die vogel op dat autokerkhof de dood van Emma Newman linkt aan die van Kaisha Smith, of niet?'

Daar had Kate natuurlijk ook al over nagedacht, maar ze was er minder enthousiast over dan Tristan. Ze wilde eigenlijk helemaal niets te maken hebben met nóg een zaak die nauw met Peter Conway was verbonden. 'De politie heeft nu alle informatie. Als ze ons willen spreken, hebben ze mijn adres...' Ze vond het zo frustrerend om ditmaal aan de kant van het publiek te staan en volledig in het duister te moeten tasten! De gebeurtenissen van die middag hadden haar geschokt en nieuwsgierig gemaakt, maar ze móést zich concentreren op wat zijzelf kon doen – en dat was uitzoeken wat er met Caitlyn Murray was gebeurd.

'We komen toch niet in de problemen?' vroeg Tristan.

'Met wie?'

'Met de politie.'

'Hoezo? We bevonden ons niet op verboden terrein of zo. Toegegeven, het was een beetje vreemd om te moeten opbiechten wat we precies hadden gedaan. Maar ík was degene die tegen die auto's op was geklommen – niet mijn meest elegante actie overigens. Maar we hadden er een goede reden voor én we hebben het gevonden bewijs onmiddellijk overgedragen.'

'Denk je dat we nog worden gebeld, voor een verhoor op het bureau?'

'Nee. We hebben onze verklaring al afgegeven. Misschien dat ze ons nog vragen om een aanvulling, maar dat gaat dan via de telefoon of een informeel bezoekje. Pas als ze deze dader ooit te pakken krijgen, zullen we eventueel worden opgeroepen voor het proces...' Haar stem haperde even. Zo ver had ze zelf nog niet eens doorgedacht. Ze veranderde vlug van onderwerp. 'Maar eh... ben jij er morgenochtend? Ik heb 's middags twee colleges.'

'Jazeker. Ik kan niet wachten om aan de zaak-Caitlyn Murray te beginnen,' zei Tristan. Hij klonk nog steeds een beetje nerveus; Kate zei er maar niets van.

Bij het afscheid hadden Malcolm en Sheila het met Kate over haar vergoeding willen hebben. Tristan en zij hadden daarop eensgezind besloten dat ze het kosteloos wilden doen: ze vonden niet dat ze ook maar één cent van dit arme, rouwende echtpaar konden aannemen. Kate had hun alleen gevraagd of ze de zaak zou mogen aanhalen in toekomstige coldcasemodules voor de studie criminologie. Op die manier konden Tristan en zij zonder wroeging werkuren inzetten voor het onderzoek naar deze zaak, zoals ze immers ook ander coldcasemateriaal voorbereidden voor colleges. Het was misschien een wat vergezochte rechtvaardiging voor het gebruik van universiteitsbudget, maar volgens Kate zouden uiteindelijk alle partijen ervan profiteren.

Toen ze het telefoontje met Tristan beëindigde, was ze nog steeds klaarwakker. Dus opende Kate de archiefdoos van Caitlyns ouders en begon alles erin te bestuderen.

17

De dag begon altijd vroeg in Psychiatrische Inrichting Great Barwell: om half zeven klonk de bel voor het ontbijt; de vaste tijd voor Peter Conways douche- en scheerbeurt was tien over zeven.

De kleine badkamer aan het eind van zijn gang deed hem altijd denken aan de pensions waar hij als kind op vakantie met zijn moeder had gelogeerd: kale houten scheidingswanden, tocht, gedruppel in oude porseleinen wasbakken en toiletten, kale peertjes en een eeuwige kooklucht.

Hij stond naakt voor de verweerde spiegel en schraapte het schuim van zijn gezicht met een goedkoop plastic veiligheidsscheermesje. Voor het eerst in maanden bestudeerde hij zijn lichaam weer eens. In zijn glorietijd was hij breedgeschouderd geweest, met sterke armen, een smalle taille en gespierde benen. Nu was hij dik en papperig. Boven een donkere pluk schaamhaar hing een harige, bleke buik, zijn armen waren nog maar miezerig, met een lap lillend vet bij zijn oksels, en zijn benen waren spierwit en broodmager – *net twee Woodbine-sigaretten die uit een pakje steken*, zei Enid altijd. En zijn penis hing er slap bij, als in coma. Net als de rest van zijn lichaam werd het orgaan verdoofd door de cocktail van stemmingsdempende middelen die ze hem hier dwongen in te nemen.

Een paar jaar had hij regelmatig gebruikgemaakt van de fitnessruimte in de inrichting, maar door het neusbijtincident was hij ook zijn sportprivileges kwijtgeraakt. Nu werd hij nog slechts tweemaal per dag op de luchtplaats gelaten, die niet veel meer voorstelde dan een cel zonder dak.

'En? Hoe gaat het daar?' Ordebewaarder Winston stak zijn hoofd om de deur en gluurde door het rooster. Er was in deze badkamer een rooster aangebracht met op heuphoogte een vierkant luik, zodat de patiënten te allen tijde in de gaten konden worden gehouden. Maar Winston gunde hem altijd behoorlijk veel privacy, iets waar Peter hem dankbaar voor was.

'Zo goed als maar kan met zo'n klotemesje,' bromde Peter. Hij schraapte het laatste schuim van zijn kin en spoelde het mesje af. Zodra hij de kraan opendraaide, verscheen Winston weer, waarop Peter hem het mesje aangaf, met het handvat naar voren.

'Bedankt, Peter.'

Winston was een grote, sterke kerel met flinke spierballen. Voor het eerst vergeleek Peter zichzelf met hem, en hij moest toegeven dat Winston hem met gemak zou kunnen overmeesteren, zelfs zonder pepperspray, gummiknuppel of taser.

Terwijl Peter zich aankleedde, stond hij zichzelf even toe na te denken – te dagdromen – over dat hij hier misschien zou weggaan. Hij vroeg zich af hoe hij precies zou worden bevrijd... en of dat eigenlijk wel kon. Hij zou dan immers misschien moeten rennen of klimmen, en wat een tragedie zou het zijn als zijn zwakke, kwabbige lichaam hem dan in de steek zou laten, en dát de reden zou zijn dat het hele plan mislukte!

Hij voelde zich ook een beetje gefrustreerd omdat hij niets meer van zijn moeder had vernomen. Gisteravond had ze de telefoon niet opgenomen, wat ongebruikelijk voor haar was. Hij dacht terug aan hun laatste ontmoeting. Had hij toen iets verkeerds gezegd? Was ze soms boos op hem? Hij schudde deze gedachte gauw uit zijn hoofd. In de gevangenis had je zulke zeeën van tijd om je druk te maken over wat zich buiten de poort allemaal afspeelde! Je werd er maar al te gemakkelijk door paranoia beslopen.

Hij zou er een lief ding voor overhebben om een mailaccount te hebben... Directe communicatie met de hele wereld: geweldig! Hij had de radioberichten over dat dode meisje, Kaisha, meerdere malen beluisterd, maar ze waren irritant zuinig met de details. Op internet zou er vast meer over te vinden zijn. Veel meer.

Hij liet de spuugkap over zijn hoofd glijden, maakte de gespen vast en liep toen achteruit naar het luikje in het rooster. Winston pakte zijn handen en deed hem de handboeien om. Toen duwde Peter zijn waszak door het luik. Pas nadat Winston deze had doorzocht en niets geks had gevonden, opende hij het rooster. Samen verlieten ze daarop de badkamer en stapten even het keukentje ertegenover in om de volgende patiënt erlangs te laten.

Toen liepen ze verder de gang in, waar een rij ramen uitkeek op de luchtplaats. Een slungelige, bleke man met dunnend bruin haar en een grote scheur in zijn T-shirt liep er te ijsberen en sloeg daarbij voortdurend onrustig op zijn borstkas. Peter kende zijn echte naam niet, maar iedereen noemde hem Bluey. Hij was schizofreen, met een sterke neiging tot paranoïde gedrag. 'Ik kom niet binnen. Echt niet!' riep hij steeds maar weer, terwijl hij rondjes liep over het binnenpleintje.

Toen Peter en Winston de hoek omsloegen, Peters gang in, zagen ze een groep van acht ordebewaarders bij de ingang van de luchtplaats staan: zes grote, sterke mannen en twee sterke vrouwen. 'Jawel, je moet naar binnen komen. Je kwartier is voorbij,' riep een van de mannen door het luik in de deur.

'*Fuck you!*' gilde Bluey met rauwe stem. 'Nee! Nee! Nee!' En hij ging verder met rondjes lopen, op zijn borstkas slaan en schreeuwen.

Peters kamer lag iets verderop, aan de overkant van de gang.

Winstons radio gaf een piepje, waarop Winston een hand uitstak om Peter tegen te houden. 'Kun jij daar heel even blijven wachten met Peter, Win?' kraakte een stem door de radio.

Winston haalde het ding van zijn riem. 'Natuurlijk,' zei hij. 'Peter, wil je even blijven staan?'

Peter knikte en keek hoe Bluey ijsbeerde, terwijl hij zichzelf nu op het hoofd sloeg en aan zijn spaarzame haren trok. Hij probeerde zich te herinneren wanneer hij zelf nog zo veel energie had gehad, zo veel woede had gevoeld. Hij dook er diep voor in zijn geheugen, maar het was alsof hij vanbinnen was opgevuld met watten, alsof daar niets meer zat.

De piepkleine luchtplaats werd omringd door ruim drie meter

hoge muren, met daarbovenop rollen scheermesdraad en een net. Op dit laatste lag een dode duif: zijn vleugels en poten waren in de draden verstrikt geraakt. Ondanks de kou kropen er een paar vliegen over zijn ogen. 'Hoe lang ligt dat beest daar al?' wilde Peter weten.

'Twee dagen. Ze moeten hem vandaag weghalen, anders wordt het een gevaar voor de gezondheid,' zei Winston. Zijn ogen vlogen intussen voortdurend heen en weer van Peter naar de andere ordebewaarders en weer terug.

Bluey hield abrupt op met schreeuwen en begon te braken. Toen stormde hij op de deur af en knalde met zijn hoofd tegen het gepantserde glas. De ordebewaarders gingen daarop in een speciale formatie voor de deur staan: twee rijen van drie, met één ervoor en één erachter. Zodra de deur openvloog, viel Bluey hen aan. Maar zij reageerden vliegensvlug: ze grepen hem met zijn allen beet en draaiden hem op zijn rug. Drie man aan elke kant pakten zijn benen, armen en torso, één ordebewaarder hield zijn hoofd stevig beet, de achtste ontfermde zich over Blueys voeten. Zo droegen ze de luid krijsende man weg.

Nu zouden ze hem naar zijn kamer brengen, op zijn bed leggen en hem er met zijn achten in bedwang houden. Misschien zou een verpleegkundige nog een kalmerend middel toedienen, en daarna zouden ze een voor een de cel verlaten, in dezelfde volgorde – als een geoliede machine. De ordebewaarder die het hoofd vasthield zou als laatste naar buiten rennen, waarna Blueys deur zou worden dichtgesmeten. Het was Peter zelf ook meerdere malen overkomen, voordat ze zijn medicatie op orde hadden. Hij bewonderde Blueys vechtlust, na al die jaren nog.

Zodra de gang weer leeg was, klonk er een piepje door de radio en mochten ze weer in beweging komen.

'Hoe vaak sport jij eigenlijk?' vroeg Peter aan Winston.

'Twee, drie keer in de week.'

'Met gewichten?'

'Nee, enkel met gebruikmaking van het eigen lichaam.'

'Zou je mij misschien aan wat oefeningen kunnen helpen?'

Ze kwamen bij Peters deur. 'Sorry, patiënten mogen niet sporten in hun cel.'

‘Maar ik mag ook niet meer naar de fitnessruimte. En die luchtplaats is gewoon een gevaar voor de gezondheid, met al die dooie duiven en kots van Bluey! Gewoon een paar tips...’ Peter keek naar hem op. Winston had een paar gigantische bruine ogen. De ogen van een oude ziel.

‘Ik eh... kan je wel een printje geven. Maar dan moet je dat wel voor je houden, Peter. Je hebt het niet van mij.’

‘Natuurlijk. Alvast bedankt, hè!’

De verpleegkundige verscheen met Peters medicatie, op een rolwagentje met rijen vol plastic bekertjes, waarop met een marker de namen van de patiënten waren geschreven. ‘En hoe voelen wij ons vanochtend?’ riep ze vrolijk, alsof ze elkaar zojuist gewoon in het winkelcentrum tegen het lijf waren gelopen. Deze vrouw had bij het uitdelen van de zeven schoonheden bepaald niet vooraan gestaan: ze was dik, had een kromme neus, een wijkende kin en uitpuilende ogen, die nog eens extra werden vergroot door haar gigantische bril. Peter vroeg zich af wat er voor haar te lachen viel. Je zal maar de hele dag pillen moeten uitdelen aan gestoorden.

‘Eens kijken... Peter, Peter... Ah, daarzo,’ zei ze, terwijl ze zijn bekertje zocht. Ze sloeg de spuugkap naar achteren, gooide de pillen in zijn geopende mond en liet hem uit een fles water drinken. ‘Zo, nu nog even wijd open,’ zei ze, waarna Peter haar braaf de binnenkant van zijn mond liet zien. ‘Prima, fijne dag gewenst! Jij ook, Winston!’ En ze scharrelde verder met haar piepende rolwagentje.

Winston opende de deur van Peters kamer, waarna het hele ritueel van handboeien en spuugkap losmaken volgde. Toen pas was hij eindelijk weer alleen.

Peter spuwde de pillen op zijn handpalm, gooide ze in het toilet in de hoek en spoelde door. Hij hoopte dat Winston niet zou vergeten hem die oefeningen te geven. Maar hij wilde er niet op wachten, dus liet hij zich op de vloer vallen en begon push-ups te doen. Zijn lichaam protesteerde hevig, maar hij zette door, vastberaden om zijn conditie dusdanig te verbeteren dat hij klaar was voor de strijd.

18

Kate werd om half acht wakker. Het was een mooie, zonnige dag. De zee was helder en doodstil, maar de storm had de zandbodem omgewoeld, waardoor ze maar weinig zag toen ze het water in dook. Ook dreef er een enorme hoeveelheid zeewier waar ze doorheen moest. Toen ze uit het water kwam, trok ze de badjas aan die ze op het zand had laten liggen.

Eenmaal thuis kleedde ze zich gauw om. Ze wilde namelijk per se nog iets zien te vinden om voor Jake te fotograferen. Via de huizenrij boven op het klif en de camperplaats ernaast liep ze terug naar het strand, waar ze langs de streep van schuim en schelpen wandelde die aan de waterrand was achtergebleven. Van daaruit liep ze naar de getijdenpoeltjes die bij eb boven water waren gekomen. Het donkere vulkanisch gesteente was op sommige plekken vlijmscherp, en hier en daar hing er een doorweekte lap knalgroen zeewier aan vast. De zon glinsterde op het water van een diepe poel, waarin ze onderin een paling traag zijn rondjes zag zwemmen. Ernaast op het zand lag een vreemde, opgeblazen vis met korte, spitse vinnen. Hij was bijna zo groot als een voetbal en had enorme, starende ogen. Opgetogen maakte ze met haar telefoon een foto en stuurde hem naar Jake.

Hij reageerde meteen.

Getver! Ik mis het strand. Maar heeft oma het je al verteld? Ik mag op Facebook!!!

Ze schreef terug dat ze dat al wist, maar dat ze wel zijn wachtwoord wilden. Ze kreeg geen antwoord meer.

Toen ze een uur later op haar werk arriveerde, had Kate nog steeds niets van Jake teruggehoord. Ze stopte haar telefoon weg en probeerde te onthouden dat ze het daar later nog even met haar moeder over moest hebben.

Tien minuten later kwam Tristan binnen. Opgewonden overhandigde hij haar een print van een LinkedIn-profiel.

'Wie is Vicky O'Grady?' vroeg ze. Er stond geen foto bij.

'Ik had die archiefdoos natuurlijk niet thuis,' zei hij. 'Maar ik herinnerde me ineens dat Malcolm en Sheila vertelden dat Caitlyn in 1990 in een videotheek in Altrincham had gewerkt, Hollywood Nights. Dus waagde ik een gokje en ging naar LinkedIn, om te zien of daar soms iemand op zat die daar ook had gewerkt. Zo kwam ik bij Vicky O'Grady uit.'

'Heb je ook haar contactgegevens?'

'Ik heb haar gisteravond al een berichtje gestuurd; ze reageerde meteen. Ze werkt tegenwoordig voor de BBC-studio's in Bristol, als visagiste. Ik ben gewoon eerlijk geweest: ik heb haar verteld dat wij Caitlyns verdwijning onderzoeken en gevraagd of zij zich haar herinnerde.' Hij gaf Kate nog een paar blaadjes. Het was een uitdraai van hun hele conversatie, maar liefst zes pagina's in totaal.

Kate bladerde er even doorheen. 'Zo zo, jij hebt lekker zitten kletsen! Maar zij beweert dus dat ze goede vriendinnen waren? Vreemd, Malcolm en Sheila hebben haar naam niet eens genoemd.' Ze liep naar de archiefdoos, haalde Caitlyns schoolfoto eruit, draaide hem om en bestudeerde het namenlijstje achterop. 'Oké, dat is d'r dus.'

Tristan kwam naar haar toe en bestudeerde de foto. Vicky was een hooghartig uitziend meisje met lang, donker haar en hoge jukbeenderen, dat met een zelfverzekerde blik strak in de camera keek. 'Ze woont in Bristol en zou ons vanmiddag of vanavond kunnen ontmoeten.'

'Vanmiddag kan ik niet,' zei Kate.

'Vanavond dan?'

'Heeft ze nóg meer te melden dan? We zouden er natuurlijk naartoe kunnen rijden, maar een telefoontje zou ons veel tijd besparen en is misschien ook wel voldoende.'

'Nou ja... Ze schijnt foto's te hebben, van toen zij en Caitlyn een weekendje samen zijn gaan kamperen, en van het jeugdhonk. En ze vertelde dat Caitlyn soms optrok met een paar "dubieuze figuren" – haar woorden, niet de mijne. Dat heeft ze destijds ook aan de politie verteld.'

'Oké. En wat zei de politie daar toen van?'

'Die heeft haar verklaring opgenomen, maar verder is daar niets mee gedaan. Zij heeft er in ieder geval nooit meer van gehoord.'

'Goed, zullen we dan morgen met haar proberen af te spreken? Een zaterdag is sowieso makkelijker, en vanavond heb ik ook al iets staan.'

'Prima.'

'We moeten trouwens ook nog een skypegesprek inplannen met Megan Hibbert, die vriendin uit Melbourne. Het zou goed zijn om dat nog vóór onze ontmoeting met Vicky te doen, zodat we weten of zij haar ook kent. Misschien kan zij rond half tien vanavond, onze tijd?' stelde Kate voor.

'Maar je zei net dat je vanavond niet kon.'

Kates AA-bijeenkomst was om zes uur, maar die zou om zeven uur alweer afgelopen zijn. 'Tegen die tijd ben ik weer vrij,' zei ze, zonder er verder op in te gaan. Ze wist dat ze het hem binnenkort zou moeten vertellen, maar stelde dat lastige gesprek nog even uit. Het was verbluffend hoe vaak ze in de academische wereld met alcohol in aanraking kwam. Er werden erg veel eindeloze feesten en formele diners gehouden, met veel speeches en eindeloos veel toosten. Ze was onderhand de tel kwijtgeraakt hoe vaak ze al had moeten vragen of ze haar drankje mocht omruilen voor sinaasappelsap.

'Oké, dan probeer ik dat voor vanavond in te plannen,' zei Tristan.

'We zouden deze schoolfoto van Caitlyn als uitgangspunt moeten nemen en al haar klasgenoten en die docent met behulp van LinkedIn en Facebook moeten opsporen.'

'Ik dacht dat jij niet op Facebook zat?'

'Ik wilde het toevallig net gaan regelen,' zei Kate, waarna ze hem vertelde over Jake en Facebook.

'Ik zit er al sinds mijn zestiende op,' zei Tristan.

'Shit, nu voel ik me pas echt oud!'

Ze gingen aan hun bureau zitten en logden allebei in op hun computer. Kate begon met het aanmaken van een Facebook-account. Een tel nadat ze hem een vriendschapsverzoek had gestuurd, hoorde ze *ping!* vanaf Tristans computer.

'Cool! Ik ben je eerste vriend,' zei hij. Hij had er zelf op Facebook meer dan honderd, wist Kate. 'Is dát je profielfoto?' zei hij toen lachend. Kate had de foto van de dode vis van vanochtend geüpload.

'Yep, dat ben ik: 's ochtends vroeg zonder make-up,' reageerde ze droog.

'Jij ziet er vast fantastisch uit 's morgens in bed... Eh, ik bedoel, jij maakt je nooit op en toch zie je er goed uit...' Hij zweeg abrupt en bloosde. 'Sorry, dat klonk helemaal verkeerd.'

Kate wuifde zijn excuses weg. 'Ik beschouw het als een compliment! Ik ben immers oud genoeg om je moeder te zijn...'

Ze typte 'Jake Marshall' in de zoekbalk boven aan haar startpagina. Er verscheen een hele lijst. Het derde profiel van boven was dat van haar zoon, zag ze aan de profielfoto: een kiekje van Jake en zijn labrador Milo in de tuin. *Die kleine aap laat er geen gras over groeien...* Hij had nu al vierentwintig Facebook-vrienden en zijn hele profiel stond vol berichtjes van klasgenoten die hem enthousiast welkom heetten. Ze stuurde hem een vriendschapsverzoek en stortte zich toen op het opsporen van Caitlyns klasgenoten.

Tristan en zij werkten een paar uur en wisten daarin maar liefst tien van Caitlyns voormalige schoolgenoten op te sporen. Kate vond ook de docent, die vlakbij bleek te wonen, in Southampton. 'Zin in een koffiepauze?' vroeg ze. 'Want wie weet hoe lang het nog duurt eer er iemand reageert.'

Ze liepen naar beneden, naar de Starbucks. Tristan pikte er de lekkere leunstoelen bij het raam in, terwijl Kate ging bestellen. Toen ze terugkwam met hun koffie zat hij op zijn telefoon. 'Moet je zien, dit staat op de BBC-nieuwssite,' zei hij.

Ze nam het mobieltje van hem over en bekeek het korte filmpje. Het was een verklaring van de ouders van Kaisha Smith, gefilmd bij het voorhekje van hun rijtjeswoning.

Tammy en Wayne Smith waren bleek en mager en zagen eruit alsof ze dagen niet hadden geslapen. Ze waren allebei in het zwart, en naast Tammy stond een klein meisje in een groezelige jas van roze nepbont. De politieagent die erbij stond riep getuigen op te reageren, waarna er een telefoonnummer en een websiteadres in beeld kwamen. De familie knipperde met de ogen toen vervolgens vele fotocamera's begonnen te flitsen.

Kate zag dat Kaisha's ouders niet bepaald rijk waren. Toen de vader tijdens de oproep van de agent een traan uit zijn oog veegde, zag ze dat er LOVE en HATE op zijn knokkels getatoeëerd stond. Ze vroeg zich af hoe de kranten hun verhaal zouden inkleden. De arbeidersklasse werd meestal eerst geportretteerd als tragische helden, maar zodra het enthousiasme bekoelde, gooide diezelfde pers hen gerust voor de leeuwen.

Aan het eind van het filmpje werd Kaisha's schoolfoto getoond, met dat hoopvol glimlachende gezichtje boven dat keurige schooluniform – zo griezelig anders dan het gruwelijke lijk dat ze had gezien. Kate gaf Tristan zijn telefoon terug en nam een grote slok koffie.

'Maar niets over onze vondst op het autokerkhof, of iets over dat andere meisje,' zei Tristan, terwijl hij door zijn mobieltje swipete.

'Nee, die informatie houdt de politie nog achter. Zou ik ook doen als ik deze zaak leidde.'

Ze dronken hun koffie op en gingen terug naar boven, in de hoop dat daar wat reacties op hen wachtten. Maar toen ze de deur openden, bleken er mensen in hun kantoortje te zijn. Een man stond te rommelen in de archiefdoos met Caitlyns spullen, een vrouw zat aan Kates bureau in haar computer te gluren.

'Pardon! Wie zijn júllie in godsnaam?' vroeg Kate verontwaardigd.

19

'Ik ben inspecteur Varia Campbell,' zei de vrouw, 'en dit is mijn collega, hoofdagent John Mercy.' Ze stonden allebei op en lieten hun politiepenning zien.

'Hebben jullie een huiszoekingsbevel om onze privéspullen te doorzoeken?' vroeg Kate.

'Nee. Hebben we dat nodig dan?' vroeg Varia. Ze hield haar hoofd schuin en trok haar schouders naar achteren, alsof ze zich klaarmaakte voor een robbertje vechten. Ze leek halverwege de dertig, droeg een blauw broekpak en haar cappuccinokleurige huid was opvallend glad. Hoofdagent John Mercy was groot en stevig, met rood haar en een blozende huid. Zijn brede schouders en spierballen leken bijna uit zijn chique zwarte pak te scheuren.

'Jazeker. Leg die eens gauw weg,' zei Kate tegen John, die een foto in zijn hand had. Hij deed wat ze vroeg en sloot de archiefdoos weer.

'Over jullie bezoekje aan Autosloperij Nine Elms gisteren: ik zou graag wat opheldering willen over hoe jullie bij die opgezette vogel met dat briefje erin zijn uitgekomen,' zei Varia. 'Mogen we even gaan zitten?'

Kate wees naar de kleine bank voor de boekenkast. De twee agenten gingen zitten, Kate en Tristan namen plaats achter hun bureau.

'Gewoon, gezond verstand,' zei Kate. 'De plaats delict op Autosloperij Nine Elms matchte precies met die uit de oorspronkelijke zaak, op het autokerkhof aan de Londense Nine Elms Lane. En dan doel ik natuurlijk op de zaak van de Kannibaal van Nine Elms... de zaak die ik heb opgelost.'

‘U hebt tevens een relatie met Peter Conway gehad én u hebt een zoon van hem,’ zei Varia. ‘Hebt u nog contact met hem?’

Kate sloeg haar armen over elkaar. Deze Varia draaide niet om de hete brij heen! ‘Nee.’

‘Schrijft hij u wel eens?’ vroeg Varia.

‘U moet er toch van op de hoogte zijn dat u alle communicatie van Peter Conway zo kunt inzien. Als u dat zou doen, zou u zien dat ik hem sinds zijn arrestatie en opsluiting geen enkele keer heb bezocht of geschreven, en dat wij elkaar ook nooit meer telefonisch hebben gesproken. Wel heeft hij míj geschreven – eenmaal.’

‘En uw zoon?’ vroeg John.

‘Die is pas veertien en heeft ook geen contact met Peter Conway,’ zei Kate kortaf. Deze politieagenten die haar kantoortje waren binnengevallen mochten haar dan al snel in de verdediging hebben gedrongen, nu besloot ze zelf een politietactiek in te zetten: ‘Is er op de tweede plaats delict, die bij de rivier bij Hunter’s Tor – de vindplaats van Kaisha Smith – ook een briefje aangetroffen?’

Nu sloeg Varia haar armen over elkaar en ze tuitte haar lippen.

‘Laat dat pokerface maar zitten,’ zei Kate. ‘Alan Hexham heeft me voor een second opinion bij Kaisha Smiths lijkschouwing geroepen. Haar moord vertoont, evenals die van Emma Newman, opvallend veel overeenkomsten met Peter Conways modus operandi...’ Kate zag een korte flits in Varia’s ogen, waarna deze haar collega even aankeek. ‘Aha, daar was dus ook zo’n briefje,’ concludeerde ze.

Varia schonk John nog een blik en stond toen op. Ze trok een notitieblok uit haar achterzak, haalde er fotokopie uit en legde deze op Kates bureau. Tristan kwam er ook naar kijken. ‘Iets verderop langs de rivier waaraan Kaisha Smiths lichaam is gevonden, staat een mededelingenbord van de kerk. Dit briefje was daarop achtergelaten. Het is gisteren pas ontdekt.’

Aan de politie-‘macht’,

Ik ben jullie mijlenver vooruit, sukkels. Kaisha was een levenslustige jongedame. Hoeveel doden moeten er nog vallen voordat jullie mij opmerken? Het prik-

bord van een kerk leek me wel passend.
Een Fan

'Het irriteert hem dat niemand zijn werk opmerkt,' zei Kate. 'Hij heeft er nu twee gedood, maar de pers en de politie lijken de overeenkomsten met de oude zaak nog niet te zien. Een copycat hunkert juist naar aandacht. Net als het eerste briefje heeft hij dit ondertekend met "Een Fan", wat meer over hem zegt dan hij zich waarschijnlijk realiseert. Het is duidelijk dat hij is gevallen voor de beroemdheidscultus rondom Peter Conway en de zaak van de Kannibaal van Nine Elms.'

'De oorspronkelijke zaak dient officieel nog steeds te worden aangeduid als Operatie Hemlock,' zei Varia koeltjes. Kate rolde met haar ogen. Jezus, wat was dit mens pedant! 'En in dit stadium is de theorie dat we te maken zouden hebben met een copycatmoordenaar nog altijd niet meer dan dat: slechts een theorie. Er is nog niets bewezen,' voegde ze eraan toe. Ze pakte de kopie, vouwde hem op en stopte hem weer in haar notitieblok.

'Wat hebben jullie daarvoor dan nog nodig? Nóg een lijk? Dat komt er wel, hoor. Voordat ik hem oppakte, heeft Peter Conway immers vier vrouwen weten te doden. Nou ja, mínstens vier... Jullie moeten dit onderzoek echt heel gauw gaan toespitsen op het ontmaskeren van een copycat! Gelukkig zijn die meestal wat minder slim dan de moordenaar die ze na-apen: ze zijn alleen maar uit op de roem die het herhalen van diens terreur oplevert. Pas als zo iemand in het nieuws weet te komen en eveneens berucht wordt, krijgt hij het gevoel dat hij succes heeft... Wat jullie vervolgens tégen hem kunnen inzetten.'

'Hé, ho even!' zei Varia. Ze stak haar hand op en leek echt pissig. 'Je hoeft me niet te vertellen hoe ík mijn werk moet doen.'

'Nou ja, júllie dringen mijn kantoortje binnen en beginnen zonder huiszoekingsbevel in mijn privéspullen te rommelen...'

'U had uw deur open laten staan,' zei John.

'Ik weet nog uit mijn tijd dat ik inbraken afhandelde, dat de verdachten dan vaak precies hetzelfde zeiden,' reageerde Kate droog.

John keek haar even strak aan. 'Hebt u nog meer informatie die u met ons wilt delen?' vroeg hij.

'Nee. Zodra wij die vogel en dat briefje hadden gevonden, hebben we de politie ingelicht.'

'Wat moesten jullie daar überhaupt? Het ligt nogal buiten de route, voor jullie allebei.'

Kate vatte hun bezoek aan Chew Magna samen, aangevuld met details uit de mail van Caitlyns vader. 'Malcolm Murray heeft de Greater Manchester Police al verzocht om de zaak te heropenen, maar zijn verzoek is afgewezen vanwege gebrek aan bewijs,' rondde ze haar verhaal af.

Er viel een korte stilte.

Toen keek Varia Tristan aan. 'En jij ging mee op dit schoolreisje in je hoedanigheid van academisch assistent?' informeerde ze.

'Ja,' zei Tristan. Zijn stem klonk een beetje hees van de zenuwen.

'Je woont samen met je zus. Zij werkt bij Barclays Bank, toch?'

'Ja...'

'Is dit relevant?' vroeg Kate.

'Heeft hij u al verteld dat hij een crimineel verleden heeft?'

Dat wist Kate nog niet van haar assistent, maar ze gunde deze drammerige, botte politieambtenaren niet de voldoening dat ze dit toegaf. Zwijgend keek ze naar Tristan.

'Ik was vijftien en had samen met een paar vrienden te veel gedronken. Nou ja, vrienden...' stamelde Tristan, hevig blozend. 'En toen heb ik het zijraam van een auto kapotgeslagen die aan de boulevard geparkeerd stond.'

'Je hebt ingebroken in een auto,' corrigeerde Varia hem. 'Dat was wat er in het politierapport stond.'

'Nee, ik heb alleen dat raampje kapotgemaakt.'

'En toen heeft iemand anders uit je bende de autoradio gestolen.'

'We waren geen bende! Hij ging ervandoor zodra de politie kwam, ik bleef staan en liet alles over me heen komen,' zei Tristan. Hij had zichzelf inmiddels weer onder controle. 'En ik ben er nooit voor vervolgd: ik ben ervan afgekomen met een waarschuwing. Zoiets hoef je bij een sollicitatie niet per se te melden.'

'Weet uw baas hiervan?' vroeg John met een gemene grijns naar Kate.

Kate stond op. 'Wacht even hoor, dit bevalt me niets. Jullie kunnen hier niet zomaar komen binnenvallen en een gewaardeerd lid van mijn staf intimideren!' zei ze boos. 'Wij hebben alle informatie die we hadden keurig met de politie gedeeld. Dus in plaats van hier zonder huiszoekingsbevel te lopen rondsnuffelen, stel ik voor dat jullie nú weggaan en je weer op jullie politiewerk storten.'

Varia schonk haar een ijskoude blik. 'We verzoeken jullie om eventuele verdere informatie ook onmiddellijk met ons te delen. En om niet met de pers te praten, mocht die bij jullie aankloppen – wat zeker gaat gebeuren zodra ze dit publiekelijk aan Peter Conway koppelen...'

'Geen van ons tweeën heeft er ook maar de minste behoefte aan om met de pers te spreken,' zei Kate.

Varia en John keken Tristan aan. 'Nee, ik praat ook met niemand,' zei hij.

'Goed. Dan is dat voorlopig alles,' zei Varia, waarna ze het kantoor verlieten. John trok de deur met een harde klap achter zich dicht.

'Shit!' bracht Tristan uit, en hij sloeg zijn handen voor zijn gezicht. 'Het spijt me, Kate, het spijt me heel erg. Ik was pas vijftien, het was gewoon een stomme...'

'Je hoeft je niet te verontschuldigen. Ik heb onder invloed van drank ook aardig wat stomme dingen uitgehaald... Weet je nog dat ik eerder zei dat ik vóór dat skypetelefoontje van vanavond nog iets te doen had? Nou, ik moet dus naar een AA-bijeenkomst. Ik ben namelijk eh... jarenlang alcoholist geweest. Dat is ook de reden dat mijn zoon bij mijn ouders woont. Denk jij dat je een drankprobleem hebt?'

Tristan keek haar verbaasd aan. 'Welnee!'

'Dan is dat alles wat wij hierover hoeven te zeggen. Die twee wilden je alleen maar bang maken. Zorg dat de pestkoppen het nooit van je winnen!'

Tristan knikte. 'Dank je wel. En ook bedankt dat je zo cool bent om dit aan me op te biechten. Wat denk je, komen ze nog een keer terug?'

'Geen idee. Maar ik zag wel dat ze van slag waren. Zij staat onder enorme druk om hem te vinden, dat is wel duidelijk. Maar als dit in de pers komt, ontploft het pas echt. En dan komt de politie er vast niet goed van af.'

Kate pakte een stukje papier en begon te schrijven.

'Wat doe je?' vroeg Tristan.

'Ik schrijf gauw op wat er op dat tweede briefje stond, voor ik het ben vergeten.'

20

Na de AA-bijeenkomst kwam Tristan naar Kates huis. Ze zette thee voor hen tweeën, daarna gingen ze aan de ontbijtbar in de keuken zitten en skypeten Megan Hibbert in Melbourne.

Ze nam meteen op. Ze had een brede glimlach en was zongebruind, met groene ogen en lang, asblond haar. Ze zat in haar woonkamer voor een paar grote ramen die uitkeken op een zwembad en een enorme tuin. 'Hallo! Kate en Tristan was het, toch?' Haar accent was een mengeling van Australisch en Brits-Engels.

'Bedankt dat je ons zo vroeg in de ochtend – bij jou dan – te woord wilde staan,' zei Kate. Daarna vertelde ze snel wat er tijdens hun ontmoeting met Malcolm en Sheila allemaal was gezegd.

'Ik heb zo'n medelijden met hen! Malcolm leek nog maar een schim van de man die hij ooit was, toen ik hem op die begraafplaats tegenkwam... En mijn hart brak toen hij me vertelde dat hij zo graag een graf voor Caitlyn zou hebben. Stel je voor dat je dát op een gegeven moment over je eigen kind moet zeggen...' Haar zonnige gezicht betrok. Ze pakte een tissue en depte er haar ogen mee. 'Hoe groot schatten jullie de kans dat jullie haar lichaam alsnog vinden eigenlijk in?'

Kate zweeg even; Tristan keek haar aan. 'Ik denk dat cold cases vaak beter af zijn met privéonderzoek,' zei Kate toen. 'De politie heeft er vaak de tijd niet voor, en hier in Groot-Brittannië stoppen ze er alleen geld in als er voldoende bewijsmateriaal is.'

'Vonden ze mijn gesprek met Malcolm niet genoeg om Caitlyns zaak te heropenen?'

'Nee, helaas.'

'Ik heb pas een paar maanden later gehoord wat er met Caitlyn was gebeurd. Wij – mijn vader, mijn moeder, mijn broertje, die toen pas vijf was, en ik – zijn eind augustus 1990 uit Groot-Brittannië geëmigreerd. We hadden verder geen familie, en brieven van vrienden en buren kwamen altijd aan met vertraging. En de eerste drie maanden woonden we in een jeugdherberg. Dat is dus de reden dat ik niet eerder over Caitlyn hoorde.'

'Was jij Caitlyns beste vriendin?' vroeg Kate op de vrouw af.

'Nee, dat was Wendy Sampson.'

'Hadden Caitlyn en jij veel contact met andere meisjes uit jullie klas?'

'Nee, wij waren op die school de enige drie met een studiebeurs: Caitlyn, Wendy en ik. De rest had rijke ouders. Ze waren niet allemaal vervelend, maar een hoop waren toch maar arrogante trutten, sorry dat ik het zeg. En dan werden de vaders van Caitlyn en Wendy nog meer geaccepteerd dan die van mij. Malcolm werkte bij de gemeente en Sheila was *homemaker* – huisvrouw, zoals jullie zeggen. Mijn vader was bouwvakker, dat was in Groot-Brittannië echt de arbeidersklasse. Ik was in de klas dan ook het laagste van het laagste. Dus trokken wij drieën naar elkaar toe.'

'Werden jullie gepest?' vroeg Tristan.

'Nee, dat niet. Ik was als meisje nogal groot en fors, Caitlyn was snel en gevat en Wendy sterk en sportief, dat schrikt pestkoppen vaak af. Maar het was natuurlijk een typische meisjesschool: áls er werd gepest, dan gebeurde dat vooral met woorden,' zei Megan.

'Dus voor zover jij weet, was Caitlyn niet hecht met een van de andere meisjes?' vroeg Kate.

'Nee, niet dat we bij hen thuis op de thee mochten komen, of zo.'

'Maar dan was ze er vast kapot van toen bleek dat jij ging emigreren,' veronderstelde Tristan.

Megan bleef even stil. 'Dat was een beetje gek. We waren altijd heel hecht met zijn drieën. Maar toen dat schooljaar eenmaal was afgelopen, zag ik haar die laatste maand steeds minder vaak – terwijl ik eind augustus al zou vertrekken. Ze bracht steeds meer tijd door met alleen Wendy. Maar dat begreep ik eigenlijk ook wel.'

'Ja?'

'Ach, het kwam er gewoon niet meer van om met zijn drieën af te spreken. Om eerlijk te zijn werd ik ook nogal afgeleid: om de haverklap moesten we met mijn moeder mee naar de Australische ambassade in Londen, voor visa en allerlei ander regelwerk voor de verhuizing. Er stak niets kwaads achter: we hebben geen ruzie gehad of zo.'

'Maar heeft Wendy je dan niet verteld wat er met Caitlyn was gebeurd?' wilde Kate weten.

'Jawel, maar die brief ontving ik pas maanden later. Ik vond het afschuwelijk. U moet niet vergeten dat er toen nog geen internet bestond. En in Australië kwam haar verdwijning ook niet op het nieuws, daar was het niet belangrijk genoeg voor.' Megan kreeg tranen in haar ogen en trok een zakdoekje uit een pakje. 'Sorry.'

'Herinner jij je een meisje uit jullie klas dat Vicky O'Grady heette?'

'Ja.'

'Waren jullie vriendinnen?'

'Nee, ik had zelfs een hekel aan haar. Ze was nogal een kreng en spijbelde altijd. Ze is zelfs een keer tijdens de pauze betrapt op drinken,' zei Megan.

'Was geen van jullie drieën met haar bevriend?'

'Nee.'

Kate bestudeerde haar aantekeningen. 'Maar Caitlyn werkte wel samen met Vicky in een videotheek, toch?' vroeg ze.

'Ja. Vicky's vader was volgens mij franchisenemer van een videotheekketen en Caitlyn werkte er als zaterdaghulp. Vicky werkte er officieel ook, maar die liep vooral Caitlyn te commanderen en met de klanten te flirten.'

'Wij hebben morgen een afspraak met Vicky,' zei Kate.

'Echt? Wat doet zij tegenwoordig?'

'Ze is visagiste bij de BBC, in Bristol.'

'Oké, fijn voor haar. En wat heeft zij over dit alles te zeggen?'

'Dat weten we nog niet precies. Maar ze beweerde wel dat zij en Caitlyn goede vriendinnen waren.'

Megan keek verbaasd. 'Serieus?'

'Ja,' zei Kate.

'Dat begrijp ik dan niet zo goed. Maar ja, er is sinds die tijd zo veel gebeurd, het is allemaal al zo lang geleden. Ik wens haar veel geluk.' Er viel een stilte. Voor het eerst keek Megan ronduit ongemakkelijk.

'Oké dan. Laten we het eens hebben over die avond dat jij Caitlyn buiten bij Carter's jeugdhonk zag staan. Kun je je nog herinneren wanneer dat was?' vroeg Kate.

'Ja, begin augustus. Dat weet ik nog zo goed omdat mijn moeder overdag had lopen stressen omdat onze visa maar niet kwamen, terwijl we nog maar vier weken hadden. Het was erg warm die avond. Dat jeugdhonk was niet meer dan een grote, lege oude zaal en meneer Carter, de conciërge, kon de ramen er niet openzetten omdat hij de uitzetstok daarvoor kwijt was. Er liep een riviertje langs de achterkant van het gebouw. De meeste jongeren waren daar wat in aan het peddelen. Caitlyn en ik stonden binnen te pingpongen, toen zij naar de plee moest. Maar ze kwam niet meer terug, dus ging ik haar zoeken. Ik vond haar voor de club, bij de auto van een oudere kerel, een politieman. Ze vertelde me later dat ze hem bij de videotheek had ontmoet: hij kwam er een filmpje huren en zo raakten ze aan de praat. Die avond kwam hij haar zijn nieuwe auto laten zien. De nieuwe nummerborden, die begonnen met een H, waren net uit.'

'Wat voor soort auto was het?' vroeg Kate.

'Een blauwe Rover.'

'Heb je die man ook gezien?'

'Ja, maar hij zat in zijn auto. Het was al vrij donker buiten en hij stond onder een straatlantaarn. Hij had zwart, achterovergekamd haar en een knap gezicht. En een brede glimlach met opvallend witte tanden. Dat herinner ik me, omdat hij op een gegeven moment zijn hoofd uit het raam stak om haar te kussen.'

'Wat gebeurde er toen?'

'Caitlyn stapte bij hem in, zwaaide mij gedag en toen reden ze samen weg.'

'Was dit ongebruikelijk voor haar?'

'Eigenlijk wel. Maar ja, ze was zestien, we hadden toen allemaal constant afspraakjes. En Wendy en ik hebben ook wel eens iets met een oudere vent gehad. Als iemand een auto had, betekende dat gewoon dat je een makkelijke plek had om te vrijen... In die tijd stond er nog niks in de krant over idioten die jonge vrouwen vermoordden! Wij vonden Caitlyn gewoon een bofkont. En de volgende dag was ze gewoon weer op school, niks aan het handje.'

Tristan haalde een print uit zijn notitieblok en gaf hem aan Kate. Het was de foto van Peter Conways politie-ID. Kate hield hem voor het scherm. 'Ik kan je deze ook mailen, maar denk jij dat het deze man kan zijn geweest? Dit is een foto uit 1993, dus van ietsje later.'

Megan hield haar hoofd schuin en bestudeerde hem. 'Het kán hem zijn geweest, maar het is al zo lang geleden... En er hing toen een schaduw over zijn gezicht, waardoor ik hem niet heel goed kon zien.'

21

Enid Conway bewoonde een kleine hoekwoning in een sjofele straat in East London. Het was een troosteloze omgeving, met allemaal vieze voortuinen vol rommel, van hondenpoep en gebroken glas tot aan koelkasten en oude auto's. Het was de plek waar Peter was opgegroeid. En toen hij in 1991 terugkeerde uit Manchester om in Londen te komen werken, had hij het huisje voor zijn moeder gekocht.

In 2000 had Enid een openhartig boek geschreven, genaamd *Niet míjn zoon!* Ze had er een stevig voorschot voor gekregen, waarna er een ghostwriter naar haar huis was gestuurd om haar te interviewen. Een van de vragen die hij haar had gesteld, was of ze zou gaan verhuizen nu ze zich iets beters kon veroorloven.

'In zo'n nette buitenwijk vol middenklassenlui... daar zou ik het nog geen vijf minuten uithouden,' had ze geantwoord. 'In deze straat respecteren ze me tenminste. Je ziet hier van alles gebeuren, dag en nacht, maar je steekt je neus gewoon niet in andermans zaken. En vooral: je praat nooit met de politie.'

Enid dacht hieraan terug toen ze de voordeur opende voor de roodharige Fan, zoals ze hem in gedachten altijd noemde. Maar ze kende zijn echte naam ook niet. 'Heeft niemand je gezien?'

'Niemand die belangrijk is,' zei hij.

Ze was voor niets of niemand bang, maar deze man bezorgde haar toch een onaangenaam gevoel. Hij leek ergens achter in de twintig en was lang, breed en gespierd. Zijn rode haar was kortgeschoren en hij had een merkwaardig gezicht – alsof er in de baarmoeder bakpoeder aan was toegevoegd of zoiets. Zijn huid was heel glad, maar zijn gezicht zag er toch pafferig uit, met dikke, rubberachtige lippen, vlezige ogen met overhangende oogleden en een knolvormige neus. Toch was hij niet onaantrekkelijk, en hij kleedde zich goed – leren schoenen, een mooie, neutrale spijkerbroek, overhemd, jasje – en hij rook altijd alsof hij net onder de douche vandaan kwam.

Ze liepen door naar haar keuken, die modern was, met veel glas, roestvrij staal en dure apparaten. 'De foto's liggen daar,' zei ze, wijzend naar een envelop op het aanrecht. 'Wil je thee?'

'Nee.' Hij trok zijn jas niet uit en ging ook niet zitten. Enid stak een sigaret op, terwijl ze toekeek hoe hij de vier foto's van paspoortformaat uit de envelop haalde. Er waren er twee van haar, die ze eerder die dag in zo'n hokje op het treinstation had laten maken, en twee van Peter. Hij hield deze laatste foto's omhoog. 'Is dit een grap of zo?' zei hij.

'Dat zijn de meest recente die ik van hem heb. Ze zijn een week voor zijn arrestatie genomen. Mensen worden nu eenmaal ouder, hè?' Toch vond ze haar zoon er niet heel anders uitzien, ook al had hij tegenwoordig lang grijs haar en een veel grover gezicht.

'Die paspoorten moeten nog zes tot acht jaar mee kunnen voordat ze zijn verlopen! Dit hier... is helemaal niks,' zei hij. Hij smeet de foto's op het aanrecht.

'Peter zit in de gevangenis. Daar staat godverdomme geen pasfotoautomaat in de kantine!'

Hij draaide zich razendsnel naar haar om, kwam heel dichtbij en zwaaide dreigend met zijn wijsvinger. 'Zo praat je niet tegen mij, begrepen?'

Ze sloot kort haar ogen, opende ze toen weer en schudde haar hoofd. 'Wat moet ik dan doen?'

Hij liep naar de koelkast, trok hem open en haalde er een pak melk uit. Hij schroefde de dop ervan af en nam een grote slok. Er zat melk op zijn rubberachtige lippen en er vielen een paar druppels uit zijn mondhoeken op de grond. Hij nam nog een slok en zette het pak toen terug. Vervolgens liep hij naar de keukenrolhouder, scheurde er een vel vanaf, vouwde het keurig dubbel en depte er zijn lippen mee droog. Toen boerde hij, lang en diep.

'Wat voor telefoon heb je?' vroeg hij toen.

Enid liep naar de Chanel-tas die op het aanrecht stond. Ze was een beetje misselijk geworden van de gasachtige geur van zijn maagzuur. Ze haalde haar toestel tevoorschijn – een Nokia – en liet hem aan hem zien.

Hij schudde zijn hoofd. 'Daar heb je geen moer aan. Je moet de nieuwste iPhone aanschaffen, met een 5-megapixelcamera.'

'Wat betekent dat?' vroeg ze onzeker.

'Dat betekent dat je er foto's van hoge kwaliteit mee kunt maken. Krijg je bij je volgende bezoekje de kans om een foto van Peter te maken?'

'Jawel. Ik heb er al eens eerder eentje gemaakt: vorig jaar, met mijn telefoon. Ik moest ze de foto alleen wel laten zien...'

'Goed zo. Dan download ik die wel bij onze volgende afspraak,' zei hij. Hij stak zijn hand in zijn zak en haalde er twee kleine, bruine enveloppen uit, een dikke en een dunne. Hij liet haar pasfoto's in de dunne envelop glijden; de dikke legde hij ernaast op het aanrecht. 'Waar is je wc?' vroeg hij toen. Dat had hij bij zijn eerdere bezoekjes nooit gevraagd.

'Eerste deur op de overloop.'

Zodra hij de keuken uit was, liep Enid naar de dunne envelop en maakte hem open. Naast haar eigen pasfoto's zat er ook eentje van hem in. Ze hoorde de vloerplanken boven haar hoofd kraken. Ze zette haar telefoon aan, wachtte ongeduldig totdat hij was opgestart en fotografeerde er toen zijn pasfoto mee. De kwaliteit was niet geweldig, maar zo had ze toch wat extra zekerheid – een soort onderpand voor als het eventueel misliep. Op de foto keek hij recht voor zich uit, met die kille ogen en die veel te dikke, glinsterend natte lippen.

Ze hoorde dat het toilet werd doorgespoeld en hoorde vervolgens aan het gekraak dat hij de overloop op kwam. Hij liep echter niet terug naar de trap, maar naar Peters oude kamer. Ze haastte zich de keuken uit en de trap op. 'Wat doe je nou?' vroeg ze.

Hij lag in het donker op Peters eenpersoonsbed, met zijn blauwgroen gestreepte wollen deken. Enid knipte de plafondlamp aan. Aan de muur hing een poster van David Bowie als Ziggy Stardust, boven het bed was een plankje vol sporttrofeeën. Op het bureau stond een ingelijste foto van haar en Peter, na afloop van zijn afstudeerceremonie op Hendon Police College: hij in zijn uniform, zij in een blauwe jurk met een bijpassende hoed. Ernaast stond een fotocollage van Peters tijd in Manchester: hij in zijn eerste politieauto, een Fiat Panda; hij en zij in het gras voor het appartement dat hij in Manchester huurde; en nog drie foto's van hem met vrienden uit die tijd.

De Fan keek naar haar op. 'Was dit Peters slaapkamer?'

'Ja.'

'Is dit waar hij sliep?'

'Ja.'

'Waarom zitten er tralies voor het raam? Had je vroeger soms opvoedproblemen met hem?'

'Welnee, da's juist om mensen buiten te houden.'

'Voor veel mensen is dit een heiligdom,' zei hij plechtig. Hij kwam overeind. 'Kom eens hier.' Hij stak zijn hand uit.

'Hoezo?' vroeg ze argwanend.

'Je wil de man die je zoons vrijheid bekostigt toch wel een plezier doen?'

In de magere jaren van haar bestaan hadden mannen Enid betaald voor seks. Laat in de avond klopten ze dan bij haar aan; alle soorten en maten had ze gehad. Ze liep naar hem toe en pakte zijn uitgestoken hand. Hij had iets weerzinwekkends.

Hij drukte zijn gezicht tegen haar buik en wreef zich tegen haar aan, terwijl hij diep in- en uitademde. Toen legde hij een hand op haar kruis en begon haar te strelen. 'Jij hebt hem gemaakt. Daarbinnen is hij gegroeid,' zei hij met gebroken stem. Enid moest zich inhouden om zich niet terug te trekken. Hij bleef maar strelen en wrijven. Maar het was niets seksueels: hij was haar – Peters moeder – aan het aanbidden.

'Ja, hij is mijn vlees en bloed...' beaamde ze.

Eindelijk maakte hij zich van haar los. Er bleef een slakkenspoor van speeksel achter op de voorkant van haar trui. Hij keek haar nog een poos strak aan, totdat hij abrupt opstond en de kamer uit liep.

Ze volgde hem weer naar beneden, de keuken in. Daar stond hij te kijken naar de envelop met foto's, die ze in de haast geopend op het aanrecht had laten liggen. 'Ik eh... moest die van mij nog even checken. Ik was bang dat ik uit macht der gewoonte iets op de achterkant had geschreven,' verzon ze vlug. 'En als ik een nieuwe identiteit krijg, kan ik natuurlijk geen foto hebben waar achterop "Enid Conway" staat.'

Hij knikte, schoof alle foto's er weer in en stopte de envelop in zijn binnenzak. Toen legde hij zijn hand op de dikke envelop op het aanrecht. 'Hier zitten instructies voor je in. En nog een brief van mij voor Peter.' Hij trok een rolletje bankbiljetten uit zijn zak en legde het ernaast.

'Drink je eigenlijk?' vroeg Enid.

'Ja.'

Ze pakte twee whiskyglazen uit het kastje en schonk in beide een flinke scheut Chivas Regal. Ze schoof hem over het aanrecht een glas toe en haalde een pakje sigaretten tevoorschijn, waarvan ze hem er ook een aanbood. Hij schudde zijn hoofd. Ze tikte een sigaret uit het pakje en stak hem aan. 'Maar eh... wat heb jij er eigenlijk aan? Dat Peter wordt bevrijd, bedoel ik.'

'Ik hou van chaos,' zei hij met een grijns. Toen nam hij een slok; de whisky glom op zijn dikke lippen.

'Da's toch geen antwoord!' zei ze, terwijl ze haar hoofd achterover deed en een rookwolk uitblies. 'Kijk, ík heb hier een prima leventje. Ik heb niet veel nodig – alleen Peter. Als ik hier wegga, kan ik nooit meer terug. Maar vertel me nou eens waarom jíj het wil.'

De Fan keek hoe de rook omhoog zweefde en zich tegen het vergeelde plafond verspreidde. Hij zweeg even en zei toen met een brede glimlach: 'Het ondermijnt mijn vaders verwachtingen.'

'O? Wie is je vader dan?'

Hij zwaaide met zijn wijsvinger. 'Nee, nee, nee. Dat zou alles in één klap verraden...' Toen stak hij een hand in zijn zak en trok er een vel papier uit, dat hij haar aangaf.

Enid vouwde het open. Het was een print van een Facebook-profiel van een jonge jongen met donker haar. 'Wie is dat?'

'Kun je niet lezen? Dat is Jake Marshall, je kleinzoon.'

‘Hm, knap joch – net zijn vader. Maar ik heb niks aan hem,’ zei ze.

‘Zul je hem niet gaan missen? Als we weggaan?’

‘Ach, hoe kun je missen wat je nooit hebt gekend?’ Ze bestudeerde de foto opnieuw. Ze zag inderdaad wel wat van Peter in hem. ‘Heeft Peter dit ook gezien?’ Ze gaf hem de print terug.

‘Nog niet...’ zei de Fan.

‘Ik wil niet dat hij dit te zien krijgt. Maar ja, hij kan er toch niet per ongeluk op stuiten. Hij mag immers niet op internet.’

De Fan dronk zijn whiskyglas leeg en stond op. ‘Lees goed wat er in die envelop zit en zorg dat die foto’s er komen. Ik kom volgende week weer.’

Na zijn vertrek ijsbeerde Enid door haar huis.

Ze was altijd al een gevangene van haar sociale klasse en de daarbij behorende omstandigheden geweest. Maar ze had de kaarten die haar bij haar geboorte waren toebedeeld aangepakt en ermee gedaan wat ze kon. Het was een ware worsteling geweest, ze had altijd keihard moeten vechten, voor alles in haar leven. En nu was daar ineens het vooruitzicht om te kunnen weggaan en opnieuw te beginnen – als een nieuw iemand, in een ander land.

Het enige wat ze echt wilde, was weer samen zijn met Peter. Alles was beter geweest toen ze nog gewoon met zijn tweetjes waren.

Daarom wilde ze ook niets weten van dat kind van hem. Hij was ongetwijfeld opgegroeid met het idee dat Peter een monster was, en over haar hadden ze hem vast nog ergere dingen wijsgemaakt. Nee, die jongen zou hem alleen maar kunnen vergiftigen. Enid was niet gauw bang, maar nu voelde ze toch angst – een rotgevoel.

Ze liep terug naar de keuken en schonk zichzelf nog een whisky in.

22

Kate sliep slecht die nacht, na het skypegesprek met Megan. Ze bleef maar piekeren over die politieman die Caitlyn voor het jeugdhonk had opgepikt, met zijn gezicht half in de schaduw van zijn auto. Kon dat Peter zijn geweest?

Ze dacht terug aan haar twee nachten met Peter, in 1995. Die eerste avond dat hij was meegegaan naar haar huis, na dat avondje in de pub, had ze hem zo woest aantrekkelijk, zo enorm sexy gevonden, dat ze hem gewoon niet had kunnen weerstaan. Jarenlang had ze haar best gedaan om zichzelf los te koppelen van de gevoelens van die avond. Zijn stevige, gespierde lichaam, de intense geur van zijn haar en huid, zijn kracht toen hij haar had opgetild, op bed had gelegd en uitgekleed. Hij was zo hartstochtelijk geweest, zo teder... En hoewel het idee dat ze intiem was geweest met iemand die ook zulke gestoorde, walgelijke dingen op zijn conto had haar ijskoude rillingen bezorgde, waren die herinneringen er nog steeds – daar kon ze niets aan veranderen.

Ze voelde zich daardoor ook extra betrokken bij Caitlyn Murray. Was zij ook misleid door Peters toneelspel? Had ook zij hem begeerlijk gevonden toen ze in die auto stapte en met hem wegstoof? Waar waren ze naartoe gegaan, wat hadden ze samen gedaan? Kate zag zichzelf eigenlijk nooit als slachtoffer, maar net als Caitlyn had ze zich laten beetnemen door Peters masker van een doodnormale man.

De foto die ze Megan hadden laten zien, lag nog beneden op de ontbijtbar. Hij zat gewoon in haar notitieblok, maar terwijl ze in bed lag begon haar hoofd trucjes met haar uit te halen. Levendig zag ze voor zich hoe het notitieblok dat daar in het donker lag opeens langzaam rechtop ging staan. De pagina's begonnen uit zichzelf te bladeren en stopten bij de foto van Peter. Zijn ogen vlogen open en hij begon wild om zich heen te kijken – eerst alleen die ogen, in een verder roerloos gezicht. Vervolgens begon zijn mond te trekken, zijn lippen gingen uit elkaar, ze zag zijn tanden al, kaarsrecht en spierwit... en toen gilde hij keihard: *Kate!*

Hevig zwetend werd ze wakker, haar hart bonkte in haar borstkas. De kamer was stikdonker en volgens de wekker op haar nachtkastje was het 02:11 uur.

Kate smeet het beddengoed van zich af en ging naar beneden. Onderweg deed ze alle lichten aan en op de trap stampte ze opzettelijk hard. De woonkamer lag er stil en verlaten bij. Haar notitieblok lag gewoon dichtgeslagen op de ontbijtbar – natuurlijk – maar toch trok ze de foto van Peter eruit en haalde hem door haar papierversnipperaar. Ze genoot van het gebrom terwijl het apparaat zijn werk deed. Toen ging ze terug naar boven en viel als een blok in slaap.

De volgende ochtend reden Kate en Tristan naar Bristol, voor hun lunchafspraak met Vicky O'Grady in het winkelcentrum aan Cribbs Causeway. Ze waren een half uur te vroeg en hadden het chique Italiaanse restaurant dat Vicky had voorgesteld algauw gevonden.

'Zo, dure plek heeft ze uitgekozen,' zei Tristan toen ze hadden plaatsgenomen naast een groot raam dat uitkeek op het krioelende horecaplein beneden. 'Daarzo was veel goedkoper geweest.'

'Ja, maar daar zouden we nooit een fatsoenlijk gesprek kunnen voeren,' zei Kate. 'Dit is prima hier, lekker rustig.'

'Maar jezus, veertien pond voor een glas rode wijn!' Tristan floot. 'Zal ik de wijnkaart maar gauw verstoppen?'

'Nee. Het doel van deze ontmoeting is informatie vergaren,' zei Kate.

'Wil je haar soms dronken voeren, zodat ze meer loslaat?' Tristan gedroeg zich meestal als een gewone, volwassen jongeman, maar zo nu en dan stak de adolescent in hem toch nog de kop op.

'Nee, we moeten haar gewoon op haar gemak stellen en dan maar zien wat er gebeurt,' zei Kate.

Op dat moment werd een stevige vrouw in een kleurige bloemetjesjurk door de ober naar hun tafel gebracht. Ze had een onberispelijke bruine bob en dramatische smoky-eyes, en er prijkte een designerzonnebril in haar haar. 'Hallo! Kate en Tristan?' informeerde ze. 'Ik ben Victoria.' Ze klonk welopgevoed en zelfverzekerd.

Ze stonden op en schudden haar de hand.

'Is het Vicky of Victoria?' wilde Kate eerst weten, toen ze allemaal zaten.

'Vicky? Zo ben ik in mijn schooltijd voor het laatst genoemd,' zei ze. Ze schonk wat olijfolie op het bordje naast haar grote bord, voegde er een scheut balsamicoazijn aan toe en depte het mengsel op met een van de broodjes die de ober zojuist in een rieten mandje had gebracht.

Ze praatten nog wat over koetjes en kalfjes en gaven toen hun bestelling door. Kate zag dat Tristan opgelucht was dat Victoria geen champagne hoefde. Ze hield het bij tonic; Tristan en Kate namen hetzelfde.

'Goed, het mysterie van Caitlyn Murray,' zei Victoria, nadat de ober hun drankjes had gebracht.

'Ja. Ik zag dat je Tristan had geschreven dat je al jaren een telefoontje van een privéonderzoeker over haar verwacht?' vroeg Kate.

'Nou ja, dat was misschien wat al te dramatisch gesteld... Maar de politie deed destijds zo weinig, ze hebben amper iemand gesproken! Een paar dagen na Caitlyns verdwijning kwam de politie op school: er zou die hele dag een politieagent aanwezig zijn, voor het geval een van ons iets te vertellen had... Ik weet niet hoeveel meisjes daar toen naartoe zijn gegaan.'

'Heb jij dat gedaan?'

'Ja. Ik heb verteld wat ik wist, ook al was dat niet veel. Maar ik heb er nooit meer iets over gehoord,' zei ze. Ze pakte nog een broodje en brak het doormidden. Haar manier van antwoorden had iets merkwaardigs, vond Kate. *Schuldgevoel?*

'Jij werkte samen met Caitlyn in je vaders videotheek, toch?' vroeg Tristan.

'Ja. Een van de zés videotheken, hè: pappa was Engelands top-franchisenemer.'

'Had Caitlyn een vriendje?'

'Niet één speciaal iemand of zo,' zei ze. 'Maar d'r zaten altijd wel jongens achter haar aan. En net als elk meisje van zestien neukte ze er aardig op los.'

Kate en Tristan keken elkaar even aan. 'Ze had dus meerdere vriendjes?' vroeg Kate.

'Ja, maar niemand met wie ze het serieus meende, hoor. Zo was er een jongen die frisdrank bezorgde, een blonde kanjer met een sixpack, een beetje zo'n Abercrombie & Fitch-fotomodel. Daar hebben we zelfs allebei een avontuurtje mee beleefd.' Victoria keek Tristan recht aan en zei: 'Hij leek wel een beetje op jou...'

Hij verschoof ongemakkelijk op zijn stoel en schonk gauw wat water in zijn glas om zich een houding te geven. Victoria had dat typische, onbekommerde zelfvertrouwen van iemand uit de gegoede kringen.

'Mag ik vragen hoe Caitlyn die bezorger had leren kennen?' vroeg Kate.

'Die bracht drankjes en popcorn bij de videotheek. Eén keer rond lunchtijd – Caitlyn was net de deur uit om een hapje eten te halen – begon hij ineens met me te flirten. Ik was toen nog jong en slank, met lekker stevige borsten. Het duurde nog geen tien minuutjes, maar ik vond het best lekker. Een paar weken later kwam ik wat vroeger terug van mijn lunchpauze, en toen trof ik hem op precies dezelfde plek aan terwijl hij aan de gang was met Caitlyn... Tot op dat moment had ik haar nogal preuts gevonden, haast frigide, maar die sexy bezorger schiep ineens een band tussen ons.'

'Weet je zeker dat je dit allemaal wil vertellen?' vroeg Kate. Het verraste haar dat het gesprek al zo'n vertrouwelijke wending nam, nog voordat de eerste gang was opgediend.

Victoria wuifde haar zorgen weg, met haar derde broodje in de hand. 'Ja hoor. Hoewel die arme Tristan zich er wel wat ongemakkelijk bij voelt, geloof ik...'

Die probeerde zijn ergernis te verbergen. 'Ik? Wat? Welnee, niets aan de hand,' zei hij haastig.

Hij leek bijzonder opgelucht toen het eten eindelijk werd gebracht. Kate en Victoria hadden gekozen voor de spaghetti alla carbonara, hij ging voor de macaroni met kaas en een korstje van broodkruim.

'Hm, verrukkelijk,' zei Victoria nadat ze haar eerste hap had genomen.

Kate vond haar maar lastig in te schatten, met al die luchtige, zelfverzekerde hockeymeidenjoligheid. 'Er is één ding aan Caitlyns verdwijning dat ons echt niet lekker zit,' zei ze, waarna ze vertelde over Megan Hibbert, die had gezien hoe een man in een gloednieuwe Rover Caitlyn bij het jeugdhonk had opgepikt.

'Ik ben daar zelf nooit geweest, in Carter's,' zei Victoria, met haar mond vol spaghetti. 'Maar ik herinner me dat de drie studiebeursmeisjes – Wendy, Megan en Caitlyn – het er wel eens over hadden. Een "jeugdhonk"... dat vond ik altijd zo suf klinken! Maar diegene die haar toen oppikte zal Paul wel zijn geweest.'

Kate voelde Tristans knie onder de tafel tegen de hare stoten. 'Eh... Paul? Paul wie?' vroeg ze.

'Paul Adler. Die is een paar jaar politieagent geweest. Een goeie ook nog, volgens mij. Maar op een avond werd hij tijdens zijn dienst aangevallen: twee criminelen besprongen hem met een mes en hij raakte een oog kwijt... Hij liet een glazen oog maken dat er heel goed uitzag: je zag bijna geen verschil met zijn echte oog.'

Kate en Tristan hadden een beschrijving van Peter Conway verwacht, maar opeens stuiterde het verhaal een heel andere kant op. 'Kende jij hem ook, die Paul Adler?' vroeg Kate, die haar verbazing amper kon verbergen.

'Ja. Nou ja, niet heel goed. Hij was de eigenaar van Adlers Apotheek, vlak bij de Hollywood Nights waar Caitlyn en ik werkten, een paar huizen verderop. Na dat voorval bij de politie kreeg hij een flinke schadevergoeding, die hij gebruikte om die apotheek te openen – of noem je dat nou een drogisterij? Afijn, hij kocht dat pand, de zaak liep als een trein, hij kon er prima van leven. Hij kwam altijd video's bij ons huren,' zei Victoria.

'Zie je hem nog wel eens?'

'Mijn hemel, nee. Hij en ik, da's verleden tijd.'

'Had jij ook een relatie met hem dan?'

'Nee!'

Kate overwoog even om Victoria hierover nog wat verder aan de tand te voelen – ze reageerde zo snel en fel – maar ze wilde niet te ver afdwalen van het onderwerp. 'Hoe lang hebben die Paul en Caitlyn iets met elkaar gehad?' vroeg ze.

'Ik geloof niet dat het ooit officieel iets is geweest. Hij was getrouwd, dat is hij nog steeds, maar ze gingen wel eens samen' – ze tekende aanhalingstekens in de lucht – '"een ritje maken". Paul was best een populaire vent. Hij zorgde er elk jaar voor dat hij de auto met het nieuwste kenteken had. Ik weet nog dat hij de eerste in onze buurt was met een nummerbord dat begon met een H.'

'Een van Caitlyns vriendinnen vertelde ons dat ze haar had zien staan praten met een vent in een gloednieuwe auto. Zijn nummerbord begon ook met een H,' zei Tristan. Hij haalde zijn mobieltje tevoorschijn en zocht de foto van Peter Conway op. 'Heb je Caitlyn ooit met deze man gezien?' Hij hield haar zijn telefoon voor.

Victoria, die net een slok van haar tonic had genomen, verslikte zich zo hevig dat ze naar adem moest happen. Het duurde even voor ze zich had hersteld. 'Sorry hoor,' zei ze, en ze veegde haar kin af met haar servet. 'Die zag ik niet aankomen! Dat is toch Peter Conway, de... hoe noemen ze 'm ook alweer... Kannibaal van Nine Elms? Waarom sjouw je daar in godsnaam mee rond?' Ze boog zich samenzweerderig naar Kate toe. 'Wie heeft hij nog meer op dat mobieltje staan? Jack the Ripper? Wat een stoute jongen ben jij!'

'Ik liet hem je zien omdat wij het vermoeden hebben dat Peter Conway betrokken is geweest bij Caitlyns verdwijning,' zei Tristan, ietwat geïrriteerd.

'In 1990 werkte hij bij de politie van Greater Manchester,' voegde Kate eraan toe.

Victoria leunde achterover. 'Ja, weet ik, ik lees ook de krant... Maar ik was Caitlyns kindermeisje niet. Ik denk eerder dat ze dankzij mij wat meer zelfvertrouwen heeft gekregen, om mannen te versieren. Meer niet, hoor: de rest heeft ze zelf gedaan.'

'Is Peter Conway nooit in jullie videotheek geweest?' vroeg Kate.

'Ik kan me echt niet iedereen herinneren die daar kwam! En ik werkte er ook maar parttime, hè.'

'Denk je dat Paul Adler Peter Conway kan hebben gekend?' vroeg Tristan.

'Absoluut niet! Nee, nee, nee.' Victoria zag dat haar glas leeg was, riep de ober en bestelde nog een tonic.

'Maar daarnet zei je dat je Paul Adler al in geen jaren meer hebt gezien. Hoe kun je dat dan zo zeker weten?' vroeg Kate.

'O, wij hebben elkaar nog wel eens gesproken, en dat was een van de dingen waar we het toen over hebben gehad. Peter Conway werkte immers hier in de buurt, en er zijn altijd geruchten geweest over eventuele eerdere slachtoffers... Vergeet niet dat er enorm veel mensen werken bij de politie van Manchester. Paul heeft me zelf verteld dat hij nooit contact met Conway had gehad.'

De ober kwam haar drankje brengen. Victoria begon met een rood gezicht in haar tas te rommelen. Ze haalde er een pillenpotje uit, maar kreeg het niet open. Tristan nam het van haar over en draaide het dopje eraf. 'Dank je. Die stomme bloeddrukpil, die was ik helemaal vergeten in te nemen,' zei ze, terwijl ze een pilletje met een slok tonic wegslikte. 'Kon ik maar één keer terug naar mijn slanke, zestienjarige ik. Dan zou ik haar eens flink door elkaar schudden, omdat ze toen al dacht dat ze dik was...'

'Maar jij denkt dus dat het Paul Adler was, die Caitlyn die avond bij het jeugdhonk oppikte?' zei Kate. 'Het moet begin augustus 1990 zijn geweest en het was een Rover, met een kenteken dat begon met een H.'

Victoria rolde met haar ogen. 'Ik krijg het gevoel dat we in kringetjes ronddraaien! Dat klinkt inderdaad als Paul Adler. Nou, die zit gewoon op Facebook en heeft volgens mij een vrij ouwe profielfoto.' Ze had ondertussen een poederdoos uit haar tas gehaald en begon in het spiegeltje haar lippenstift bij te werken. Het zag ernaar uit dat ze het wel welletjes vond: ze wilde weg.

'Heb je Paul Adlers gegevens misschien voor ons?' vroeg Kate. 'Ik zou erg graag met hem in contact komen.'

'Eh... ik voel me er niet echt prettig bij om andermans telefoonnummer door te brieven zonder dat diegene daar toestemming voor heeft gegeven,' zei ze. Ze schoof de huls weer over haar lippenstift.

Maar je hebt er geen moeite mee om Caitlyn – die vermist en vermoedelijk dood is – te omschrijven als iemand die 'er aardig op los neukte'.

'We gaan hem sowieso opzoeken,' zei Kate, 'want ik wil hem graag een paar vragen stellen. Misschien weet hij iets wat we kunnen gebruiken.' Ze hield glimlachend Victoria's blik vast.

Daarop draaide Victoria zich om, pakte haar tas van de rugleuning van haar stoel en haalde er een zilverkleurig adresboekje uit. Ze bladerde erdoorheen totdat ze had gevonden wat ze zocht. 'Hierzo, Paul Adler.' Ze begon Kate zijn gegevens voor te lezen. 'Maar de politie heeft hem allang gesproken, hoor. Hij had een ijzersterk alibi: op de dag van Caitlyns vermissing zat hij met zijn vrouw in Frankrijk, waar ze een huisje hebben, Le Touquet. Hij is een aardige vent, een echte familieman.'

Kate voelde de moed in haar schoenen zinken. 'Waarom heb je dat niet eerder gezegd?'

'Omdat ik niet dacht dat Paul Adler verdacht werd.'

'Kun je ons vertellen met welke jongens of mannen Caitlyn iets heeft gehad?'

'Er zijn er vier van wie ik af weet. Die frisdrankenkanjer. En een andere jongen die elke week video's – de nieuwste films – bij ons kwam afleveren. Hij was net achttien en ook blond... Ik weet hun namen of adressen niet, maar het waren gewoon leuke, ondeugende jongens.' Ze aarzelde even. 'En eh... ze is naar bed geweest met mijn vader. Dat is ook de reden dat Caitlyn en ik uiteindelijk ruzie hebben gekregen. Erop los neuken oké, maar met je baas... nee. Maar Caitlyn was zo stom om te denken dat ik wel een oogje zou dichtknijpen.'

'Waar was jouw vader dan op de dag van Caitlyns vermissing?' vroeg Tristan.

Victoria draaide zich naar hem toe. Al haar opgeklopte joligheid was opeens weg. 'Op een bruiloft,' zei ze, met een zuinig glimlachje. 'Mijn hele familie was daar toen, voor het geval je ook wil weten waar ík was. Mijn nichtje Harriet Farrington trouwde die dag in Surrey, in de Leatherhead Church...' Ze zag dat Tristan en Kate elkaar aankeken. 'Daar heb ik ook foto's van, als ik het moet bewijzen.'

Kate glimlachte even zuinig terug. 'Als je ons die zou willen sturen, graag,' zei ze.

Op de terugweg zwegen Kate en Tristan totdat ze bij de buitenwijken van Ashdean waren. Het was intussen grijs geworden en het regende.

'Ik kreeg geen goed gevoel bij die Victoria,' zei Kate. 'Ze was wel erg nerveus.'

'Ja. En die pil die ze innam, was niet voor haar bloeddruk. Het was Xanax, zag ik op het potje,' zei Tristan. 'Een angstremmer.'

'Misschien heeft ze gewoon een angststoornis.'

'Toen we laatst via LinkedIn hebben zitten chatten leek ze zo anders!' zei Tristan. 'In het echt mocht ik haar niet eens, ik vond haar een beetje vreemd.'

'Maar "een beetje vreemd" is nog geen bewijs dat iemand niet deugt. Als het inderdaad Paul Adler was die voor dat jeugdhonk met Caitlyn is gezien,' zei Kate, 'en hij heeft een alibi, evenals Victoria's vader... Wie hebben we dan nog meer?'

'Die twee jongens die spullen bezorgden bij die videotheek. Die zouden we kunnen proberen op te sporen,' zei Tristan. 'En we moeten Paul Adlers foto aan Megan in Australië laten zien.'

'Hoe kan het toch dat Malcolm en Sheila niets af wisten van al die vriendjes, al die jongens en mannen?' vroeg Kate zich af, terwijl ze links afsloeg, de boulevard op.

'Tja, welke ouder weet nou alles van zijn tienerzoon of -dochter?' zei Tristan.

'Shit, dat moet ik met Jake nog allemaal doormaken...'

'Zou de politie het Malcolm en Sheila dan ook niet hebben verteld – als die het al wist?'

'Kennelijk niet. Misschien hebben zij destijds geen familierechercheur toegewezen gekregen. Want die zou hun dit soort informatie echt wel hebben gegeven.'

'Wat moeten we nu doen?'

'Ons uiterste best. Alles wat we tot nu toe hebben gevonden moet worden nagetrokken: die docent, de andere meisjes van die school. En ik wil Paul Adler spreken, al is het maar om Victoria's verhaal te bevestigen.'

In de daaropvolgende vier dagen wisten Kate en Tristan zowel Caitlyns voormalige docent als de andere leerlingen uit haar klas op te sporen. Zij wisten echter geen van allen iets nieuws aan het onderzoek toe te voegen.

Verder deed Kate een beroep op Alan Hexham, die informatie over Paul Adler voor haar opzocht. Victoria's verhaal bleek te kloppen: hij was agent geweest en in 1988 eervol uit de politiemacht gestapt, na een incident waarbij hij een oog was kwijtgeraakt. Na Caitlyns vermissing was hij door de politie ondervraagd, omdat Caitlyn op weg naar de film ook langs zijn apotheek moest zijn gekomen. Op de dag van haar vermissing had hij echter, zoals Victoria al had verteld, in het buitenland gezeten.

Kate nam een kijkje bij Paul Adlers Facebook-profiel. Er stond inderdaad een wat oudere foto van hem bij. Ze stuurde deze door naar Megan Hibbert in Melbourne, die vervolgens bevestigde dat dit de man uit de Rover-met-een-H was die ze Caitlyn voor Carter's had zien oppikken.

Donderdagochtend kreeg Kate een mailtje van Malcolm, waarin hij vroeg hoe het onderzoek ervoor stond. Ze moest hem bekennen dat al haar aanwijzingen waren doodgelopen.

Het leek wel alsof zijn dochter Caitlyn in rook was opgegaan.

23

Het sportveld van de Carmichael Grammar School lag achter het schoolgebouw en grensde aan de rand van Dartmoor. Het was koud, die donderdagmiddag tegen vijf uur, en het begon zo schemerig te worden dat de coach van het schoolhockeyteam voor het eerst sinds het voorjaar besloot de schijnwerpers weer eens aan te zetten.

Layla Gerrard was met afstand de beste speelster én het populairste meisje van het team. Ze was vrij klein, maar erg lenig en sterk. Ze had sproeten op haar neus en wangen en droeg haar lange, rossige haar in een dikke vlecht.

Na de training liepen de meisjes terug naar de warme kleedkamer. Ze trokken een trui of trainingspak aan en pakten hun sporttassen en hockeysticks in. Het grootste deel van het team liep vervolgens terug naar het schoolgebouw. Alleen Layla en Ginny Robinson verlieten het sportveld via een poortje achter de kleedkamers: zij gingen met de bus naar huis.

Meestal liep Layla een eindje met Ginny mee, die vrij bekakt was maar toch wel aardig. En ze speelde goed, dus overwon hun gezamenlijke liefde voor hockey de verschillen. Zodra ze van het felverlichte hockeyveld kwamen, werden de twee meisjes opgeslokt door de duisternis. Via een smal pad langs het spoor liepen ze in de richting van de hoofdweg. De avond viel al een paar weken steeds eerder, maar dit was voor het eerst dat ze deze wandeling echt na zonsondergang maakten. Ze voelden zich echter veilig omdat ze met zijn tweeën waren, én ze hadden immers ieder hun hockeystick. Terwijl ze elk een proteïnereep naar binnen werkten, kletsten ze over de wedstrijd van aanstaande zaterdag.

Bij de hoofdweg aangekomen, begonnen de bellen net te rinkelen en gingen de spoorbomen naar beneden. Een trein denderde tussen de bomen door en passeerde de kruising. De meisjes maakten vlug gebruik van het rode licht en staken over. Aan de overkant scheidden zich hun wegen: Ginny's bushalte lag een eindje verderop langs de hoofdweg en Layla sloeg een woonstraat in.

Ze kroop diep weg in haar fleecevest; de koude lucht prikte in haar blote benen. Het was een mooie straat in een van de chiquere wijken van het stadje. Achter alle gesloten gordijnen brandde al licht. Layla keek op haar horloge en begon wat sneller te lopen. Over vijf minuten kwam haar bus!

Overal langs de stoep stonden auto's geparkeerd. Er draaide iemand een lege plek op waar zij net langsliep. Een man in pak, met een bos rozen in zijn hand, stapte uit en haastte zich naar een voordeur met een paar grote, witte pilaren ernaast. Uit een andere auto stapte een vrouw met een jongetje en een meisje. De kinderen zeurden dat ze geen fish-and-chips kregen.

'Dat krijgen jullie morgen. En nu wil ik jullie niet meer horen!' riep de moeder boos, en ze begon achter Layla aan te lopen. Haar kinderen bleven drenzen en treuzelen.

'Ik lust geen gestoomde groente,' zei het meisje.

Layla glimlachte. Zij had het vroeger ook een soort kindermishandeling gevonden als ze groente moest eten. Toen het jongetje zijn schooltas liet vallen, keek ze om.

'Raap op! De grond is nat!' riep de moeder met een schrille stem.

Layla bedacht dat ze uitkeek naar vrijdag. Dan haalde haar vader op weg van zijn werk naar huis altijd fish-and-chips.

Vlak bij haar bushalte was een spoorbrug met een voetgangersonderdoorgang, die uitkwam in een andere woonstraat. Het was inmiddels helemaal donker en de onderdoorgang was slecht verlicht, maar met dat gezinnetje achter haar durfde Layla de sluiproute wel aan. Echter, net toen ze de tunnel in stapte, sloegen de moeder en haar kinderen rechts af. Hun stemmen vielen meteen weg, en ook het lawaai van de straten om haar heen werd gedempt. Layla's voeten echoden door de smalle ruimte, die vochtig was en naar urine stonk. Bijna rennend liep ze naar de uitgang.

Aan de andere kant ervan lagen een overgroeid speeltuintje en een paar grote huizen met donkere ramen. Pas een eind verderop stonden weer straatlantaarns. Het zwarte busje dat in de schaduw van de spoorbrug langs de stoeprand stond geparkeerd, zag ze eerst dan ook niet. Op het moment dat ze erlangs liep, schoof de zijdeur open. Een lange man, van top tot teen in het zwart gekleed, stak zijn hand uit en klemde een lapje verbandkatoen over haar neus en mond. Zijn andere arm sloeg hij vervolgens krachtig rond haar schouders, waarna hij haar optilde en in het busje duwde. Het ging heel soepel, bijna als in een omhelzing. Haar hockeystick bleef even haken aan de rand van de deur, maar die draaide hij behendig om.

De laadruimte van het busje was leeg, op een kleine matras na. Ze vielen er met zijn tweeën geluidloos op neer, precies tegelijkertijd. Met zijn lange lichaam hield de man Layla vervolgens in bedwang gedurende de vijftien seconden voordat het middel waarin de stof over haar neus was gedrenkt begon te werken. In die korte tijd vocht ze als een leeuwin, wild schoppend en kronkelend – net zolang tot het middel in haar bloedbaan was doorgedrongen en haar lichaam slap werd.

De straat was nog steeds stil en verlaten. In de donkere schaduwen bij de spoorwegtunnel zag niemand de gehandschoende hand die Layla's mobieltje in de regenput bij het busje liet vallen. De deur gleed met een zachte klik dicht; een ogenblik later startte de motor. Vervolgens bewoog het busje zich door de stille woonstraat, voegde in op de hoofdweg en reed richting Exeter.

24

Die vrijdag werd Kate wakker toen het nog donker was. Ze sloeg haar vaste ochtendzwempartij over en verliet haar huis heel vroeg om naar Altrincham te rijden, aan de rand van Manchester. Wel een uur lang worstelde de zon om boven de horizon uit te komen, en toen de dageraad eindelijk was aangebroken, drong er slechts een vreemd, grijzig licht door de wolken heen. Tegelijk met het licht kwam ook de regen. Hij roffelde op het dak van de auto terwijl Kate tussen heuvels en heidevelden door reed. Vlak voor de lunch kwam ze aan en reed rammelend van de honger Altrincham binnen.

Ze had Paul Adler een dag eerder gebeld. Hij was erg behulpzaam en vriendelijk geweest en had al haar vragen beantwoord. Hij had zelfs aangeboden om haar persoonlijk te ontmoeten in zijn apotheek, die hij nog steeds had, om haar een paar foto's van Caitlyn te overhandigen. Kate zag ertegen op om met lege handen terug te moeten naar Malcolm en Sheila. Ze wilde daarom, door deze foto's te gaan ophalen en een kijkje te nemen in Caitlyns oude omgeving, de dobbelstenen nog één keer laten rollen. Dan had ze tenminste íéts. Op de terugweg zou ze dan naar Chew Magna gaan.

Tristan had vandaag een beoordelingsgesprek met de personeelsafdeling van de Universiteit van Ashdean. Hij werkte nu drie maanden als Kates assistent en zou nu, mede dankzij haar aanbeveling, een vaste aanstelling aangeboden krijgen. Het was dan ook een afspraak die hij niet mocht missen. Kate had hem beloofd te bellen zodra ze nieuws had.

Ze kocht een sandwich bij een tankstation en werkte deze in haar auto naar binnen.

Vervolgens reed ze naar haar eerste stop: het huis waar Malcolm en Sheila hadden gewoond ten tijde van Caitlyns vermissing. Altrincham was best een mooi, welgesteld voorstadje van Greater Manchester. Het oude huis van de familie Murray bleek een kleine, moderne rijtjeswoning, die tegenwoordig notariskantoor B.D. and Sons Ltd. huisvestte. Het huis was duidelijk onlangs opgeknapt en had daarbij glanzende schuiframen gekregen met de naam van het bedrijf op het glas, en de zwarte roetlaag was van de bakstenen gezandstraald, waardoor de oorspronkelijke beige kleur weer te zien was. De voortuin was een bescheiden parkeerterreintje geworden.

Kate stapte uit en tuurde een paar minuten naar het huis, hopend dat ze een of ander inzicht of ingeving zou krijgen. Ze deed haar best zich voor te stellen hoe Caitlyn dit huis had verlaten of hoe het eruit had gezien als ze er na school weer terugkwam, maar er kwam niets bruikbaars bij haar op. Dus stapte ze maar weer in haar auto en reed verder.

Haar volgende bestemming was het gebouwtje waar Carter's jeugdhonk had gezeten. Dit was in 2001 afgebroken, wist ze al. Het terrein waarop het had gestaan maakte tegenwoordig deel uit van een gigantisch distributiecentrum, dat ruim de helft van de straat besloeg. Terwijl ze erbuiten stond te kijken naar de af en aan rijdende vrachtwagens, vroeg ze zich af wat er was gebeurd met het riviertje dat achter het jeugdhonk had gelopen. Het leek te zijn verdwenen onder de met golfplaten beklede loods, formaat voetbalveld, die er nu stond.

Het was bijna twee uur toen ze stopte voor Paul Adlers apotheek, een paar kilometer van Caitlyns oude huis. De zaak lag aan het eind van een rij winkels en kantoren, waaronder een Costa Coffee en twee makelaars. Op een groot, rood neonbord boven de deur stond ADLERS APOTHEEK; een deel van de etalage was gevuld met een lange rij grote, stoffige apothekersflessen in verschillende kleuren.

Toen ze er binnenstapte, rinkelde er een ouderwetse bel, en er hing die aangename antiseptische geur en bibliotheekstilte die onverbrekelijk bij oude apotheken lijken te horen. De houten vloer en de toonbanken blonken haar tegemoet. Bij de kassa stonden een paar oudere dames op zachte toon tegen een piepjong meisje in een wit jasschort te praten. Achter een luik in de achterwand klonk het geratel van pillen die in een potje werden gegooid.

Ze verkochten er ook cosmetica. Kate neusde wat tussen de make-up terwijl ze wachtte tot de bel opnieuw rinkelde, ten teken dat de dames vertrokken. Toen liep ze naar de kassa en vertelde het meisje dat ze een afspraak had met Paul Adler.

'Ik zal even kijken of hij al beschikbaar is,' antwoordde ze. Ze was net een pop: slank en blond, met gigantische ogen en een zachte piepstem. Ze liep naar achteren en keerde enkele ogenblikken later terug met een grote, grijzende man. Hij was flink dikker geworden en liep een beetje voorovergebogen, maar toch herkende Kate hem van zijn Facebook-foto.

'Dag, aangenaam kennis met u te maken,' zei hij, toen hij haar de hand schudde.

'Bedankt dat u me wilde ontvangen,' zei Kate. Hij bleef haar hand vasthouden en sloeg er zijn andere hand zelfs omheen. Zijn ogen waren helder en opvallend blauw. Kate zag pas welk oog van glas was toen hij naar het meisje achter de toonbank keek. 'Tina, wij zitten achter. Stoor ons even niet, alsjeblieft.'

'Natuurlijk, meneer Adler,' zei ze gedwee.

'Deze kant op,' zei hij, nadat hij Kates hand eindelijk had losgelaten.

Hij ging haar voor, door een deur achter in de zaak naar een zwak verlichte gang met houten lambriseringen. Ze passeerden een gesloten deur aan de linkerkant en een openstaande ertegenover. Dit bleek het hart van de apotheek te zijn: de ruimte waarin alle medicatie lag opgeslagen, in een grote wand vol laatjes. Er zaten twee jonge vrouwen die er net zo uitzagen als Tina: popperig en knap, met lang blond haar. Ze zaten in volledige stilte recepten samen te stellen. Toen Kate er naar binnen keek, sloegen ze vlug hun ogen neer.

Aan het eind van de gang was een keurig personeelskeukentje, met een houten tafel en een paar stoelen erin. Een glazen deur keek uit op een kleine laad- en losplaats.

'Gaat u alstublieft zitten,' zei Paul Adler, en hij sloot de deur. Kate trok een stoel onder de tafel uit. 'Koffie?'

'Graag. Zwart, zonder suiker,' zei Kate. Nu de deur dicht was, leek de keuken nog kleiner. 'U hebt in de winkel alle originele kenmerken weten te behouden. Mooi, hoor. Doet me denken aan de apotheken waar ik vroeger als kind kwam.'

'O, maar volgende maand gaat alles eruit. Ik krijg een nieuwe winkelpui, nieuwe bedrading en een digitaal beveiligingssysteem. De camera's bij de kassa en in de receptverwerkingsruimte draaien nog op VHS,' zei hij, waarop hij liet volgen: 'Hier, dit zijn de foto's waar ik het over had.' Hij pakte een mapje met afdrukken dat naast het koffieapparaat lag, gooide het op tafel en liet een koffiecupje in de houder van de machine vallen.

Kate opende het mapje. Er zaten zes foto's in: allemaal van Caitlyn op een mooie, zonnige dag. Ze had ervoor geposeerd in een veld vol boterbloemen en droeg een lange, witte jurk en een madeliefjeskrans in haar haar. 'Ze was erg mooi,' zei ze, terwijl ze erdoorheen bladerde.

Paul reageerde niet. Er klonk slechts een luid geronk totdat de koffie klaar was. Toen zette hij twee kopjes op tafel, trok ook een stoel onder de tafel uit en kwam tegenover haar zitten.

'Waarom hebt u deze foto's eigenlijk bewaard? Was Caitlyn soms bijzonder voor u?' vroeg Kate.

'Luister, ik wil best nog wat vragen beantwoorden, maar ik vind het niet fijn om onder verdenking te staan,' zei hij. Zijn stem was zacht, maar ook een tikje dreigend.

'U staat helemaal niet onder verdenking! Ik heb u toch verteld dat ik ben ingehuurd door Caitlyns ouders? Zij zitten gewoon nog met een paar vragen, die ik voor hen opgehelderd probeer te krijgen. Ik vroeg me gewoon af waarom u deze foto's nog hebt; het was maar een observatie.'

'Vroeger, voordat alles digitaal werd, ontwikkelde ik hier ook foto's. Sommige van mijn klanten waren acteurs en modellenbureaus. Zij betaalden me extra om hun negatieven te archiveren, zodat ze ze eventueel later nog konden laten bijdrukken. Maar die negatieven van Caitlyn heb ik uit nostalgie bewaard, ouwe softie die ik ben...' zei hij. Kate bedacht dat dat laatste, zoals hij op haar neerkeek met dat onbeweeglijke, nietsziende oog, niet direct de omschrijving was die zíj voor hem zou gebruiken...

Opeens vloog de deur open en kwam Tina binnen, met een volle vuilniszak. 'Oeps! Sorry, meneer Adler,' zei ze zacht.

'Nou ja, ga nu je gang maar,' zei hij nors. Maar hij bleef gewoon zitten zoals hij zat, waardoor zij zich heel onhandig langs hem moest persen. Ze opende de glazen deur en liep naar buiten, de laad- en losplaats op. De deur viel meteen achter haar in het slot. Kate keek hoe het meisje naar een grote, overvolle kliko liep, de zak erin gooide en toen terugkwam.

'Ja, da's wel een inkomstenbron die ik node mis: dat foto's ontwikkelen en afdrukken,' zei Paul, die zijn aandacht weer op Caitlyns foto's had gericht.

Tina stond alweer voor de deur. Deze had een cijferslot en Kate zag haar de vier cijfers mimen terwijl ze ze intoetste: *een, drie, vier, zes.* Daarna ging de deur met een klik open.

Paul bestudeerde intussen een foto van Caitlyn, die glimlachend en met een holle rug tegen een boom geleund stond. Hij wachtte totdat Tina de ruimte had verlaten en verschoof toen zijn stoel, zodat hij met zijn rug tegen de deur naar de apotheek zat. 'Oké dan: ik heb een kleine affaire met Caitlyn gehad, toen ik net getrouwd was. Ze was eh... een niet te versmaden lekker hapje, zullen we maar zeggen...' Hij glimlachte. Het feit dat zijn rechteroog niet meelachte maakte zijn grimas nog griezeliger.

Kate probeerde niet te laten merken wat ze van hem en deze bekentenis dacht. 'En waar hebt u deze foto's van haar gemaakt?' vroeg ze.

'Ergens in de buurt van Salford. Daar kon je een mooie wandeling maken en daarna zwemmen in het meer. We zwommen altijd naakt.' Hij trok er dubbelzinnig één wenkbrauw bij op.

Nu voelde Kate toch een paar alarmbellen afgaan. Ze zat verdorie met deze engerd opgesloten in een kleine ruimte, aan het eind van een lange gang, en hij zat pal voor de deur! Ze dwong zichzelf kalm te blijven. 'Wanneer was dit precies?' vroeg ze.

Hij blies zijn wangen op. 'Juni 1990. Dat daar' – hij wees naar de foto – 'is nu allemaal weg: er staat een complete nieuwe woonwijk bovenop.'

Kate knikte. 'En de videotheek waar u Caitlyn hebt leren kennen?'

'Die zat aan het andere eind van dit rijtje, waar nu de Tesco zit...' Hij dronk zijn koffie in één teug op.

'Hebt u ooit iets of iemand in de buurt van Caitlyn gezien die u opviel of die u vreemd vond?'

'Wanneer?'

'De keren dat u elkaar zag?'

Hij schudde resoluut zijn hoofd. 'Ik ben mijn politie-instinct nooit kwijtgeraakt. U hebt het waarschijnlijk ook nog?' Zijn dode oog staarde haar aan.

Kate knikte. 'Weet u zeker dat ik deze foto's mag meenemen? Caitlyns ouders zullen wel willen weten waar ze vandaan komen.'

'Misschien moet u dat gedeelte van die affaire er dan maar buiten laten...' Hij schudde glimlachend zijn hoofd. 'Dat kan maar beter in het verleden blijven. Ik heb een uitstekend huwelijk.'

'Natuurlijk. En u staat er zelf niet op. Ik ben blij dat we u dankzij Victoria hebben gevonden. Het heeft me een hele hoop duidelijk gemaakt.' Kate wilde dolgraag weg uit deze piepkleine ruimte, die stonk naar zijn zweet. Maar ze wist dat haar volgende vraag de allerbelangrijkste was. 'Ik heb nog één vraag voor u: hebt u Peter Conway ooit ontmoet? Hij was politieagent in Greater Manchester in de tijd dat Caitlyn vermist raakte.'

'Nee, die heb ik nooit gekend. We hebben net niet tegelijkertijd bij de politie gezeten. Afschuwelijke man, heeft afschuwelijke dingen gedaan,' zei hij hoofdschuddend.

'Heeft een van uw collega's hem misschien gekend?'

Hij blies zijn wangen weer op en deed zijn hoofd achterover. 'Ik heb mensen pas over hem horen vertellen nadat u hem had ontmaskerd. En net als u vonden ze hem altijd een prima politieman. Hij heeft jullie zo te horen allemaal een behoorlijk rad voor de ogen gedraaid.' Hij keek haar even aan, met een spottende glimlach rond zijn lippen. 'Wilt u nog een kopje koffie? Hoewel, u hebt uw eerste nog niet eens aangeraakt...'

'Nee nee, dank u.' Ze stond op. 'Ik moet weer eens gaan.' Hij leek verrast en liet een diepe stilte vallen. Kate liep om de kleine tafel heen naar de deur. Even was ze bang dat hij zich niet zou verroeren, maar toen hees hij zichzelf toch overeind, schoof zijn stoel aan de kant en opende tot haar grote opluchting de deur voor haar.

Toen ze samen door de gang terug naar de winkel liepen, zag Kate dat de deur tegenover de receptverwerkingsruimte nu openstond. Het was een opslagruimte met een paar archiefkasten, een grote foto-afdrukmachine en een stapel oude reclameborden. Op de bovenste zag ze een tekening van een stopwatch staan, met daarin de tekst: FOTO'S ONTWIKKELEN: 1 UUR.

'Bedankt,' zei ze toen ze weer in de winkel stonden, en ze stak haar hand naar hem uit.

'Als er nog iets is, aarzel dan niet om me te bellen,' zei hij. Opnieuw hield hij haar hand iets te lang vast.

Toen Kate naar buiten stapte, bleek het weer te regenen. Ze keek om en zag Paul Adler achter het raam staan, naast een draaistandaard met leesbrillen. Hij staarde haar aan. Ze knikte naar hem en haastte zich ervandoor.

Dit bezoekje had haar van streek gemaakt, al wist ze niet precies waarom; ze kon er haar vinger niet op leggen. Was het dat glazen oog dat haar de rillingen bezorgde? Of het feit dat hij er bijna van leek te genieten om vrouwen te domineren? Die drie jonge medewerksters van hem leken zo onderdanig! Maar ja, Paul Adler ging vrijuit, want hij had een waterdicht alibi.

Even voor drieën verliet Kate Altrincham. Het was al donker toen ze in Chew Magna aankwam, maar het ongemakkelijke gevoel had haar tijdens de rit niet verlaten. Bijna elke locatie uit Caitlyns verleden bleek te zijn verdwenen, behalve die enge apotheek die wel in de tijd leek te zijn blijven steken.

Toen ze bij het zandpad naar de cottage van de Murrays aankwam, zag ze blauw licht op de omringende huizen weerkaatsen. Vervolgens gilde er een sirene en kwam er een ambulance het pad af gereden, die met hoge snelheid links afsloeg en haar in een kakofonie van geluiden passeerde.

'Shit!' bracht ze uit, terwijl ze het pad op draaide. Aan het eind ervan zag ze een oudere dame met bijna wit haar uit Malcolm en Sheila's woning komen. Toen ze haar raampje liet zakken, kwam ze naar haar toe. 'Ik kom voor Malcolm en Sheila. Is alles wel goed met hen?' vroeg Kate.

'Nee. Sheila is ingestort en ligt nu in coma,' vertelde de vrouw zichtbaar aangedaan.

'Ik ben Kate Marshall...'

'O ja, die privéonderzoeker die ze hebben ingehuurd om nog eens naar Caitlyns verdwijning te kijken, toch? Hebt u nieuws?' vroeg ze. Haar gerimpelde gezicht werd even wat minder zorgelijk.

Kate vond het nog steeds een beetje raar om zichzelf zo te noemen, zeker nu haar onderzoek eigenlijk nergens toe leek te leiden. 'Daar kwam ik net voor,' zei ze, en ze stak de map omhoog die ze samen met Tristan had samengesteld. 'Ik vrees dat we niets bijzonders hebben gevonden.'

De vrouw schudde treurig haar hoofd. 'Mijn naam is trouwens Harriet Dent, hun buurvrouw en goede vriendin. Zal ik dat dossier dan maar voor u aan Malcolm geven?' bood ze aan, al leek ze er niet om te staan springen.

Kate kon zich dat heel goed voorstellen: ze bracht natuurlijk liever geen slecht nieuws. 'Nee, dank u, ik hou het nog wel even bij me. Maar mag ik u mijn nummer geven? Ik zou heel graag willen weten wanneer het weer beter gaat met Sheila,' zei Kate. Ze schreef het op een stukje papier en gaf dit aan Harriet.

'Het ziet er niet zo best uit voor d'r. Zij wacht al drie jaar op een donornier. We hebben ons hier allemaal al laten checken, om te zien of iemand soms met haar matchte...' Ze schudde haar hoofd. Toen stak ze het papiertje omhoog. 'Ik bel u zodra ik meer weet!'

Kate keek nog even hoe de oude vrouw over het modderige pad terug naar haar huis sjokte. Toen stapte ze in haar auto voor de lange rit naar huis.

25

Layla Gerrard voelde een bonkende pijn in haar hele lichaam, alsof ze een kater had en tegelijk was uitgedroogd. Het was pikdonker om haar heen, en ze had zo ingespannen in het duister liggen staren dat het voelde alsof haar ogen elk moment uit haar hoofd konden vallen.

Meerdere malen was ze wakker geschrokken en had ze geprobeerd de puzzelstukken aan elkaar te passen. Ze was sterk en had altijd gedacht dat ze in een worsteling haar mannetje wel zou kunnen staan, maar het was allemaal zo snel gegaan. De man – hij rook tenminste als een man – was helemaal in het zwart geweest. Ze had slechts een flits van een wollen bivakmuts gezien, met glinsterende ogen en een volle mond met natte, rode lippen. Meer wist ze niet van hem.

Ze herinnerde zich nog wel dat ze over straat had gelopen, met die moeder en haar twee kinderen achter zich. En dat ze die spoortunnel in was gelopen, in de veronderstelling dat zij achter haar aan kwamen. Die onderdoorgang vond ze eigenlijk altijd doodeng, maar de afgelopen maanden was het steeds nog licht geweest als ze van school naar huis ging.

Ze wist niet hoeveel tijd er al was verstreken. Ze was in haar ondergoed, en haar handen en voeten waren strak aan elkaar gebonden. Ze voelde een koude, vochtige betonvloer onder haar rug en in haar mond zat een prop van stof met een stuk ducttape eroverheen. Ze had zich proberen te verzetten tegen de angst dat de man zou terugkeren, een angst die bijna even sterk was als de angst om te stikken in die prop. En het middel dat hij had gebruikt om haar buiten westen te krijgen maakte haar misselijk.

De paniek draaide rond in kringetjes; telkens wanneer die haar definitief leek te overweldigen, klopte het bloed pijnlijk in de dikke bult aan de zijkant van haar hoofd, die voelde alsof hij elk moment kon barsten. Had hij haar daar geslagen? Of had ze met haar hoofd iets geraakt toen ze dat busje in werd getrokken?

Ver weg klonk ineens een harde klap. Hij leek wel door de ruimte te echoën, waardoor ze voor het eerst besefte dat de plek waar ze lag heel groot was, met een hoog plafond. Ze herinnerde zich ineens ook dat ze drie keer wakker was geworden van het zachte geklikklak van een trein in de verte. Nu hoorde ze het geluid van een grote schuifdeur die opzij werd getrokken, gevolgd door een klik.

Zonder waarschuwing sprongen er vervolgens boven haar hoofd een heleboel lichten aan. Haar pupillen trokken zich samen, ze sloot vlug haar ogen en kromp ineen.

Voetstappen kwamen naar haar toe en ze voelde een ijskoude windvlaag. 'Ogen open!' zei een mannenstem. Hij klonk beschaafd en autoritair, maar niet boos. 'Open je ogen, alsjeblieft.'

Toen voelde ze een trap in haar ribben. Door de pijn wist ze zich te concentreren en haar ogen open te trekken. Ze lag midden in een enorme opslagloods, met rijen tl-buizen hoog boven haar hoofd tegen een golvend metalen dak. De vloer was van beton en de muren waren van oude, rode bakstenen. Tegen de achterwand stond een rij van zes zwarte busjes, allemaal met de naam CM LOGISTICS erop. Het was totaal anders dan de vochtige grot die ze zich in die lange, donkere uren had voorgesteld.

Een man in een chic, blauw pak torende boven haar uit. Hij was groot en breed en had kort, rood haar. Layla deinsde achteruit toen ze zijn dikke, vochtige lippen en haast rubberachtige trekken zag. Aan zijn rechterhand droeg hij een zwartleren handschoen, zijn linkerhand hield hij achter zijn rug. Hij kwam dichterbij en boog zich over haar heen. Er kwamen wolkjes uit zijn mond en neus. Hij hurkte en haalde zijn gehandschoende linkerhand achter zijn rug vandaan. Er zat een lang, scherp ogend mes in.

Layla kromp jammerend ineen toen hij nog dichterbij kwam en haar bij haar benen greep. Ze kromde haar rug en schraapte met de achterkant van haar benen en polsen over de vloer terwijl ze zich van hem af probeerde te duwen.

De man kantelde haast nieuwsgierig zijn hoofd en bestudeerde haar gezicht. Toen liet hij haar abrupt los en liep weg, de schaduwen in. Hij kwam terug met een sixpack waterflesjes, dat hij aan het plastic handvat vasthield. Met het mes sneed hij wat van het plastic weg en trok er een flesje uit. De rest smeet hij de loods in. Toen kwam hij met het flesje op haar af. Layla schoof van hem weg, centimeter voor centimeter, steeds dichter naar de achterwand.

'Maar je hóúdt je stil,' zei hij, en hij legde een hand op haar buik. Hij zette het flesje naast haar hoofd. 'Zodra je schreeuwt, snij ik je keel door.' Toen trok hij de tape van haar mond en de prop eruit; het mes hield hij op haar gezicht gericht. Layla slikte en hapte naar adem. 'Ik meen het: zodra je een kik geeft, rits ik je open.' Hij zei het doodkalm, bijna als een nieuwslezer die een bericht voorleest. Ze knikte, met grote, angstige ogen. De man pakte het flesje, draaide het open, ondersteunde haar kin met de hand waar het mes in zat en hield het flesje tegen haar lippen. 'Drink!'

Zonder zijn blik los te laten dronk ze van het water dat hij in haar mond goot, hoestend en proestend toen het over haar lippen en neus spatte. Ze had zich niet gerealiseerd hoe dorstig ze was geweest. Ze dronk het flesje half leeg.

Toen zette de man het weer neer. Het mes bungelde nog steeds boven haar hoofd. Maar het water had haar hoop gegeven: blijkbaar wilde hij dat ze in leven bleef!

Hij glimlachte naar haar; de glimlach was breed, warm – maar de blik erbij was kwaadaardig. En zijn tanden waren zo eng wit, het leek wel een hollywoodglimlach!

Toen zette hij een voet onder haar zij en rolde haar om. Ze belandde pijnlijk met haar buik op het ijskoude beton en slaakte een geschrokken kreetje. 'Sorry!' riep ze er meteen achteraan. Ze haatte zichzelf om haar onderdanigheid, maar ze wist dat het zinloos was om zich tegen hem te verzetten.

'O wee als je gaat schreeuwen!' fluisterde hij.

'Nee nee, dat zal ik niet doen... Dat beloof ik,' begon ze – maar toen duwde hij de prop weer in haar mond.

Haar hersenen draaiden intussen overuren. Wat was dit voor een plek? Het leek wel de garage van een of ander koeriersbedrijf, met al die geparkeerde busjes... Betekende dat dat er ook bezorgers konden binnenlopen? Misschien dat een van hen haar dan zou horen – en haar zou redden?

Even wist ze niet wat hij van plan was toen hij zich over haar heen boog. Maar toen voelde ze zijn adem op de achterkant van haar linkerdij, zijn natte, rubberachtige lippen tegen haar vel en vervolgens zijn tanden die wegzonken in haar vlees. De pijn was gruwelijk toen hij doorbeet. Hij gromde erbij en draaide zijn hoofd van links naar rechts, als een hond met een stuk vlees. Hij beet nog harder. Layla ging bijna van haar stokje van de pijn toen hij zijn hoofd met een ruk naar achteren bracht en een heel stuk vlees lostrok. Toen hij het naast haar uitspuugde, voelde ze haar warme bloed over haar bovenbeen stromen. Ze schreeuwde het uit en kronkelde wild met haar lichaam, maar hij hield haar tegen de grond gedrukt. Zijn mond, met al die tanden, bewoog zich omhoog, in de richting van haar onderrug.

Hij weet dat er niemand komt. Hij weet dat hij me helemaal voor zichzelf heeft.

Daarna was de pijn zo heftig dat ze alles zag verdwijnen in het zwart en Layla Gerrard het bewustzijn verloor.

26

Tristan was dit weekend naar de bruiloft van een vriend; Kate bracht de hele zaterdag en de halve zondag door met het inhalen van werk voor de universiteit waar ze door de onderzoeksklussen van de afgelopen week niet aan was toegekomen. Ze vond het maar lastig om zich weer op haar gewone werk te concentreren.

Bij Caitlyn waren ze helaas op een dood spoor beland. Waarschijnlijk hadden ze het voor Malcolm en Sheila alleen maar erger gemaakt. Ze had hun nooit moeten beloven dat ze hen zou helpen, hun geen nieuwe hoop moeten geven. Ze hoorde dat hele weekend niets van Malcolm, waardoor ze het ergste begon te vrezen.

Haar zondagmiddag werd opgevrolijkt door een lange strandwandeling en een kop koffie met Myra, gevolgd door een skypesessie met Jake.

Tristan zag ze maandagmiddag pas weer, toen ze samen koffie gingen drinken en zij hem op de hoogte bracht van wat er in Altrincham allemaal was gebeurd.

'Dus Paul Adler bleef volhouden dat hij Peter Conway niet kende?' vroeg Tristan.

'Ja. Ik heb Alan Hexham al in het archief naar Caitlyn en Paul laten zoeken. Het is waar: hij was allang weg bij de politie toen Peter Conway daar begon. Al wil dat natuurlijk nog niet zeggen dat hij hem niet kende,' zei Kate.

Tristan trok een gezicht.

'Wat nou?'

Hij beet op zijn lip. 'Zou jij ooit overwegen om Peter Conway op te zoeken?'

'Nee. Daar zou hij me trouwens ook een bezoekaanvraag voor moeten sturen. En dat gaat echt niet gebeuren.'

'Heeft hij dat wel ooit gedaan?'

'Nee, Tristan. Nooit. Ik ben immers de reden dat hij zit opgesloten!'

Hij knikte. 'Jij bent de bikkel die hem heeft gevangen!'

Kate glimlachte. Haar telefoon rinkelde. 'Het is Alan. Ik vermoord hem als hij zijn gastcollege van donderdag alsnog gaat afzeggen...' Ze nam op en luisterde. Toen keek ze op haar horloge. 'Oké. We komen zo snel mogelijk.'

'Wat is er?' vroeg Tristan zodra ze had opgehangen.

'Er is weer een lichaam gevonden, bij Higher Tor, in de buurt van Belstone. Een jonge vrouw, naakt gedumpt, met bijtwonden en een zak over haar hoofd...'

Toen Kate en Tristan drie kwartier later bij de rand van Dartmoor aankwamen, begon het al te schemeren. Ze reden door het dorpje Belstone, waarna het heidegebied begon en de weg overging in een kiezelpad met stapelmuren aan beide kanten. De uitgestrekte heidevelden zagen er griezelig uit in het schemerlicht. Na een kilometer of twee verscheen de rotsachtige heuvelformatie van Higher Tor in beeld: ze stak nog net af tegen de snel donker wordende lucht. Onderaan stond een groep politieauto's en een busje.

Er zat een opening in de stapelmuur. Kate reed erdoorheen en parkeerde haar auto op een ruig stuk grond ernaast. Iets verderop stond een politieauto. Ze stapten uit.

De agent in de politieauto zat net een pasteitje te eten. Toen ze dichterbij kwamen, keek hij op en deed zijn raampje naar beneden.

'Goeienavond,' zei Kate. 'Wij zijn hier op uitnodiging van de forensisch patholoog, Alan Hexham.' Ze hoopte althans dat Alan nog steeds de leiding had over de plaats delict en dat hij deze niet al had overgedragen aan de politie.

De agent slikte, legde zijn snack met zichtbare tegenzin opzij en veegde zijn mond af. 'Dan heb ik wel een identiteitsbewijs nodig,' zei hij. Kate en Tristan begonnen hun zakken af te zoeken naar hun rijbewijs en gaven hem dit aan. De agent sloot het raampje meteen weer.

'Weet je zeker dat Alan het goedvindt dat ik ook meekom?' vroeg Tristan, terwijl de agent hun rijbewijzen bestudeerde en iets in zijn radio mompelde.

'Ja hoor.'

Er klonk gezoem toen het raam van de politieauto weer openging. 'Ik krijg hem niet te pakken. Hebben jullie geen politiepenning, al is het maar van een van jullie? Ik probeer er gewoon achter te komen waarom jullie hier precies zijn.'

'Wij zijn niet van de politie,' zei Kate.

De agent keek naar haar bemodderde auto bij de poort en keek opeens streng. 'Jullie zijn toch niet van de pers, hè? Want dan kan ik jullie op de bon slingeren, voor het moedwillig verspillen van waardevolle politietijd.'

'Nee, we zijn... privédetectives,' zei Kate. Het was raar om het hardop uit te spreken. Ze was hoogleraar aan de universiteit, academica. Er zat nogal een verschil tussen de politie adviseren en een heuse privédetective zijn, al maakte dat laatste haar wel mooi onafhankelijk. Had ze nou maar een visitekaartje! 'Ik ben oud-rechercheur en heb onder andere gewerkt aan de zaak van de Kannibaal van Nine Elms. Dokter Hexham heeft mij en mijn assistent verzocht naar deze plaats delict te komen, omdat we ook al informatie met hem hebben uitgewisseld over de moorden op Emma Newman en Kaisha Smith. Dokter Hexham gelooft dat deze moord daarmee te maken heeft.'

De agent keek weer naar hun rijbewijzen. Toen klonk er luid geruis, gevolgd door Alans stem door de radio: 'Dokter Hexham hier. Ik heb Kate Marshall en haar assistent uitgenodigd. Laat ze er alsjeblieft door.'

'Nou, vooruit maar dan,' zei de agent. Hij legde de radio weg en pakte zijn pasteitje weer op. 'Wel nog even inschrijven op de plaats delict, hè.'

Kate en Tristan liepen in de richting van de andere politieauto's, onder aan Higher Tor. Aan weerszijden van hen strekten de heidevelden zich uit, met gaspeldoorn en andere lage struiken, badend in de lange schaduwen van het steeds verder afnemende daglicht.

Tristan tuurde naar de donkere omtrek van de rots voor hen. 'Denk je dat het zal stinken?' vroeg hij. 'Dat lijk, bedoel ik?'

Kate keek hem even van opzij aan. 'Ik weet het niet. Heb je nog nooit een lijk gezien?'

Hij schudde zijn hoofd.

'Wil je soms liever in de auto blijven?'

'Nee nee, ik red me wel,' zei hij. Erg zeker van zijn zaak klonk hij niet.

Voor de auto's was een politielint gespannen. Ze werden er begroet door een politieagent, die hun gegevens noteerde, en een vrouw van het forensisch team. 'Jullie moeten wel een overall aantrekken,' zei ze, terwijl ze hun er allebei een aangaf.

Tristan slikte hoorbaar, Kate sloeg een arm om zijn schouder. 'Ik zal je heus niet uitlachen als je terug wil...'

'Nee, ik ga mee. Daar blijf ik bij.'

Zodra ze zich hadden omgekleed, nam de forensisch medewerkster hen over de rotsachtige helling mee naar de *tor*. Toen ze er vlakbij waren, torende de typerende rotsformatie hoog boven hen uit. Kate vond het net een stapel kiezels die door een reus was achtergelaten. Rechts ervan was boven een kring van rotsblokken een vierkant zeildoek opgehangen.

Daar stond Alan een groep politieagenten in overall te briefen, onder wie Varia Campbell, die kennelijk al met haar hele team op de plaats delict aanwezig was. Haar gezicht betrok toen ze Kate en Tristan de heuvel op zag komen. Kate zag ook John Mercy tussen de andere agenten staan. 'Goedenavond, iedereen. Bedankt dat wij er ook bij mogen zijn, dokter Hexham,' zei ze.

'Ik ben nog maar net begonnen,' zei Alan, die in zijn witte overall boven iedereen uitstak. Kate en Tristan kwamen nog wat dichterbij. In het midden van de kring van rotsblokken was een kuil, waarin het naakte lichaam van een jonge vrouw lag. Ze lag op haar zij, was smerig en zat onder het bloed. Om haar heen waren drie forensisch medewerkers aan het werk: twee van hen namen bodemmonsters, de derde assisteerde de forensisch fotograaf.

'Jezus,' bracht Tristan uit. Hij sloeg een hand voor zijn mond en kokhalsde luid.

'Is hij een kotser?' informeerde Alan, nadat hij zijn hoofd met een ruk had omgedraaid. 'We kunnen niet hebben dat hij de plaats delict verontreinigt.'

'Het gaat wel weer, meneer,' zei Tristan. Hij slikte en pakte Kates arm.

'Misschien is een kotszakje wel verstandig,' zei Kate. Een van de forensisch medewerkers gaf Tristan een papieren zak aan. Toen Kate een paar agenten zag gniffelen, kreeg ze de neiging Tristan te beschermen. Ze legde een hand op zijn rug.

Alan ging verder. 'Juist, ten behoeve van voormalig rechercheur Marshall, die zich zojuist met haar assistent bij ons heeft gevoegd, herhaal ik: ik denk, maar pin me daar niet op vast, dat de doodsoorzaak verstikking is. Er zit een plastic zak over het hoofd en haar gezicht en hals zijn bedekt met petechiale bloedingen. Let vooral op het type zak en de knoop aan het eind van het koord: een trekkoordzak, vastgebonden met een apenvuistknoop. Het slachtoffer is bovendien in een specifieke pose neergelegd: op haar linkerzij, met haar rechterarm vooruit en het hoofd rustend op de onderarm.'

De forensisch fotograaf onderbrak het verhaal voor het maken van een foto. De flits verlichtte niet alleen het lichaam binnen de stenen kring, maar ook de zijkant van de gigantische tor.

'Willen jullie haar nu misschien even omdraaien?' verzocht Alan.

Zijn medewerkers draaiden het lichaam voorzichtig met het gezicht naar beneden op een reeds klaarliggende lijkenzak van zwart pvc. De camera flitste weer.

'En daar hebben we het laatste deel van de puzzel. Zoals jullie zien: een... twee... drie... vier... vijf... zes beten in de rug. Twee aan de linkerkant van de ruggengraat, twee aan de rechterkant en twee op de rechterdij. Een van de beten in de rechterdij is zeer diep...' Hij boog zich naar het lichaam toe. 'Het tijdstip van overlijden is recenter dan bij de andere slachtoffers. Ik kan het exacte tijdstip natuurlijk pas geven wanneer ik mijn lijkschouwing heb uitgevoerd, maar deze zien er zo vers uit dat ik goede hoop heb dat we in het lab zelfs wat beetafdrukken zullen kunnen maken.'

Kate keek naar Tristan. Zijn hand vloog alweer naar zijn mond. Hij schudde zijn hoofd en beende weg, de heuvel af.

De fotograaf schoot weer een serie foto's. Alan hurkte neer bij de voeten van het meisje. 'De vraag is alleen: hoe is ze helemaal hierboven gekomen? Er is niets wat aangeeft dat ze blootsvoets is meegesleurd; er zit niets op de hakken of de tenen, geen gras of andere plantenvezels. Nu ja, goed, alle overige informatie zal uit de lijkschouwing moeten komen,' sloot hij zijn verhaal af.

De forensisch medewerkers maakten hun werk af: ze schoven het lichaam in de zak en brachten het van de rotskuil naar het busje. Varia kwam met een klembord en een pen op Alan af lopen.

'Heel erg bedankt dat wij er ook bij mochten zijn,' zei Kate tegen Alan.

'Dit is dus al nummer drie! Ik hoop dat ze het nu eindelijk serieus gaan nemen,' reageerde hij.

'Ik neem élke moord serieus,' zei Varia, terwijl ze hem het klembord en de pen toestak. 'Dokter Hexham, als u even zou willen tekenen om de plaats delict aan mij over te dragen...' zei ze erbij. Alan pakte de spullen van haar aan en begon de papieren door te lezen. 'En zodra dat is afgehandeld, zou ik graag zien dat jullie hier weggaan,' voegde ze er tegen Kate aan toe.

'Wie heeft het lichaam eigenlijk gevonden?' wilde Kate weten.

'Twee wandelaars,' zei Alan, opkijkend van de papieren op het klembord.

'Dit is Higher Tor, toch? Volgens mij is dat een van de *letterboxing tors*,' zei Kate.

'*Letterboxing*? Van "brievenbussen", bedoel je?' vroeg Varia.

'Ja. Ken je dat niet?'

'Ik eh... kan wel gokken wat het is.'

'Jij hebt daar nog nooit van gehoord? Terwijl Dartmoor tot je werkterrein behoort?' zei Kate ongelovig.

'Ik ben pas een maand geleden op deze zaak gezet,' zei Varia verdedigend. 'Dokter Hexham... Als u zich in de gegevens kunt vinden, tekent u dan alstublieft.'

'Als hij weer een briefje heeft achtergelaten, zou ik eerst die brievenbus maar eens checken,' zei Kate.

'D'r staat hier toch helemaal geen brievenbus?' zei Varia, om zich heen wijzend naar het landschap.

'Die zitten meestal ingebouwd in de rotsblokken van een tor,' zei Alan, nog steeds verdiept in de papieren. Kate zag dat hij het expres zo lang mogelijk stond te rekken. Zolang ze Alans handtekening nog niet had, kon Varia haar immers niet wegsturen.

Kate volgde Varia, terwijl zij om de tor heen begon te lopen. De inspecteur haalde een zaklamp tevoorschijn en scheen ermee op de gladde rotsblokken.

'Daarzo! Dat metalen deurtje diep in de steen,' zei Kate.

Kate nam de zaklamp van haar over, zodat Varia een paar latex handschoenen kon aantrekken. Toen richtte ze de lamp op de brievenbus, waarna Varia de grendel openschoof. 'Er zit een kaart in,' zei ze verbluft, en ze trok hem eruit.

Op de voorkant stond een foto van een pub in Bodmin Moor, The Jamaica Inn, een groot gebouw midden tussen de heidevelden. Ernaast stond een close-up van het uithangbord: een zongebruinde piraat met een geel-blauwe papegaai op zijn schouder.

Er begon een zacht belletje te rinkelen in Kates achterhoofd. Maar ze was vooral benieuwd naar wat er op die kaart stond geschreven. Ze was blij dat Varia niet zo kinderachtig was om haar weg te jagen terwijl ze hem las.

Dus pas wanneer lijk nummer drie opduikt, beginnen jullie sukkels het eindelijk door te krijgen! Ik heb het nieuws gezien. Spannend, hoor: een vrouw aan het hoofd van de zaak... Het toneel staat opgesteld, de spelers komen bijeen. En ik heb mijn oog al op nr. 4 laten vallen.
Een Fan

'Het lijkt hetzelfde handschrift als op die andere briefjes,' merkte Kate op.

Varia stopte de kaart in een plastic bewijszak en gaf hem aan John, die bij hen was komen staan. 'Laat dit onderzoeken op vingerafdrukken en een DNA-test uitvoeren,' zei ze.

'Áls we er nog aan twijfelden of we te maken hadden met een copycat, dan is die twijfel bij dezen dus opgeheven,' zei Kate.

'We? Er is helemaal geen "we"!' snauwde Varia haar toe. Toen haar radio in haar zak begon te piepen, trok ze hem eruit. 'Ja, zeg het eens.'

'Het lichaam is op weg naar het mortuarium. Vanaf zonsopgang morgenochtend kunnen we agenten een minutieuze omgevingsinspectie laten doen,' sprak een stem door de radio.

'Begrepen,' zei Varia.

Ze liepen weer om de tor heen. Een agent gaf Varia het klembord aan, met de papieren die Alan eindelijk had ondertekend. 'Oké, ik heb mijn handtekening. Dat betekent dat jullie nú weg moeten,' zei ze.

Kate zag dat ze haar best deed om kalm te blijven. 'Oké dan. Mocht je me nog nodig hebben, je hebt mijn nummer,' zei ze, maar Varia beende al naar haar team.

Kate liep terug naar het politielint en leverde haar overall weer in. Ze trof Tristan rillend bij de auto aan. Vlug zette ze de motor aan en de verwarming voluit. De kou en het vocht leken ook haar wel tot in de botten te zijn getrokken.

Toen ze over het modderige pad terugreden naar de grote weg, kwamen ze achter het busje van de forensisch patholoog terecht, dat tergend langzaam over het ruwe terrein hobbelde. Opeens sprongen de remlichten ervan aan en stopte het abrupt.

Kate vloog als een gek op de rem, slipte een beetje en kwam op een paar centimeter van de achterkant van het busje tot stilstand. 'Shit, dat scheelde niet veel!' verzuchtte ze. Ze reed een eindje achteruit.

'Nee. Achter op het busje van de patholoog knallen – met een lijk achterin – zou niet echt een goede indruk hebben gemaakt,' zei Tristan.

Het passagiersportier van het busje vloog open en Alan Hexham kwam druk zwaaiend naar Kates zijraam gerend. Ze deed het vlug naar beneden. 'Zeg Kate, een van mijn collega's hoorde over de radio dat jij in de hoedanigheid van "privédetective" toegang hebt gekregen tot deze plaats delict.'

'Ja, sorry... Ik had alleen mijn rijbewijs bij me. We wisten niet zo goed wat we moesten zeggen.'

'Persoonlijk ben ik niet wild van het idee van privédetectives. Veel van die lieden vind ik maar ordinaire snuffelaars, die hun neus gewoon graag in andermans huwelijksaangelegenheden steken...'

'Alan, ik ben niet zo'n soort...'

'Nee nee, natuurlijk niet. Ik bedoel juist dat ik jou de ideale privédetective vind! En dus wilde ik je aanraden om visitekaartjes te laten maken. Ik weet het, het is maar papier, maar het maakt wat je doet op de een of andere manier toch legitiemer. En als ik je ergens bij kan helpen – binnen de grenzen van de beroepsethiek natuurlijk – dan kun je altijd op me rekenen. Dat wilde ik even kwijt.'

'O... Goh, dank je wel,' zei Kate verrast.

'Wat vind jij trouwens van die inspecteur Campbell?'

'Weet ik eigenlijk niet. Ze kent de omgeving niet... maar ze is wel slim. Ach, ze zal het wel leren, denk ik,' zei ze. Ze wilde de hoofdverantwoordelijke in deze zaak niet meteen afkraken.

'Mm, laten we hopen dat ze een snelle leerling is,' zei Alan. 'O ja, hoe heet je assistent ook alweer?'

'Tristan,' antwoordde hij zelf, en hij boog zich voor Kate langs om Alan zijn hand toe te steken.

'Aangenaam,' zei deze. 'Enne... goed gedaan: je hebt niet gekotst!'

'Bedankt...'

Toen haastte Alan zich weer weg, zwaaide nog even naar hen en stapte weer in het busje.

Kate wachtte even om het forensisch team wat voorsprong te geven. Haar hoofd tolde. Niet alleen door het zien van dat arme, dode meisje en dat briefje, maar vooral door Alans volkomen onverwachte advies. Dat laatste was eigenlijk niet minder dan een openbaring voor haar. Jarenlang was ze het mikpunt van spot geweest: ze was afgeschilderd als corrupte politievrouw, geestelijk wrak, slechte moeder... En ze wist dat haar roddelbladverleden zelfs een rol had gespeeld bij haar aanstelling op de universiteit. Haar dubieuze roem bracht immers geld op: ze haalden er extra studenten mee binnen.

Zou ze nu een frisse start kunnen maken als professioneel privédetective?

27

'Voel je je alweer wat beter?' vroeg Kate toen ze stopte voor Tristans flatgebouw, aan de zee in Ashdean. Hij had de hele rit naar huis zijn raampje opengehouden en af en toe zijn hoofd naar buiten gestoken voor een hap frisse lucht.

'Ja hoor, ik red me wel,' zei hij. Hij knipte het lampje boven de spiegel aan en zag dat zijn gezicht nog steeds asgrauw zag. 'Ik voel me alleen zo stom.'

'Op mijn allereerste dag als politieagent werd ik bij een incident geroepen: een oude dame was met een honkbalknuppel recht in haar gezicht geslagen. Het was een en al bloed. Ik heb mijn hele maag binnenstebuiten gekeerd,' zei Kate.

'Echt?'

'Ja. En dat was in Catford, South London, vlak bij de markt: alle marktkooplui stonden erbij te joelen en me uit te lachen. Dus je hoeft je echt niet te schamen voor de reactie van je lichaam op een verminkt lijk.'

Tristans hand vloog alweer naar zijn mond. 'Ik weet gewoon zeker dat ik haar voor me zal zien als ik vanavond mijn ogen sluit.'

'Ik ook,' zei Kate. 'Schenk jezelf maar een stevige borrel in. Dat is mijn advies – als trouw lid van de AA.'

Hij grijnsde. 'Bedankt.'

'Weet je wat? Kom morgen maar bij mij ontbijten. Dan nemen we vóór het college van tien uur nog even alles door.'

Hij stak zijn duim naar haar op. 'Maar praat me nu nog maar even niet van eten... Hé, ik ben ervandoor,' zei hij. En hij opende het portier en rende de trap op naar zijn appartement op de eerste verdieping.

Kate keek hem na totdat hij binnen was. Ze hoopte maar dat hij het tapijt in zijn gang niet zou versieren...

Toen ze thuiskwam, schonk ze een groot glas ijsthee in en liep ermee naar de woonkamer. Ze ging op de pianokruk zitten en probeerde voor zichzelf te analyseren hoe ze zich voelde. Ze had zich door de jaren heen moeten wapenen tegen emoties. Ze vond het vreselijk dat er alweer een overleden meisje was gevonden, maar ze voelde ook een soort vonk in haar borstkas, een zekere gretigheid om zich op deze zaak te storten en het mysterie op te lossen.

Ze tikte zacht met het glas tegen haar tanden. Er was nog iets met die ansichtkaart die ze in die brievenbus boven op Higher Tor hadden gevonden. 'The Jamaica Inn... Waar ken ik die naam ook alweer van?' vroeg ze zich hardop af. Terwijl ze haar ijsthee opdronk, bedacht ze – geheel onbewust – dat ze wilde dat het een Jack Daniel's met ijs was. Maar het was zo'n vluchtige, verre gedachte dat deze haar hoofd ook zo weer uit vloog.

Ze zette het glas op de piano, liep naar haar boekenkast en begon te zoeken in de lange rijen romans, misdaadfictie en wetenschappelijke publicaties. Aan het eind van een van de planken stond een gebonden editie van *Niet míjn zoon!* van Enid Conway.

Ze trok het boek eruit. Op de voorkant stonden twee foto's. Aan de rechterkant was een zestienjarige Enid Conway te zien, met baby Peter op haar arm. De foto was nostalgisch wazig; Peter staarde met grote ogen naar de camera, Enid keek liefdevol op hem neer. Ze had een hard gezicht en lang, donker haar, droeg een lange, wijde jurk en achter haar hing een bord: AULDEARN, TEHUIS VOOR ONGEHUWDE MOEDERS. Door een van de ramen was vaag een non te zien, die als een levensgrote pinguïn naar hen stond te loeren.

De andere helft van de cover werd in beslag genomen door een politiefoto van Peter Conway, op de dag dat hij kwam getuigen bij zijn voorlopige proces. Hij had handboeien om, lachte smalend naar de camera en had een gestoorde blik in zijn ogen (die een roddeljournalist destijds had omschreven als zijn 'volkomen-verknipte-verleidersblik'). De hechtingen boven zijn linkerwenkbrauw zaten er nog in: zelfs in half bewusteloze staat had Peter zich in Kates appartement nog hevig verzet tegen zijn arrestatie.

Kate opende het boek en begon erdoorheen te bladeren. Eerst las ze de uiterst hartelijke boodschap van Enid.

Rot maar lekker weg in de hel, trut. Enid Conway.

Kate herinnerde zich dat ze deze tekst op een avond had laten zien aan Myra, toen die net haar sponsor was. 'Ach, je moet het maar van de positieve kant bekijken: míjn schoonmoeder heeft nooit een boek voor me gekocht!' had Myra gegrapt. Kate had erdoor leren lachen om de afschuwelijke situatie waarin ze zich bevond.

Ze ging naar het register en scande erdoorheen tot ze 'The Jamaica Inn' zag staan: bladzijde 118. Met bonzend hart bladerde ze ernaartoe en zocht de betreffende passage op.

> We hebben zo veel heerlijke vakantiedagen in Dartmoor doorgebracht! Er is niets mooiers dan de vrije natuur, en Peter – die als kind nogal ziekelijk was, altijd hoesten en verkouden – vond het heerlijk in de frisse buitenlucht. Onze predikant, dominee Paul Johnson, had contact met een aantal pensions die het eigendom waren van een of andere christelijke bond. Daar konden we verblijven, vaak zelfs voor niets. The Brewers Inn was onze eerste pleisterplaats: een kleine, knusse pub, midden in de natuur, met uitzicht op Higher Tor...

Kate liet het boek van schrik bijna uit haar handen vallen toen ze de tor bij naam genoemd zag staan. Ze las vlug verder.

> Op onze eerste dag beklommen we, gewapend met picknickspullen, Higher Tor. Peter wilde namelijk graag 'letterboxen': op meerdere plaatsen in Dartmoor is een speciale brievenbus aangebracht, waar je een kaart kunt achterlaten voor de volgende

die deze bus openmaakt. Toen we eindelijk boven op de tor waren, was het eerst een beetje een teleurstelling, omdat er niets in de brievenbus bleek te zitten. Maar Peter had speciaal een ansichtkaart gekocht bij een van de pubs waar we waren geweest, The Jamaica Inn, en wilde deze toch in de bus leggen. Hij was aan mij gericht, met een heel lief berichtje erop. En jawel: vijf weken nadat we terug waren van vakantie, werd de kaart bij ons thuisbezorgd – met een poststempel van Sydney, Australië, erop! De eigenares van een hondenopvang, die met vakantie naar Groot-Brittannië was geweest, had Peters kaart helemaal mee naar huis genomen en hem daar op de post gedaan...

Kate bladerde door naar het fotokatern achter in het boek, dat was afgedrukt op glanzend papier. Al op de derde bladzijde vond ze de twee foto's die ze zocht: de voor- en achterkant van de bewuste kaart – The Jamaica Inn én Peters handgeschreven boodschap.

Lieve mamma,
We hebben het hartstikke leuk in Devon. Ik wou dat de vakantie nooit meer ophield. Je bent de liefste mamma van de hele wereld.
Peter xxxx

Kate schonk haar glas nog eens vol met ijsthee en begon toen driftig in het register te zoeken naar de andere locaties waar slachtoffers waren gedumpt: Autosloperij Nine Elms en de rivier bij Hunter's Tor.

De volgende ochtend zwom Kate net terug naar de kust toen ze Tristan door de duinen naar beneden zag komen, het strand op. 'Goeiemorgen!' riep hij, en hij hield een grote witte papieren tas omhoog. 'Ik heb ontbijt meegenomen.'

Toen ze uit het water kwam, wendde hij zijn ogen beleefd af en hield de badjas voor haar omhoog, die ze naast haar handdoek op het zand had klaargelegd. 'Trek?' vroeg hij.

'Ik rammel,' zei ze. Ze bond de badjas dicht en wreef haar natte haar met de handdoek droog.

Toen liepen ze samen door de duinen omhoog naar het huis, waar zij gauw de waterkoker aanzette. Tristan had twee enorme witte broodjes meegebracht, met gebakken ei en spek erop. Ze wachtten niet eens op de thee, maar hapten meteen toe.

'Hm, zalig,' zei Kate met haar mond vol. Het zachte broodje was supervers, met gesmolten boter, zacht (maar niet té zacht) eigeel en knapperige bacon. 'Waar heb je die gehaald?'

'Bij een truckerscafé vlak bij de hoofdstraat.'

Toen de broodjes waren verslonden, zette Kate thee. 'Dank je, dat had ik net nodig,' zei ze, terwijl ze twee dampende mokken met sterke thee neerzette. 'Voel je je weer helemaal goed?' Tristan knikte wat ongemakkelijk en nam gauw een slok thee. 'Mooi zo. Hier, moet je dit eens zien.'

Ze schoof hem *Niet mijn zoon!* over de ontbijtbar toe. Hij bekeek de cover even en sloeg het boek toen open. 'Jezus! Da's geloof ik de naarste opdracht die ik ooit in een boek heb zien staan,' zei hij.

'Mm-mm...' zei Kate vaag. 'Dat bericht op die Jamaica Inn-kaart van gisteravond deed opeens een belletje bij me rinkelen. In de zomer van 1965 zijn Enid en Peter samen met vakantie naar Devon geweest. In dit boek somt Enid alle plaatsen op die ze toen hebben bezocht. Ik heb de bladzijden met Post-its gemarkeerd.'

Tristan bladerde naar het eerste plakkertje. Kate vertelde erbij: 'Ze verlieten Londen in een stokoude Ford Anglia, waarvan op een warme dag de ventilatorriem brak. Ze stonden opeens midden in de rimboe vast en kwamen zo uit bij Autosloperij Nine Elms. Enid wist de man die daar destijds werkte zover te krijgen dat hij hun een oude riem uit een van de autowrakken gaf, zodat ze weer op weg konden...'

Ze boog zich naar voren en bladerde verder. 'Daarna gingen ze picknicken bij Hunter's Tor. Ze zaten er aan de rand van het water en aten boterhammen met Smac. Kijk maar.' Ze liet hem een foto zien van een nog piepjonge Peter op een picknickkleed naast de rivier, die schitterde in de zon. Ze bladerde nog wat verder en hield nog een foto omhoog. 'En hier staat Peter boven op Hunter's Tor, terwijl hij zijn ansichtkaart daar in de brievenbus stopt.'

'Jezus... Hoeveel plaatsen noemt ze nog meer?'

'Cotehele House bijvoorbeeld, een behoorlijk chique National Trust-locatie. Enid ging er met Peter naar binnen om wat te drinken in de theesalon, maar ze werden totaal genegeerd: men weigerde hen er gewoon te bedienen. Verder bezochten ze een paar *kistvaens* – middeleeuwse tombes – en Castle Drogo, dat op een gigantisch landgoed aan de rand van Dartmoor ligt. De nacht brachten ze door in een bed and breakfast, op een boerderij in Launceston. Dit was allemaal op de dag voordat ze weer naar huis gingen. Toen Enid de boerin hen tegen haar man "uitschot" hoorde noemen, stal ze een van hun kippen. Ze beschrijft hierin precies hoe ze die vlak voor hun vertrek in de kofferbak meesmokkelde.'

'Maar... als de moordenaar aan de hand van dit boek werkt, is hij geen echte copycat,' zei Tristan. 'Dan is het eerder een hommage aan Peter Conways misdaden... Een soort herstart. Wat ga je met deze informatie doen?'

'Ik heb Varia Campbell al een mail gestuurd en haar daarin dit alles verteld. Ze reageerde meteen.'

'Hoe laat was dat dan?'

'Om vier uur vanochtend... Zij vond het een "interessante theorie", maar zei ook dat ze de mankracht niet heeft om agenten naar al die locaties te sturen. Ze liggen verdeeld over zo'n dertienhonderd vierkante kilometer platteland, dus daar kan ik wel in komen.'

Tristan dronk zijn mok leeg. 'Maar dat is toch idioot? Je hebt haar het motief van de moordenaar gegeven, met daarbij een blauwdruk van waar hij de volgende keer zou kunnen toeslaan.'

'Ze doet er vast wel iets mee. Maar wat de politie verder doet?'

'Hoe gaat het intussen eigenlijk met Malcolm en Sheila Murray?' vroeg Tristan.

'Ik heb een berichtje achtergelaten bij die buurvrouw, maar die heeft nog niet gereageerd. Maar, luister eens... Hoe denk jij eigenlijk over wat Alan gisteravond zei, over dat we dit fatsoenlijk zouden moeten aanpakken: als officiële privédetectives?'

'Superspannend! Ik vond het doorlezen van alles rond die cold cases, als voorbereiding op jouw colleges, al zo waanzinnig interessant! En dit is nog een stap daarbovenop. Maar... dat zullen we dan náást ons gewone werk moeten doen, hè?' informeerde hij voorzichtig.

Kate knikte. Ze begreep dat hij zich zorgen maakte over geld. Ze herinnerde zich dat hij haar had verteld dat hij vóór dit baantje lange tijd werkloos was geweest. En hoewel hun onderzoek naar Caitlyns verdwijning absoluut opwindend was, zouden ze er inderdaad niet rijk van worden. 'Nou ja... de zelfstudieweek komt eraan, dus daar houden we wel wat tijd over. Maar we zullen ook wel eens wat uren buiten onze officiële werktijden moeten draaien. Daarom wil ik het ook graag officieel maken en jou gewoon betalen voor alle overuren die je maakt – dus buiten je gewone werk als mijn assistent,' zei ze.

'Oké, dan doe ik mee,' zei Tristan, en ze bezegelden hun afspraak met een handdruk. Heel even sloeg de schrik Kate om het hart: nu was het dus officieel meer dan een interessante hobby of nevenactiviteit...

'Goed, we hébben al wat onderzoek gedaan naar Caitlyn,' zei ze toen met frisse moed. 'Eerst dacht ik dat Malcolm en Sheila zich aan een strohalm vastklampten, toen leek het er heel even op dat Peter Conway haar inderdaad had gedood, maar nu zitten we alweer op dood spoor. Toch is er iets wat me niet lekker zit: Paul Adler en Victoria O'Grady.'

'Ja, zij leek in het echt zo anders dan toen ik via LinkedIn met haar kletste! Zou ze hem in de tussentijd hebben gesproken? Dat kunnen we natuurlijk op geen enkele manier bewijzen...'

'Ik dacht precies hetzelfde!' Kate pakte Enids boek weer en zwaaide ermee. 'Deze figuur, wie hij of zij ook is, graaft in Peter Conways verleden en haalt daar zijn inspiratie uit. Wij graven ondertussen ook en proberen uit te vinden wat er met Caitlyn is gebeurd. En ik geloof dus dat daar ergens een link zit. Ik denk dat als we ons op de laatste drie slachtoffers van deze copycat storten, ons dat ook wel eens antwoorden over Caitlyn zou kunnen opleveren – waarna we de dader van dit alles bij zijn kladden kunnen grijpen.'

Ze zweeg even. Nu ze het eenmaal hardop had uitgesproken, voelde ze haar zelfvertrouwen alweer wegebben. Maar dat mocht ze niet laten gebeuren!

Ze rechtte haar schouders en vervolgde: 'Ik wil deze slachtoffers nader gaan onderzoeken: Emma Newman, Kaisha Smith en het laatste slachtoffer, dat nog zonder naam is. Wij hebben dan wel geen toegang tot de politiedossiers, maar we kunnen wel met mensen gaan praten. En we hebben internet, we kunnen bij de microfilms van de universiteit en we hebben Alan Hexham.'

'En jij hebt over twintig minuten een college,' zei Tristan droog, toen hij zag hoe laat het was.

'Shit, dan mag ik wel eens gaan opschieten! Laten we elkaar na afloop weer treffen, praten we dan verder.'

28

Meteen na het college gingen Kate en Tristan, gewapend met koffie, naar hun kantoortje boven in het faculteitsgebouw.

Kate had een artikel gevonden van eerder deze zomer, over de vondst van Emma. Het kwam uit een plaatselijke krant, de *Okehampton Times*.

VOORMALIG BEWOONSTER KINDERTEHUIS MUNRO-DYE DOOD AANGETROFFEN

Emma Newman (17), vanaf haar zesde woonachtig in Kindertehuis Munro-Dye bij Okehampton, is dood aangetroffen op het autokerkhof van Nine Elms, aan de rand van Dartmoor. Zij was vermoedelijk reeds twee weken vermist, voordat haar lichaam door een medewerker van de autosloperij werd ontdekt. Vrienden maakten zich al maanden vóór de vermissing zorgen over het meisje. Ze was vrij recentelijk nog opgepakt wegens drugsbezit en straatprostitutie. Janice Reed, de directrice van het tehuis, omschreef Emma tijdens haar verblijf als 'een pienter ding', maar had sinds kort geen contact meer met haar. De politie beschouwt de omstandigheden rond Emma's overlijden als verdacht, maar heeft tot nu toe nog geen aanhoudingen verricht.

‘Wil jij eens kijken wat je op Facebook over Emma Newman kunt opduiken?’ vroeg Kate. ‘Dan spoor ik de journalist van dit stukje op én ik bel de directrice van dat kindertehuis.’

Even voor de lunch deelden ze met elkaar wat ze hadden gevonden.

Kate had een paar uur aan de telefoon gehangen en een hele hoop aantekeningen gemaakt. ‘Oké dan. Emma woonde vanaf haar zesde in Kindertehuis Munro-Dye,’ begon ze. ‘Haar moeder was een alleenstaande drugsverslaafde die tijdens de bevalling is overleden. Er was geen andere familie. Ik heb Janice Reed ook gesproken, zij was erg behulpzaam. Emma was een vrolijk en sportief meisje. Toen ze het tehuis op haar zestiende verliet, leek haar een veelbelovende toekomst te wachten: ze had haar examens goed gemaakt, had vriendinnen... Ze vonden een klein appartement voor haar in Okehampton en ze wist een parttime baantje te versieren, met een aanvullende uitkering. Ze was van plan om daarnaast te blijven leren, om het jaar daarop examen te kunnen doen op het hoogste niveau.’

‘Heeft ze dat tehuis al op haar zestiende verlaten?’ vroeg Tristan.

‘Ja. Vanaf dat moment was ze juridisch gezien volwassen.’

‘Shit! Ik zou niet weten hoe ik me op mijn zestiende in mijn eentje had moeten redden!’ Kate dacht aan Jake. Die werd over minder dan twee jaar ook al zestien.

‘Janice vertelde dat Emma inderdaad op de scholengemeenschap in het stadje was gaan leren voor haar *A-levels*. Maar afgelopen juli, na amper één jaar, was ze daar abrupt mee gestopt. Het scheen dat het in februari al begon mis te lopen met haar, toen ze door de politie was opgepakt wegens tippelen. Janice heeft haar eind juli voor het laatst gezien. Emma was er toen lichamelijk slecht aan toe én depressief, omdat haar vriendje, ene Keir, net voor zes weken naar Amerika was vertrokken en niet meer reageerde op haar berichtjes. Dat was de laatste keer dat Janice Emma zag. Ze heeft haar twee weken voordat haar lichaam werd gevonden nog proberen te bellen en zelfs een voicemail achtergelaten, maar daar heeft ze nooit iets op gehoord. Emma schijnt pas twee weken nadat ze was gevonden te zijn geïdentificeerd – aan de hand van haar tandheelkundige gegevens. Ze was nog door niemand als vermist opgegeven. Janice heeft de begrafenis geregeld en bekostigd uit een potje van het kindertehuis.'

'Oké... Ik geloof dat ik wel een paar gaten uit dat verhaal kan opvullen,' zei Tristan. Hij draaide zijn computerscherm naar haar toe. 'Ik heb Emma's Facebook-profiel gevonden. Dat is volledig toegankelijk: geen enkele privacybeperking is geactiveerd.' Hij klikte naar het begin van haar fotoalbum. 'Rond 2007 is ze op Facebook gekomen. In het begin postte ze nog niet zo veel: alleen wat foto's van haarzelf met een kat, een paar vriendinnen uit het kindertehuis, een foto van haar met de Kerstman, eentje tijdens een hardloopwedstrijd op een sportdag...'

Terwijl hij langs de foto's klikte, zag Kate Emma steeds ouder worden en veranderen van een pubermeisje in een jonge vrouw. 'Wie is dat?' vroeg ze, bij een foto van Emma op een muziekfestival, met een lange, iets oudere man. Ze leken allebei behoorlijk dronken; zij hing half over hem heen. De man leek ergens achter in de twintig, misschien begin dertig en had knalrood haar en een vrij grof gezicht met opvallend rode, dikke lippen.

Vanaf begin mei verscheen hij ineens op veel meer foto's op Emma's Facebook-profiel: in parken, op het strand, in haar appartementje, in de pub. 'Deze is genomen in juni, op een strand. Volgens de tag luidt zijn naam... Keir Castle,' zei Tristan.

'Aha, het vriendje dat naar Amerika ging,' zei Kate. Hij was geen onaantrekkelijke man, vond ze, maar op sommige foto's – vooral die waarop hij zich duidelijk pas geschoren had – zag zijn gezicht er een beetje vreemd uit, als een soort plastic masker.

'Op Keirs Facebook-profiel zitten allerlei privacybeperkingen. Maar er is wel wát info te zien: hij heeft altijd op privéscholen gezeten, heeft in Cambridge gestudeerd en omschrijft zijn huidige beroep als "muziekpromotor".'

'Is dat net zo breed als het klinkt?'

'Ja. Dat kan betekenen dat hij bandjes managet, maar ook dat hij op straat cd's uitdeelt,' zei Tristan.

'Heeft Emma nog meer opvallende vrienden?' vroeg Kate.

'Nee. Ze begon pas regelmatig op Facebook te posten toen ze iets met deze gast kreeg.'

Tristan klikte nog meer foto's aan. Kate boog zich wat dichterbij.

Terwijl de weken voorbijgleden, werd Emma steeds magerder en kleedde ze zich uitdagender. En langzaam verdween de glans uit haar ogen. Op de zoveelste foto van een wild feest waren de pupillen van Emma en Keir wel erg groot. 'Ze waren aan de drugs,' zei Kate. 'Denk je ook niet?'

'Daar lijkt het wel op, ja.'

'Zou jij hem kunnen bevrienden, deze Keir?' vroeg Kate.

'Jawel. Maar... waarom? Hij heeft immers een alibi: hij zat in Amerika toen Emma verdween.'

'Da's waar, maar ze zijn ook een tijdje erg hecht geweest. Misschien weet hij iets waar we wat aan hebben.'

'Oké.'

'Heb jij iets met popbandjes?'

'Sommige.'

'Misschien kun je doen alsof je in een band zit?'

Tristan schudde zijn hoofd. 'Dat zou hij meteen checken. Zal ik anders zeggen dat ik boeker ben?'

'Oké. En je werkt voor een van de grote brouwerijen,' stelde Kate voor. 'Jij bent de contactpersoon die zorgt voor optredens in door de brouwerij gerunde pubs.'

'Da's een goeie! Nieuwe bandjes krijgen in het begin altijd gigs in kleinere tenten.'

Kate knikte en glimlachte. 'Perfect.'

Tristan schreef een kort berichtje aan Keir en verstuurde het samen met een vriendschapsverzoek. Toen gingen ze naar beneden voor een kop koffie.

'Bingo!' riep hij toen ze weer bovenkwamen. 'Hij heeft het al geaccepteerd.'

'Jezus, beseffen mensen eigenlijk wel wat ze allemaal prijsgeven? Ik vraag me af hoeveel meer boeven ik vroeger had kunnen oppakken als ik ook in Facebook-profielen had kunnen rondneuzen,' zei Kate.

Ze begonnen Keirs profiel te bestuderen. In meerdere Facebook-posts stond dat hij muziekpromotor en -journalist was, en er stonden links naar maar liefst drie doodgebloede blogs: allemaal ideeen waar niet al te veel inspanning in was gestopt. De eerste twee bevatten allebei wat verhalen over optredens; de derde was een vehikel dat aandacht probeerde te genereren voor een GoFundMe-pagina van Keir – om reikitherapeut te worden. Zijn einddoel was het ophalen van vijfendertighonderd pond voor een opleiding, maar bij slechts vierenvijftig pond had hij het hele plan alweer laten varen.

'Hij heeft het zo ingesteld dat wij zijn vrienden ook kunnen zien,' zei Tristan.

'Hij komt vast uit een rijke familie, met die typische voornaam, al die privéscholen, Cambridge... En zijn werk lijkt maar een vage boel, terwijl hij op alle foto's uitstekend gekleed gaat,' zei Kate.

'Ik vind hem maar eng: dat vlezige gezicht, die overhangende oogleden, brr... Hij ziet er gewoon raar uit, die gast.'

'Maar dat maakt iemand nog geen seriemoordenaar. Weet je nog: Ted Bundy was knap, Peter Conway...'

'Ja, maar zijn ogen zijn zo kil – zelfs op foto's waarop hij glimlacht,' zei Tristan.

Keir had maar enkele foto's van hem en Emma gepost. Een paar weken voor haar overlijden, toen hij naar Amerika ging, verdween ze zelfs geheel van zijn tijdlijn.

Kate googelde hem vlug op haar computer. 'Aha!' zei ze, terwijl ze door de resultaten scrolde. 'Hij heeft een strafblad. Artikeltje in de plaatselijke krant, uit 2009: Keir Castle, beschuldigd van het met een mes bedreigen van zijn vriendin. Dat was overigens niet Emma, al wordt ze niet bij naam genoemd. Hij is ervan afgekomen met een boete en een werkstraf van honderd uur.'

'Je zou toch denken dat je daar een poosje voor moet zitten,' zei Tristan, die op Kates scherm had meegelezen. 'Kennelijk kon hij zich een goede advocaat veroorloven.'

'Staat er op Facebook iets over zijn familie?' vroeg Kate.

Ze schakelden weer over naar Tristans scherm. 'Hij is naar King's York geweest, een privéschool in Oxfordshire, maar heeft Cambridge zo te zien niet afgemaakt. Hij heeft twee zussen: Mariette Fenchurch en Poppy Anstruther – toe maar, doe maar duur... Hun profielen zijn allebei maximaal beveiligd, maar ik kan nog wel zien dat ze allemaal dezelfde school hebben bezocht,' zei Tristan.

Kate leunde achterover en dacht diep na.

'Hij hééft een tijdje iets met Emma gehad,' zei Tristan toen.

'Ja. En met zo veel gefeest en uitgaan kan hij ook makkelijk in contact zijn gekomen met de andere meisjes,' zei Kate. 'Zullen we maar eens een afspraakje met hem maken?'

'Oké. Waar?'

'Het liefst hier in de buurt. Als je hem nou eens een berichtje stuurde waarin je vertelt dat je op zoek bent naar bandjes voor de pubs in het zuidoosten waar jij voor boekt... Zoiets? Je moet ergens op een openbare plek met hem afspreken, natuurlijk. Je kletst wat over zaken en probeert hem zo wat dingen te ontfutselen, zoals de namen van anderen met wie Emma optrok. Wie weet, als hij denkt dat jij iets voor hem doen kan...'

'Oké,' zei Tristan, die langzaam een beeld bij het plan begon te krijgen. 'Ik zal hem eens een berichtje sturen. Kijken of ik die gast aan de praat krijg.'

Kate stond op en pakte haar tas en jas van de rugleuning van haar stoel. 'Ik kreeg ineens een ideetje, ben over een uurtje terug. Wacht maar niet op me met de lunch.'

29

'Weet je het echt zeker? Ze willen vast niet met ons praten,' zei Tristan.

Ze reden in de richting van Crediton, een stadje zo'n vijfentwintig kilometer buiten Exeter. Kate wilde de ouders van Kaisha Smith spreken, het meisje dat naast de rivier bij Hunter's Tor was gevonden.

'Deze zullen ons daarbij helpen,' zei Kate geheimzinnig, en ze gaf hem een kleine envelop. Tristan haalde er twee stapeltjes visitekaartjes uit. 'Eén set met jouw naam en een setje voor mij, twintig van elk,' zei Kate. 'Ik ben daarnet naar een copyshop geweest en heb die er laten uitprinten. Ze waren me daar nog iets schuldig.'

Tristan bestudeerde het kaartje. 'Mooi hoor, met mijn naam in van die chique zilveren reliëfletters...' zei hij. Kate was even bang geweest dat hij bezwaar zou maken tegen zijn 'Assistent-privédetective', tegenover haar 'Privédetective', maar zag nu tot haar opluchting dat hij dik tevreden was.

'Het lijkt me het beste om eerlijk te zijn. We zeggen gewoon dat we onderzoek doen naar de verdwijning van een andere jonge vrouw – wat ook zo is – en dat we vermoeden dat er een link bestaat tussen de twee gevallen,' zei ze.

Het huis van Tammy en Wayne Smith was het laatste van een lange rij rijtjeswoningen, die tegen een steile heuvel op kronkelde. Kate kon alleen onder aan de straat parkeren. Ze arriveerden dan ook lichtelijk buiten adem van de steile klim bij de voordeur.

Kate had eigenlijk nog even willen uitpuffen, maar de voordeur vloog al open. Een magere vrouw met een volle vuilniszak in haar hand kwam naar buiten. 'Ja?' vroeg ze. 'Als jullie Jehova's getuigen zijn, kunnen jullie meteen opdonderen. Daar ben ik niet voor in de stemming. De laatste *Wachttoren* die in mijn brievenbus lag, is in de kattenbak beland.' Ze liep langs hen heen naar de zwarte afvalbak bij het hek.

Kate legde uit wie ze waren, waarna ze elk hun visitekaartje lieten zien.

De vrouw bekeek hen van top tot teen en nam Kates nonchalante spijkerbroek, trui en lange jas traag in zich op, net als Tristans rood-blauwe jack, spijkerbroek en groene sportschoenen. 'En jullie zijn ook niet van de pers?'

'Nee,' zei Kate.

'Nou, kom er dan maar in,' zei Tammy.

Het huis was goedkoop maar gezellig ingericht. In de propvolle voorkamer stonden een doorgezakte bank, een paar leunstoelen en een gigantische flatscreen-tv, waarop een middagkookprogramma bezig was met een bebrilde chef-kok die met veel enthousiasme in een lamsbout stond te snijden.

In een van de leunstoelen zat een man, die Kate van het filmpje van de BBC-nieuwssite herkende als Wayne, in een groezelige badjas lusteloos naar de tv te staren. Zijn vrouw legde hem uit wie ze waren, waarna hij met een lege blik naar hen opkeek. Kate zag meteen dat hij dronken was.

'En dit is Ruby, onze andere... Onze dochter,' corrigeerde Tammy zichzelf vlug. Een mager, treurig kijkend meisje van een jaar of zeven, acht zat naast de televisie het haar van een roze My Little Pony te kammen.

Tristan en Kate gingen op de bank zitten, Tammy nam de andere leunstoel.

Kate zag dat Wayne en Tammy zware rokers waren. Ze staken allebei een nieuwe sigaret op en op de salontafel stond al een overvolle asbak. Ze kon het niet helpen dat ze het onverantwoordelijk van hen vond dat ze er in Ruby's gezelschap gewoon op los paften.

Ruby, gekleed in een verschoten roze joggingpak, kwam op de grond bij haar moeders stoel zitten. Ze was een lief uitziend meisje met een bleek gezichtje en op schouderlengte geknipt lichtblond haar met een scheiding boven het linkeroor, een kapsel dat haar veel te serieus voor haar leeftijd maakte.

'Wat wilt u weten?' vroeg Tammy.

'Wanneer miste u Kaisha precies?' vroeg Kate.

'Wayne en ik werken in de ploegendienst van een tuincentrum,' begon Tammy. 'Op de dag van Kaisha's vermissing moesten we toevallig allebei tegelijk werken. Dus zou Kaisha Ruby van school halen.' Ze nam een trek van haar sigaret. De vrouw had een bloedeloos gezicht en grote, donkere kringen onder haar ogen. Wayne – al even bleek en met een buldogachtige mond – tuurde naar de gashaard in de hoek van de kamer en knikte grimmig.

'Vond Kaisha het leuk op school?' vroeg Kate. Kennelijk schrokken Tammy en Wayne er erg van dat ze de verleden tijd gebruikte: ze keken haar allebei aan alsof ze hun een klap in het gezicht had gegeven.

'Zeker weten,' zei Wayne, terwijl hij over zijn ongeschoren gezicht wreef. Hij droeg meerdere gouden ringen en Kate zag dat er LOVE op de vingers van zijn ene hand stond getatoeëerd en HATE op de andere. 'Ze gaat eh... ze gíng naar Hartford School, om haar A-levels te halen voor wiskunde en natuur- en scheikunde. Wij weten ook niet waar ze die hersens vandaan heeft...' bracht hij met dubbele tong uit. Hij zweeg abrupt en schonk Tristan een vertwijfelde blik.

'Is ze vermist geraakt op weg van school naar huis?'

'Ja. Meestal haalde zij Ruby op,' zei Tammy. 'Kaisha gaat altijd met de bus van en naar school. En Ruby's basisschool ligt langs diezelfde weg.'

'Hoe ver is het lopen van Kaisha's school naar de bushalte?'

'Ze pakt altijd bus 64, die stopt hier onder aan de straat.'

'En op dinsdag en donderdag sport ze,' zei Ruby ineens.

Kate glimlachte naar het meisje. 'O ja? Welke sport?'

Ruby kroop verlegen tegen haar moeder aan, die de gloeiende punt van haar sigaret vlug naar haar andere hand verplaatste, waarna ze haar dochter optilde en op de armleuning van de bank zette. 'Hockey. Ze was er heel goed in. Kaisha zat in de onder-de-achttienselectie.'

'Ik vond het maar niks dat ze dat deed,' zei Wayne. Hij trok een grimas en keek weer naar zijn voeten. 'Ik vind het niks voor vrouwen.

Ik weet dat ik het niet mag zeggen, maar *fuck it*: d'r zijn gewoon kerels die naar de training van die meiden gaan kijken! Ik heb ze wel door het hek van het sportveld bij school zien staan gluren, op een rijtje, de smeerlappen,' zei hij. Zijn stem vloog wel een octaaf omhoog van emotie.

'Is Hartford een privéschool?' informeerde Tristan.

'Ja. Kaisha had een studiebeurs – voor het geval jullie het nog niet snappen,' zei Wayne met een bozige blik.

'Heeft ze wel eens verteld dat ze een nieuw vriendje had? Iemand van school, of een ouder iemand?' vroeg Kate.

'Nee, d'r waren geen jongens. Ik heb zelfs wel eens gewenst dat dat wél zo was...' mompelde Wayne, waarop Tammy hem een snelle blik toewierp.

'O? Had ze dan soms een vriendínnetje?'

'Nee, godverdomme!' zei Wayne.

Kate zag dat hij behalve steeds bozer ook alerter begon te worden. 'Dus jullie hadden allebei nachtdienst, die dag dat Kaisha vermist is geraakt,' zei ze.

'Wat nou? Denk je soms dat ík mijn dochter iets heb aangedaan?'

'Wayne... Ze moet dit soort vragen nu eenmaal stellen,' zei Tammy sussend. Zij zag ook dat haar man zich steeds erger opwond en draaide zich naar Kate en Tristan. 'Ja, wij draaiden allebei een nachtdienst. Die lopen altijd van zes uur 's middags tot zes uur 's morgens, maar we moeten dan om vier uur 's middags de deur al uit, omdat we twee keer moeten overstappen.'

'En hoe laat kwamen jullie die vrijdagochtend thuis?'

'Even na achten,' zei Tammy.

'Wacht effe, wacht effe,' riep Wayne nu. Hij trok zichzelf op de armleuning van zijn stoel. 'Wie zijn deze twee eigenlijk? Zijn jullie van de politie?'

'Nee Wayne, het zijn privédetectives, dat heb ik toch gezegd!' riep Tammy geïrriteerd.

'Wat deed jij eigenlijk toen Kaisha maar niet kwam?' vroeg Kate aan Ruby. Ze begreep dat hun tijd hier er wel eens heel snel op zou kunnen zitten.

'Eerst heb ik gewoon op haar gewacht. Toen heb ik haar mobieltje gebeld en toen mamma. En toen ben ik naar mevrouw Todd gegaan, onze buurvrouw,' zei Ruby.

'Ik was woest op Kaisha,' begon Tammy. 'Ik dacht dat ze ergens naartoe was en d'r zusje zomaar in de steek had gelaten. Ik heb nog flink op d'r staan vloeken tegen Wayne...' Toen schudde ze haar hoofd en begon te huilen.

Ruby probeerde haar moeder een knuffel te geven, maar Tammy duwde haar weg. Haar sigaret viel op het groezelige tapijt. Ruby raapte hem plichtsgetrouw op en drukte hem uit in de asbak.

'Mag ik vragen of u deze man wel eens hebt gezien?' vroeg Kate. Ze liet hun de Facebook-foto van Keir Castle zien.

Tammy en Wayne tuurden ernaar. Tammy keek heel even hoopvol, maar schudde toen haar hoofd. Wayne griste de print uit Kates hand en hield hem vlak voor zijn gezicht. 'Is dit soms een van die klootzakken die altijd rondhangen bij het hockeyveld?' vroeg hij.

'Wij willen alleen maar weten of u hem herkent. Zoals u ziet, is hij behoorlijk opvallend, met dat rode haar en dat grove, uitgesproken gezicht... Ken jij hem soms, Ruby?' vroeg Kate.

Het meisje schudde haar hoofd.

'Dit is een van die vaders, hè? Een van die verwaande eikels...'

'Wayne!' riep Tammy uit.

'Ach mens, stik jij ook maar! Ken jíj hem soms?' zei hij, terwijl hij de foto omhooghield. 'Je hebt niet goed gekeken. Kijk dan, Tam, kijk dan!' Hij duwde de foto tegen haar gezicht; het papier verkreukelde tegen haar kin.

'Ik heb wél goed gekeken!' riep ze, en ze sloeg zijn hand weg.

Wayne maakte een prop van de foto en smeet hem in haar gezicht. Toen kwam hij moeizaam overeind, steunend op de salontafel om niet te vallen.

Kate keek naar Tristan, die op het punt stond om op te staan en in te grijpen. Ze schudde haar hoofd. Een dronkaard proberen te sussen is zinloos, wist ze uit bittere ervaring. De boel kon in een oogwenk escaleren.

Ze was dan ook opgelucht toen op de tv het nieuws begon, waardoor Wayne werd afgeleid. Ze zag de plaats delict van een paar dagen eerder.

Tammy wilde de afstandsbediening van de tafel pakken, maar Wayne was haar voor. Hij wees dreigend met het kastje naar haar en zei: 'Daar ben ík de baas over!' Terwijl hij nog steeds vervaarlijk op zijn benen zwaaide, zette hij het geluid harder.

Ze zagen eerst de dronebeelden van boven de plaats delict. Daarna verscheen er een foto in beeld: Kaisha in haar hockeyoutfit, die met een brede glimlach met een gouden beker poseerde. 'De politie heeft opnieuw een lichaam van een jonge vrouw gevonden. Het vermoeden bestaat dat er een verband bestaat tussen deze moord en de moord op de zeventienjarige Kaisha Smith,' zei de nieuwslezer.

Vervolgens werd er overgeschakeld naar beelden van Higher Tor, waar een lange rij gebogen lopende politieagenten een minutieuze omgevingsinspectie uitvoerde. 'Het slachtoffer is zojuist officieel geïdentificeerd als de zestienjarige Layla Gerrard, de leerlinge van de Carmichael Grammar School die vanaf afgelopen donderdag werd vermist.' Andere dronebeelden toonden nu een schoolsportveld en een smal pad langs een treinspoor.

Wayne zakte door zijn knieën.

Tristan rende meteen op hem af. 'Hé gast, kan ik iets voor je doen?' zei hij, terwijl hij Wayne overeind hielp en weer in zijn leunstoel zette. De man begon slechts hevig te snikken. Ruby rende de kamer uit en kwam terug met een glas water. Wayne dronk het dankbaar leeg; het water droop over zijn kin.

Kate zag dat Tammy intussen in een kastje onder de tv zat te rommelen. 'Hoe komen ze verdomme aan die foto van Kaisha in d'r hockeykleren? Die heb ik aan niemand gegeven! Heeft dat mens van de politie 'm soms meegepikt?' riep ze.

'Stond die foto soms ook op Facebook?' vroeg Kate. 'Dan kunnen ze hem daarvan af hebben gehaald.'

Maar Tammy hoorde haar niet meer: zij werd ineens geheel in beslag genomen door een fotoalbum. Traag bladerde ze langs allemaal foto's van haarzelf – zwanger en met een hoopvolle glimlach. Kates hart brak.

'Eruit, jullie! Ga alsjeblieft weg,' snikte Wayne met zijn handen voor zijn gezicht.

Ruby raapte de verkreukelde print van Keir Castles foto van de vloer. 'Ik zal wel zorgen dat ze hier nog een keertje naar kijken. Als ze weer wat rustiger zijn,' zei ze.

Kate knikte, waarna Tristan en zij de kamer samen met Ruby verlieten. 'Red jij je wel?' vroeg ze het meisje bij de voordeur.

Ze knikte. 'Ik ga al een poosje elke avond naar mevrouw Todd. Daar slaap ik. Zij is heel lief, ze was vroeger onze klaar-over... Pappa en mamma merken het niet eens, die drinken en ruziën alleen maar.'

Kate pakte een visitekaartje. 'Als je problemen hebt of je bent gewoon bang... Hier staat mijn telefoonnummer op. Ik kan je helpen,' zei ze vriendelijk. Ook Tristan gaf Ruby zijn kaartje. Het meisje knikte dapper.

Terug in de auto zaten Tristan en Kate even te zwijgen.

'Mijn god, dat was afschuwelijk,' zei Kate toen.

'Ja,' beaamde Tristan.

'Ze hebben dat derde meisje wel snel weten te identificeren! Eens kijken of Alan Hexham ons wat details van de lijkschouwing wil geven,' zei Kate. Ze begon in haar tas naar haar telefoon te zoeken.

Tristan haalde de zijne ook tevoorschijn. 'Shit...' zei hij.

'Wat?' vroeg Kate.

'Keir Castle heeft me weer ontvriend,' zei hij. Hij liet haar het schermpje zien. 'Ik kan bijna niets meer zien op zijn profiel.'

'Zou hij iets hebben vermoed?' vroeg Kate.

'Ik heb anders geen werkinfo in mijn profiel staan.' Hij keek Kate aan. 'Mensen doen wel meer rare dingen op social media.'

'Ja, maar waarom zou hij iemand ontvrienden die juist goed voor zijn carrière kan zijn? Staat jouw foto soms al op de site van de Universiteit van Ashdean?' vroeg Kate.

'Nee, nog niet.'

Ze scrolde door haar telefoon. 'Nou ja, ik ga eerst eens achter die informatie over de lijkschouwing aan. En misschien kan Alan ook wel wat over Keir Castle te weten komen.'

30

De rest van die middag hoorden ze niets meer. Toen Kate 's avonds thuiskwam, voelde ze zich rusteloos, maar ze keek er wel naar uit om met Jake te skypen. Hun gebruikelijke afspraak was vanwege een voetbaltraining een dag uitgesteld.

Jake stuiterde zowat door de keuken toen ze belden. Hij stak de tas omhoog die hij nu al aan het inpakken was, voor als hij in de herfstvakantie naar haar toe kwam. 'Minder dan twee weekjes nog maar!' Hij grijnsde breed. 'Ik heb oma waterschoenen voor me laten kopen, vanwege de rotsen.' Hij stak een paar felgroene rubberen schoenen omhoog.

'Zo zo, hip!' zei Kate waarderend.

'Nee, mam: cool. Je moet geen "hip" zeggen... Dan klink je net als oma en die is vééééél ouder dan jij.'

'Oei oei, wie is die "zij" over wie je het hebt?' Glenda verscheen achter hem met een tas boodschappen die ze op het aanrecht zette. 'Hallo, Catherine,' riep ze vrolijk.

'Hoi, mam. Wat ga je koken?' vroeg Kate. Er vlamde een steek van jaloezie in haar op: ze wilde dat ze daar ook was en vanavond samen met hen allemaal rond de eettafel kon zitten.

'*Saumon en croûte*,' zei Glenda en ze hield een doos omhoog. 'Bij Marks & Spencer hebben ze heel lekkere...'

'Da's gewoon chic voor zalmtaart,' fluisterde Jake tegen Kate. Ze glimlachte.

'En daar eten we asperges en nieuwe aardappeltjes bij,' voegde Glenda eraan toe.

'Mam, kun jij een wetsuit voor me huren, voor als ik kom? De zee zal dan wel koud zijn, toch?' vroeg Jake.

'Ja hoor, ik zal Myra van de surfwinkel er eens naar vragen. Hoewel ík dus elke dag gewoon zonder wetsuit zwem...'

'Ja, maar dat is ook gestoord,' zei hij hoofdschuddend. 'Jij bent gewoon gek.'

Glenda was klaar met het uitpakken van haar boodschappen. Toen ze zich omdraaide, zag ze blijkbaar iets op de keukentafel. Ze kwam dichterbij. 'Jake... heb jij deze állemaal opgegeten?' vroeg ze. Ze hield een lege verpakking van HARIBO-colaflesjes omhoog. Jake schudde heftig zijn hoofd. 'Ik mag hopen van niet, jongeman... O, en wiebel eens niet zo met je benen. Ik kan dat hyperactieve gedoe van je niet aan, Jake, éven niet.'

Jake stopte zijn vingers in zijn mondhoeken en draaide zijn ogen zo ver naar achteren dat alleen het wit nog te zien was. 'Hier...' zei hij. 'Dit is oma... 's morgens voordat ze zich heeft opgemaakt,' zei hij.

'Jake! Kom op, da's niet aardig,' zei Kate vermanend.

'Heeft hij je al over Facebook verteld?' vroeg Glenda.

'Nee,' zei Kate. 'Wat is daar dan mee?'

Jake sloeg zijn armen over elkaar en trok een schuldbewuste blik.

'Hij heeft mij ontvriend.'

'Niemand anders heeft zijn oma als vriend!' protesteerde Jake. 'En heb je haar profielfoto gezien? Ze staat er in badpak op!' riep hij verontwaardigd uit.

Kate opende Facebook op haar laptop, schoof het skypescherm wat opzij en ging naar Glenda's Facebook-profiel. Haar moeder had nog steeds een geweldig figuur. Op haar profielfoto poseerde ze inderdaad in een bloedrood badpak: ze zat kaarsrecht op een strandstoel, haar slanke, bruine benen blonken van de zonnecrème en er stond een rode zonneklep op haar perfect gekapte blonde haar. 'Wat een plaatje, mam!' zei ze bewonderend.

'Dank je. Dat was in die villa in Portugal, twee jaar geleden. Is Jake nog wel vrienden met jou?' wilde Glenda weten.

Toen Kate dit controleerde, zag ze tot haar verbazing dat ook zij door haar zoon was ontvriend: ze kon alleen nog zijn naam en foto zien. 'Nee! Jake... We hebben met je afgesproken dat je alleen op Facebook mocht als je ons zou bevrienden én we moesten je wachtwoord weten,' zei Kate streng.

'Mam, je weet dat ik van je hou...' begon hij smekend, met een gek stemmetje. 'Maar ik heb een reputatie hoog te houden! Alsjeblieft, alsjeblieft, alsjeblieft, vergeef het me.' Hij drukte zijn handen tegen elkaar en knipperde overdreven met zijn ogen. Het was wel te merken dat hij een hele zak snoep ophad.

'Je bent veertien. Wat voor reputatie moet je dan hebben?'

'Een coole,' zei hij, nog steeds grijnzend. 'Mam, het betekent heus niet dat ik niet meer van je hou – alleen niet in het openbaar.'

Kate vond het erg lastig om boos tegen hem te doen. Toch moest ze nu duidelijk zijn. 'Jake, je móét ons nu allebei weer bevrienden én ons je nieuwe wachtwoord sturen, anders laten we je profiel deactiveren,' zei ze.

'Dat kunnen jullie helemaal niet!'

'Jake, ik heb bij de politie gezeten en ken nog steeds een heleboel agenten. Die kunnen er zó in om Facebook-profielen af te sluiten en alles te wissen.'

'Maar er staan allemaal foto's en berichtjes op, en ik heb al heel veel likes!' riep hij paniekerig.

Kate hield haar poot stijf. 'Als je ons tweeën nu weer bevriendt, verandert daar helemaal niets aan.'

Jake deed mokkend wat ze vroeg en stormde toen de kamer uit. Er klonk luid gebons terwijl hij de trap op stampte, gevolgd door het dichtslaan van een deur.

Glenda ging zitten en wreef vermoeid door haar ogen. 'Bedankt, lieverd,' zei ze.

'Maar nu haat hij me,' zei Kate.

'Welnee.'

'Voor jou is het gemakkelijker: jij kunt gewoon naar boven gaan en met hem praten.'

Glenda glimlachte naar haar. 'Ik weet het, lieverd. Bel hem straks nog maar eens, oké?'

Kate knikte. Haar moeder legde een vinger tegen haar lippen en drukte hem tegen de camera.

Het was lang geleden dat Jake voor het laatst boos op Kate was geworden. Ze had natuurlijk gewoon gelijk gehad, maar hun woordenwisseling bleef door haar hoofd spoken terwijl ze een paar eieren voor zichzelf bakte. Toen ze deze op twee warme, beboterde sneetjes toast legde en ermee naar de woonkamer liep, zakte de zon net in de zee.

In de zomer gaven zonsondergangen haar altijd een positief gevoel, maar zodra de avonden langer werden, maakten ze haar juist vaak somber en eenzaam. Ze keek naar het eten dat ze had gemaakt en had ineens totaal geen trek meer. Ze liep terug naar de keuken en gooide alles in de afvalbak. Toen ze door haar zijraam keek, zag ze Myra net afdalen naar het strand. Ze liep in elkaar gedoken en haar lichte haar werd plat geblazen door de wind terwijl ze een sigaret probeerde aan te steken.

Kate zette haar bord vlug in de gootsteen en haastte zich de achterdeur uit. 'Myra! Heb je even?' riep ze. Ze volgde haar over het klif naar beneden.

'Hé hallo, vreemdeling...' zei Myra. 'Ik heb je op de laatste twee AA-bijeenkomsten gemist.'

'Ja, sorry.'

'Je hoeft geen sorry tegen míj te zeggen: het gaat om jouw geheelonthouding.'

'Het werd allemaal ineens nogal hectisch. Daar vertel ik je nog wel over,' zei Kate. 'Maar... zou je de winkel misschien even open kunnen maken? Ik heb een wetsuit nodig.'

'Natuurlijk. Ik zal de sleutels even halen,' zei Myra.

Het interieur van de surfwinkel rook muf. De hoge ramen, die normaal gesproken uitkeken over de zee, waren buiten het seizoen altijd dichtgetimmerd. Myra drukte op een knop, waarna een paar felle tl-buizen flakkerend aansprongen. Voorin was een rij schappen met ingeblikte en gedroogde etenswaren, campingkookstellen, gasflessen en een paar kleine tenten. Myra ging Kate voor naar het surfgedeelte achterin, waar rekken vol wetsuits hingen, met zwemflippers, snorkels en een paar verschoten kartonnen reclameplaten voor surfspullen – met knappe, gespierde mannen naast ranke, in bikini gestoken fotomodellen. De wind kreunde om het pand.

Myra begon met de gloeiende sigaret in haar mondhoek te zoeken in een rek met kindermaten. 'Hoe groot is Jake inmiddels?' vroeg ze. 'De laatste keer dat hij hier was, met Pasen, kwam hij nog niet tot mijn schouder.' Ze trok een klein zwart-blauw pak van het rek, met een Rip Curl-logo op de achterkant.

'Ik heb hem vorige maand nog gezien en toen kwam hij tot mijn schouder,' zei Kate.

Myra hield haar het pak voor. 'Is hij ook al dikker geworden? Sommige kinderen worden echte ballonnetjes zodra ze in de puberteit komen. Ik was op mijn veertiende ook stevig. En bazig,' voegde ze er lachend aan toe.

'Nee, Jake is niet dik.'

'Ik heb ook nog andere kleuren, hoor. Kijk anders zelf maar even,' zei Myra. Ze stak een nieuwe sigaret met de andere aan en trapte de oude uit op de zanderige betonvloer.

Kate begon door het rek te zoeken.

'Je mag het woord "dik" tegenwoordig niet eens meer in de mond nemen! Van de zomer was hier een vrouw met een meisje dat er echt uitzag als een varkentje. Dus ik zei: "De zee is nu best warm en zij is zo te zien prima geïsoleerd. Bespaart u zich die paar pond huur voor een wetsuit toch!"'

'Nee! Heb je dat echt gezegd?'

'Ik heb het heus niet door de winkel geroepen of zo, ik nam die moeder gewoon apart. Maar het was alsof ik de Derde Wereldoorlog had verklaard!'

'Hier, deze. Jake houdt van groen,' zei Kate. Ze trok er een pak uit met een soort patroon van groene verfspatten.

'Wanneer komt hij ook alweer precies?'

'In de herfstvakantie, over twaalf dagen. Ik wilde hem er alvast een fotootje van sturen.'

'Neem maar mee, liefje,' zei Myra, terwijl ze het andere pak terughing.

'Hoeveel ben ik je schuldig?'

'Wat denk je? Niets!'

'O, dank je wel.'

'Maar Kate...' zei Myra, en ze legde ernstig een hand op Kates arm. 'Sla niet nóg een bijeenkomst over. Oké?'

'Het komt gewoon door die zaak waar ik nu aan werk...'

'Niets is belangrijker dan nuchter blijven. Zie je deze lege wetsuit? Die zal over twaalf dagen leeg blíjven als jij een terugval krijgt. Je moeder laat hem echt niet bij je in de buurt komen als je weer gaat drinken,' zei Myra.

'Ja ja, ik weet het. Maar... blíjft het nou zo moeilijk? Dat hele onthoudingsgedoe, bedoel ik? Nuchter blijven?'

Myra knikte. 'Ik ben al drieëntwintig jaar langer nuchter dan jij. En ik ga nog steeds naar die bijeenkomsten en zoek mijn sponsor ook nog steeds regelmatig op. Maar ik lééf ook nog!'

31

Kate stuurde Jake een tekstbericht met een foto van de wetsuit, maar hoorde de hele avond niets van hem terug. Laat op de avond kreeg ze een telefoontje van een onbekend nummer.

'Kate, hallo. Je spreekt met dokter Baxter, van Great Barwell.'

'O, ik wilde net naar bed gaan,' zei Kate.

Meredith Baxter was Peter Conways behandelend psychiater. Ze was Kate wat te zweverig, te new age: zo had ze het altijd over Peter als 'patiënt' en niet als 'gedetineerde'. En twee jaar geleden had ze haar gebeld omdat ze Kate en Jake met Peter in contact wilde brengen: dat zou 'goed zijn voor zijn genezingsproces'. Toen had Kate Meredith in niet mis te verstane bewoordingen verteld waar ze wat haar betrof naartoe kon lopen.

'Ik ben morgen in Londen en zou je graag even zien,' zei Meredith nu.

'Hoezo?' vroeg Kate.

'Het gaat over Peter en Jake.'

'Dat heb ik je al eerder verteld: ik laat hem echt geen contact leggen met Jake...'

'Nee, dat is het niet. Ik zou je kunnen ontmoeten op Paddington Station, daar gaat vanaf Exeter een sneltrein naartoe.'

'Jezus, ik weet ook wel dat er van hieruit treinen rijden!'

'Alsjeblieft, Kate. Het is belangrijk.'

De volgende ochtend was Kate al heel vroeg op. Het kostte haar een half uur om op station Saint David's in Exeter te komen en ze haalde de sneltrein van zeven uur naar London Paddington maar net. Ze wist een plek met tafeltje te bemachtigen en had werk meegenomen, maar kon zich niet concentreren. Ze bleef haar telefoon maar checken om te zien of Jake nu al iets had geschreven. Even voor negenen kwam ze aan op Paddington Station. Meredith zat al op haar te wachten, aan een tafeltje in de Starbucks.

Ze was een vrouw van begin veertig, met een vriendelijk gezicht en lang rossig haar dat ze in een paardenstaart droeg. Ze had een leren rugzak bij zich en was gekleed in een spijkerbroek, een rode wollen trui en een kort spijkerjasje. Aan een sleutelketting om haar hals hing haar identiteitsbewijs, waarop onder andere stond dat ze arts was.

'Ik ben zo vrij geweest om alvast een cappuccino voor je te bestellen,' zei Meredith. 'Ga zitten, alsjeblieft.' Ze had een opvallend zalvende stem. Kate vroeg zich af of ze zich die toon had aangeleerd of dat ze thuis ook zo praatte – of ze tegen haar man ook lispelde dat hij de afwas moest doen.

De helft van de stoelen in deze Starbucks was leeg, maar er stond wel een enorme rij forenzen op meeneemkoffie te wachten. Kate was blij met de herrie van de koffiemachines en alle stationsgeluiden. 'Je hebt me erg ongerust gemaakt. Ik heb er vannacht slecht van geslapen,' zei Kate.

'Dat spijt me. Maar ik wilde je graag persoonlijk spreken. En ik vermoedde dat je niet naar de inrichting zou willen komen...'

Kates telefoon piepte. Ze trok hem nieuwsgierig tevoorschijn: het was maar een berichtje van Tristan.

'Moet je dat niet even afhandelen?'

'Nee,' zei Kate, en ze stopte haar telefoon terug in haar tas.

'Alle communicatie van mijn patiënten wordt altijd privé gehouden, maar nu is er iets onderschept wat was gericht aan Peter Conway. Het was namelijk in strijd met het contactverbod dat jij hebt laten instellen.' Meredith trok iets uit haar tas en legde het op tafel. Het was een kleine, bruine envelop. Hij was met de hand geadresseerd en in de rechterbovenhoek stond met dunne zwarte letters:

van Een Fan

Toen ze deze woorden zag, voelde Kate een golf van misselijkheid door haar lichaam trekken. 'Hebben jullie er al vingerafdrukken van genomen?' vroeg ze.

'Nee, waarom zouden we?'

'Wat zit erin?' vroeg Kate. Ze opende de envelop en haalde er een opgevouwen A4'tje uit. Het was een print van Jakes Facebook-profiel, met onder andere zijn foto. Eronder stond, in hetzelfde handschrift:

> Ik ben de enige die wil dat jij ziet hoe goed het met hem gaat. Hij is al bijna vijftien! Wie weet, heeft hij wel een aardje naar zijn vaartje...
> Een Fan

'Ik weet dat het afschuwelijk is, choquerend zelfs, maar je moet niet vergeten dat iedereen dit kan uitprinten en versturen. Jakes Facebook-profiel is gewoon openbaar. Er is niets illegaals aan om dit soort dingen aan anderen te versturen,' zei Meredith. Het zalvende van haar stem begon irritant te worden.

Kates hart bonkte tegen haar ribbenkast en haar handen trilden. Ze dacht aan Jake en zijn Facebook-profiel en hoe hij Glenda en haar had ontvriend. Ze haalde haar mobieltje weer tevoorschijn en probeerde haar moeder te bellen, maar haar telefoon stond uit en sprong meteen over op de voicemail. 'Mam, bel me zodra je dit hoort. Het is dringend,' zei ze.

Ze zaten voor een enorm raam dat uitkeek op de stationshal. Tegenover hen was een luxe slijterij. In de etalage stond een toren van Absolut-wodkaflessen; voor de zaak stonden twee knappe jongemannen met dienbladen vol proefbekertjes met een heldere vloeistof erin.

'Kate? Káte?' hoorde ze Meredith zeggen. Ze draaide zich weer naar haar toe. 'Alles goed?'

Alles goed? Jij bent afgestudeerd in de psychologie en vraagt me of het wel goed met me gaat? Je hebt geen idee – hoe bang ik ben en hoe woest ik me voel!

Ze pakte haar telefoon weer en begon erdoorheen te scrollen, totdat ze de foto van het briefje van Autosloperij Nine Elms had gevonden. Ze liet het aan Meredith zien. Daarna vertelde ze haar het hele verhaal van de overleden meisjes en de achtergelaten briefjes.

Toen ze klaar was, leunde Meredith achterover. 'Vertel het me maar, Kate. Je moet je gevoelens niet opkroppen.'

Kate weerstond de neiging om de arts bij haar nekvel te grijpen en met haar gezicht op het tafelblad te beuken. 'Is dit het eerste bericht voor Peter dat op deze manier is ondertekend – met "van Een Fan"?' vroeg ze. Ze deed haar best zo neutraal mogelijk te klinken.

'Welnee, hij krijgt zo veel post, overal vandaan. En heel veel van die mensen beweren fan van hem te zijn.'

'Nee, ik bedoel met deze specifieke manier van ondertekenen: "Een Fan".'

'Ik mag de inhoud van Peter Conways privépost niet met je bespreken...'

'Jezus christus, mens! Je laat me helemaal hierheen komen, laat me dat bericht zien en dan roep je ineens dat je er niet over mag praten!' riep Kate, en ze sloeg met haar vuist op tafel.

'Kate, Kate... Ik wil dat je eerst zorgt dat je kalm wordt.'

'Meredith, je bent psychiater. Helpt dat nou ooit... tegen een overstuur iemand zeggen dat hij of zij moet kalmeren?'

'Kate, we staan aan dezelfde kant, hoor! Je weet dat alle communicatie van Peter streng in de gaten wordt gehouden. Alles wat er binnenkomt – op vertrouwelijke informatie van zijn advocaten na – wordt gecontroleerd. Dat zou jij toch moeten weten, als voormalig politieagent.'

'Rechercheur,' verbeterde Kate haar. Toen zweeg ze en haalde diep adem. 'Vergelijk het handschrift op deze print eens met de briefjes die op de plaatsen delict zijn achtergelaten. Het lijkt allemaal hetzelfde, toch?'

Meredith wierp er een korte blik op. 'Dat kan ik niet zeggen, hoor. Het lijkt erop, maar ik ben geen grafoloog. Ik zal deze print nu vanzelfsprekend aan de politie laten zien. Maar je moet ook begrijpen dat Peter een hele hoop vreemde post ontvangt.'

'Heeft de politie al eens contact met jullie opgenomen, met de vraag of ze zijn post mochten inzien? Gewoon ja of nee, graag.'

'Ja. Maar we krijgen regelmatig van dat soort verzoeken van de politie, een paar keer per jaar wel. En ze hoeven de reden ervan niet met ons te delen.'

'Maar er ís dus een kans dat deze persoon al eerder met Peter heeft gecommuniceerd?'

'Nee.'

'Krijgt hij veel bezoek?'

'Kate...'

'In godsnaam, Meredith! Mijn zoon loopt een zeer hoog risico! En er is via de rechter bepaald dat Peter in geen geval met hem mag communiceren. En dan blijkt er ineens iemand dit soort gestoorde berichten te versturen! Jij hebt toch ook een zoon? Waarom toon je niet evenveel compassie met mij als je voor die veroordeelde pedofielen en moordenaars van je hebt?'

Hoewel ze uiterlijk vrij kalm bleef, streek Meredith nu toch nerveus over haar haar en hoorde Kate haar tanden knarsen. 'Peter krijgt maar erg weinig telefoontjes, en die worden allemaal opgenomen en beluisterd. En hij krijgt maar zeer weinig bezoek. Er komt wel eens een predikant, die hij heeft leren kennen via brieven. Zij ontmoeten elkaar elke zes weken, en als ze elkaar zien zit er altijd nog een glaswand tussen. Met zijn advocaat is het hetzelfde verhaal: achter glas.'

'Is Peter nog altijd gewelddadig?'

'Kate, ik vertel je al veel meer dan ik zou mogen doen. Ik kan geen mededelingen doen over zijn geestelijke toestand... De enige die hij wel onder vier ogen treft, is zijn moeder. Hij en Enid ontmoeten elkaar tweemaal in de week. Deze bezoekjes worden altijd uiterst streng in de gaten gehouden, en beiden worden ervoor én erna gefouilleerd.'

'Hebben zij het met elkaar al eens over deze zaak gehad, over al die dode meisjes die recentelijk zijn gevonden?'

'Nee.'

'Wanneer heeft hij zijn advocaat voor het laatst gesproken?' vroeg Kate.

'Vorige week, maar die afspraken zijn altijd vertrouwelijk. Weet je wie hem vertegenwoordigt? Terrence Lane. Dat is een vooraanstaand mensenrechtenadvocaat, die zou zijn carrière nooit op het spel zetten.

En waarvoor ook? Peter heeft maar een paar honderd pond op zijn spaarrekening staan... Let wel, dit is allemaal vertrouwelijk, hè!'

'Maar kijk nog eens naar dit briefje! Het is toch alsof hij de draad van een eerder gesprek oppakt? Hij stelt zichzelf niet eens voor...' Kate wreef over haar gezicht. 'Ach, laat ook maar, ik moet gaan...' Ze stond abrupt op en maakte met haar telefoon een foto van de print die Meredith had meegebracht.

'Is er misschien nog iets wat ik kan doen?' vroeg Meredith. 'Behalve dat dit hier natuurlijk naar de politie gaat?'

'Ja. Zouden jullie Peter Conway nog een keer extra willen checken... en dan echt álles doorzoeken? Keer zijn hele cel binnenstebuiten, fouilleer iedereen die met hem in contact komt – inclusief het personeel.'

'Mijn patiënten hebben ook rechten, en...' begon Meredith. Haar stem was nu te karakteriseren als 'agressief zalvend'.

'Ik hoop van harte voor je dat je nooit een dolgedraaide psychopaat tegen het lijf zult lopen,' zei Kate. 'Als je een poos in mijn schoenen zou staan, zou je wel anders gaan denken over die verrekte mensenrechten van ze!' Toen pakte ze haar tas en beende de Starbucks uit.

Ze haastte zich rechtstreeks naar de dichtstbijzijnde toiletten, onder de stationshal. De ruimte was verlaten, en ze sloot zich op in een van de wc-hokjes. Daar pas mocht ze van zichzelf huilen. Het voelde als een bevrijding.

Een ogenblik later hoorde ze het gerammel van een schoonmaakkarretje, gevolgd door een klop op de deur. 'Wat doet u daarbinnen?' vroeg een scherpe stem.

'Niets. Ga weg!' riep Kate. Toen hield ze haar adem in. Ze weigerde zich door de emoties in haar stem te laten verraden.

Er volgde een korte stilte, toen rammelde het karretje verder.

Kate depte haar ogen droog en trok haar telefoon tevoorschijn. Geen bereik. Ze haalde een paar keer diep adem; toen stapte ze het hokje uit en liep de stationshal weer in. Ze probeerde haar moeder nog een keer. Daarna Jake, haar vader en zelfs haar broer – maar niemand van hen nam op. Toen belde ze Jakes school, waar een schijnheilig klinkende secretaresse haar vertelde dat Jake niet kon worden gestoord omdat hij in de les zat.

Al bellend dwaalde Kate door de stationshal. Ze was nu vlak bij de winkel met de luxe wijnen en sterkedrank. De hoog opgestapelde flessen in de etalage straalden een zacht, uitnodigend licht uit en de twee jongemannen die voor de zaak proefmonsters stonden uit te delen waren lang, donker en knap.

'Wilt u Absolut Elyx ook eens proberen?' vroeg een van hen, terwijl hij op haar af kwam met een dienblad vol plastic bekertjes. De heldere vloeistof erin glansde. Kate pakte een bekertje. 'Gestookt in een koperen ketel en erg zacht,' prees de jongen de drank met een glimlach aan. Hij zag er zelf ook perfect uit: strakke huid, golvend, donker haar... Het bekertje voelde koud aan: de wodka was gekoeld, en het was maar zó'n klein beetje, één slokje maar...

Een man en een vrouw, allebei chic gekleed, pakten elk een bekertje en sloegen het achterover. 'Erg lekker,' zei de man. De vrouw knikte instemmend; toen zetten ze hun lege bekertje terug op het dienblad en liepen verder, het perron op.

Kate liep weg van de drukte en vond een rustiger plekje naast een rij hoge pilaren, waar een donkerrood Royal Mail-busje stond. Al haar aandacht richtte zich op dat kleine bekertje, die koude plek in haar hand en de koele, scherpe geur van heel zachte wodka. Toen ze zich omdraaide, leek de wereld wel een film in slow motion. Ze zag de twee knappe jongemannen met hun volle dienbladen naast elkaar staan. Daar kon ze er straks gemakkelijk nog meer van nemen!

Ze bracht het bekertje naar haar lippen.

Maar... ze zag de man met zijn armen vol pakjes over het hoofd. Hij stootte tegen haar arm, het bekertje werd uit haar hand geslagen en viel op de stationsvloer. De wodka maakte een piepkleine vlek op de tegels.

'Hé, kijk effe uit!' riep de man, terwijl hij met een boog om haar heen liep.

Kate kwam weer bij zinnen. Ze liep achteruit, weg van het op zijn kant liggende bekertje met het wodkaplasje ernaast en haastte zich weg langs de luxe slijterij, naar haar perron.

Het lot werkte met haar mee: over slechts één minuut zou de sneltrein naar Exeter vertrekken. Ze rende over het perron en sprong in de trein, net voordat de deuren zich sloten.

32

Tijdens de treinrit naar huis kalmeerde Kate weer een beetje. Ze vond een rustig hoekje en wist eindelijk Glenda te pakken te krijgen. Die beloofde haar contact op te nemen met de familierechercheur die ze jaren geleden toegewezen hadden gekregen.

'Maar hij is gewoon veilig, Kate, dat kan ik je verzekeren. Zijn school is prima beveiligd en ze kennen er Jakes achtergrond.'

'Hou me op de hoogte, mam. En vraag Jake om me even terug te schrijven. Ik wil graag weten wat hij vindt van de foto die ik hem heb gestuurd, van die wetsuit.'

'Natuurlijk. Verder alles goed met je, liefje?'

Kate keek naar buiten, naar het voorbijflitsende landschap. Ze wilde er niet meer aan denken hoe weinig het had gescheeld of ze had weer gedronken. 'Ja hoor, prima,' zei ze.

Ze had het telefoontje nog maar net beëindigd, of haar mobieltje begon te rinkelen. Het was Tristan. Ze vertelde hem vlug over haar ontmoeting met Meredith, maar verzweeg ook tegenover hem het wodka-incident. 'Ik ben op tijd terug voor mijn college van drie uur vanmiddag, hoor,' zei ze.

'Top. Moet je horen, ik zag net online dat er vanavond om zeven uur een stille tocht wordt gehouden voor het derde slachtoffer, Layla Gerrard – in Topsham, het stadje waar zij woonde. Dat ligt maar zestien kilometer van Ashdean. Dat zou best eens een goede gelegenheid kunnen zijn om wat mensen te spreken en meer informatie te krijgen, zeker als het een klein dorp is...'

Kate maakte in haar hoofd een snelle rekensom: *van drie tot vier*

lesgeven, om vijf uur naar de AA *en daarna naar Topsham rijden...*
'Oké, doen we,' zei ze.

Bezig blijven was goed, hield ze zichzelf voor. Dat leidde haar gedachten af van andere zaken.

Later die middag was Peter push-ups aan het doen in zijn cel toen er op zijn deur werd geklopt. Winston opende het luikje. 'Peter, we moeten je kamer doorzoeken,' zei hij.

'Hoezo?'

'Routine,' zei Winston met een onbewogen blik.

Peter kwam naar het luik toe, kreeg zijn handboeien om en zijn kap op en werd mee de gang op genomen. Winston bleef bij hem, terwijl Terrell een schoon paar latex handschoenen aantrok. 'Is er nog iets wat je me wil vertellen voor ik naar binnen ga?' vroeg hij.

'Nee,' zei Peter, waarna Terrell naar binnen ging en de deur achter zich dichttrok.

Peter deed zijn best om kalm te blijven. De brieven van Enid en zijn 'fan' bewaarde hij in lege capsules in de grote pot met vitamine C-pillen. Hij ging ervan uit dat ze er door dat papier op het eerste oog uit zouden zien als gewone, gevulde capsules. En hij hoopte dat Terrell niet ontdekte dat die radiatorknop loszat. Het zou zonde zijn als hij die verstopplek kwijtraakte.

'Alles goed, Peter?' vroeg Winston. 'Je zweet zo.'

'Ik was net aan het trainen,' bromde hij. Ook wel fijn om eens gewoon de waarheid te kunnen vertellen. Hij had gemerkt dat zijn kleren hem de laatste tijd een stuk beter pasten.

Winstons radio piepte. Er werd gevraagd om medische assistentie op de isoleerafdeling. 'Dringende oproep. We hebben hier een patiënt die vastzit in het nieuwe scheermesdraad...' Winston reikte naar de knop op zijn radio en zette het geluid wat zachter.

'Nieuw draad?' vroeg Peter nieuwsgierig. 'Heeft er soms iemand proberen te ontsnappen? Ik heb de sirene anders niet horen afgaan.'

'Nee, bij de luchtplaats van de isoleerafdeling zit nu scheermesdraad op de muren,' zei Winston.

'Maar hoe is hij dan door het net heen gekomen?' wilde Peter weten.

'Die netten zijn weggehaald,' zei Winston. 'Daar raakten te veel vogels in verstrikt, waarna ze erin doodgingen. En het is nogal duur om die steeds te laten verwijderen...' Toen pas bedacht Winston zich en hield hij abrupt zijn mond. Peter was een van de weinige heldere patiënten en Winston was een aardige vent. Peter had wel vaker gemerkt dat hij zomaar tegen hem begon te praten alsof hij een normaal iemand was.

De deur ging open, Terrell kwam Peters cel weer uit. 'Alles in orde,' zei hij. 'Nu moeten we alleen jouzelf nog controleren, Peter.'

Ze gingen de cel in, waar Winston en Terrell een volledig lichaamsonderzoek uitvoerden en met een kleine zaklamp in alle plekken schenen waar Peter iets verstopt zou kunnen houden.

Even later hoorde hij ze de andere cellen in zijn gang doorzoeken.

Er zit geen net meer boven de luchtplaats van de isoleerafdeling! Dat verandert alles.

Hij scheurde een reepje papier af en ging zitten om een nieuw briefje te schrijven dat hij Enid bij haar volgende bezoek zou meegeven.

Meredith stond Winston en Terrell bij de ingang naar de G-vleugel op te wachten. Ze was behoorlijk van slag geweest na haar ontmoeting met Kate. Op de terugweg naar de inrichting was haar angst dat Peter op de een of andere manier toch met iemand had weten te communiceren steeds groter geworden.

'Alle kamers zijn in orde,' zei Winston. 'We hebben alleen wat verstopt eten gevonden, meer niet. Geen post, wapens of andere verboden waar.'

Meredith knikte. Ze begon te ijsberen. 'En jullie zijn er honderd procent zeker van dat jullie iedere patiënt die met Peter in aanraking is geweest, hebben gecontroleerd?' vroeg ze.

'Zijn enige contact met andere patiënten is tijdens de groepstherapie – waar uzelf bij bent, eens per week,' zei Winston. 'En wij kijken altijd en overal mee.'

'En het andere personeel?' vroeg ze.

Winstons gezicht betrok. 'Mijn team is volkomen betrouwbaar,' zei hij. 'En we gaan allemaal zowel bij binnenkomst als aan het eind van onze werkdag door de beveiliging.'

'Ik wil dat ook alle personeelsruimtes worden gecontroleerd én ik wil gesprekken met iedereen die op de G-vleugel werkt of er in de afgelopen drie maanden heeft gewerkt. Regel dat. Nu.'

'Natuurlijk,' zei Winston. 'Maar voor de goede orde wil ik alvast even gezegd hebben dat ik een loyaal en goudeerlijk team heb, met allemaal even sterke spelers. Dat moet ook wel. Ik kan dan ook met een gerust hart zeggen dat er niemand tussen zit die voor een van de patiënten werkt, door boodschappen door te geven of spullen te smokkelen.'

Meredith keek Winston recht aan. Hij zette met deze verklaring heel wat op het spel. 'Oké, dat is genoteerd. Maar nu, alsjeblieft... aan het werk. Sluit alle afdelingen af. Niemand gaat naar huis voordat alles terdege is doorzocht.'

33

Kate en Tristan arriveerden die avond om half zeven in Topsham en parkeerden ergens in een woonwijk aan de rand van het stadje. Ze hadden elk een kleine lantaarn, een paar theelichtjes en lucifers bij zich. Ze stopten alles in Tristans rugzak en gingen toen op weg naar de hoofdstraat.

Kate had de gebeurtenissen van die ochtend inmiddels diep weggestopt. Ze was in haar eentje naar de AA-bijeenkomst gegaan en was helemaal achterin gaan zitten. Ze had maar met een half oor geluisterd: haar hoofd kon de zaak niet loslaten. Ze wist dat ze eigenlijk met Myra, haar sponsor, moest gaan praten maar wilde de kans van deze stille tocht ook niet weggooien, vanwege de eventuele nieuwe informatie die ze er zouden kunnen vergaren.

In de buurt van de hoofdstraat sloten ze zich aan bij de reeds aanwezige menigte. Op het marktplein stonden busjes van de BBC en het regionale ITV-nieuws. Er hing een soort energie in de lucht die Kate niet helemaal kon verklaren. Het was alsof mensen die normaal gesproken zwegen opeens een stem bleken te hebben.

Topsham leek een behoorlijk welgesteld stadje. Het barstte er van de ambachtelijke zaakjes, die tegenwoordig een hernieuwde populariteit genoten: naast de gebruikelijke banken en een postkantoor waren er een kaaswinkel, een slager en een warme bakker.

De hoofdstraat was vanavond afgesloten voor verkeer en er was aardig wat politie aanwezig: er stond een politiebusje en zes geüniformeerde agenten liepen te surveilleren. De route van de stille tocht zou lopen van het begin van de hoofdstraat tot helemaal naar de kerk.

Kate en Tristan waren blij dat ze wollen mutsen en handschoenen droegen, want het was vinnig koud. En toen de hemel eenmaal van donkerblauw pikzwart was geworden en de straatlantaarns waren aangesprongen, werd het nog kouder.

'Zouden die niet al om vijf of zes uur dicht moeten zijn gegaan?' merkte Tristan op toen ze langs de slager en de bakker kwamen.

'Die blijven open voor de extra klandizie,' zei Kate. 'Al kan ik me niet voorstellen dat familieleden of vrienden naderhand nog lang zullen blijven hangen – áls ze al komen.' Nu ze hier eenmaal waren, vond ze het niet meer zo vanzelfsprekend dat ze iemand zouden kunnen spreken. En als dat wel lukte, vond ze het eigenlijk niet gepast om zo iemand dan door te zagen over zijn eventuele alibi.

Aan het begin van de hoofdstraat werden een man en een vrouw geïnterviewd door de plaatselijke nieuwsploeg, die erg zijn best moest doen om wat ruimte vrij te houden te midden van de groeiende mensenmassa. Het paar was goedgekleed, had een gejaagde en bedroefde blik in de ogen en werd geflankeerd door een kleine jongen en een meisje. Hun winterjassen hingen open, waardoor Kate zag dat ze allemaal hetzelfde T-shirt droegen. HEBT U LAYLA GEZIEN? BEL DAN 0845 951 237 stond erop, met daaronder een foto van een glimlachende Layla.

'Wij willen onze dochter de laatste eer bewijzen en zorgen dat het onderzoek naar haar moord in de aandacht blijft,' sprak Layla's vader. Hij was een knappe man, die zijn emoties goed in bedwang wist te houden. 'We doen daarom een beroep op iedereen die iets weet om contact op te nemen met de politie... op dit nummer.' Hij wees naar zijn T-shirt. Layla's moeder klampte zich aan haar man vast. Zij kon duidelijk even niets uitbrengen. Ook het broertje en zusje zwegen. Ze leken allemaal nog steeds half in shock.

Kate voelde een por in haar ribben. Tristan vestigde met een hoofdbeweging haar aandacht op inspecteur Varia Campbell en hoofdagent John Mercy, die een eindje verderop bij drie geüniformeerde agenten stonden. Ze vielen vooral op doordat ze geen kaars of lantaarn bij zich hadden, maar iedereen nogal opzichtig stonden te bestuderen.

'Laten we maar een beetje bij die twee uit de buurt blijven,' zei Kate, en ze trok zich terug achter een lange man en zijn vrouw. Tristan trok zijn muts tot over zijn wenkbrauwen naar beneden.

Layla's ouders, broertje en zusje en nog wat familieleden en vrienden in Layla-T-shirts haakten nu hun armen in elkaar en vormden een brede rij. De rest van de menigte schaarde zich achter hen.

Kate hield haar handen rond Tristans lantaarn terwijl hij zijn theelichtje aanstak, waarna hij haar hielp met het hare. Toen begon de hele optocht zich heel langzaam heuvelopwaarts te bewegen. Ondertussen liepen er wel een paar honderd mensen mee, allemaal doodstil en dik ingepakt tegen de kou. Toen ze Varia passeerden, zag zij Kate alsnog. Ze keek haar verrast aan, maar meteen daarop werd ze afgeleid door een van de geüniformeerde agenten, die zich naar haar toe boog en iets tegen haar zei.

Bij de kerk aangekomen, kwam de predikant de menigte bij de poort tegemoet. Hij kreeg een megafoon aangereikt, waarna hij iedereen voorging in een gebed. Vervolgens zong een meisje uit Layla's klas a capella 'Amazing Grace'. Het was een emotioneel moment.

Kate scande intussen de menigte. Iedereen keek even somber. Er waren mannen en vrouwen van alle leeftijden en zelfs een grote groep schoolkinderen in Layla-T-shirts.

Vervolgens schuifelden ze met zijn allen weer terug naar de hoofdstraat. De lange slinger met al die kaarsen – honderden goudkleurige lichtjes – was ontegenzeglijk een indrukwekkend gezicht.

Ook de roodharige man, Peter Conways 'grootste fan', had in de stille tocht meegelopen – vlak bij Layla's familie, en zelfs gekleed in hun T-shirt. Het had hem een kick gegeven om op het marktplein te midden van de rouwende menigte te staan en zo dichtbij te zijn dat hij hun tranen bijna kon ruiken. Het was het koude weer dat hem de moed had gegeven om te gaan. Iedereen droeg nu immers een dikke jas, met een wollen muts op het hoofd of een sjaal voor de mond. Het was niet moeilijk om daartussen te verdwijnen.

Natuurlijk had hij ook de politieagenten gezien die de mensenmassa indringend stonden te bestuderen. Hun waakzaamheid had iets theatraals. Ze geloofden niet echt dat de moordenaar zich hier zou laten zien.

En daarbij: ze hadden helemaal niets om zich aan vast te houden! Hij was immers steeds erg voorzichtig geweest. Hij had verschillende busjes gebruikt om de meisjes te ontvoeren, met valse nummerborden, en hij had steeds alle bewakingscamera's zorgvuldig vermeden. Niemand had hem gezien. Nou ja, niemand die ertoe deed. Als ze een compositietekening zouden hebben, hadden ze die intussen allang openbaar gemaakt. Dus waarom was de politie hier eigenlijk bij geweest? Hadden ze soms gehoopt de moordenaar te herkennen doordat hij eruitzag als een boef?

Hij was vlak langs inspecteur Campbell en haar agenten gelopen. Hun blikken waren gewoon over hem heen gegleden – zoekend, zoekend, zoekend.

Hij had zelfs meegebeden met de menigte voor de kerk. Toen had hij wel even zijn hoofd gebogen, omdat de nieuwscamera's iedereen filmden. Het had hem verbaasd hoeveel mensen daarbuiten braaf hadden staan bidden, maar vervolgens de uitnodiging van de predikant om de avonddienst bij te wonen in de wind hadden geslagen. Ze waren gewoon terug de hoofdstraat in gestroomd, waar de winkels en de pubs extra lang open waren gebleven. Er waren er zo veel na afloop lekker de pub in gedoken. Zelfs Layla's ouders!

Misschien is bidden alleen maar nuttig als anderen het je op tv kunnen zien doen...

Hij was bij een van de snackbusjes in de rij gaan staan voor een cheeseburger. Hij nam net een grote hap toen hij Kate Marshall zag, samen met een lange, magere jongen. Ze droeg een dikke muts, maar hij herkende haar meteen. Hij slikte de hap vlees vlug weg. Hij was een beetje overdonderd: een heuse beroemdheid, een belangrijke factor in de geschiedenis van de Kannibaal van Nine Elms. En die liep hier zomaar tussen het publiek!

Hij liep om een groepje mensen heen en schuifelde wat dichterbij. Ze was ouder dan op de foto's die hij online had gevonden en zag er een beetje klein en dik uit in haar rode winterjas, maar toch vond hij haar nog steeds aantrekkelijk – smakelijk, *eetbaar*. Hij hapte in zijn burger en probeerde zich voor te stellen hoe het zou zijn om in het zachte vlees van de achterkant van haar dijen te bijten.

Het lukte hem echter niet: hij kreeg het beeld niet opgeroepen. En het vlees van de hamburger smaakte ineens vies droog...

Ze leek het uitstekend te kunnen vinden met die jongen met wie ze was. Ze zagen er niet echt uit als een stelletje, vond hij. Maar wie weet, misschien was ze wel een enorm geil wijf en deden ze samen allerlei rollenspellen. Misschien ging hij straks met haar naar huis en mocht hij aan haar milf-tieten zuigen...

Kate keek al pratend met de jongen op en leek hem recht aan te kijken, maar ze zag hem niet. Ze keek dwars door hem heen, alsof hij niets was dan ruis, een onzichtbaar onderdeel van de massa.

Hij stopte het laatste stukje hamburger in zijn mond, deed alsof hij ervan genoot en beende toen weg, de menigte in.

34

Tegen de tijd dat Tristan en Kate weer bij de auto kwamen, was het echt ijskoud. De lange rij geparkeerde auto's was ondertussen opgelost. Hun auto was de enige die nog onder de bomen stond, een beetje achteraf in de schaduw naast de straatlantaarns.

Kate zag een briefje onder de rechterruitenwisser zitten: een vierkantje van dik, roomkleurig papier. Even dacht ze dat het daar misschien door iemand uit een van de huizen in de straat tussen was gestopt, maar toen zag ze haar naam erop staan, geschreven in zwarte inkt. Het leek hetzelfde handschrift als van de eerdere briefjes.

Met trillende hand trok ze het onder de ruitenwisser uit, vouwde het open en las het.

> Kate, je zag er beslist eetbaar uit vanavond, in je rode jas. Je was zó dichtbij.
> Een Fan

Kate keek met een ruk op en tuurde de straat in. Maar daar was niets te zien, op een man en een vrouw na die met een klein meisje tussen zich in liepen en een oudere vrouw die worstelde met twee uitpuilende tassen vol boodschappen. Ze voelde zich ineens onbeschermd, bloot, begluurd.

Tristan kwam om de auto heen gelopen, trok het briefje uit haar hand en las het ook. Kate greep zich vast aan de zijkant van de auto; ze voelde zich opeens slap worden. Tristan opende vlug het portier aan de chauffeurskant voor haar. 'Ga maar gauw zitten,' zei hij. Ook Tristan tuurde nu de straat in.

Kate voelde het bloed uit haar hoofd wegtrekken, terwijl een paar auto's met verblindende lichten voorbijreden.

Hij komt dichterbij. Eerst dat briefje over Jake, en nu schrijft hij ook al direct aan mij.

Ze vreesde niet meteen voor haar eigen veiligheid – nee, wat ze vooral vreesde was de macht van dit individu om haar hele wereld te ontwrichten. Die veilige, redelijke wereld die ze na de nasleep van de eerste zaak zo zorgvuldig had proberen te scheppen. Voor het eerst wilde ze dat ze nooit had gereageerd op die mail van Caitlyns vader. Ze had hem gewoon aan de politie moeten doorsluizen. Want die mail had een deur geopend, waar zij stom genoeg met open ogen doorheen was gestommeld.

Toen ze weer opkeek, zag ze dat Tristan een zwarte auto had laten stoppen en dat Varia Campbell en John Mercy nu op haar af kwamen. Tristan gaf Varia het briefje. Zij las het met een bezorgd gezicht en gaf het toen aan John, die daarna ook al om zich heen begon te kijken. Er bleven maar auto's voorbijrijden, terwijl Tristan en de twee politiemensen dicht bij elkaar in de berm rondom Kate stonden, die in haar auto zat.

'Hoe laat zijn jullie hier aangekomen?' wilde Varia weten. Ze moest haar stem verheffen om boven het lawaai van het verkeer uit te komen.

'Vijf minuten geleden,' zei Kate.

'Nee, ik bedoel: hoe laat zijn jullie aangekomen voor die stille tocht?'

'We hebben hier even voor half zeven geparkeerd,' zei Tristan.

Kate zag dat John het briefje inmiddels in een doorzichtige plastic bewijszak had gestopt. 'Hebben jullie een verdacht persoon gezien, of iemand in jullie buurt die zich verdacht gedroeg?' vroeg John.

'Nee,' zei Tristan. 'Wij hebben de stille tocht gewoon meegelopen. Het was superdruk, maar iedereen liep doodstil met zijn kaarsje.'

'Degene die dit briefje heeft achtergelaten moet dat ergens in de afgelopen drie uur hebben gedaan,' zei Varia. Ze haalde haar radio tevoorschijn. 'Inspecteur Campbell hier. Ik ben nog steeds bij die stille tocht in Topsham. Achterhaal alle beschikbare bewakingsbeelden van Pulham Road én alles van de dorpskern tot aan de kerk, van vier uur vanmiddag tot nu.' Toen hurkte ze naast Kate en pakte een van haar handen in die van haar. 'Gaat het wel? Je ziet eruit alsof je elk moment van je stokje kunt gaan.'

Varia's handen waren warm en ze droeg een paar mooie ringen aan haar ranke vingers. Kates eigen handen waren ijskoud en trilden. 'Hij weet wie ik ben, wat ik aanhad... En hij heeft het over mijn zoon,' stamelde Kate. 'Hij heeft Peter Conway een foto van mijn zoon gestuurd... Je móét dit handschrift vergelijken met die print die hij Peter heeft gestuurd... en met de andere briefjes die op die plaatsen delict zijn gevonden. Het lijkt hetzelfde, maar we moeten het zeker weten.'

Een motor raasde voorbij en overstemde alles. 'Dit is geen goede plek om te praten,' zei Varia. 'Vind je het goed als we jullie meenemen naar het politiebureau van Exeter? Dat is maar zes kilometer hiervandaan.'

Kate knikte.

'Wil je dat we een dokter bellen?' voegde Varia eraan toe, met een diepe rimpel van bezorgdheid in haar voorhoofd. Ze had Kates ijskoude handen nog steeds beet en probeerde ze warm te wrijven tussen de hare. Deze zachte kant van Varia had Kate nog niet eerder gezien.

'Die kan wel een goeie brandy gebruiken. Werkt altijd bij een shock,' zei John tegen Tristan.

Kate was het volmondig met hem eens. Dit zou het perfecte excuus zijn om een drankje te nemen, om zich gewoon heerlijk de vergetelheid in te drinken...

'Nee nee, geen alcohol! Laten we haar maar een kop sterke thee geven,' zei Tristan.

In konvooi reden ze vervolgens naar het politiebureau van Exeter, waar ze naar een bezoekersruimte werden geleid. Varia en John zetten een mok thee voor hen allemaal, terwijl Kate en Tristan plaatsnamen op een doorgezakte bank. Kate nam een slok van de thee, die tot haar grote genoegen lekker zoet was. Toen haalde ze diep adem en kon ze eindelijk weer een beetje helder denken.

'Oké, wie hebben dat briefje allemaal aangeraakt?' wilde Varia weten.

'Ik heb het onder de ruitenwisser vandaan gehaald,' zei Kate.

'En ik heb ernaar gekeken nadat zij het aan mij had gegeven,' zei Tristan.

'Dan zullen we jullie vingerafdrukken even moeten nemen, om jullie te kunnen uitsluiten wanneer we het briefje testen,' zei Varia.

Kate knikte. 'Mijn afdrukken zitten waarschijnlijk nog in het archief, uit de tijd dat ik nog bij de politie zat,' zei ze.

'Die van mij zijn ook al eens genomen,' zei Tristan.

'Van toen je die auto had vernield?' vroeg John.

Varia draaide zich naar hem toe. 'Onze gasten lusten er vast wel een koekje bij. Er ligt een rol Hobnobs in de personeelskeuken,' zei ze. John verliet fronsend het kantoortje.

Kate vertelde over haar afspraak met dokter Meredith Baxter van Great Barwell, waarbij deze haar een handgeschreven aantekening onder Jakes foto had laten zien. Het A4'tje was geadresseerd aan Peter, maar was door de inrichting onderschept.

'Ik zal even checken of deze informatie al met ons is gedeeld,' zei Varia.

'Ik vrees dat degene die zijn berichtjes ondertekent met "Een Fan" al een hele poos met Peter Conway weet te communiceren,' zei Kate.

'Maar je zei net dat déze print was onderschept. Die heeft Peter Conway dus nooit ontvangen?'

Kates telefoon rinkelde in haar zak. Ze trok hem er meteen uit, bang dat het haar moeder was die haar ging vertellen dat Jake iets was overkomen. 'O, het is Meredith Baxter,' zei ze. Ze nam op en luisterde even. 'Meredith, ik zit hier net met inspecteur Varia Campbell. Ja, zij heeft de leiding over deze zaak.' Ze stak Varia de telefoon toe. 'Ze wil jou spreken.'

'Wat zei ze?' vroeg Tristan, toen Varia wegliep met Kates mobieltje tegen haar oor.

'Ze vertelde dat ze die hele vleugel van Great Barwell hebben doorzocht: Peters cel, maar ook alle andere, plus het personeel. Helemaal niets gevonden, geen verborgen brieven, niets.'

'Maar da's toch goed?' zei Tristan.

'Nou... het bevalt me niks. D'r speelt daar iets, dat voel ik gewoon.'

Varia had het gesprek beëindigd, kwam weer zitten en gaf Kate haar telefoon terug. 'Dat was een nuttig gesprek. Dokter Baxter gaat ons deze brief doorsturen en al het andere wat ze eventueel onderschept. En als er nog meer gebeurt, ben jij de eerste die het hoort.'

'Ik hoop dat jullie zijn DNA van dat briefje kunnen halen dat hij op mijn auto heeft achtergelaten,' zei Kate.

'Al zou dat natuurlijk niet meteen onomstotelijk bewijzen dat het ook van hem ís...' zei Varia.

'Maar dat kan toch niet anders? Jullie hebben toch nog geen informatie over die briefjes aan de pers vrijgegeven?' vroeg Tristan.

'Nee, dat niet. Maar er zijn zo veel mensen die hun brieven ondertekenen met "Een Fan",' zei Varia.

'Ach, kom op, dit is toch meer dan puur toeval?' zei Kate.

Varia stond op. Zij vond kennelijk dat de bespreking ten einde was. 'Kate, ik ga de komende dagen een politieauto voor jouw huis neerzetten én we gaan alle bewakingsbeelden bestuderen die we van Topsham kunnen bemachtigen. Het is gelukkig maar een klein stadje.'

'Er staat ook al een agent in een politieauto voor mijn moeders huis in Whitstable, waar mijn zoon woont,' zei Kate.

'Ik zal vanzelfsprekend zorgen dat alles met hen wordt gecoördineerd.'

Toen Kate en Tristan het politiebureau verlieten en naar de parkeerplaats liepen, stond er een verslaggeefster van het plaatselijke nieuws met een cameraploeg op hen te wachten. Het groepje haastte zich met een felle lamp op hen af en volgden hen naar Kates auto.

'Volgens onze informatie zou er een briefje van de moordverdachte op uw auto zijn achtergelaten,' zei de verslaggeefster, een vrouw met heel kort zwart haar. Ze duwde de microfoon onder Kates neus.

Kate dook om haar heen en wist bij haar auto te komen, terwijl Tristan een man met een hengelmicrofoon opzijduwde die de passagierskant blokkeerde.

'Kunt u ons vertellen wat er op dat briefje stond, en of er een link is met de zaak van de Kannibaal van Nine Elms – de zaak die u in 1995 heeft opgelost?'

Kate drukte op het knopje van de centrale deurvergrendeling en wilde haar portier opentrekken, maar de verslaggeefster was haar voor. 'Bezoekt u Peter Conway wel eens? U hebt een zoon met hem. Bezoekt Jake hem ook?'

Toen ze haar Jake bij naam hoorde noemen, voelde dit voor Kate bijna letterlijk als een stoot onder de gordel. 'Flikker op!' zei ze boos, en ze rukte haar portier open. Dit kwam daardoor tegen de verslaggeefster aan, waardoor deze haar evenwicht verloor en viel. 'Tristan, stap gauw in!'

Zodra ze zaten, schakelde Kate de centrale deurvergrendeling in en startte de motor. De verslaggeefster werd intussen door haar collega's overeind geholpen. Kate toeterde en reed heel langzaam op ze af, waardoor de nieuwsploeg uit elkaar werd gedreven. Toen ze de parkeerplaats af reden, zagen ze een busje staan met BBC LOCAL NEWS op de zijkant.

'Hoe kunnen zij nou van dat briefje weten?' vroeg Tristan.

'D'r is altijd een lek, op elk politiebureau,' zei Kate. Zij vond het verontrustender dat de vrouw Jakes naam had genoemd.

'Dat zal er niet fraai uitzien, als ze dat hebben gefilmd,' zei Tristan. 'Maar ja, het was gelukkig maar het plaatselijke nieuws.'

'Ik vrees dat ze die beelden allemaal met elkaar delen,' zei Kate. Ze zuchtte diep. 'Ja hoor, ik heb ze mijn leven weer binnengehaald! En ze hebben meteen wat ze wilden: die lijpe Kate Marshall. Shit, shit, shit!' Ze gaf een harde klap op het stuur.

Ze voelde zich angstig, op het paranoïde af. Ze had in de afgelopen jaren heel langzaam alles weer onder controle gekregen, haar normale leven teruggevonden... en nu pakte deze klootzak haar dat allemaal weer af!

35

De volgende dag was een zaterdag. Kate werd al om zeven uur wakker, na slechts een paar onrustige uurtjes slaap. Ze trok haar badpak aan, want ze had haar ochtendzwempartij al een paar dagen achter elkaar overgeslagen.

Het waaide stevig op het strand en de golven waren enorm. Het was een worsteling om langs de golfbrekers te komen. De watertemperatuur was flink gedaald, waardoor het litteken op haar buik begon te steken. Maar ze zwom door en gaf zich over aan het gebulder van de branding en het gekrijs van de meeuwen. Na een paar minuten stopte ze en liet zich op haar rug drijven. Het water bruiste en borrelde, en het kalme ritme van de golven kalmeerde haar.

Ze had Glenda gisteravond weer gesproken en haar met tegenzin verteld over het briefje onder de ruitenwisser. Haar moeder had zich meteen zorgen gemaakt en haar twijfels uitgesproken of Jake nu in de herfstvakantie wel naar haar toe kon. Maar Jakes bezoekje was het enige wat Kate nog op de been hield: een sprankje licht in de duisternis waarop ze zich kon richten. Het deed haar dan ook pijn als ze bedacht dat ze hem misschien met de kerst pas weer zou zien.

Ze dreef nog even op haar rug; toen haalde ze diep adem en dook onder water. Lange slierten zeewier hingen als slingers in het water en deinden kalmpjes mee op de golven. Kate zwom nog wat dieper. Ze voelde de druk van het water in haar oren en van haar zwembril op haar gezicht. De lichtval op het wateroppervlak gaf de zeebodem een groene schemering. Ze schopte nog een paar keer stevig met haar benen. Haar longen barstten bijna, terwijl ze steeds dieper ging. Hier lagen alle stromingen in het water stil, en ook het zand op de bodem lag er onaangeroerd bij. Ze liet wat lucht ontsnappen en voelde hoe haar lichaam verder naar beneden zakte. De watermassa drukte steeds zwaarder op haar.

Met een zachte bons raakten haar tenen de zeebodem. Wat was het hier koud! Ze voelde een onderstroom langs haar lichaam strijken. Ze keek omhoog, naar de slingers van zeewier die hoog boven haar wapperden en wiegden.

Haar longen begonnen te steken en er verschenen sterretjes voor haar ogen. Toen ook haar hoofd licht begon te worden, deed dit haar denken aan hoe lang het al was geleden dat ze dronken was geweest. Kon ze maar gewoon 'verstandig drinken' – wat dat ook mocht inhouden. Kon ze maar gewoon genieten van de zweverige lichthoofdigheid die een glas whisky haar altijd had gegeven. Het eerste drankje na een lange werkdag was altijd het lekkerste: dan voelde ze al haar problemen wegzakken. Ze hunkerde zo naar dat gevoel.

Het kon nu elke dag gebeuren dat ze een terugval kreeg. Ze was er gisteren zo dichtbij gekomen, op dat treinstation... Als ze dat ongelukje niet had gehad, was het toen gebeurd.

Alles dreigde ineens in te storten. Er stond al een politieauto voor haar huis! Er hing haar en Jake een kwaadaardige dreiging boven het hoofd; een dreiging die hen uit elkaar zou drijven, net zolang tot... Ja, wat? Stel dat deze man bleef doorgaan, of – eigenlijk nog erger – opeens weer in het niets verdween?

Er kwam een ijskoude stroming voorbij. Deze deed het zand rond haar tenen omhoog wervelen en sneed in haar huid en het litteken op haar buik. Ze zag nu bijna alleen nog maar sterretjes, ze kon ze niet meer wegknipperen. En ze voelde haar hart steeds sneller kloppen tegen de huid van haar hals en polsen.

Maar Jake dan? Je moet ook aan hem denken. Je moeder heeft niet het eeuwige leven: ooit zul jij het enige familielid zijn dat hij nog heeft. En voor de wet is hij over minder dan twee jaar volwassen. Wil je het gewoon maar opgeven? Slappeling! Het leven is het godverdomme toch waard om voor te vechten!

Een enorme stoot gezond verstand schudde Kate wakker.

Ze zette haar voeten plat op het zand en duwde zich omhoog. Als een gek schoppend met haar benen raakte ze steeds verder verwijderd van de bodem en kwam ze langzaam weer in het warmere water, dat kolkte en deinde. Ze zwom dwars door de zeewierslingers heen, stak haar hoofd door het wateroppervlak en nam een gigantische hap lucht.

Ze voelde het leven weer haar lichaam binnenstromen, terwijl water en wind om haar heen bulderden. Een grote golf knalde pijnlijk tegen de zijkant van haar hoofd. Ze haalde nog een paar maal diep adem en bewoog haar verdoofde vingers en tenen. Toen voelde ze hoe de stroming haar alweer begon terug te stuwen naar de kust.

Nooit opgeven. Nooit nooit nooit. Het leven is het waard om voor te vechten. Nooit meer gaan drinken!

Ze trapte met haar benen en zwom terug, met het getij in haar rug.

Thuis douchte ze lang en heet, at wat en reed toen samen met Myra naar de AA-bijeenkomst in het parochiehuis van Ashdean. Zittend naast haar sponsor luisterde ze naar de mensen die hun verhalen met elkaar deelden.

Myra stond vandaag als eerste op. Zij vertelde de groep dat ze nu al negenentwintig jaar nuchter was, maar dat elke dag nog steeds een gevecht was. Ze eindigde met de woorden: 'Mijn herstel staat altijd op de eerste plaats – om te voorkomen dat alles waar ik in het leven om geef op de laatste plaats komt.'

Toen het Kates beurt was om haar ervaringen te delen, hield ze zich niet in. Ze vertelde de groep hoe weinig het had gescheeld of ze had gedronken, en hoe hevig ze had gehunkerd naar een drankje om zichzelf mee te verdoven. Sommige van de gezichten die haar aankeken kende ze, andere waren nieuw. Maar ze putte kracht uit het feit dat ze allemaal slechts één ding wilden: nuchter blijven.

Toen Myra en Kate terugkeerden in hun straat, zagen ze de politieauto voor Kates huis staan. De agent die erin zat, stak zijn hand naar hen op en zwaaide.

'Heb je nog trek in een kopje thee?' vroeg Myra aan Kate.

'Dank je, maar daar heb ik het te druk voor.'

'Concentreer je gewoon op vandaag,' zei Myra. 'Je weet hoe het werkt: één dag tegelijk. Het enige waar je je op moet concentreren, is vandáág niet drinken. Morgen is nog een ver-van-je-bedshow.'

'Jij! Jij zit ook altijd vol gezegden!'

'O, ik dacht dat je ging zeggen dat ik altijd vol gelul zat!' zei Myra lachend.

'Dat ook, ja...' Kate glimlachte breed. Toen boog ze zich naar Myra toe en omhelsde haar.

'Laat je hoofd niet hangen! Als die politieman daar een gek in de bosjes had zien zitten, zou hij niet zo vrolijk naar je zwaaien.'

'Nee, maar ze kunnen het zich niet erg lang veroorloven om daar het klokje rond een agent neer te zetten,' zei Kate.

'Ik zal hem eens een kop thee met een snee cake gaan brengen, om te voorkomen dat hij inkakt.'

Net toen Kate haar huis binnenging, begon haar telefoon te rinkelen. Ze had bijna niet opgenomen omdat ze het nummer niet herkende, maar was blij dat ze besloot dit toch te doen: het was Malcolm Murray.

'Hallo, liefje. Sorry dat ik zo lang niets van me heb laten horen,' zei hij.

'Hoe gaat het met Sheila?' vroeg Kate meteen, waarna ze hem uitlegde dat ze net toen de ambulance wegreed bij hun huis was aangekomen.

'Nou, we hebben een vreselijke tijd achter de rug, Sheila en ik. Het is een paar dagen kantje boord geweest met d'r, maar toen gebeurde er een wonder: er kwam een donor beschikbaar en nu heeft ze dus een nieuwe nier! Het zal haar nog wel even wat tijd kosten om te herstellen, maar ze is nu tenminste van die afschuwelijke dialyse af.'

'Dat is fantastisch nieuws!' zei Kate. Er ging dus ook nog wel eens iets goed!

Maar toen herinnerde ze zich weer waarvoor ze onlangs naar Chew Magna was gereden, wat ze Malcolm en Sheila toen had willen vertellen. 'Het spijt me heel erg, Malcolm, maar wat Caitlyn betreft zijn we op een dood spoor beland.' Ze vatte alle gebeurtenissen zo goed mogelijk samen, waaronder het feit dat de onbekende man Paul Adler bleek te zijn – die een waterdicht alibi had. Haar bedenkingen over Adler deelde ze maar niet met hem; het leek haar het beste om Malcolm puur de feiten te geven.

Het bleef lange tijd stil aan de andere kant van de lijn.

'Nou ja... toch bedankt, liefje. We waarderen allebei zeer wat je allemaal hebt proberen te doen. Ik ben even bang geweest dat ik ze allebei ging kwijtraken, Caitlyn én Sheila... Tja, kennelijk mocht Caitlyn maar korte tijd in ons leven zijn. De helderste sterren doven het snelst, zeggen ze wel eens.'

Kate voelde een diepe droefheid voor Malcolm en Sheila, en wilde dat ze meer voor hen kon doen. Ze hoorde zichzelf dan ook beloven dat ze het nog niet had opgegeven.

Toen ze had opgehangen, haatte ze zichzelf hierom. Je moest immers niets beloven wat je niet kon waarmaken.

36

Maandagochtend zaten Kate en Tristan in hun kantoortje te werken aan de dia's en aantekeningen voor Kates college van die middag, toen er op de deur werd geklopt.

Laurence Barnes, de rector magnificus van de universiteit, kwam binnen. Hij was achter in de veertig en al behoorlijk grijs. Hij was de opvolger van professor Coombe-Davies, die vorig jaar was overleden, maar in de verste verte niet zo geliefd bij zijn personeel. Hij was nogal bekrompen, zaaide graag verdeeldheid en regeerde met harde hand.

'Kate, ik moet jou spreken,' zei hij, terwijl hij een exemplaar van *News of the World* op haar bureau smeet.

'Ik eh... ga wel vast naar beneden en zet de projector op,' zei Tristan, en hij wilde vertrekken.

'Nee, jij blijft hier! Dit gaat jullie beiden aan,' snauwde Barnes, en hij gebaarde dat Tristan weer moest gaan zitten. 'Hebben jullie dit gezien?' Hij bladerde door naar een sensatieverhaal dat twee pagina's besloeg. Het ging over Kate en haar betrokkenheid bij de zaak van de Nine Elms-copycatmoordenaar.

'Nee. Ik lees in het weekend altijd de *Observer*,' zei Kate koeltjes.

'Heb je het journaal wel gezien?'

Kates confrontatie met Janelle Morrison, de verslaggeefster van BBC Local News, had in het weekend zo'n beetje alle zenders gehaald, waarna iedereen opeens de link tussen de Kannibaal van Nine Elms en de recente copycatmoorden had gelegd.

'Ja.'

'Weet je, dat soort dingen zijn geen goede reclame voor de faculteit...' Hij stak een hand in zijn binnenzak, trok er een fotokopie van Kates nieuwe visitekaartje uit en legde die voor haar neer. 'En dit ook niet. Jij runt verdorie gewoon een bedrijfje vanuit dit kantoor. Je doorkiesnummer en mailadres van de universiteit staan er zelfs op!'

'Hoe kom je daaraan?' vroeg Kate.

'Via inspecteur Varia Campbell, toen ze per abuis was doorgestuurd naar mij. Zij vertelde me dat ze bang was dat jij haar politieonderzoek steeds meer in de weg zou gaan staan.'

Kate voelde zich alsof Varia haar een stomp in de maag had gegeven, door haar zo bij haar baas te verraden.

'Toen wij haar vorige week spraken, leek ze anders niet zo bang,' zei Tristan. 'We hebben haar toen belangrijke informatie over de zaak kunnen aanleveren.'

Laurence leek Tristan voor het eerst echt op te merken. 'Wíj?'

'Eh ja, we...' begon Tristan. Hij keek hulpeloos naar Kate.

'Tristan is mijn assistent op het werk, maar hij heeft me ook persoonlijk bijgestaan – onbezoldigd,' zei Kate, terwijl ze zich koortsachtig probeerde te herinneren hoe Tristans arbeidsovereenkomst er ook alweer uitzag. Ze hoopte maar dat ze het nu niet voor hem verknalde.

'Ik vrees dat ik jou een officiële waarschuwing zal moeten geven. En wat jou betreft, Tristan: jouw proefperiode zal worden heringevoerd en met drie maanden worden verlengd.' Tristan opende zijn mond al om te protesteren, maar kon alleen maar verbluft voor zich uit kijken.

'Tristan, zou jij ons misschien even alleen willen laten?' Kate keek hem aan, waarna hij het kantoortje met zichtbare tegenzin verliet. Toen glimlachte Kate naar Laurence, liep naar de archiefkast en trok er een papier uit. 'Heb je het UCAS-aanmeldingenoverzicht voor het academisch jaar 2011-2012 al gezien?' vroeg ze.

'Natuurlijk. Maar wat heeft dat...'

'Dan heb je dus ook gezien dat er voor mijn vak, Criminologie en Psychologie, vijfhonderd aanmeldingen zijn binnengekomen – voor tachtig plekken. En je zult je er tevens van bewust zijn dat wanneer die tachtig plaatsen in augustus zijn vergeven, een groot deel van de uitgelote studenten een andere richting van de forensische wetenschap of de psychologie voorgesteld zal krijgen, waar ik eveneens doceer. Er worden kortom dankzij mij nogal wat collegebanken gevuld. Welnu... Het hangt er natuurlijk nog van af wie de volgende verkiezingen zal winnen – al ziet het er voor Labour niet zo best uit – maar het collegegeld zou best eens flink kunnen gaan stijgen... waarna de universiteit zal zijn overgeleverd aan de vrije markt,' zei Kate.

'Wat nou? Dreig je nu om je ontslag in te dienen?' vroeg hij.

'Nee, dat niet. Maar wat ik wel zeggen wil: laat mij en mijn personeel met rust. Ik doe mijn werk goed, en Tristan ook. Bovendien: bijna al mijn collega's hebben er een baan of een of ander onderzoeksproject naast.'

'Nu moet je eens goed naar me luisteren, Kate...'

'Nee, jij luistert naar míj, Laurence. Ik zou niet graag een officiële klacht hoeven indienen over intimidatie van jouw kant. Ik weet zeker dat de kranten zouden smullen van nóg een sappig verhaal. Ik heb momenteel een behoorlijk grote nieuwswaarde...'

Laurence zag ineens opvallend bleek. 'Kom op, Kate. Er is geen enkele reden om zo te doen. Ik kwam gewoon even langs om wat te kletsen, niks officieels.'

'Het is altíjd officieel tussen rector magnificus en medewerker,' zei Kate. 'O, trouwens: Tristans proefperiode eindigt vandaag en zal worden omgezet in een vast contract. Het zou fijn zijn als je Personeelszaken hem dat goede nieuws voor het eind van de dag nog even laat mailen.'

Laurence smeet de krant in de prullenbak, beende naar de deur, bracht de klink omlaag en duwde tegen de deur. Toen dat geen effect had, duwde hij nog wat harder – en geïrriteerder.

'Hij gaat naar binnen open,' zei Kate droog. Laurence, die inmiddels knalrood zag, rukte de deur open en gooide hem met een klap achter zich dicht.

Kate hoopte dat ze niet te ver was gegaan. Maar als ze in de afgelopen jaren íéts had geleerd, dan was het wel dat je altijd voor jezelf moest opkomen. En ze werd liever bewonderd dan aardig gevonden.

Er werd opnieuw op de deur geklopt. Ditmaal was het Tristan. Hij stak zijn telefoon omhoog. 'Kate! Het is overal op het nieuws!' riep hij opgewonden. 'Er is zojuist een man gearresteerd in verband met de drie copycatmoorden. De politie heeft hem al in voorlopige hechtenis.' Hij kwam naar haar bureau en liet haar de beelden zien: een man, gehandboeid en met een jas over zijn hoofd, werd de trap van het politiebureau van Exeter op geleid. Hij werd omstuwd door de pers en andere mensen, die op hem scholden en hem uitjouwden.

'Wanneer is dit op BBC News gepost?' vroeg Kate. Het frustreerde haar dat het gezicht van de man niet te zien was.

'Een uur geleden. Als we naar beneden gaan, naar het café, kunnen we misschien een update op het nieuws zien. Het is vijf voor twaalf,' zei Tristan.

Kate griste haar tas mee en ze haastten zich het kantoor uit.

37

Zo'n driehonderd kilometer van Ashdean stond The Bishop's Arms, een pub die uitkeek over de Chiltern Hills. Het was een oud pand met een rieten dak, dat echter helemaal was gestript en opgeknapt, en nu 'gastropub' werd genoemd en zelfs een Michelinster bezat. Gelegen in een van de welvarendste delen van het Britse platteland, was het echt zo'n zaak waar je gezien moest zijn.

Op deze maandag rond lunchtijd stond dan ook de hele parkeerplaats voor de pub vol. Op het grasveld erachter stond zelfs een rij helikopters, naast een op maat gebouwd heliplatform.

De roodharige Fan van Peter Conway dronk van zijn bier en keek de drukke eetgelegenheid rond. *Stelletje idioten*, dacht hij. De mannen, allemaal jong en zelfverzekerd, stonden onbehouwen door elkaar heen te schreeuwen, nu al dronken en met rode koppen. De vrouwen zaten in groepjes bij elkaar en gedroegen zich wat netter. Zij hadden zich allemaal flink opgedoft en keken met doordringende kraalogen om zich heen.

Hij kwam al jaren in The Bishop's Arms. Eerst met zijn ouders (totdat zij met pensioen gingen en naar Spanje emigreerden) en nu met zijn broer. Dat was een aardige vent, maar nogal wispelturig. Hij probeerde al jaren een carrière in de muziekbusiness op te bouwen, maar liet zich constant afleiden door drugs en feesten.

De Fan dacht aan Emma Newman en hoe ze naakt op haar buik had gelegen, met haar handen en voeten aan elkaar vastgebonden op haar rug, en met een stuk afplakband over haar mond. Haar huid had zacht en romig aangevoeld, maar de smaak ervan was volledig verpest door de drugs die door haar poriën heen waren gesijpeld.

Zijn blik viel op de televisie aan de muur. Gefascineerd keek hij naar het nieuwsbericht dat erop was. Blijkbaar was er een man gearresteerd voor de drie recente moorden – zíjn drie moorden! Paniek welde in hem op. De naam van de man werd niet genoemd en hij werd met bedekt gezicht het politiebureau in geleid.

Wat als die idioot voor die moorden werd aangeklaagd en met zíjn eer ging strijken – nog voordat zijn werk was afgerond, voor de grote onthulling?

Hij keek naar India Dalton, zijn lunchafspraakje. Ze was best knap. Ze waren per e-mail aan elkaar gekoppeld, door zijn zus. India's vader was de eigenaar van een bureau dat luxe reizen verzorgde, dus was ze eigenlijk wat te veel nouveau riche voor dit gezelschap, maar haar knappe uiterlijk maakte het meer dan goed.

India was in een geanimeerd gesprek verwikkeld met Fizzy Martlesham. Zij was een streng uitziende vrouw met achterovergekamd haar en een opvallend hoog voorhoofd. De familie Martlesham bezat enorme hoeveelheden landbouwgrond door heel Oxfordshire en was onder andere de hoofdleverancier van de aardbeien die op Wimbledon altijd werden genuttigd.

Hij keek nog even naar het tv-scherm; toen dronk hij de rest van zijn bier op, pakte zijn jasje en liep op de twee vrouwen af. 'Het spijt me vreselijk, dames, maar ik moet jullie helaas onderbreken.' Hij pakte India glimlachend bij haar arm. 'Er is ineens iets dringends tussen gekomen. Je zult ons moeten verontschuldigen, Fizzy.'

'O. En onze lunch dan?' vroeg India. 'Ik had zó graag die kurkuma-frambozensorbet willen proberen.'

'Ander keertje. Ik zal je zo afzetten bij de helihaven, en dan maken we gewoon een nieuwe afspraak.'

'Wat zonde dat je moet vliegen... letterlijk,' zei Fizzy, terwijl ze hem haar gezicht toekeerde voor een luchtzoen.

'Breng mijn verontschuldigingen ook over aan mijn broer, als je wil. Ik weet even niet waar die uithangt...'

'Natuurlijk. Ik zag hem daarnet naar het toilet gaan. O, en India wil nog graag een selfie vóór je helikopter, voor op haar socialmediaaccount,' zei Fizzy, met een stem die droop van de minachting en leedvermaak.

De Fan en India verlieten de pub en staken het natte grasveld naar het heliplatform over.

'Mag ik dan zo even een fotootje maken, voor we vertrekken?' vroeg India, terwijl ze zorgvuldig haar weg zocht op haar elegante sandaaltjes. Zijn leren jack hing over haar smalle schouders.

'Nee,' zei hij botweg.

Bij de blauwe helikopter aangekomen, opende hij het slot van de bolle glazen cockpit, die glinsterde in de zon. India, nog steeds met een nuffig pruilgezicht, haalde toch haar telefoon uit haar tas. Hij boog zich naar haar toe en legde er een hand overheen. 'Ik zei: nee! Geen foto!'

'Ah, kom op nou! Jij bent de eigenaar van deze magnifieke machine. Die schreeuwt er gewoon om om te worden gefotografeerd!' Ze giechelde, duwde zijn hand weg en probeerde het toch.

Daarop greep hij haar bij haar pols en draaide die hardhandig om. Met een gilletje liet ze haar telefoon vallen. 'Ik zei: géén foto, godverdomme! En als ik nee zeg, dan bedoel ik ook nee!' Toen bukte hij zich, raapte haar telefoon op en opende de deur voor haar. Er stonden tranen in India's ogen toen ze in de helikopter klom. De Fan gooide de deur met een klap dicht.

Hij zag Fizzy achter de pub staan roken. Ze stak breed grijnzend haar sigaret naar hem op. Hij zwaaide terug en bromde voor zich uit: 'Nieuwsgierige koe.'

Toen klom hij in de cockpit, zette de koptelefoon op en vroeg toestemming om op te stijgen. Het duurde een minuutje voordat de rotorbladen begonnen te draaien, daarna vlogen ze luid bulderend weg. Het grasveld onder hen werd steeds kleiner en platter, waarna het helemaal leek te verdwijnen.

Omdat India weigerde haar koptelefoon op te zetten, kon hij door de herrie van de motor niet met haar praten. Het was echter maar een tochtje van tien minuten, terug naar de helihaven in Oxfordshire waar ze elkaar eerder die dag hadden ontmoet. Hij liet de motor aanstaan toen ze waren geland. Hij draaide zich glimlachend naar haar toe en zwaaide: 'Dag-dag, India.'

Ze gebaarde dat ze hem niet kon verstaan. Maar hij bleef stug glimlachen en zwaaien, waarna ze maar uit de heli stapte, waar ze werd verwelkomd door een van de medewerkers van de helihaven.

Hij keek hoe ze samen wegliepen, terwijl hun haren werden platgedrukt door de wind van zijn ronddraaiende rotorbladen. Even flitste er een beeld van India door zijn hoofd: naakt en smekend, met dat perfecte haar vol zweet en tranen tegen haar gezicht geplakt.

Toen steeg hij weer op. De helikopter scheerde omhoog en vloog in westelijke richting weg.

Het zat hem nog steeds niet lekker dat de politie een arrestatie had verricht. Ze hadden verdomme de verkeerde te pakken. Híj was hun man!

Ik ga mezelf bekendmaken.

Heel binnenkort – maar nog niet.

38

Toen Kate thuiskwam, was de politieauto voor haar huis verdwenen. Even later belde Glenda, die haar vertelde dat de politieauto die Jake in de gaten moest houden ook al weg was. Toen Kate Varia probeerde te bellen om te informeren wat er precies aan de hand was, kreeg ze te horen dat ze zou worden teruggebeld. Ze had geen zin om daarop te wachten, dus reed ze naar Exeter, liep het politiebureau binnen en vroeg naar Varia. Pas een uur later verscheen deze eindelijk.

'Wat krijgen we nou?' vroeg Kate. 'Jullie hebben iemand opgepakt en meteen heffen jullie de politiebewaking van mij en mijn zoon maar op! Is het 'm echt?'

'Loop even mee naar mijn kantoortje,' zei Varia.

Kate volgde haar door een lange gang, langs allemaal ruimtes vol ondersteunend personeel. Telefoons rinkelden, overal liepen agenten of zaten ze met elkaar te overleggen. Het voelde vreemd om weer rond te lopen achter de schermen van een groot politiebureau – en tegelijkertijd was het alsof ze thuiskwam.

'Thee?' vroeg Varia toen ze in haar kantoortje waren, dat uitkeek op de parkeerplaats.

'Nee, dank je,' zei Kate. Ze ging zitten, en Varia sloot de deur.

'Oké dan. We hebben een leraar van Layla Gerrards school gearresteerd. Zijn DNA matchte met dat van een inbraak in Manchester, in 1993. Er was destijds bloed gevonden op de plaats waar hij was binnengekomen: hij had een ruitje kapotgeslagen en zich daaraan gesneden. Vervolgens had hij een ouder echtpaar ernstig toegetakeld en was hij ervandoor gegaan met hun kostbaarheden.'

'Is hij een serieuze verdachte?'

'Nee. Hij blijkt een alibi te hebben: ten tijde van Layla's vermissing zat hij in Frankrijk. Daar heb ik paspoortgegevens én bewakingsbeelden van. Zijn arrestatie had nooit openbaar moeten worden gemaakt. Leve de camera's van het journaal...'

'Jullie gaan hem dus weer vrijlaten?' vroeg Kate.

'Nee, we gaan hem alsnog aanklagen voor die mishandeling en inbraak uit '93. Maar ook al komt hij niet vrij, toch zal ik de hoon van de pers over me heen moeten laten komen. Ik heb inmiddels twintig agenten op deze zaak zitten, die allemaal harder werken dan je je kunt voorstellen. Hun gezinnen weten amper meer wie ze zijn,' zei ze.

'Ik twijfel ook niet aan jullie inzet. Kijken jullie naar álle scholen waar die meisjes naartoe gingen? Want dat was ook Peter Conways ingang, hè.'

'Jazeker. Op de scholen van de drie slachtoffers hebben we alles onderzocht: docenten, ondersteunend personeel, conciërges, tijdelijke krachten. We hebben zelfs, op vrijwillige basis, DNA-monsters genomen van bijna alle mannelijke leden van het schoolpersoneel die in contact zijn geweest met een van de meisjes of op andere wijze aan hen gekoppeld kunnen worden. We hebben ook DNA-monsters genomen van mannelijke familieleden. In het geval van het eerste slachtoffer, Emma Newman, hebben we ook gekeken naar het kindertehuis waar ze is opgegroeid. Iedereen die daar werkt, is gedubbelcheckt.'

'En? Helemaal niets?'

'Jawel. Die DNA-monsters hebben ons de arrestatie van vandaag opgeleverd, én er was een treffer bij de conciërge van de school van het derde slachtoffer, Layla Gerrard. Die bleek in 1991 betrokken te zijn geweest bij een zedenmisdrijf: een meisje dat op weg van school naar huis was opgepikt en verkracht. We hebben hem al ondervraagd. Zijn vrouw was zijn alibi, maar hij heeft tegenwoordig beperkte bewegingsvrijheid: hij staat geregistreerd als gedeeltelijk blind en mag niet autorijden. Logistiek gezien – alle meisjes zijn van straat geplukt en ontvoerd – zou hij dat dus allemaal met het openbaar vervoer hebben moeten doen. Hij wordt wel nog aangeklaagd voor dat vroegere misdrijf, maar deze drie jonge vrouwen kan hij echt met geen mogelijkheid hebben vermoord.'

‘Hebben jullie nog iets uit de bewakingsbeelden van die stille tocht weten te halen?’

‘Kate, je moet beseffen dat we daarbij te maken hebben met een flinke menigte die door een klein stadje trekt. Bij de plek waar jouw auto geparkeerd stond, hangen geen bewakingscamera’s en dat geldt ook voor de eerste kilometer van de route van de stille tocht. De andere kant op zijn alleen akkers en bomen.’

‘Via satelliet dan? Google Earth?’

Varia trok één wenkbrauw op. ‘Kate, ik werk voor de politie van Devon and Cornwall, ik ben geen spion van MI5! Als de landelijke veiligheid in het geding was, zou ik misschien nog wat beelden van Google Earth kunnen opvragen, maar voor een briefje dat door een mogelijke moordverdachte onder een ruitenwisser is achtergelaten... Nee. Ik ben trouwens wel zelf naar Google Earth gegaan om de locatie te checken...’

Ze tikte wat in op haar computer, klikte een paar keer met de muis en vloog met de cursor over het scherm. ‘Zoals je ziet, gaat de straat waar jij had geparkeerd schuil onder een tunnel van bomen: zelfs zonder bladeren zouden we nooit een duidelijk beeld hebben gekregen. En de bewakingsbeelden van de stille tocht zijn vanwege het donker erg lastig te bekijken, en die honderden kaarsjes maken het er niet echt beter op. Bovendien droeg bijna iedereen een muts en hielden ze hun hoofd allemaal respectvol gebogen. De paar camera’s waar we beelden van hebben hingen erg hoog, waardoor je geen gezichten kunt zien.’

‘Oké...’

‘Ik sta ook nog steeds in contact met dokter Baxter. Zij stuurt me alle correspondentie die Great Barwell van Peter Conway heeft: brieven van het publiek, transcripten van de telefoongesprekken met zijn moeder...’ Ze wreef over haar gezicht. ‘Ik doe echt mijn best om positief te blijven, maar we hebben geen enkele getuige, bij geen van die ontvoeringen. Het is alsof hij ze heeft gegrepen en vervolgens samen met hen in rook is opgegaan... O ja, ik heb ook nog het DNA van alle mannelijke politieagenten en ondersteunend personeel van ons bureau laten testen. Dat was geen gemakkelijke beslissing, dat kan ik je wel vertellen.’

'Ik begrijp dat dat afschuwelijk moet zijn geweest,' zei Kate.

'Dus als jij nou naar het bureau komt stampen en doet alsof ik er maar wat met de pet naar gooi...'

'Dan is dat onterecht,' maakte Kate haar zin af.

'Handschriftanalyse heeft aangetoond dat alle briefjes met elkaar overeenkomen: die drie die waren achtergelaten op de plaatsen delict, dat bericht onder Jakes foto dat aan Peter Conway was geadresseerd én dat briefje dat op jouw voorruit was achtergelaten. Ik wilde je net bellen om te zeggen dat we hebben besloten de politiebewaking voor jou en Jake voort te zetten. Afhankelijk van het verloop van de zaak zullen we daar om de paar dagen opnieuw over overleggen.'

'En hoe zit het met Enid Conways autobiografie?'

'Ik heb je al verteld dat ik eenvoudigweg de middelen niet heb om alle toeristische trekpleisters van Devon and Cornwall te bewaken. Ik heb surveillerende agenten gevraagd extra waakzaam te zijn en daarbij alle risicopunten aangegeven.

Goed, nu ben ik open tegen jou geweest. Wat ik nu van jou vraag, is om alle informatie met mij te blijven delen, zodra je iets ontdekt.'

'Doe ik,' zei Kate.

'Als je me dan nu wil verontschuldigen... Ik moet een moordenaar gaan pakken.'

39

De roodharige Fan zat op het terras van zijn Londense appartement. De lucht was fris, de hemel helder. Hij kon van hieruit helemaal over Regent's Park heen kijken, naar de stad die lag te fonkelen onder de donkere sterrenhemel. Binnen waren alle lampen uit; hij zat buiten in de schaduw.

Zijn familie was schatrijk. Zijn vader was gepensioneerd advocaat, zijn moeder was van rijke komaf. Zij was de erfgename van een groot Europees transportconcern. Dankzij zijn ouders kon hij dan ook gebruikmaken van verschillende voertuigen en had hij toegang tot meerdere opslagloodsen. Naast zijn appartement in het hart van Londen bezat hij ook nog een huis op het platteland.

Hij was dol op Londen. Het was een gigantische smeltkroes, levendig en luidruchtig. En niemand lette er erg op je: ze hadden het allemaal druk en waren vooral verdiept in hun eigen leven en problemen. Het was de perfecte locatie om je schuil te houden terwijl je je plannen ontwikkelde.

Zijn appartement lag op de bovenste verdieping van een voornaam huis met een zuilengalerij. De familie was de eigenaar van het pand; zijn broer, zijn zussen en hij hadden elk voor hun eenentwintigste verjaardag een appartement erin geschonken gekregen. Zijn twee zussen waren inmiddels getrouwd en leidden hun eigen leven. Zij woonden tegenwoordig allebei in New York en verhuurden hun appartement. Zijn broer had in een vlaag van onafhankelijkheidsdrang een hypotheek op het zijne genomen. Toen hij op een gegeven moment de aflossing niet meer kon betalen, was hij het kwijtgeraakt aan de bank.

Het was laat, zelfs de vliegtuigen vlogen niet meer. Er was alleen nog het geluid van een politiesirene in de verte, en heel zacht klonk ergens klassieke muziek. Het was vredig in de stad. Dat zou hij wel gaan missen.

Hij ging weer naar binnen en liep naar zijn werkkamer: een met donker hout afgewerkte ruimte met zwaar leren meubilair. De houten panelen waren echter bijna niet meer te zien: elke vierkante centimeter van de muren ging schuil onder krantenknipsels, foto's en computeruitdraaien.

Hij nam de tijd om een rondje door de kamer te maken, iets waar hij nooit genoeg van kreeg. Elk artikel dat er ooit over de zaak van de Kannibaal van Nine Elms was verschenen, was op de muren geplakt: van de eerste krantenkoppen over de lichamen van de gevonden dode meisjes, via artikelen over de jacht op de Kannibaal van Nine Elms naar verhalen over Peter Conway, de sterrensmeris die was ontmaskerd als moordenaar, en over zijn knappe rechterhand Kate Marshall.

Hij stak zijn hand uit en raakte de foto's van Peter en Kate even aan. Vervolgens voelde hij aan die van de dode meisjes – Peter Conways vier slachtoffers – en als laatste aan de foto's van Kates appartement, vlak nadat ze bijna zijn vijfde slachtoffer was geworden.

Vanaf het moment dat hij als kind voor het eerst van deze zaak had gehoord, had hij alles verslonden wat erover in de pers was verschenen. En ook in hun gezin was dit jarenlang een veelbesproken onderwerp geweest.

Zijn vader en moeder, broer en zussen waren het over één ding eens: zij zagen Peter Conway als een kwaadaardige moordenaar die het verdiende te worden opgesloten. Hijzelf had altijd al het gevoel gehad dat hij anders was. Hij had vaak duistere gedachten en gewelddadige driften en had het gevoel dat hij nooit een normaal leven zou kunnen leiden. Jarenlang had hij heimelijk met Conway meegeleefd, verwantschap met hem gevoeld. Maar pas toen hij volwassen was, toen zijn ouders zich hadden teruggetrokken in Spanje en zijn broer en zussen zich over de aardbol hadden verspreid, had hij echt voor zichzelf kunnen gaan denken. Toen pas was zijn obsessie zich gaan ontwikkelen en was hij een ware Fan geworden.

Hij liep naar zijn bureau, waarop hij een *News of the World* had neergelegd. Hij zocht het artikel op dat helemaal aan zijn copycatmoorden was gewijd. De illustratie die erbij stond, wond hem op. Het waren drie ronde foto's die met pijlen met elkaar waren verbonden: bovenaan stond Peter Conway, ernaast Kate Marshall en in de derde cirkel stonden een groot vraagteken en de woorden: WIE IS DE COPYCAT?

'Ik, ik, ik!' zong hij, terwijl hij het artikel voorzichtig uitknipte en lijm op de achterkant smeerde. Toen liep hij ermee naar de houten wand, plakte het erop en streek het glad, zodat het erop zat als behang. Hij deed een stap naar achteren om het resultaat te bewonderen.

Deze hele ruimte was een aanslag op de zintuigen: een kamerbrede collage van tekeningen, artikelen en foto's over de dood. Hij stelde zich het ogenblik voor waarop de politie de deur van zijn appartement zou intrappen en naar binnen zou stormen. Dan zouden ze deze kamer ontdekken, zijn heiligdom. Ze zouden alles fotograferen, en die foto's zouden ook weer in de krant en online gepubliceerd worden. En op een dag, het zou niet lang meer duren, zou er ook over hem een boek worden geschreven...

Een geluidje gaf aan dat er een mail binnenkwam op zijn computer. Hij liep ernaartoe en klikte met de muis om hem te openen. Het was een berichtje van een eBay-verkoper: zijn bod op een vintage beddensprei had gewonnen. Hij grijnsde zijn tanden bloot.

Toen printte hij de foto van de sprei uit en liep ermee naar een artikel op zijn muur, dat was geïllustreerd met foto's van het interieur van Kate Marshalls flat in Deptford. Hij hield zijn foto naast die van Kates beddensprei, die in haar slaapkamer was genomen vlak na Peter Conways aanval op haar. 'Ja,' zei hij tevreden, 'als twee druppels water.'

40

Zo'n vijftien kilometer verderop zat Enid Conway aan haar keukentafel de overdracht van de laatste berichten van de Fan aan Peter voor te bereiden. Het was een vies, kleverig klusje, dat opensnijden van die zoete toffees en het eruit schrapen van het zachte binnenste. Haar kleren zaten al onder de vlekken en haar keukentafel lag bezaaid met brokken gesmolten toffee en chocolade. Ze droeg latex operatiehandschoenen en werkte met een echt chirurgisch scalpel, waarmee je de rechtste en dunste snee kon maken. Omdat ze de toffees niet lang kon vasthouden voordat ze begonnen te smelten, bewaarde ze ze in de vriezer. En ze had de verwarming uitgezet en de keukenramen geopend. Een koude luchtstroom waaide naar binnen en voerde de geur van afhaaleten en uitlaatgassen mee.

Het was hier 's avonds wel vaker lawaaiig, daar was ze na zo veel jaar wel aan gewend, maar vanavond maakte het haar nerveus. Een stel jongeren scheurde met een brommer de straat op en neer; de snerpende dreun van het motortje ging haar door merg en been.

Ze pakte een nieuwe toffee en haalde er zorgvuldig het papiertje af. Haar handen zweetten in de latex handschoenen en ze vond het lastig om de toffee zo stil mogelijk te houden als ze de punt van het chirurgische lemmet erin stak en het snoepje dan rondom doorsneed. Het moest echt heel netjes doormidden, zodat de naad niet opviel als ze de twee helften weer tegen elkaar plakte.

Toen er bij de buren een harde gil klonk, maakte ze een sprongetje van schrik – waarop de toffee uit haar hand glipte en de punt van het scalpel in de muis van haar hand drong.

De bezwete handschoen begon zich meteen te vullen met bloed. Ze haastte zich naar de gootsteen. 'Shit!' riep ze, terwijl ze de handschoen uittrok en haar hand onder de koude kraan stak. Het deed gemeen pijn. Ze keek naar de wond en kneep in haar vel: de snee was nog flink diep ook. 'Godverdomme!'

Ze hield haar hand een paar minuten in de koude waterstraal, net zolang tot het bloeden ophield. Toen pakte ze haar verbanddoos, smeerde een laagje steriele zalf over de wond, legde er een gaasje op en plakte er een pleister overheen. Zodra ze haar handen had afgedroogd, pakte ze de fles Teacher's whisky uit de kast, schonk er een glas van in en werkte er een paar pijnstillers mee weg.

Ze keek naar de puinhoop op haar keukentafel: de brokken toffee en chocolade, de verfrommelde latex handschoenen en het sealapparaat op de hoek. De whisky maakte haar vanbinnen lekker warm.

Enid liep naar de twee paspoorten die naast de magnetron op het aanrecht lagen. Ze controleerde eerst of er nog bloed door het verband heen drong; toen ze zag dat dit nog mooi schoon was, sloeg ze het eerste paspoort voorzichtig open.

Haar foto stond erin, maar de naam eronder luidde June Munro. June was even oud als zij, maar had een andere geboortedatum. Enid was onder de indruk van de kwaliteit van het neppaspoort: het papier voelde precies goed aan en op de dikke plastic pagina achterin stonden al haar biometrische gegevens. Het paspoort zou pas over negen jaar verlopen. Er stonden zelfs een paar stempels in, om het echt te laten lijken: een reis van twee weken naar Kroatië een jaar eerder, eentje naar IJsland en nog een naar de Verenigde Staten. En er was een Amerikaans B-1/B-2-reisvisum.

Toen pakte ze het tweede paspoort. Daarin stonden ook de stempels van Kroatië en Amerika. De foto van Peter, die ze zelf had gemaakt in de bezoekruimte van Great Barwell, was goed gelukt. Zijn naam in het paspoort luidde Walter King, wat ze er maar gek vond uitzien, ook al oogde hij best deftig met zijn grijze haar. Volgens zijn geboortedatum was hij een jaar jonger.

In de magnetron lag een centimeters dik pakket bankbiljetten: vierhonderdvijftig briefjes van vijfhonderd euro, in totaal tweehonderdvijfentwintigduizend euro. Ze had ook nog een pakket euro's met een lagere waarde, in totaal zevenduizendvijftig euro, én een stapel biljetten van twintig pond, ter waarde van vijfduizend pond in totaal. Het zien van al dat geld bij elkaar deed haar trillen van opwinding én angst.

Met drie willekeurig uit de stapel getrokken vijfhonderdeurobiljetten was ze naar de bank gegaan. Dat was best een risico geweest, maar ze móést het zeker weten. Ze had ze zonder enige moeite weten om te wisselen voor ponden. Ze waren dus echt.

Ook de paspoorten zagen er koosjer uit. De Fan had haar verteld dat ze vijftienduizend pond per stuk hadden gekost en van een uiterst betrouwbare bron kwamen.

Ze had het allemaal beslist niet voor niets gekregen: zodra alles was geleverd, had ze haar huis overgeschreven naar een blindtrustfonds. Dit had het huis getaxeerd op iets onder de tweehonderdveertigduizend pond, ook al was het veel meer waard – alleen al vanwege de griezelfactor: in dit huis was tenslotte een seriemoordenaar opgegroeid...

Enid schonk nog een whisky in. Het maakte haar nerveus om zo veel geld in huis te hebben. En ze ging morgen weer naar Peter, dus dan moest het op een veilige plek liggen.

Maar het zou het allemaal waard zijn, prentte ze zichzelf in.

Ze wist dat ze per boot Het Kanaal zouden oversteken, waarna ze ongezien een Spaanse haven zouden binnenglippen. De paspoorten waren special voorbereid voor de Schengenzone, die heel Europa omvatte. Wat de instanties aanging, zaten June Munro en Walter King samen in Spanje. Na Peters ontsnapping zou elke haven, elk treinstation en elke luchthaven in de hoogste staat van paraatheid worden gebracht. Maar zaten ze eenmaal in Spanje, dan konden ze maanden of zelfs jaren onder de radar blijven en zich door heel Europa verplaatsen, zonder ooit door een uitgebreide paspoortcontrole te hoeven.

Wel maakte ze zich een beetje zorgen over geld. Ze zou immers ook al haar bankrekeningen moeten achterlaten, en haar pensioentje. Al zouden ze wel meteen een klein huisje kunnen kopen en misschien nog een beetje spaargeld overhouden. En er waren natuurlijk altijd wel manieren te bedenken om wat geld te verdienen.

Ze verlangde er al zo veel jaren naar om haar zoon weer gewoon te kunnen vasthouden en urenlang oeverloos met hem te kletsen, zoals ze vroeger altijd deden!

Dat was ook het enige waar ze aan wílde denken – en zeker niet aan wat Peter allemaal zou moeten doen om hun vrijheid veilig te stellen. Zoals altijd duwde ze deze gedachte vlug naar de verste uithoek van haar hoofd.

Enid dronk haar whiskyglas leeg en haalde nog een zakje chocolade-eclairs uit de vriezer. Ditmaal wist ze haar hand doodstil te houden en spleet de toffee gewillig in twee mooie, gelijke helften. Met de punt van het scalpel schraapte ze vervolgens de chocolade eruit en stopte er de grote vitaminecapsule in die ze eerder had leeggegooid – en gevuld met een opgerold briefje dat ze zelf had volgeschreven met details over de meest recente ontwikkelingen. Ze drukte de twee helften weer tegen elkaar en gebruikte de warmte van haar vingers om het snoepje weer in de juiste vorm te kneden. Toen prepareerde ze de volgende toffee, stopte het briefje van Peters Fan erin, pakte beide toffees weer netjes in en stopte ze tussen de andere in het geopende zakje. Opgelucht sealde ze het zakje vervolgens met haar speciale apparaat en legde het voor vannacht in de diepvries.

Ze waren er nu zo dichtbij, zó dichtbij! Dit zou de laatste keer worden dat ze briefjes Great Barwell in en uit ging smokkelen. En het zou ook haar laatste bezoekje worden.

Ze schonk nog maar een whisky voor zichzelf in. En al was ze niet gelovig, toch bad Enid dat het allemaal volgens plan zou verlopen.

41

Tristan vierde het feit dat hij nu officieel fulltime voor de universiteit werkte met een etentje bij Kate thuis. Omdat ze geen geweldige kok was, trakteerde ze hem op afhaalpizza. Ze praatten de hele avond over de zaak, die intussen door alle media was opgepikt.

'Er zijn een aantal dingen waar we volgens mij nog iets mee moeten,' zei Kate, terwijl ze nog een kop koffie voor hen inschonk, voor bij het tweede stuk van de frambozen-cheesecake die Tristan had meegenomen. 'Het draait allemaal om Enid Conways boek.'

Het bewuste boek lag op de ontbijtbar; Tristan pakte het op en bladerde door naar het register. 'Maar hoe komen we erachter op welke locatie hij het volgende lijk gaat dumpen?' zei hij. 'Er zijn zo veel plaatsen die Enid en Peter op deze vakantie hebben bezocht.'

'Je moet groter denken,' zei Kate. 'We wéten al dat hij het opnieuw gaat doen.'

'Maar als hij nou onder een bus komt of zo? Er zullen toch ook wel seriemoordenaars zijn die opeens uit zichzelf doodgaan – waardoor het moorden ook ophoudt?' zei Tristan.

'Misschien is dát wel de reden dat ze Jack the Ripper nooit te pakken hebben gekregen: die stak op een dag de weg over en werd overreden door een koets.'

Ze lachten allebei.

'We moeten er eigenlijk niet om lachen,' zei Tristan. Hij sneed nog een stuk cheesecake af, legde het op een bordje en bood het Kate aan.

'Nee, niet zo groot! Ik heb al een enorm stuk op... Tja, soms moet je maar gewoon lachen, anders draai je door.'

'Over doordraaien gesproken... Hou jij het een beetje vol, nu er politie voor je deur staat?'

'Ja, da's een hele troost. Maar ik kan me ook herinneren, van toen ik zelf surveilleerde en observeerde: hoe langer er niets gebeurt, hoe onverschilliger je wordt. En Myra gaat steeds naar 'm toe, met thee en taart.'

'We zouden hem ook wat van deze cheesecake kunnen geven, die is zo enorm...'

'Nee, neem jij die maar lekker mee naar huis.'

'Nou... mijn zus houdt niet zo van zoetigheid. Maar zou jij het niet fijn hebben gevonden als mensen je lekkere dingen kwamen brengen terwijl je zat te observeren?'

'Daar heb je wel een punt. Maar goed, Varia schuift hem vast door naar iets anders zodra de dreiging weer een beetje afneemt,' zei Kate. Ze liep naar het keukenraam en keek naar buiten. De politieauto stond recht voor haar huis geparkeerd. In de auto zat een verveeld kijkende agent thee te drinken en wat aan zijn kin te krabben. Ze vroeg zich af of Glenda de agent die Jake in de gaten hield ook thee bracht, en hoe angstig dit alles haar maakte. Over iets meer dan een week zou Jake in zijn herfstvakantie bij haar komen logeren.

'Heeft ze eigenlijk nooit een tweede boek geschreven?' vroeg Tristan, die *Niet míjn zoon!* weer had gepakt en nu de achterkant bestudeerde.

Opeens viel Kate iets in wat zo voor de hand lag dat ze niet kon geloven dat ze het tot nu toe over het hoofd had gezien. 'Hoe kan ik zo stom zijn!' zei ze, en ze kwam naar hem toe. 'Enid heeft dit boek helemaal niet geschreven! Ze had er een ghostwriter voor, die naar haar toe kwam, haar interviewde en dan proza maakte van wat zij had verteld. Nou ja, proza...' Ze trok het boek uit zijn handen en begon het colofon te scannen. Ze wist dat ze, toen het net uit was, de naam van de ghostwriter had zien staan. 'Ja, daarzo: Gary Dolman, dat was 'm. Ik herinner me dat hij me toen heeft gevraagd of ik me ook wilde laten interviewen voor dit boek. We moeten met hem gaan praten! Wie weet zijn er nog dingen die hij toen heeft gehoord maar niet heeft gepubliceerd, dingen die Enid hem heeft toevertrouwd...'

'En misschien heeft hij ook informatie over Peter Conways tijd in Manchester. Dat zou eventueel kunnen leiden naar een aanwijzing voor Caitlyn Murrays verdwijning,' zei Tristan.

'Ja, misschien. Maar ik ben vooral geïnteresseerd in de volgorde van de gebeurtenissen in die vakantie van hen tweeën. De oorspronkelijke zaak had vier slachtoffers; onze copycat heeft er inmiddels drie vermoord. En daarnaast zouden we ons de vraag moeten stellen: wat gebeurt er ná nummer vier?'

'Hoe bedoel je?' vroeg Tristan.

'Nou, Peter Conway is enkel gestopt omdat ik hem toen heb opgepakt. Deze gast is Peter aan het imiteren. Hoogstwaarschijnlijk wil hij uiteindelijk gepakt worden – zo werkt dat meestal bij copycatmoordenaars. Maar zal hij tot vier moorden gaan en dan stoppen?'

'En gewoon doorgaan met zijn leven, met het risico dat hij door een bus wordt overreden voordat hij wordt opgepakt...' zei Tristan.

Kate ging zitten. 'Da's pas echt een deprimerende gedachte! Ik wil dat we alles opnieuw bekijken, iedereen die erbij betrokken is: er móét een link zijn. Hoe vindt deze gast die meisjes? En waarom heeft hij ervoor gekozen om alle moorden in deze streek te kopiëren, in plaats van in Londen – zoals Peter?'

'Minder bewakingscamera's? In 1995 werd er in Londen natuurlijk nog lang niet zoveel gefilmd. Peter zal zich toen een stuk gemakkelijker hebben kunnen verplaatsen, zonder bang te hoeven zijn dat hij door een camera werd gezien. Ik ben nog nooit in Londen geweest, maar ik heb gelezen dat daar bijna overal camera's hangen. Er schijnt zelfs een systeem te zijn dat de spitsheffing regelt...'

Kate knikte. 'Klopt. Elke auto die Londen in of uit rijdt, wordt gefotografeerd en het kenteken wordt geregistreerd. In vergelijking daarmee zijn Devon en Cornwall nog erg landelijk. Je kunt je hier veel gemakkelijker schuilhouden, op de heide of in de omringende stadjes en dorpen. Varia kon laatst immers ook geen bewakingsbeelden te pakken krijgen van die parkeerplek van ons in Topsham.'

'Vind je het niet typisch dat hij precies dát deel van het land uitkiest waar jij naartoe bent verhuisd?' vroeg Tristan ineens. 'Heb je daar al eens over nagedacht?'

'Ja, dat heb ik. En het maakt me doodsbang.'

Ze zwegen allebei even.

'Ik zal wel contact zoeken met die ghostwriter,' zei Tristan. 'Als hij bereid is te praten, wil je dat dan telefonisch doen of persoonlijk?'

'Ik zou hem het liefst willen zien,' zei Kate. Ze nam een slok koffie en tuurde door het raam. Ze dacht weer aan Tristans woorden.

Vind je het niet typisch dat hij precies dát deel van het land uitkiest waar jij naartoe bent verhuisd?

42

Peter ijsbeerde ongeduldig door zijn cel. Hij wilde het volgende bericht van zijn moeder zo graag hebben! Toen er op zijn deur werd geklopt, haastte hij zich dan ook naar het luik.

'Goeiemorgen, Peter, ik ben hier om je naar je afspraak met je moeder te brengen,' zei Winston. Dat zei hij elke keer op dezelfde manier, met dezelfde monotone stem. 'Ik zal je nu je kap aangeven. Als jij die dan over je hoofd zou willen doen en vastgespen en vervolgens met je rug naar het luik toe wil gaan staan...'

'Ja ja, dat hebben we al een miljoen keer gedaan. Schiet nou maar op,' zei Peter.

Winston schoof de spuugkap door het luik, Peter pakte hem en liet hem over zijn hoofd glijden. Het gaas voelde koud aan op zijn huid en hij rook zijn eigen zweet en een zweem van zijn opgedroogde, zurige speeksel. Zodra de riemen goed zaten, draaide hij zich om naar het luik en stak zijn handen erdoorheen, zodat Winston hem de handboeien kon omdoen.

Winstons radio piepte: hij kreeg groen licht om Peters deur te openen en hem naar de lift te begeleiden.

Enid zat op Peter te wachten in de gebruikelijke ontmoetingsruimte, met de groene muren en het vastgeschroefde meubilair. Ze trommelde met haar vingers op de kale tafel; de zak met snoep stond bij haar voeten.

Ze keek op haar horloge. Peter was twee minuten te laat. Ze verschoof ongemakkelijk op haar stoel. Alles in Great Barwell gebeurde altijd met haast militaire precisie: op de minuut. Dus waar bleef hij nou? Ze keek omhoog, naar de bewakingscamera's in de vier hoeken van de ruimte.

Spelen jullie soms een spelletje met me? Hebben jullie ons door?

Ze leunde achterover en sloeg haar armen, zogenaamd relaxed, over elkaar. Maar haar binnenste kolkte.

De observatieruimte van Psychiatrische Inrichting Great Barwell kon zich meten met de bewakingscentra van elk van de Londense metrostations. De hele achterwand werd in beslag genomen door een groot scherm, waarop de beelden van elke camera – honderdzevenenzestig stuks – in een schaakbordpatroon werden weergegeven: elke gang, deuropening, therapie-, bezoek- of verhoorruimte werd in de gaten gehouden, en hetzelfde gold voor alle luchtplaatsen, het bezoekerscentrum en elke belangrijke in- en uitgang. Er hadden altijd minimaal zes beveiligingsmedewerkers dienst. Zij zaten allemaal voor een kleiner scherm, waarop de hun toegewezen sector van de inrichting werd getoond. Via een radiosysteem stonden zij voortdurend in contact met alle andere personeelsleden in het gebouw en het terrein eromheen. Vanuit de centrale observatieruimte kon bovendien elke deur worden geopend en/of gesloten zodra zich ergens een probleem voordeed.

Ken Werner had die dag de leiding over de beveiligingsploeg. Hij zat aan het bureau dat het dichtst bij de deur stond. Hij was een ware Great Barwell-veteraan: hij werkte er al sinds het allereerste begin, toen er nog geen bewakingscamera's waren en je er gewoon je kop bij moest zien te houden. Tot zijn verrassing klonk ineens de bel van de intercom naast de toegangsdeur van de ruimte. Hij schakelde naar de camera die daar hing en zag dokter Meredith Baxter naar hem opkijken en zwaaien.

'Goedemorgen, dokter,' zei hij, en hij drukte op de knop om haar binnen te laten.

'Hallo, Ken. Heb je even?' vroeg ze toen ze naast zijn bureau stond.

Zij rook altijd zo lekker, vond hij, vooral haar haar. En ze droeg altijd van die zachte kleren, met veel pastelkleuren en wol en zo. Als hij haar zag, bedacht Ken altijd hoezeer Great Barwell sinds zijn begintijd als ordebewaarder was veranderd. Toen was het nog een meedogenloos gesticht, met al het personeel in gesteven witte kleding. De patiënten heetten nog 'gevangenen', en als ze over de schreef gingen, mocht je ze nog een flink pak slaag geven – wat, zo vond Ken persoonlijk, vaak beter werkte dan uren kostbare therapie.

'Wat kan ik voor u doen, dokter Baxter?' vroeg hij.

Ze schonk hem een professionele glimlach. 'Kun jij me misschien even de beelden laten zien van bezoekruimte 1, in de G-vleugel? Op het grote scherm als dat kan, alsjeblieft.'

'*No problemo...*' Ken tikte wat op zijn toetsenbord, waarna een nog steeds op Peter wachtende Enid in beeld verscheen.

'Dank je,' zei Meredith. Ze liep naar de achterwand en ging met een schuin hoofd naar de beelden van de bezoekruimte staan turen. Op het grote scherm sloeg Enid haar benen over elkaar, verschoof wat op haar stoel en keek op haar horloge.

Ken keek naar beneden, naar de rij beelden vóór hem. Hij zag twee patiënten die op weg waren naar hun groepstherapie; een andere patiënt kwam net uit de badkamer, geflankeerd door een ordebewaarder. En Peter Conway werd door Winston naar de lift aan het eind van zijn gang begeleid.

Meredith draaide zich naar hem om. 'Zou je Peter bij de lift alsjeblieft even willen ophouden, Ken?'

Haar toon vertelde hem dat het geen vraag was.

Toen Peter en Winston bij de lift kwamen drukte de ordebewaarder op de liftknop, waarna er een *ping!* klonk en de deuren openschoven. De lift was leeg.

'Kun je daar nog heel even blijven wachten, Winston?' klonk opeens een krakerige stem door zijn radio.

Winston deed een stap naar achteren en haalde de radio van zijn riem. 'Oké, wachtpositie,' zei hij. De lift deed weer *ping!*, de deuren schoven dicht. Winston draaide zich naar Peter. 'Er is ons verzocht hier te stoppen...'

'Ik weet het. Ik heb het ook gehoord, ik sta vlak naast je,' snauwde Peter.

Er klonk opnieuw een *ping!*, de deuren gingen weer open en toonden de nog steeds lege lift. Er ging een ogenblik voorbij; toen klonk er opnieuw een *ping!* en gingen de deuren weer dicht. Peter keek omhoog en zag dat de lift bleef stilstaan op dezelfde verdieping.

Winston keek op zijn horloge. Het was nu 11.04 uur. Hij pakte zijn radio weer. 'Wij wachten nog op toestemming om verder te gaan. Ik heb Peter Conway hier staan, voor een bezoeksessie om elf uur...'

'Als je nog heel even geduld zou willen hebben, Winston... Dank je,' zei de stem.

'Ik ga een lichaamsonderzoek aanvragen,' hoorden ze iemand op de achtergrond zeggen. Het was een vrouwenstem die Peter herkende als die van dokter Meredith Baxter.

Hij voelde dat hij begon te zweten onder zijn spuugkap. Waarom werden ze tegengehouden? Eerdere vertragingen waren altijd enkel voorgekomen omdat er een incident plaatsvond. Alle incidenten in Great Barwell hadden een bepaalde code: een vechtpartij werd aangegeven met '101', '102' was een zelfmoordpoging, '381' werd er omgeroepen als er een medewerker was aangevallen. Slechts één keer, een paar jaar terug, had hij de ordebewaarders '904' horen roepen: een oproer. Maar nu had Winston wel te horen gekregen dat hij moest wachten, maar er was geen code bij gezegd.

Er was iets raars aan de hand.

In de controleruimte zoemde de deurbel weer. Ken zag dat het dokter Rajdai was, dokter Baxters assistent van de afdeling Psychologie.

'Laat hem gauw binnen, alsjeblieft,' zei Meredith, zonder haar blik van het grote scherm te halen.

Dokter Rajdai kwam meteen op haar af. 'Hoe staat het ervoor?' vroeg hij, terwijl hij opkeek naar het scherm.

'Enid Conway is al door de beveiligingscontroles heen gekomen. Bij de hoofdingang is ze gefouilleerd en al haar spullen, inclusief het snoep dat ze voor hem heeft meegenomen, zijn door de röntgenapparatuur gehaald. Alles zat nog verpakt,' zei Meredith. Ze keek Rajdai aan, waarop hij knikte.

'Ik wil er best samen met jou voor tekenen, maar ze zou een klacht kunnen indienen,' zei hij.

Meredith knikte en haalde haar radio tevoorschijn. 'Dokter Baxter hier. Kunnen jullie Enid Conway alsjeblieft uit bezoekruimte 1 halen, haar nogmaals fouilleren en ditmaal ook inwendig onderzoeken?'

'Begrepen,' klonk de stem aan de andere kant.

Ken keek toe hoe Enid door twee vrouwelijke ordebewaarders uit de bezoekruimte werd gehaald. Hij schudde zijn hoofd. Dokter Baxter mocht zichzelf dan graag zien als modern en meelevend, ze was even wreed als die dokters van vroeger.

Peter werd nog tien minuten in de gang vastgehouden; het leken wel uren. En er kwam geen enkele verklaring. Op een gegeven moment kreeg Winston gewoon toestemming om verder te gaan en werd Peter eindelijk naar bezoekruimte 1 gebracht.

Toen hij zijn moeder zag, waren haar ogen rood van het huilen. Dat verbaasde hem en maakte hem tegelijkertijd doodsbang. Hij had haar zelden zien huilen, of misschien wel nooit. Hij wachtte totdat Winston en Terrell weg waren en gaf haar toen een knuffel. 'Wat is er gebeurd?' vroeg hij toen hij tegenover haar plaatsnam.

'De klootzakken! Ze hebben me gevisiteerd, met latex handschoenen en al. En ze deden het heel ruw... Maar ze zeiden dat als ik het niet toestond, ik jou niet mocht zien.' Ze haalde een verkreukeld papieren zakdoekje uit haar mouw en depte er haar ogen mee droog.

Peter keek omhoog naar de beveiligingscamera en zette zijn dreigendste blik op.

Dokter Baxter, jij teringtrut. Wacht jij maar!

'Kom eens hier, mam,' zei hij toen. Ze stond op en ze omhelsden elkaar opnieuw. Hij trok haar dicht tegen zich aan, legde zijn gezicht op haar hoofd en snoof aan haar haar.

Zij drukte haar gezicht tegen zijn borst. 'Je bent afgevallen,' zei ze, terwijl ze met een hand vol knalrood gelakte nagels zijn borstspieren streelde.

'Ja, ik ben mezelf fit aan het maken voor eh... de toekomst,' zei hij.

Ze maakte zich even van hem los om hem aan te kijken.

'Ik begon een beetje een vet varkentje te worden...'

Enid glimlachte eerst en lachte toen voluit.

'Ah, zo ken ik je tenminste weer!' zei Peter. 'Jij ziet er jaren jonger uit als je lacht, wijfie.'

De ordebewaarder achter het raam leunde naar voren en tikte op het glas, om aan te geven dat ze uit elkaar moesten gaan.

In de controleruimte stonden dokter Baxter en dokter Rajdai nog steeds naast elkaar. Ze keken naar de omhelzing op het scherm.

'Jezus, we krijgen onze eigen privévoorstelling van *Oedipus Rex*,' grapte Ken achter hen. 'Als je het mij vraagt, zijn het geen drugs die hij bij haar naar binnen wil smokkelen...' Een paar van de andere ordebewaarders achter de computerschermen grinnikten.

Meredith draaide zich met een ruk om en wierp Ken een vernietigende blik toe. 'Tenzij je een klinisch oordeel hebt – wat ik betwijfel – zou ik graag hebben dat je dat soort opmerkingen voor je hield,' zei ze kil.

Toen draaide ze zich weer naar dokter Rajdai. 'Ik wil dat Enid Conway op weg naar buiten bij de hoofdingang wordt tegengehouden, voor nóg een volledige fouillering plus visitatie. Als ze bezwaar maakt, zeggen we dat dan al haar bezoekrechten zullen vervallen. En ik wil dat ook Peter nog een keer wordt onderzocht.'

Aan het eind van het bezoek omhelsde Enid haar zoon opnieuw langdurig. Ze liet haar handen over zijn rug glijden en kneep even in zijn billen, om zijn nieuwe, strakkere lichaam te testen. Ze voelde haar zoon stijf worden toen hij zich nog wat harder tegen haar aan drukte.

'Het duurt nu niet lang meer, mam,' fluisterde hij in haar oor.

'Ik hou van je,' fluisterde ze terug.

Er werd weer op het raam geklopt. De ordebewaarder gebaarde dat Enid moest gaan.

Met tegenzin verbrak ze hun omhelzing. 'Vergeet je snoepjes niet, hè,' zei ze, terwijl ze de tas op tafel zette.

'Bedankt, mam. De volgende keer spreken we elkaar weer aan de telefoon.'

Ze knikte.

Bijna veilig. Als ze van die snoepjes wisten, hadden ze me die allang afgepakt.

Op weg naar buiten werd Enid bij de bodyscan tegengehouden en meegenomen naar een zijkamertje, voor alweer een uitgebreid lichamelijk onderzoek. Toen ze zich weer had aangekleed, werd ze door de grote, vrouwelijke ordebewaarder die haar had gevisiteerd naar de uitgang begeleid. Ze was nog steeds bloednerveus.

Wat gebeurt er intussen met Peter? Hebben ze op dit moment mijn briefje en dat van zijn Fan soms al gevonden? Daar staan de laatste details van ons plan op!

'Loopt u daar maar naartoe, dan laat ik u hier achter,' zei de vrouw, en ze wees naar de rij voor de röntgenapparaten.

'Moet ik na dat alles dáár ook nog doorheen?' vroeg Enid ongelovig.

'Jazeker, mevrouw, alstublieft.'

'Joh, wat sta jij nou te "mevrouwen", terwijl je net nog met je zaklamp in mijn kontgat hebt staan schijnen? *Fuck you!*' beet ze haar toe.

'Mevrouw, matig uw taal een beetje, alstublieft.'

'Ach mens, ga hierop zitten en draai een rondje!' zei Enid nijdig en ze stak haar middelvinger erbij op.

De vrouw schonk haar een ijzige blik en beende weg.

De wachtende personeelsleden en bezoekers lieten Enid voorgaan bij de röntgenapparatuur. Ze werd er weer gecontroleerd door de schele jongen met het dunne haar en het vreemde hoofd. 'Uw gehoorapparaat...' zei hij. 'Dat zit in uw andere oor.'

'Hè, wat?'

Hij tikte tegen zijn rechteroor. 'Zat dat bij uw vorige bezoek niet in uw andere oor?'

'Welnee, je vergist je,' zei Enid. Ze griste haar jas en telefoon uit de grijze bak en haastte zich weg, buiten adem van de angst en de spanning.

Als Peter de briefjes nou maar kon vinden zonder door de ordebewaarders te worden gestoord.

Peter wist dat er stront aan de knikker was toen er bij de deur van zijn cel maar liefst vier ordebewaarders op hem stonden te wachten. De plastic zak met snoepgoed voelde glibberig aan in zijn bezwete handen.

'We moeten weer een lichamelijk onderzoek uitvoeren, Peter,' zei Terrell. 'Is er nog iets wat je ons zou willen vertellen voordat we beginnen?'

Hij schudde zijn hoofd. Een van de ordebewaarders stak zijn hand uit, waarop Peter hem de plastic tas aangaf.

De visitatie duurde maar liefst twintig minuten, maar al die tijd lag de plastic zak met snoep achteloos opzij gesmeten op zijn bed. Na afloop vertrokken ze allemaal weer zonder ernaar te hebben omgekeken.

Peter wachtte nog eens twintig minuten, totdat de gang voor zijn cel echt verlaten was. Toen pas opende hij de tas met snoep en vond eindelijk de twee briefjes die voor hem bedoeld waren. Zijn hart begon te bonzen, maar ditmaal was het van opwinding.

Het was tijd om zijn aandeel in het plan in werking te gaan stellen.

43

Langs de stoeprand stond een busje met het logo van de Southwestern Electrical Company geparkeerd. Het was een rustige straat, met aan de ene kant een paar vervallen rijtjeswoningen, waarvan er drie waren dichtgetimmerd, en aan de andere kant een groot terrein vol lage struiken dat was afgezet met een hekwerk. In het midden ervan stond een laag, bakstenen gebouwtje zonder ramen: een transformatorhuisje. Een defecte straatlantaarn flakkerde in de schemering.

De Fan zat de verlaten straat vanachter een klein spiegelglazen raam achter in het busje te beloeren. Hij had alles weer nauwgezet voorbereid. Zijn methode om slachtoffers te selecteren had hij rechtstreeks van de Kannibaal van Nine Elms: zoek een meisje met een bepaalde routine – die routine zal haar naar je toe leiden. Naschoolse sportactiviteiten voor jonge vrouwen, bijvoorbeeld, waren vruchtbare bodem. Natuurlijk, veel van die meisjes hadden liefhebbende ouders die hen kwamen ophalen, maar hij had steeds weten te scoren door in te zoomen op de armere meisjes, degenen met een studiebeurs. Hun ouders werkten immers vaak allebei, waardoor hun dochters met het openbaar vervoer naar huis moesten.

Dit werd zijn vierde slachtoffer. En ook al had hij steeds overal van genoten – het stalken, het ontvoeren, het vermoorden – toch zou hij blij zijn als hij deze achter de rug had. Dit was immers het laatste wat er nog moest gebeuren voordat hij kon beginnen aan de grote finale, het opwindendste deel van zijn plan.

Het busje had hij geleend van de onderneming van zijn familie. Southwestern Electrical was een van de vele bedrijven die busjes leaseten van CM Logistics. Alles wat hij nodig had, lag erin: een trekkoordzak met een dun touw, een knuppel, ducttape, een nieuwe verbanddoos met injectienaalden en verbandgaas, een zwarte bivakmuts en leren handschoenen. Ook droeg hij nieuwe kleren: het uniform van een medewerker van de Southwestern Electrical Company. Alleen zijn kentekenplaten waren nep: die hoorden bij een ander, gestolen busje. Dat had hij niet zelf gestolen: de borden waren gewoon te koop aangeboden op de zwarte markt. Mocht het busje toevallig toch door een bewakingscamera worden gefilmd, dan zou het dus nog steeds niet naar hem leiden.

Het laatste wat hij in de verbanddoos had gestopt, waren twee glazen ampullen met isofluraan, een medicijn dat meestal werd gebruikt voor het verdoven van dieren. Leveringen voor dierenartsen werden lang niet zo nauwkeurig in de gaten gehouden als de reguliere geneesmiddelen die bij de National Health Service en privéklinieken werden bezorgd.

Er gebeurde iets buiten. Een oude man kwam zijn hond uitlaten in de straat.

'Shit!' mompelde de Fan.

De man zag het busje en bleef vlak voor het transformatorhuisje staan. De Fan had het hek opengebroken om het te doen lijken alsof er iemand in het huisje aan het werk was. De man keek van het hek naar het busje en weer terug. Toen riep hij zijn hond bij zich, die wat liep rond te scharrelen, stapte recht op het busje af en gluurde door de voorruit.

'Hup, flikker op, man!' gromde de Fan zacht. Hij strekte zijn nek om naar het andere eind van de straat te kijken. Als ze nu verscheen, zou hij de hele actie moeten afblazen en waren weken van voorbereiding naar de kloten!

De oude man treuzelde en keek opnieuw van het busje naar het geopende hek. Zijn hond drentelde terug naar het hek en sjokte erdoorheen om aan een pluk onkruid te snuffelen, waarna hij zijn poot optilde en ertegenaan piste. Ten slotte floot de man en liep verder de straat in, op de hielen gevolgd door zijn hond.

De Fan keek hem door het spiegelglas na. De man leek hem al behoorlijk seniel en droeg bovendien geen bril. Hopelijk was dat genoeg en zou hij zich niet te veel details herinneren.

Vijf minuten later maakte zijn hart een sprongetje toen het meisje opeens in zijn blikveld verscheen. Haar naam luidde Abigail Clarke, en ze was perfect: lang, en atletisch genoeg gebouwd om een uitdaging te vormen. Hij hield er wel van als de meisjes zich een beetje verzetten; dat maakte het des te opwindender om hen te overweldigen. Abigail droeg haar lange haar in een paardenstaart en had vandaag een honkbalpet op. In de weken voor dit moment had hij haar al vaker bij daglicht terug naar huis zien wandelen. Dan blonk haar haar als goud in het zonlicht en bloosde haar gezicht nog na van de training.

Terwijl ze steeds dichter bij het busje kwam, bleef haar hoofd gebogen: ze werd geheel in beslag genomen door haar telefoon. Ze hoorde dan ook niet hoe hij het slot van de schuifdeur alvast openklikte. Toen ze eindelijk naast het busje liep, liet hij de deur in één soepele beweging openglijden en stak zijn handen uit om haar te grijpen.

44

Abigail merkte het busje pas op toen er handen uit kwamen die naar haar graaiden. De man die erbij hoorde was helemaal in het zwart en droeg een bivakmuts. Ze gilde en verzette zich hevig toen ze voelde hoe ze werd opgetild en in het busje getrokken. Vervolgens werd ze naar voren geduwd en op een matras gesmeten.

Maar vlak voordat ze daarop belandde, reikte ze naar het spuitbusje dat in de voorzak van haar hoody zat. Ze schopte en schreeuwde en voelde hoe hij op haar rug ging zitten. Toen hij haar daarop omdraaide, richtte ze recht op de ogen in de opening van de bivakmuts en spoot. Het was geen traangas of pepperspray, maar het legale alternatief dat haar moeder voor haar had gekocht: een knalrode gel die aanvallers tijdelijk verblindde en nog dagenlang te zien zou zijn.

De Fan gilde het uit en greep met zijn handen naar zijn gezicht. Hij klauwde naar de rode smurrie op zijn gezicht en trok de bivakmuts af. Zijn haar bleek bijna even rood als de gel.

Abigail kroop van hem weg, al schoppend en slaand, en wist zich zo overeind te werken. Toen vloog ze op de schuifdeur af, die nog steeds openstond. Hij wist nog de uit haar rugzak stekende hockeystick te grijpen, maar die gleed eruit toen Abigail uit het busje viel en een pijnlijke smak op de stoep maakte.

Ze krabbelde meteen overeind, maar hij zat alweer vlak achter haar – kokhalzend, de rode smurrie uitspugend en grommend als een wild dier.

Toen maakte Abigail een fatale fout: ze rende door het openstaande hek naar het transformatorhuisje toe. Was ze naar rechts of naar links gerend, dan was ze algauw in een drukkere straat terechtgekomen en had ze misschien kunnen ontkomen. Ze holde om het vierkante gebouwtje heen en zag dat er aan de achterkant een deur in zat. Ze probeerde de klink, maar hij zat op slot.

Daar verscheen de man alweer, om de hoek van het huisje. Abigail voelde haar eigen hockeystick rond haar enkels, struikelde en viel op het gras.

De man schreeuwde iets onverstaanbaars en mepte toen keihard met de stick op haar achterhoofd. De pijn explodeerde in duizenden sterretjes voor haar ogen. Ze voelde hoe haar pet afviel en ze over het betonnen paadje achter het huisje werd gesleurd, dat vol lag met scherven van een gebroken wijnfles. Ze gilde het uit toen de stukken glas in de huid van haar blote benen drongen.

Het ging allemaal zo snel.

Ze draaide zich nog om in een poging overeind te komen, maar zijn gezicht was ineens vlakbij. Zijn tanden en zelfs het wit van zijn ogen waren knalrood van de glibberige gel uit haar spuitbus, en ook het kwijl op zijn rubberachtige lippen schuimde rood op. Hij bracht de hockeystick opnieuw omhoog, en voordat ze haar armen had kunnen opsteken, had hij hem al met al zijn kracht laten neerkomen op haar keel, waardoor haar luchtpijp werd verbrijzeld.

Abigail zakte kokhalzend in elkaar, waarna hij met de hockeystick op haar in begon te slaan – keer op keer op keer. Elke klap maakte haar lichaam gevoellozer. En terwijl ze langzaam het bewustzijn verloor, hoorde ze haar eigen botten kraken.

Later die avond stopte er een echt busje van de Southwestern Electrical Company bij het transformatorhuisje. De verpauperde straat was uitgestorven. Het was niet bepaald een plek waar deze elektromonteur graag na het donker rondliep, maar een oudere man had het hoofdkantoor gebeld met de vraag wanneer ze verwachtten klaar te zijn bij dit transformatorhuisje. En of zijn huis er soms ook tijdelijk voor van de stroom af zou moeten. Toen duidelijk werd dat er bij dit verdeelstation helemaal geen onderhoudsbeurt stond ingepland, wisten ze dat ze rekening moesten houden met een inbraak.

De monteur zette zijn motor uit, pakte zijn zaklamp en gereedschapskist en slofte naar het hek. Dat zat dicht, maar hij zag meteen dat het slot was geforceerd. Hij kreeg een raar gevoel in zijn buik toen hij het hek openduwde en erdoorheen ging. Met zijn zaklamp over het troosteloze lapje gras schijnend liep hij naar de achterkant van het huisje.

Eerst dacht hij dat het meisje dat dwars over het paadje lag een rode broek aanhad, maar toen zag hij dat het allemaal bloed was, dat was opgedroogd op haar blote benen. Haar lange haar was één verwarde, met bloed doordrenkte kluwen en haar gezicht een tot moes geslagen massa. Op de stoeptegels rondom haar was een grote kring van klonterig bloed dat uit haar lichaam was gesijpeld, en op het gras lag een bebloede, gebroken hockeystick.

Hij zag dat de vliegen, die altijd afkwamen op de warmte van het transformatorhuisje, al op haar gezicht krioelden. Dat was het moment dat hij zijn gereedschapskist liet vallen en hard wegrende. Pas bij het hek kon hij het niet langer tegenhouden en braakte hij zijn maaginhoud eruit op de stoep.

45

Kate stopte bij het tankstation waar ze onderweg van haar werk naar huis altijd langskwam. Ze gooide er haar tank vol en stond net naar het beperkte aanbod aan diepvriesmaaltijden te kijken toen haar oog viel op het avondnieuws, op de tv boven de kassa.

Varia Campbell stond een persconferentie te houden voor het politiebureau van Exeter, met naast haar een uitgeput uitziende hoofdagent Mercy, die een plechtig gezicht trok.

'Kunt u het geluid misschien even aanzetten, alstublieft?' vroeg ze aan de verveeld kijkende man achter de kassa. Hij pakte de afstandsbediening en drukte op *mute*.

'De jonge vrouw in kwestie is geïdentificeerd als Abigail Clarke. Haar ernstig toegetakelde lichaam is gevonden achter een elektrisch verdeelstation in Tranmere Street, aan de rand van Crediton,' vertelde Varia.

Een man kwam naar de kassa om zijn benzine te betalen. Kate stapte voor hem opzij, zonder haar blik van het scherm te halen.

'Een getuige meldde dat hij een zwart busje met geblindeerde ramen en het logo van de Southwestern Electrical Company in Tranmere Street had zien staan, recht voor het transformatorhuisje. Southwestern wist echter van niets: niemand van hen zou op dat moment bij dit verdeelstation aan het werk moeten zijn. Wij doen bij dezen een dringende oproep aan iedereen die dit busje gistermiddag tussen vijf en zes uur in deze buurt heeft gezien, om zo spoedig mogelijk contact met de politie op te nemen. Wij geloven namelijk dat deze moord verband zou kunnen houden met de ontvoering van en moord op Emma Newman, Kaisha Smith en Layla Gerrard.' Foto's van de betreffende drie jonge vrouwen flitsten over het scherm, gevolgd door een foto van een blond meisje. 'We vermoeden dat de dader van plan was om Abigail op haar weg van school naar huis te ontvoeren, maar dat hij haar in plaats daarvan ter plaatse om het leven heeft gebracht.'

Er werd teruggeschakeld naar de studio, waar de presentator de oproep voor getuigen herhaalde. 'De politie zou graag willen spreken met de chauffeur, of met anderen die dit busje hebben zien staan of rijden. Tweehonderd meter van de plaats delict is het busje nog opgepikt door een bewakingscamera.' Er werd een vaag filmpje afgespeeld van een voorbijflitsend, zwart Southwestern Electrical-busje. Daarna volgde er een plattegrond, met daarop het sportterrein waar Abigail die namiddag had getraind en de route naar de bushalte waar ze daarna waarschijnlijk naartoe was gelopen.

Kate betaalde voor haar benzine. Toen ze terugliep naar haar auto, ging haar telefoon. Het was Tristan. 'Heb jij het nieuws ook gezien?' vroeg ze hem meteen.

'Ja,' zei hij. 'Ze moeten wel echt wanhopig zijn, als ze zo veel informatie aan het publiek vrijgeven.'

'Ik ben over vijf minuten thuis. Als je hierheen komt, kunnen we alles doorspreken.'

Toen Tristan bij Kate arriveerde, schoof ze net een verpakking diepvrieslasagne in de oven.

'Eet jij altijd kant-en-klaarmaaltijden?' vroeg hij.

'Ja. Ik heb geen vrouw die voor me kookt,' zei ze, terwijl ze de kookwekker instelde. 'En jij?'

'Of ík een vrouw heb? Nee, ook niet. Maar ik hou wel van koken, als ik er de tijd voor heb.'

'D'r is genoeg voor twee hoor, als je trek hebt,' zei ze.

Hij nam plaats aan de ontbijtbar in de keuken, waarna ze de zaak zoals die er op dit moment voor stond begonnen door te nemen.

'Dit is een enorme doorbraak, toch?' zei Tristan. 'Ze hebben een getuige die zijn voertuig heeft gezien, én hij is duidelijk verrast op de plaats delict.'

'Ja, en ze hebben nu de plek waar hij haar had willen ontvoeren,' zei

Kate. Ze liep naar het aanrecht en pakte haar computer. 'De exacte locatie was... Tranmere Road in Crediton...'

'Tranmere Street,' corrigeerde Tristan haar.

'O ja, "Street"...'

'Crediton, da's best een ruige buurt. Wat moest ze daar in godsnaam in d'r eentje?'

Kate opende Google Maps en tikte het adres in. Zodra de kaart verscheen, zoomde ze uit. 'Dit is dat sportveld waar ze het op het nieuws over hadden,' zei ze. Ze wees het aan op de kaart. 'En dit is de halte waar ze haar bus naar huis wilde nemen.' Van daaruit gleed haar vinger naar Tranmere Street.

'Shit, ze zat al bijna in de bus!' riep Tristan uit. 'Moet je zien, ze hoefde nog maar een paar honderd meter.' Kate zoomde nog wat verder uit. Tristan vervolgde: 'We weten niet waar Emma Newman vermist is geraakt, omdat zij de enige was die geen vaste routine had. De andere meisjes kwamen allemaal ergens vandaan en waren op weg naar huis...'

'Hier heb ik ook de locatie waar Kaisha Smith vermist is geraakt,' zei Kate. Ze liep naar haar tas en haalde er haar notitieblok uit. 'Zij nam bus 64, vanaf de halte die het dichtst bij de sportvelden van haar school lag.'

'Dan moeten we alleen nog zien uit te vinden waar Layla Gerrard de bus wilde pakken,' zei Tristan.

'Ik kan Alan Hexham bellen, om te zien of hij dat uit het politierapport kan plukken... Maar laten we eerst zelf eens kijken naar de routes van de andere slachtoffers en proberen te denken als een seriemoordenaar. Wat zou de beste plek zijn om te gaan zitten wachten op iemand die je wil ontvoeren?' zei Kate.

Ze brachten een hele tijd door op Google Maps, waar ze minutieus allerlei routes langsliepen. Waar woonden de slachtoffers? Welke bus waren ze van plan te nemen en bij welke halte? In elk van de gevallen ontdekten ze een sluiproute.

'Ik wil naar die locaties toe,' zei Kate vastberaden. 'En dan gaan we vooral kijken naar de sluiproutes die die meisjes al dan niet hebben gekozen. Wie weet is er iemand die iets of iemand heeft gezien, zonder zich te realiseren wat het betekende.'

46

De volgende dag kostte het hun een uur om naar de locatie te rijden waarvan ze dachten dat Kaisha Smith, het tweede slachtoffer, er was ontvoerd. Toen ze haar route naliepen, vonden ze een punt waar twee woonstraten, Halstead Road en Marham Street, door een smalle steeg met elkaar waren verbonden.

Halstead Road was vrij druk, maar op de plaats waar de steeg uitkwam, was Marham Street een rustig, doodlopend stuk straat met veel hoge struiken. Er keek slechts één huis op uit, dat leeg bleek te staan en te koop stond.

'Dit zou de perfecte plek zijn,' zei Tristan. 'Hier kan hij het busje gemakkelijk hebben geparkeerd om haar op te wachten.'

Kate zag bij het huis er schuin tegenover een vrouw uit haar auto stappen. Ze opende de kofferbak en haalde er een doos met schoonmaakmiddelen uit. 'Een schoonmaakster, zo te zien,' zei ze. Ze rook haar kans. 'Laten we maar eens gaan kijken of zij wil praten.'

Tristan volgde haar naar de vrouw, die net het voorhek van een groot wit huis wilde binnengaan. Kate stelde zichzelf voor en bood haar visitekaartje aan. 'Wij zijn bezig informatie te vergaren over een vermist meisje en we vermoeden dat ze door deze straat is gekomen.'

De vrouw keek achterdochtig van de een naar de ander, terwijl ze duidelijk probeerde in te schatten wat Kate en Tristan van elkaar waren. Ze was erg bleek en had kort, zwartgeverfd haar en grote, zwartomrande ogen.

'We zijn niet van de politie,' voegde Kate er vlug aan toe. 'Wij werken privé en kunnen uw hulp goed gebruiken.'

De vrouw leek meteen wat te ontspannen. 'Ik maak zes huizen schoon in deze straat,' zei ze. 'Dus ik ben hier behoorlijk vaak.'

'Poetst u ook op donderdag? Want dat is de dag waarop ze vermist is geraakt,' zei Kate, waarop Tristan een uitgeprinte foto van Kaisha Smith tevoorschijn haalde en aan de vrouw liet zien.

Ze zuchtte en zei: 'Ja, ik heb over haar gehoord, op het nieuws. En u denkt dat ze hier is ontvoerd?'

'Dat is een theorie waaraan we werken, ja,' zei Kate.

'Och ja... Gisteravond ook weer op het journaal: die vent in dat zwarte busje – nou ja, ik dénk dat het een vent was – die dat meisje heeft vermoord...' zei ze hoofdschuddend.

'Kunt u zich nog herinneren of u aan het werk was' – Kate trok haar telefoon tevoorschijn en begon erdoorheen te scrollen – 'op donderdag 16 september? Dat was de dag waarop Kaisha is verdwenen.'

De vrouw dacht even na. 'Wanneer was die vrije dag in augustus ook alweer?' vroeg ze.

'De dertigste,' zei Tristan.

'Ja, dan heb ik toen gewerkt. Dat was een week voordat ik met vakantie ging.'

'Tot hoe laat werkt u meestal?' vroeg Kate.

'Een uur of vier, vijf,' zei de vrouw.

'Kunt u zich herinneren of er die dag laat in de middag een busje geparkeerd stond? Hierzo, aan het eind van de straat?' Tristan pakte zijn mobieltje en liet haar een foto zien. 'Zo eentje bijvoorbeeld, van de Southwestern Electrical Company?'

De vrouw keek naar het schermpje. 'Nee, volgens mij niet. Dat huis daar staat al een paar maanden te koop. De oude dame van wie het was is er gestorven, ze hebben haar pas een paar weken later gevonden. Maar wat ik ineens bedenk... D'r stond daar op een gegeven moment wel zo'n beveiligingsbusje. Dat viel me op omdat het zo'n gepantserd ding was, weet u wel, van die busjes die contant geld ophalen bij banken en zo.'

'Kunt u zich herinneren wanneer dát precies was?' vroeg Kate.

Deze vraag moest de vrouw even verwerken – bijna letterlijk, leek het wel: ze bewoog er zelfs haar kaken bij. 'Ik weet het niet zeker, maar het moet rond diezelfde tijd zijn geweest. De dagen krijgen op den duur de neiging om in elkaar over te lopen, weet u.'

'En kunt u zich herinneren of daar een bedrijfsnaam op stond?'

'Het was in ieder geval geen Securicor. Die busjes maken me altijd aan het lachen: als ze achteruitrijden vraagt zo'n deftige damesstem of je even aan de kant wil gaan... Nee, het was iets van ONV of OMG of zo... Het was geschreven in goudkleurige letters en begon met een O, dat weet ik zeker.'

'OMG is vaak een afkorting van "*Oh My God*",' zei Tristan droog.

De vrouw keek hem aan alsof hij had gezegd dat ze niet goed snik was en vervolgde: 'Het was een busje met geblindeerde ramen. Ik weet nog dat ik dacht: wat moet die hier in godsnaam? Er gebeurt daar immers niks meer, dat huis staat al zo lang leeg. De vuilnismannen gebruiken dat stukje alleen nog om er hun vrachtwagen te keren.'

'Zag u er iemand in zitten? Of stapte er toevallig iemand uit?' vroeg Kate.

'Nee.'

'Hebt u de politie gesproken?'

De vrouw kneep haar ogen tot spleetjes. 'De politie? Nee. Daar praat ik niet mee, als het niet echt hoeft. Het zou kunnen dat zij wel met bewoners van de straat hebben gepraat, maar daar weet ik niets van. Veel van hen forenzen naar Bristol of zelfs Londen, omdat het station van Exeter hier vlakbij is. Maar als u me nu wilt excuseren... ik moet eens aan het werk.'

Toen de vrouw het huis binnen was gegaan, liepen Kate en Tristan terug door de steeg. Het was een vies, stinkend paadje met overal troep en gebroken glas.

'Maar er ligt niet veel hondenpoep,' zei Tristan. 'Dus geen route voor hondenuitlaters.'

Kate was het met hem eens. 'Dit lijkt me sowieso geen wandelaarsstraat,' merkte ze op. 'Wat denk jij van dat busje dat ze had gezien?'

'Beetje te vaag. Ze kon zich de precieze datum niet herinneren, en ook niet wat erop stond.'

'Maar het zou inderdaad wel raar zijn als hier zo'n geldtransportbusje heeft gestaan. Er zit nergens een bank of zo in de buurt.'

Ze kwamen terug bij de auto. 'Waar nu naartoe?' vroeg Tristan.
'Butterworth Avenue,' zei Kate. 'Waar we denken dat Layla Gerrard is ontvoerd.'

47

De Fan werd wakker in het donker. Pijn bonkte achter zijn linkeroog. Hij scharrelde wat rond naast zijn bed en trok de gordijnen open. Hij was in zijn huis op het platteland, in een uithoek van de North Wessex Downs. Het licht stroomde door de ramen naar binnen; hij kneep zijn ogen dicht tegen de plotselinge felheid.

Hij liep naar de badkamer en staarde naar zijn spiegelbeeld. De huid op zijn gezicht en handen was dieprood gevlekt. De kleur was zo mogelijk nog uitgesprokener rond zijn linkeroog, dat ook blauw was en opgezwollen waar die trut hem had geschopt. Die smerige gel van d'r was door zijn bivakmuts heen gedrongen en had zijn hele gezicht en de zijkant van zijn hals bevlekt.

Oké, hij vond het leuk als een meisje terugvocht, maar hij had niet verwacht dat ze hem bijna had kunnen verslaan! Hij had geen idee hoeveel tijd er was verstreken toen hij weer tot zichzelf kwam en haar levenloze lichaam zag liggen. Het bloed gutste eruit en vormde een steeds grotere plas op het beton. Toen pas was tot hem doorgedrongen dat het inmiddels donker was en de straat doodstil, op het geflakker van een van de straatlantaarns na.

Hij was teruggelopen naar het busje en had zichzelf erin opgesloten. Hij had geprobeerd zichzelf schoon te maken, maar de rode kleurstof zat overal en ging er niet af. Toen vond hij haar honkbalpet, achter in het busje. Het ding was donkerblauw, met een rode Nike-*swoosh* op de voorkant. Hij had hem opgezet en de klep ver naar beneden getrokken, in de hoop dat dat genoeg zou zijn om zijn met verf besmeurde oog te verhullen.

Zijn plan voor slachtoffer nummer vier was totaal verknald!

Hij had Abigails lichaam aanstaande dinsdag willen dumpen, met weer een briefje erbij. Maar dat kon nu dus niet meer. Het was niet langer de perfecte misdaad die hij zo zorgvuldig had voorbereid. En dat verdomme allemaal nú – op een cruciaal moment in zijn planning!

Via een lange, omslachtige route was hij in het Southwestern Electrical-busje terug naar het distributiecentrum gereden, waar hij de kentekenplaten weer had verwisseld. Daarna moest de rode troep in het busje nog weg, en dat kon hij natuurlijk niet iemand anders laten doen. Want ook al hadden ze dit detail op het nieuws niet genoemd, de politie wist vast van die rode verf! En die oude man was ook nog een punt van zorg. Als die naar de politie stapte, waarna ze wisten dat hij dit soort busjes gebruikte – hoe lang zou het dan duren eer ze het spoor naar hem hadden teruggevolgd? Die nepnummerborden zouden hem maar een beetje langer respijt geven.

Eenmaal thuis had hij die kleurgel op internet opgezocht. Volgens de fabrikant zou de kleur binnen een paar dagen verder verbleken en uiteindelijk verdwijnen. Ha, dat zouden ze nog wel eens zien!

Hij kleedde zich uit en stapte onder de douche. De rode gel had zich via zijn hals zelfs verspreid tot over zijn borst, alsof hij een gigantische wijnvlek had. Hij pakte een pot industrieel schoonmaakmiddel en schudde wat van het scherp ruikende poeder op zijn hand. Toen vermengde hij het met water en begon ermee over de vlek op zijn borst, de zijkant van zijn hals en zijn gezicht te wrijven. Het schuurde, brandde en prikte. Hij maakte het water zo heet als hij verdragen kon en zag op een gegeven moment tot zijn voldoening dat het water dat van hem af kwam lichtroze was.

De chemische geur, een soort mengeling van zwembadchloor en wasmiddel, prikte in zijn neus en deed hem bijna kokhalzen, maar maakte hem ook extra alert. Oké, dit was een tegenslag, maar nog lang niet alles was verloren! Hij trok een grimas en schrobde zelfs zijn tanden, die ook vol roze vlekken zaten. En naarmate het vurige rood lichter werd, kreeg hij steeds sterker het gevoel dat hij de touwtjes weer in handen had. Als hij wilde dat zijn plan een succes werd, zou hij zijn emoties in bedwang moeten houden.

48

Zo'n drie kwartier later arriveerden Kate en Tristan bij de volgende locatie. Dit bleek een lommerrijke laan met chique huizen, die aan het eind overging in een stuk onverharde weg voor een boogvormige spoorbrug met een voetgangerstunnel. Aan de ene kant van de weg lag een terrein vol onkruid en lage struiken, dat kennelijk ooit een speeltuin was geweest; aan de andere kant was een hoge stenen muur, die grensde aan de spoorbrug.

Kate en Tristan liepen door de tunnel. Het was een lange, donkere en smerige gang die stonk naar urine en uitkwam in een vrij levendige winkelstraat.

'Zou jij hierdoorheen lopen?' vroeg Tristan. 'Zelfs als je daardoor sneller kwam waar je zijn moest?'

'Misschien niet als ik er toevallig bij uitkwam. Maar dit ziet eruit als een behoorlijk chique wijk, met mooie huizen. Ik weet het niet zeker. Je snijdt zo wel een heel stuk af naar die bushalte,' zei Kate.

Ze liepen weer terug door de onderdoorgang. Halverwege reed luid ratelend een trein over de rails boven hen.

'Dit zou een mooie plek zijn om te wachten,' zei Tristan, toen ze er naast de overwoekerde speeltuin weer uit kwamen.

Het laatste huis van de straat, vlak voordat het asfalt ophield, was groot en zag er voornaam uit. Het was nu oud en vervallen, maar Kate kon zich heel goed voorstellen hoe het eruit moest hebben gezien toen het nog het enige huis in de omgeving was, omringd door velden. Ze liepen eropaf om het wat beter te bekijken. Er groeide klimop tegen de muren en rond de grote erkerramen aan de voorkant, en er brandde licht in de gezellig uitziende voorkamer. Een oude man met een bril met een dik montuur zat er de krant te lezen in een stoel met een hoge rugleuning.

Kate liep naar de chique voordeur met aan weerszijden pilaren, die behalve een bel ook een zware koperen klopper had. Toen keek ze omhoog en zei: 'Kijk dan! Daarboven onder de dakrand hangt een bewakingscamera.' Ze wees hem Tristan aan. 'Je ziet hem pas als je vlakbij staat.'

De man had hen inmiddels ook gezien. Hij legde zijn krant neer en zette zijn leesbril af. Toen kwam hij voor het raam staan en begon druk te gebaren dat ze weg moesten gaan.

'Hm, hij lijkt niet erg blij met ons,' zei Tristan droog.

'Laten we toch maar eens gaan kijken of hij met ons wil praten,' zei Kate. Ze zwaaide vriendelijk naar de man, waarna ze de treden naar de voordeur beklommen en op de bel drukten. Ze hoorden hem binnen ergens ver weg rinkelen.

Maar er kwam niemand naar de deur.

'Misschien was die oude vent wel een geest,' zei Tristan met een grijns.

Kate drukte nog een keer op de bel.

Even later ging de deur toch open. De oude man stond in de deuropening. Hij klampte zich vast aan een looprek en zijn rechterbeen zat in het gips. 'Ben je soms blind, mens? Zie je dan niet dat ik gewond ben?' zei hij nors. Ze roken een mengeling van kookluchtjes en de geur van verse thee toen de warme lucht van binnen de kille najaarsochtend in stroomde. Toen keek de man langs Kate heen naar Tristan. Hij glimlachte breed. 'En wat kan ik voor jou doen, jongeman?'

Kate gaf Tristan een por in zijn ribben. Hij deed daarop een stap naar voren en bood de man zijn visitekaartje aan. 'Goedendag, meneer. Mijn naam is Tristan Harper en dit is Kate Marshall. Wij zijn privédetectives.'

'Ik ben Frederick Walters.'

'Dag, meneer Walters. Wij doen momenteel onderzoek naar de ontvoering van een meisje en geloven dat deze op straat voor uw huis zou kunnen hebben plaatsgevonden.'

‘Mijn god! Wanneer dan?’

‘Een paar weken geleden.’ Tristan vertelde hem over de ontvoering van Layla Gerrard en de moord op haar.

‘Wat verschrikkelijk,’ zei de man. Hij klemde een hand tegen zijn borst. ‘Maar... jij ziet er toch veel te jong uit om al privédetective te zijn! Hoe oud ben je?’

‘Eenentwintig, meneer,’ zei Tristan.

‘Jullie denken toch zeker niet dat ík haar heb ontvoerd?’ vroeg hij toen. ‘Ik ben net thuis, na een paar weken in het ziekenhuis.’

‘Wat erg voor u, meneer,’ zei Kate. ‘Nee hoor, de reden dat we bij u aanbellen, is dat we zagen dat u een bewakingscamera aan uw huis heeft hangen, die op de straat is gericht. Heeft de politie toevallig al contact met u opgenomen – voor het geval uw camera iets van die ontvoering heeft opgevangen?’

‘Nee, dat hebben ze niet.’ De man tuurde even de straat in, keek toen weer naar Tristan en glimlachte weer. ‘Ik was net thee aan het zetten. Ook een kopje?’

‘Graag,’ zei Tristan.

‘Dat zou heerlijk zijn,’ voegde Kate eraan toe, ook al leek de uitnodiging enkel voor Tristan bedoeld.

‘Kom erin,’ zei de man, en hij deed moeizaam een stap opzij om hen binnen te laten. ‘Misschien kan jij me even helpen met de thee?’ vroeg hij aan Tristan.

‘Natuurlijk.’

‘En Karen, maak jij het jezelf maar alvast gemakkelijk in de woonkamer,’ voegde de man er voor Kate aan toe.

‘Ik heet Kate,’ zei ze, maar Frederick had Tristan al meegenomen, de gang in.

Ze liep de woonkamer in. Deze leek wel zo uit de jaren dertig te komen, met zijn zware houten meubels, een bar met een fles spuitwater erop en een dressoir met een ouderwetse grammofoon met hoorn. De voorramen waren van glas in lood met gebrandschilderde versieringen in de hoeken. Het zonlicht wierp er zachte kleuren doorheen, op de rand van een bank met een druk patroon en bijpassende stoelen. Op een laag kastje stond echter ook een moderne flatscreen-tv, met erachter een knipperend internetmodem.

Een paar minuten later kwamen de oude man en haar assistent terug.

Frederick was gefascineerd door Tristans tattoos. 'Zitten ze alleen op je onderarmen?' wilde hij weten.

'Nee, ik heb ook een adelaar met gespreide vleugels op mijn rug en schouders staan,' zei Tristan, terwijl hij het dienblad op de salontafel voor de bank zette.

'Mijn hemel, mag ik die zien?'

Kate keek Tristan even aan, maar die vond het kennelijk niet erg om Frederick zijn zin te geven. Hij tilde zijn T-shirt op. Ze zagen eerst een sixpack en een paar stevige borstspieren, en toen hij zich omdraaide inderdaad een majestueuze vogel. Kate had het eigenlijk maar ordinair vinden klinken, maar moest nu toegeven dat het wel mooi was gedaan.

'Zo zo... Ik geloof dat ik even zal moeten gaan liggen als jij zo meteen weg bent,' grapte Frederick.

Tristan trok zijn T-shirt weer naar beneden en ging naast Kate zitten.

'Zal ik inschenken?' vroeg Kate.

'Ja, speel jij maar de moeder,' zei Frederick.

Kate wachtte tot hij zich in de leunstoel tegenover haar had laten zakken en gaf hem toen een kopje aan. Vervolgens bediende ze Tristan en zichzelf. 'Wanneer is die bewakingscamera op de gevel van uw huis geplaatst?' informeerde ze.

'Vier maanden geleden. Om verzekeringstechnische redenen,' zei Frederick. Hij leunde achterover en zette zijn bril recht. Toen blies hij op zijn thee en nam een slokje.

'Zou u het goedvinden als wij de beelden van die camera zouden bekijken, van de dag waarop dat meisje vermist is geraakt?' vroeg Tristan.

'Welk meisje?'

Kate legde het hem geduldig opnieuw uit.

'Maar ik weet helemaal niet hoe dat allemaal werkt! Mijn nichtje heeft dat ding laten installeren. Zij komt er af en toe naar kijken.'

'Waar hebt u het systeem staan?' informeerde Tristan.

'Eczeem?'

'Nee, het computersysteem, van die bewakingscamera.'

'O, dat. Dat staat in de kast onder de trap. Ga gerust kijken, ik heb zelf geen flauw idee hoe het werkt.'

Kate en Tristan liepen de gang in. Ze moesten eerst een tafeltje met een lamp opzijschuiven. In de trapkast, onder een dikke laag stof en tussen een verzameling oude schoenen en laarzen, vonden ze inderdaad een kastje met knipperende groene ledlampjes.

'Het ziet ernaar uit dat alle filmpjes van die camera op een harde schijf worden bewaard,' zei Tristan. 'Het beveiligingssysteem daarvan werkt via een app, waar we op afstand op kunnen inloggen.' Hij trok een met plakband vastgeplakt strookje papier van de bovenkant van het kastje en liet het Kate zien. Alle inloggegevens plús het wachtwoord stonden er keurig op geschreven. Tristan haalde zijn telefoon uit zijn zak, maakte er een foto van en plakte het papiertje weer terug.

Toen gingen ze terug naar de woonkamer om hun thee op te drinken. Tristan vertelde Frederick dat ze niet eens in zijn huis hoefden te zijn om de betreffende beelden te bekijken.

'Ik hoop echt dat jullie de ontvoerder van deze jonge vrouw zullen vinden,' zei de oude man toen hij hen naar de voordeur begeleidde. Hij leek het jammer te vinden dat zijn onverwachte bezoek alweer vertrok.

'Dank u wel. Uw beelden zouden daar best wel eens bij kunnen helpen,' zei Tristan.

Toen ze weer bij de auto waren, downloadde hij de beveiligingsapp op zijn telefoon. 'Ik voel me wel een beetje schuldig,' zei hij. 'Hij wist immers niet dat ik een foto van zijn wachtwoord heb gemaakt.'

'We gaan toch alleen de beelden van die ene datum bekijken. En misschien vinden we Layla's moordenaar daardoor,' zei Kate. 'En... je hebt hem je buikspieren laten zien. Ik weet zeker dat dat een herinnering is waar hij nog lang op kan teren.'

Tristan lachte.

Terwijl ze terugreden naar Ashdean, logde hij in op de app en begon door Frederick Walters' videobestanden te scrollen. 'Oké... Hier heb ik de beelden van de dag van Layla Gerrards ontvoering. De videobestanden zijn verdeeld in segmenten van steeds een uur. Ik zal alleen de bestanden van drie uur 's middags tot negen uur 's avonds downloaden.'

Toen alles binnen was, klikte hij op het eerste bestand en begon er snel doorheen te scrollen. Kate keek onder het rijden even opzij. Het plaatje bleef steeds ongeveer hetzelfde: het stuk straat met de overgroeide speeltuin en een hoek van de onderdoorgang.

Tristan zette het beeld even op pauze toen er een man met een hond voorbijkwam, gevolgd door een postbode op de fiets. Toen het net begon te schemeren, verscheen er een zwart busje dat langzaam in de richting van de onderdoorgang reed en vervolgens weer uit beeld verdween. 'Shit!' zei Tristan. Hij spoelde het filmpje terug, speelde het vertraagd opnieuw af en drukte op 'pauze' zodra het busje verscheen. Op de zijkant stond OMV BEVEILIGING en het had geblindeerde ramen...

Kate kreeg ineens weer die typische tinteling in haar buik die al heel lang binnen in haar lag te sluimeren: de opwinding van een doorbraak. 'Hoe laat is dat?' vroeg ze, terwijl ze probeerde tegelijkertijd haar blik op de weg te houden én de piepkleine cijfertjes in de hoek te lezen. Ze kon haar opwinding nauwelijks verbergen.

'Volgens het tijdstempel 17.25 uur.' Tristan scrolde verder. 'Hij moet bijna een uur buiten beeld hebben staan wachten. Het loopt daar immers dood op die voetgangerstunnel. Hij moet zijn busje dus hebben gedraaid en komt dan om... 18.23 uur opnieuw langs de camera, maar dan de andere kant op.' Hij spoelde het filmpje weer terug en zette het stil. De letters OMV waren nu ook duidelijk te zien op de achterkant.

'Hij heeft dus staan wachten bij die onderdoorgang tot hij Layla kon grijpen. Toen hij weer langskwam, had hij haar al in de auto,' zei Kate.

Tristan googelde gauw het bedrijf. 'OMV levert contanten voor pinautomaten,' zei hij.

'Dit moeten we gauw doorgeven aan Varia,' zei Kate. Het besef dat dat ook het enige was wat ze nu konden doen, temperde haar enthousiasme wel een beetje.

Tristan zat intussen screenshots van beide filmpjes te maken en in een mail te uploaden. Op het moment dat hij deze verstuurde, kreeg Kate een telefoontje.

Het was Gary Dolman, de ghostwriter van *Niet mijn zoon!*

'Hij woont tegenwoordig in Brighton,' zei Kate zodra ze de verbinding had verbroken. 'Hij kan ons morgen bij hem thuis ontvangen om al onze vragen te beantwoorden en ons te vertellen hoe dit boek met Enid precies tot stand is gekomen.'

'Dat lijkt me wel wat. Hebben we tenminste iets om ons op te richten in afwachting van hoe het verdergaat met deze filmpjes. Het lijkt erop dat de boel eindelijk in beweging komt,' zei Tristan enthousiast.

Kate knikte afwezig, terwijl ze met de telefoon tegen haar voortanden tikte. Het vooruitzicht Gary Dolman te ontmoeten, maakte haar eerlijk gezegd nerveus.

'Wat nou? Wíl je soms niet naar hem toe?' vroeg Tristan.

'Jawel,' zei ze. 'Maar hij zat toen constant achter me aan, toen hij met dat boek bezig was. En ik bleef maar nee zeggen. Op een gegeven moment werd de sfeer grimmiger, en ik geloof dat ik hem toen heb toegebeten dat hij "moest opzouten". Ik dronk in die tijd nog...'

'Hoe klonk hij daarnet dan?'

'Prima, gewoon normaal.'

'Ach, hij was roddeljournalist, toch? Misschien is hij de tel wel kwijtgeraakt van alle mensen die hem hebben gesommeerd op te zouten...' zei Tristan.

Kate lachte.

Als AA-lid wist ze echter dat ze Gary haar excuses zou moeten aanbieden, als boetedoening.

49

Gary Dolman woonde direct aan de zee in Brighton, in een kleine rijtjeswoning op een hoek. Toen hij de deur opende, begroette hij Kate en Tristan met een brede glimlach. Hij was begin vijftig, had piercings in zijn neus en zijn wenkbrauw en roze punten in zijn zilvergrijze haar. Hij ging hun voor naar een werkkamer vol boekenkasten en een groot erkerraam dat uitzicht bood op zee.

Hij gebaarde dat ze op de grote bank mochten gaan zitten. 'Niet te geloven dat ik jou na al die jaren alsnog fatsoenlijk ontmoet!' zei hij.

'Dank je,' zei Kate stijfjes. 'Om te beginnen wil ik je mijn verontschuldigingen aanbieden, voor de laatste keer dat wij elkaar spraken. Je verzocht toen om mijn medewerking aan dat boek en ik heb toen erg onbeleefd gereageerd. Dat spijt me nu.'

Hij wuifde haar excuses weg. 'Da's allang goed, joh. Ik weet ook wel hoe de pers jou toen opjoeg. Maar misschien is dit een troost voor je: ik ben niet erg tevreden met het eindresultaat,' zei hij.

'O nee? Waarom niet?' zei Kate verbaasd.

'Voor we het ons gemakkelijk maken: willen jullie koffie of thee?' vroeg hij. Ze vroegen allebei om thee, waarna Gary de kamer verliet.

Kate keek om zich heen. Er hingen een paar ingelijste voorpagina's van de *Sun* en *News of the World* aan de muur. Zo was er een krantenkop over een bekende acteur die cocaïne snuivend was betrapt en eentje over een supermodel dat was gezien terwijl ze samen met een rockzanger drugs gebruikte. De derde kop luidde: NIET MÍJN ZOON! Eronder stond de inmiddels beroemde foto van Enid Conway bij het verlaten van de rechtbank in Londen, nadat haar zoon Peter schuldig was bevonden en levenslang had gekregen. Ze droeg een chic marineblauw mantelpakje en haar korte, donkere haar was perfect gekapt. Maar haar gezicht zat vol mascarastrepen en vlekken van de tranen, en ze drukte een wit zakdoekje tegen haar mond. *News of the World* was de enige krant geweest die een foto van Enid had gebruikt, in plaats van een van Peter, bij de publicatie van het vonnis. Het maakte het beeld des te krachtiger.

Kate liep ernaartoe en bestudeerde de kleinere letters. 'Ik wist helemaal niet dat die kop van hém was,' zei ze. 'Ik vraag me eigenlijk af waarom hij de nieuwsjournalistiek vaarwel heeft gezegd. Hij was duidelijk goed in zijn werk.' Ze hoorde zelf ook hoe dat laatste zinnetje uit haar mond klonk – met een vleug bitterheid.

'Laten we maar voorzichtig zijn. Eens een journalist, altijd een journalist,' zei Tristan.

'Daar heb je gelijk in,' zei Kate.

Ze keek door het raam naar de zee en de verwrongen, uitgebrande restanten van de pier, die als een misvormde spin in het kalme water leek te staan. Ze had gemengde gevoelens over Gary Dolman. Ze had hem nu haar excuses aangeboden en daarmee braaf haar plicht gedaan als lid van de Anonieme Alcoholisten. Maar toen dacht ze terug aan die tijd rond Peters arrestatie en de daaropvolgende rechtszaak: hoe Gary toen constant achter haar aan had gezeten, voor commentaar, een citaat, haar verhaal... Oké, hij had haar excuus aanvaard – maar was hij háár er niet net zo goed een schuldig?

Even later kwam Gary terug, met een groot dienblad met thee en koekjes. Hij nam plaats op zijn bureaustoel 'Zo,' zei hij. 'Brand nu maar los.'

Kate begon uitgebreid te vertellen over hun theorie dat de huidige copycatmoordenaar *Niet mijn zoon!* zou gebruiken als inspiratie voor de dumpplaatsen van de lichamen. 'Heeft de politie al contact met je opgenomen?' maakte ze haar verhaal af.

'Nee, nog niet,' zei Gary, terwijl hij nog een koekje in zijn thee doopte.

'Ik zou maar een telefoontje verwachten,' zei Kate. 'Ik heb ze op de hoogte gebracht van mijn vermoedens over hoe de plaatsen delict verwijzen naar Enids boek... of moet ik zeggen: jouw boek.'

'Als je deze zaak oplost, krijgt *Niet míjn zoon!* misschien wel een herdruk,' zei Gary met een brede grijns.

'D'r worden wel tienermeisjes vermoord, hoor,' zei Kate kil.

Hij stak verontschuldigend zijn handen in de lucht. 'Sorry, sorry. Ik ben gewoon realistisch: niets verkoopt een boek beter dan de dood... Maar ik heb het ook op het nieuws gezien: brr, vreselijk.' Hij schudde zijn hoofd en huiverde er zelfs bij, om duidelijk te maken hoe afschuwelijk hij het wel niet vond.

'Waarom hebt u er eigenlijk voor gekozen om ghostwriter te worden, in plaats van zelf iets te bedenken en een échte schrijver te zijn?' vroeg Tristan.

Kate keek hem een beetje geschrokken aan. Zij voelde ook nogal wat weerzin voor Gary, maar als ze hem dat toonden klapte hij misschien dicht.

'Ik was de sleur van werken bij een krant zat,' zei hij. 'En toen kwam dit aanbod, naar aanleiding van mijn journalistieke werk voor de Nine Elms-zaak en die beroemd geworden krantenkop. Ze betaalden me honderdduizend pond, ik heb er mijn hypotheek van kunnen afbetalen. Ik geloof dat dat me wel een echte schrijver maakt.'

'Heeft Enid tijdens het proces ooit de woorden "niet míjn zoon" in de mond genomen als ze het over Peter had?' wilde Tristan weten.

'Nee. Heb jij het haar horen zeggen, Kate?' vroeg Gary.

'Ik ben niet bij het hele proces aanwezig geweest. Ik ben alleen gehoord als getuige,' zei Kate. Ze dacht terug aan haar vier dagen in de getuigenbank. Peter Conways advocaten hadden haar alle hoeken van de rechtbank laten zien, ze hadden haar tot op het bot afgekraakt en vernederd.

'O ja, natuurlijk. En tegen de tijd dat het proces begon, was je net bevallen van zijn kind. Toch?'

'Ja.'

Er viel een ongemakkelijke stilte, waarin Kate Gary strak en dreigend aankeek.

'Toch gebruikt u in die kop aanhalingstekens,' hield Tristan aan.

Gary haalde zijn schouders op. 'Da's gewoon een journalistiek trucje. Die uitspraak weerspiegelde de gemoedstoestand van het publiek, en daar draait het in de roddeljournalistiek om.'

Het kostte Kate veel inspanning om haar gevoelens aan de kant te schuiven.

Ja. En journalisten zoals jij naaien iedereen die ze maar in de weg staat...

'Maar eh... hoe is het idee voor dit boek eigenlijk ontstaan?' vroeg ze, om het gesprek weer haar eigen kant op te sturen.

'Ik had Enid Conway tijdens het proces wat leren kennen,' zei Gary. 'Ze bietste tijdens de pauzes nog wel eens een sigaretje van me, buiten de rechtbank. En dan kletste ze over van alles en nog wat. Geen grote onthullingen, maar genoeg om een beetje een band te krijgen. En ik had haar eens aan een andere journalist horen vragen hoeveel hij dacht dat haar verhaal eigenlijk waard zou zijn. Toen besefte ik dat er wel eens een flinke markt voor zou kunnen zijn. Dus stapte ik een paar weken voor Peters veroordeling met dat idee naar een uitgever. Vrij kort daarna werd het boekcontract getekend.'

'Hoe vaak heb je Enid gesproken voor dat boek?'

Gary leunde achterover, waarbij hij zijn lege theekopje op zijn been liet balanceren. 'Een keer of zes, zeven.'

'En waar ontmoetten jullie elkaar dan?'

'Hier. Het is eigenlijk gebruikelijker dat een ghostwriter naar de auteur toe gaat, maar Enid wilde per se naar Brighton komen en in het Grand Hotel logeren. De uitgever heeft er een week lang een kamer voor haar geboekt. Eigenlijk had ze de kamer gewild die Margaret Thatcher had toen die bom in het hotel ontplofte, maar toen die al gereserveerd bleek, hebben ze haar de suite ernaast gegeven. Daar hebben we elkaar een paar keer ontmoet. En hierzo, in mijn huis... Het was een interessante klus.'

'In welk opzicht?' vroeg Tristan.

Gary rolde met zijn ogen. 'Ze is de moeder van een beruchte seriemoordenaar! Maar het werd gaandeweg ook een heel ander boek,' zei hij. 'De uitgever had het bedacht met mijn krantenkop – *Niet mijn zoon!* – in het achterhoofd, en we hadden afgesproken dat het een soort boetedoening zou worden: Enid die afstand nam van haar zoon.

Maar terwijl onze gesprekken vorderden, kreeg ik de indruk dat haar liefde voor hem nog steeds oersterk was en dat ze het voor zichzelf ontkende.'

'Geloofde Enid niet dat Peter al die jonge vrouwen had vermoord?' vroeg Kate.

'O nee, ze wíst dat hij dat had gedaan. Alleen geloofde ze dat hij het niet kon helpen... Ze vertelde me dat ze was verkracht door een heel slechte man; Peters vader was een kwaadaardig iemand geweest. Daardoor had Peter volgens haar die duistere kant, waar hij zich echter constant tegen verzette. Volgens Enid was zijn goede kant vele malen beter ontwikkeld dan zijn slechte. En het was niet zijn schuld dat hij die jonge vrouwen vermoordde: het waren zijn genen die hem ertoe aanzetten...'

Kate sloot haar ogen. Deze gedachtegang maakte haar letterlijk misselijk. Het allergrootste deel van de tijd kon ze Jake los zien van het feit dat hij Peters zoon was. En ze wist dat Enid dit enkel zo had gezegd omdat ze de waarheid niet onder ogen wilde zien. Toch maakten haar woorden haar tevens diep verontrust over Jakes toekomst. Haar theekopje glipte uit haar handen en viel kapot op de vloer. 'O jee, sorry...' zei ze zwakjes; ze stond op en begon de scherven op te rapen.

'Geeft niks,' zei Gary. Hij stond ook op, kwam naar Kate toe en legde een hand op haar schouder. 'Gaat het wel?'

'Ja ja, ze voelt zich prima. Wilt u ons misschien even wat tijd gunnen?' zei Tristan geprikkeld. Hij keek er Gary strak bij aan.

'Ja hoor, tuurlijk. Ik zal even een doekje gaan halen,' zei Gary, en hij verliet de kamer.

'Wil je nog wel verder?' vroeg Tristan toen hij de tranen in Kates ogen zag. Hij duwde haar voorzichtig terug op de bank en ging zelf verder met het opruimen van de scherven.

'Ik weet het niet,' zei Kate. Ze veegde haar gezicht af met de rug van haar hand. 'Ik probeer hier altijd op een objectieve manier naar te kijken, maar...' Ze begon te huilen. 'Peter ís nu eenmaal Jakes vader. En al dat verknipte gedoe... dat maakt ook deel uit van Jake. Ik word zo bang als ik daarover nadenk! Jake is gewoon maar een jongen die een normaal leven wil leiden, maar zal hij dat wel krijgen?'

Tristan stapelde de scherven van het gebroken kopje op en legde ze op Gary's bureau. Toen pakte hij Kates hand. 'Ik heb eens online naar seriemoordenaars zitten zoeken. Weet je hoeveel van hen kinderen hebben die gewoon normaal zijn geworden? Charles Manson schijnt een zoon te hebben die met vriendin en kind een heel rustig leven leidt. De dochter van de Happy Face Killer werkt tegenwoordig als *motivational speaker* en helpt andere kinderen van seriemoordenaars... Het zou me niet verbazen als Enid Conway gewoon een hoop nonsens heeft uitgebraakt omdat ze dacht daarmee de meeste boeken te kunnen verkopen.'

'Niemand weet hoe zijn kind zal worden, hè?' zei Kate.

'Exact,' zei Tristan. 'Toen ik door de politie was opgepakt voor het breken van die autoruit ging mijn moeder helemaal door het lint. Zij vreesde dat ik was voorbestemd voor een leven in de misdaad. Maar moet je me nu zien: ik werk op de Universiteit van Ashdean. En niet als schoonmaker... nee, ik werk voor jou. En dat is iets om heel trots op te zijn.'

Kate keek in Tristans vriendelijke bruine ogen, en was enorm blij dat ze hem destijds een kans had gegeven toen hij bij haar kwam solliciteren. Hij was heel snel een soort tweede zoon voor haar aan het worden. 'Dank je wel,' zei ze. Ze glimlachte en gaf een kneepje in zijn hand.

Toen stond Gary ineens met zijn doekje in de deuropening. 'Sorry als ik je overstuur heb gemaakt, hoor,' zei hij.

'Nee nee, ik stelde de vraag zelf,' zei Kate. Gary gaf haar een doos tissues aan; ze pakte er een en snoot haar neus. Toen depte ze haar gezicht droog en vermande ze zich weer. Gary ruimde de rest van de troep op en ging weer zitten.

'En? Zullen we verdergaan?' vroeg Tristan aan Kate.

'Ja. Dit draait tenslotte niet om mij,' zei Kate. Ze keek Gary aan. 'Wist je dat Peter de meeste van zijn collega's bij de politie op de mouw heeft gespeld dat zijn moeder krankzinnig was en in een inrichting zat?'

'Dat heb ik gehoord, ja. Maar volgens Enid was dat één grote leugen.'

'Peter heeft het mij en mijn collega's wel drie keer verteld.'

'O, dáár zei Enid dan weer niets van. Zij hield vurig van Peter, en volgens mij ging dat zelfs verder dan moederliefde...' zei Gary. 'Ze vertelde tijdens die pauzes in het proces vaak dat ze zich speciaal voor hem had aangekleed – om hem op te peppen. Nou, je herinnert je vast nog wel een paar van haar outfits uit de rechtszaal: hyperkorte rokjes met nylonkousen en jarretels. Als ze ging zitten, liet ze hem altijd een flink stuk bloot been zien, met een randje kant... Ik herinner me nog heel goed dat we daar op de perstribune grapjes over maakten.'

Kate voelde zich nog steeds misselijk, maar was vastbesloten om door te pakken. 'Heeft ze ook met je gesproken over haar verhouding met Peter als kind?' vroeg ze.

'Ja, ze heeft bijvoorbeeld verteld over hun vakantie naar Devon. Maar dat leek allemaal behoorlijk normaal – op die aanvaring met die boerin na dan, toen Enid een kip jatte. En ze had het vaak over die twee jaar dat Peter als politieagent in Manchester woonde en werkte, toen zij in Londen was achtergebleven. Ze zei dat ze hem toen waanzinnig had gemist. Zij werkte destijds voor een bookmaker in Whitechapel en had maar om het weekend vrij. Ze wisselden hun bezoekjes aan elkaar af.

Een keer in een weekend dat zij naar Manchester was gekomen, hadden ze een hele avond zitten drinken in een pub. Toen ze terugkwamen in Peters appartement liet hij haar de nieuwe camera zien die hij had gekocht en begon wat foto's van haar te maken. Volgens haar werd het toen algauw "een dolle boel" en begon ze voor de lol voor hem te poseren als een echt fotomodel. En toen hij haar vroeg om iets anders aan te trekken, bleef hij ook foto's maken terwijl ze zich omkleedde. Uiteindelijk werden het zelfs naaktfoto's.'

'Jezus! Zijn eigen moeder?' zei Tristan ongelovig.

Gary knikte. 'Enid verkocht het zo, dat ze maar wat aan het geinen waren geweest samen. Op een gegeven moment kleedde hij zich ook uit en begon zij naaktfoto's van hém te maken. En toen, zo zei ze, "kwam van het een het ander"... Dat zijn exact de woorden die zij gebruikte. Maar meteen nadat ze me dit had verteld, krabbelde ze terug en zei ze dat ik daar in het boek niets over mocht schrijven.'

'Dat heeft ze je tijdens een van die interviews voor het boek verteld?' vroeg Kate.

'Ja. Na een paar drankjes, in de lounge van het Grand.'

'Waarom hebt u het niet gewoon tóch in het boek gezet?' vroeg Tristan.

'Tja, Enid had het laatste woord. En toen ik mijn redactrice erover vertelde, vond die het te walgelijk voor woorden. Volgens haar wilde de uitgever dat soort speculaties over Enid en Peters relatie er helemaal niet in; zo'n soort boek was het niet.'

Kate en Tristan leunden even achterover en lieten dit alles bezinken. Kate was niet eens zo gechoqueerd, ze vond het alleen afschuwelijk om te horen. 'Heb je nog meer materiaal dat je met ons zou kunnen delen? Foto's van Enid die niet in het boek terecht zijn gekomen bijvoorbeeld?' vroeg ze.

'Jazeker. Er waren er zo veel: van Peter als baby, zijn eerste jaren bij de politie in Manchester, vakantiekiekjes...'

'Mogen we daar misschien even naar kijken?'

'Natuurlijk. Even zoeken, hoor,' zei Gary. Hij stond op en begon zijn propvolle boekenkasten te bestuderen. Toen trok hij een schoenendoos uit de kast, haalde het deksel eraf en zette hem op de salontafel. 'Ik heb alle foto's laten kopiëren.' Kate begon meteen in de doos te rommelen.

'Maar die dubieuze foto's heeft ze u zeker niet laten zien? Als dat verhaal überhaupt waar was...' zei Tristan. Hij pakte een wazige foto van een zestienjarige Enid met baby Peter in haar armen, staand voor het tehuis voor ongehuwde moeders.

'Nee, die niet. Daar vertelde ze trouwens wel nog iets over,' zei Gary. 'Peter had in zijn tijd in Manchester een vriend gehad, vlak bij waar hij toen woonde... in Altrincham, geloof ik dat ze zei. Die vriend had een apotheek, maar daarnaast ontwikkelde hij ook sexy foto's – onder de toonbank, weet je wel, tegen extra betaling.'

Kate en Tristan verstijfden en keken elkaar aan. 'Heeft ze je ook verteld hoe die vriend heette?' vroeg Kate.

'Nee, maar het scheen een ex-smeris te zijn. Dat was ook hoe Peter hem had leren kennen.'

'Shit!' mompelde Kate.

50

Na het laatste bezoek van Enid had Peter de volgende stap van het plan in gang gezet.

De ordebewaarders en artsen van de inrichting waren allemaal even slim en waakzaam, en alle regels werden altijd streng toegepast. Scherpe voorwerpen waren verboden; alles wat scherp kon worden gemáákt of zou kunnen dienen als wapen was eveneens verboden, of werd streng in de gaten gehouden. Tandenborstels, kammen en scheermesjes werden pas vlak voor gebruik in de badkamer uitgedeeld en na afloop weer ingenomen. Alle bestek was van plastic en werd uitsluitend aan de patiënt gegeven om zijn maaltijd naar binnen te werken, en werd weer opgehaald en nageteld wanneer deze zijn bord teruggaf. Zodra er iets miste, werden de patiënt én zijn kamer binnenstebuiten gekeerd, net zolang tot het voorwerp was gevonden. Ook etenswaren of drankjes in aluminiumfolie waren verboden, en zelfs tandpasta – dit nadat een patiënt de platte rand van een Colgatetube had aangescherpt en er een van de ordebewaarders mee had gestoken.

In de loop der jaren en maanden van zijn gevangenisstraf was Peter zo nu en dan beloond voor goed gedrag. Zo hadden ze hem een radio gegeven (met een behuizing van dik plastic; werd regelmatig gecontroleerd) en kreeg hij soms een boek (uitsluitend paperbacks, zonder nietjes). Vorig jaar was zijn boekencollectie zo groot geworden dat hij een verzoek had moeten indienen voor een boekenkast. Na het invullen en laten goedkeuren van een hele berg formulieren was overeengekomen dat hij een kleine boekenkast mocht uitkiezen die hij via zijn gevangenisrekening zou betalen. Het moest een gelijmd model zijn, zonder ook maar één spijker of schroef, en hij mocht de kast niet zelf in elkaar zetten.

Toen het platte pakket arriveerde had hij dan ook opnieuw een verzoek moeten indienen, ditmaal om een van de onderhoudsmedewerkers te laten langskomen om dit montagewerk voor hem te doen. Dit was net in de periode dat Great Barwell het onderhoudswerk was gaan uitbesteden.

Op de ochtend dat zijn boekenkast in elkaar zou worden gezet, was Peter uit zijn cel gehaald om de onderhoudsman (die hij niet had gezien) toegang te verschaffen. Toen hij terugkwam stond de boekenkast op hem te wachten. Hij kwam ongeveer tot zijn heupen en stond naast de wastafel. De ordebewaarder van dienst had eerst de kast gecontroleerd en daarna Peters hele kamer doorzocht, om zich ervan te vergewissen dat er geen gereedschap in de cel was achtergebleven. Daarna was Peter voor de nacht opgesloten.

Pas toen hij de boekenkast naar de ruimte naast zijn bed had proberen te verschuiven, had hij gezien dat de onderhoudsman hem met een dunne metalen haak aan de muur had bevestigd. Hij had daarop al zijn boeken in de kast gezet en de bovenkant gebruikt voor boeken en papieren. De haak was daardoor aan het zicht onttrokken en was zelfs na vier of vijf celcontroles nog door niemand opgemerkt.

Peter was weer gaan roken. Omdat lucifers goedkoper waren dan een aansteker kocht hij een pakje sigaretten en een lucifersdoosje in de winkel van de inrichting. De volgende keer dat hij wilde roken kreeg hij een paar lucifers. Hij gebruikte er twee van en stopte de andere achter zijn oor, waarna hij deze ongezien zijn cel in wist te smokkelen.

Elke ochtend bij het ontbijt werden de tandenborstels uitgedeeld. Deze werden gebruikt als de patiënten gingen douchen; zodra ze klaar waren zamelden de ordebewaarders ze weer in. Drie dagen eerder had Peter toen zijn tandenborstel samen met zijn ontbijt door het luik was geschoven, de borstel uit zijn cellofaanverpakking gehaald en de bovenkant van zijn boekenkast leeggemaakt. Daarna opende hij zijn raam, streek de lucifer aan de vensterbank aan en hield toen het uiteinde van de tandenborstel een paar seconden in de vlam. Hij blies de lucifer uit en gooide hem naar buiten. Vervolgens liep hij naar de haak aan de achterkant van zijn boekenkast en duwde het gesmolten plastic uiteinde tegen de kop van de schroef waarmee de haak aan de muur vastzat. Toen hij de tandenborstel na een minuut of twee lostrok, was het plastic hard geworden en had hij een provisorische schroevendraaier.

Hij hield het raam nog even open om de geur van verbrand plastic weg te krijgen. De metalen haak schroefde hij vlug los van de achterkant van de boekenkast, waarna hij hem verstopte in de plastic behuizing van zijn radiatorknop. Toen stak hij zijn tweede lucifer aan, hield de vlam opnieuw tegen het uiteinde van de tandenborstel en drukte de schroefindruk weer plat op de vensterbank.

Daarna vervolgde hij zijn ochtend zoals gewoonlijk: hij douchte, schoor zich en poetste zijn tanden. Daarna gaf hij Winston de tandenborstel terug, die hem meteen in de recyclebak smeet.

In de drie dagen en nachten daarna vijlde hij de rand van de haak aan de tralies voor zijn raam zo scherp dat het bijna een scheermes was.

Op zondagmiddag had Peter altijd groepstherapie, met dokter Meredith Baxter. Deze sessies werden gehouden in een kleine ruimte naast haar kantoor. Peters groep bestond uit de vijf langgestraften van zijn gang: hijzelf; Ned, de blinde pedofiel die de post rondbracht; Henry, een zwaarlijvige kindermoordenaar; Derek, een pyromaan die door zijn medicatie was veranderd in een kwijlende zombie; en Martin, een schizofreen.

Martin werd beschouwd als de gevaarlijkste van dit groepje patiënten. Ondanks zijn formaat – hij was erg klein en woog maar vijfenveertig kilo – was zijn kracht opmerkelijk. Peter had een keer een van diens woede-uitbarstingen gezien, in de buurt van de badkamers: Martin had zijn vingers achter zijn broeksband gehaakt en zijn spijkerbroek in één beweging van zijn lijf gerukt. Toen hij weer in zijn eigen cel was, had Peter datzelfde met een oude Levi's geprobeerd, maar hij kreeg het niet voor elkaar.

Even over elven liepen ze keurig achter elkaar de ruimte binnen, waar ze door drie ordebewaarders van boven tot onder werden beklopt en gecontroleerd. Peter had de haak achter zijn linkeroor onder de spuugkap gestopt, waar hij door het pootje van zijn bril, dat precies dezelfde ronding had, op zijn plek werd gehouden. Hij voelde hem koud en scherp tegen zijn huid zitten.

Winston beklopte hem voor de derde keer die ochtend, verwijderde daarna Peters spuugkap en inspecteerde diens haar, maar negeerde daarbij de bril. Vervolgens zei hij tegen Peter dat hij zijn plekje in de halve kring voor dokter Baxter mocht innemen.

Meredith droeg vandaag een gebleekte spijkerbroek en een roze wollen trui. Het enige wat haar van de patiënten onderscheidde, was het feit dat zij een vrouw was en een sleutelketting om haar hals droeg. De ordebewaarders hadden haar meer dan eens gezegd dat ze die bij deze sessies vanwege het gevaar voor verwurging zou moeten afdoen, maar Meredith deed graag alsof ze allemaal gelijk waren – vrienden zelfs – en had hun waarschuwingen steeds in de wind geslagen.

Peter had Winston en Terrell ook meerdere malen over Merediths groepssessies horen praten, en over hoe bang ze waren dat er dan iets zou gebeuren. Het was immers een van de weinige keren dat alle categorie-A-patiënten bij elkaar zaten en zich zonder beperkingen met elkaar konden mengen. De ordebewaarders waren dan ook bewapend met pepperspray, een taser en een gummiknuppel, en waren tijdens deze sessies altijd hyperalert.

Het maakte Peter allemaal niets uit. Hij wist dat hij gepakt en gestraft zou worden voor wat hij op het punt stond te doen. Sterker nog: hij *wílde* juist dat ze hem straften. En hij had niet meer dan een paar seconden nodig om het voor elkaar te krijgen.

De ruimte was klein, en de drie ordebewaarders stonden zo dichtbij dat Peter even twijfelde of het hem wel zou gaan lukken. Hij nam opzettelijk als eerste het woord om iets met de groep te delen. Hij vertelde dat hij zich zorgen maakte over zijn moeder, die helemaal alleen op de wereld was en toch ook een dagje ouder werd.

Meredith glimlachte breed: haar glanzende gezicht rimpelde rond haar mond en er verscheen een kuiltje in haar wang. 'Ja Peter, we maken ons allemaal zorgen over onze dierbaren. Dat is een heel menselijke emotie,' zei ze. 'Nu hebben wij het geluk in een overwegend socialistisch land te wonen, dat goed voor zijn ouderen zorgt. Wil je dat ik een verzoek indien voor een extra telefoonkaart, zodat je contact kunt opnemen met de sociale dienst om de mogelijkheden voor jouw moeder te verkennen?'

'Graag,' zei Peter, en hij knikte er enthousiast bij.

Meredith glimlachte terug. Het was een zelfvoldane glimlach, waar ze bijna een onderkin door kreeg.

Ze ging verder naar Ned, die naast Peter zat. Hij vertelde de groep dat hij zich zorgen maakte over het wieltje van zijn posttrolley. Dat zat een beetje los, wat het karretje wiebelig maakte. Schril van opwinding hakkelde hij: 'Wat als dat karretje omdondert en de zorgvuldig gesorteerde post alle kanten op vliegt? Ik heb alles precies zo neergezet dat ik op weg door de gangen steeds de juiste post vooraan heb staan. Als dat wiel kapotgaat, kan ik de post dus niet meer rondbrengen!'

Peter keek om zich heen. Henry zat op de mouw van zijn trui te kauwen. Kennelijk wist hij daar nog wat smaak aan te onttrekken. Zijn gigantische kont puilde over de rand van zijn stoel heen. Derek zat al kwijlend te slapen en Martin wipte nerveus met zijn been.

Peter zat net te bedenken wanneer hij het beste kon toeslaan, toen er opeens commotie op de gang was. Een van de rolwagentjes van de catering kwam vanuit de andere gang de hoek om en knalde tegen de deur van de therapieruimte. Er verscheen meteen een grote barst in het veiligheidsglas. Een dienblad met een bord stamppot viel om en werd tegen het glas gedrukt. Meteen daarna klonk er een ijselijke kreet van een patiënt. Winston en Terrell renden naar de deur om te zien of alles in orde was.

Peter maakte dankbaar gebruik van de afleiding. Hij trok de vlijmscherp gemaakte muurhaak onder het pootje van zijn bril uit en pakte hem tussen de duim en wijsvinger van zijn rechterhand. Toen stond hij op en liep doodkalm op Meredith af. Zij keek nieuwsgierig naar hem op, maar kreeg niet eens meer de kans om zijn naam te zeggen. Peter greep haar bij haar paardenstaart en trok de haak toen tweemaal over haar keel, van links naar rechts: *rits-rats!* Hij had geluk en raakte haar halsslagader. Hijzelf en zijn luid gillende medepatiënten baadden onmiddellijk in het bloed.

Merediths ogen en mond sperden zich open en haar handen klauwden naar hem, terwijl ze rochelend met haar benen schopte en met haar armen maaide. Ze maakte een gekweld, vochtig geluidje; het bloed gutste uit de jaap in haar keel en doorweekte haar kleren. Toen stuiptrekte Meredith nog één keer en gleed ze zijwaarts van haar stoel.

Peter negeerde het geschreeuw om zich heen, sprong boven op haar en drukte zijn knie in haar buik. En terwijl hij zijn tanden in haar linkerwang zette – hij móést dat kuiltje hebben! – voelde hij een scheut van pijn, toen Terrell hem met zijn taser beschoot. De elektrische stroom deed zijn kaken op elkaar klappen – maar tegen de tijd dat ze hem van haar af hadden getrokken, had hij toch een flinke homp van Merediths gladde kuiltjeswang in zijn mond.

51

Kate en Tristan zaten in een koffiezaak een eindje verderop langs de zee in Brighton, waar ze verder praatten over de onthulling dat Peter Conway Paul Adler toch had gekend.

'Ik dacht dat je zei dat Paul Adler een alibi had voor de dag van Caitlyns vermissing,' zei Tristan.

'Heeft-ie ook. Maar hij heeft ook ontkend dat hij Peter Conway kende, laat staan dat hij bevriend met hem was. En nu hebben we opeens een directe link, uit de mond van Enid,' zei Kate.

'Wat wil je nu doen? Hiermee naar Varia Campbell stappen?'

'Nee, dit is haar zaak niet. Bovendien, de politie heeft de zaak-Caitlyn Murray destijds afgesloten omdat ze niet genoeg bewijsmateriaal hadden om verder onderzoek te rechtvaardigen. Dus wil ik wel wat meer hebben voordat we naar de politie stappen.

Ik heb je toch verteld over mijn bezoekje aan Paul Adlers apotheek? Met die harem van onderdanige jonge vrouwen die voor hem werken? Ik vond hem eigenlijk maar eng. Ook al omdat hij die foto's van Caitlyn bleek te hebben bewaard. Die kwamen niet uit een album maar zaten nog in het originele ontwikkelmapje, met een nummer en een datum erop. Op zich niet zo vreemd: hij heeft me toen immers ook verteld dat hij vroeger in zijn zaak foto's ontwikkelde en afdrukte; én hij bewaarde negatieven voor modellenbureaus en bedrijven. Ik heb de ruimte waar hij dat deed gezien: planken vol fotomapjes...'

'Wil je hem hier opnieuw op aanspreken?' vroeg Tristan.

Kate keek op haar horloge: bijna half drie.

Ze dacht weer aan haar bezoek aan Paul Adler in diens apotheek in

Altrincham. Toen ze met zijn tweeën in die kleine personeelsruimte naast de laad- en losplaats hadden gezeten, was Tina binnengekomen om een vuilniszak weg te gooien. Toen de deur achter haar was dichtgevallen, had ze de deurcode ingetoetst en daarbij gemimed – Kate zag het nog zó voor zich – *een, drie, vier, zes...*

'Nou?' zei Tristan.

'Ik krijg ineens een heel gewaagd idee,' zei Kate. Ze begon te fluisteren.

'Wat dan?'

'Gewaagd en riskant. Maar... als we het zouden doen, is dat met een hoger doel voor ogen.' Ze boog zich naar hem toe en vertelde hem over de deurcode van de personeelsruimte van Adlers apotheek. 'Als we nu meteen vertrekken, kunnen we over een uurtje of vijf in Altrincham zijn...'

'En dan... inbreken? Ben je gek geworden?' fluisterde hij. Hij keek om zich heen, naar de mensen die overal om hen heen koffie zaten te drinken.

'Tristan, dat soort dingen deed ik als politievrouw constant – al had ik toen nog een politiepenning en kon ik aan een huiszoekingsbevel komen. Luister, als we naar de politie stappen, kan hij worden getipt. En als hij inderdaad nog belastende foto's heeft liggen, werkt hij die dan natuurlijk snel weg.'

'Wat voor foto's denk je dan te vinden?' vroeg Tristan een beetje benepen. 'Toch geen snuff-foto's, van meisjes die worden vermoord?'

Ze schudde haar hoofd. 'Nee. Als Paul Adlers zaak bekendstond als hét adres voor het laten afdrukken van pornografische foto's, dan kan hij Peter Conway ook zo hebben leren kennen. Nou ja, we denken al dat hij hem kende, omdat hij volgens Enid hun pikante foto's had afgedrukt. Maar stel dat Conway nog meer foto's heeft gemaakt, van andere vrouwen of meisjes? En dat hij die ook door Adler heeft laten ontwikkelen? Of misschien zijn er nog wel meer foto's van Caitlyn. Paul vertelde me toen over een plek waar Caitlyn en hij graag gingen wandelen en iets over een meertje waar ze soms zwommen. Hij kan ook foto's hebben gemaakt van andere plekken waar ze samen kwamen, en misschien staan er op die foto's zelfs andere mensen. Afijn, allemaal dingen die ons meer zouden kunnen vertellen over Caitlyns verdwijning. Hij kneep 'm in ieder geval zo erg, dat hij tegen mij loog dat hij Peter Conway niet kende...'

'Maar het is een apotheek, dus die is waarschijnlijk beveiligd. Daar wordt immers nog wel eens ingebroken, om medicijnen te stelen,' zei Tristan.

'Hij heeft mij verteld dat er alleen camera's hingen in de receptverwerkingsruimte en bij de kassa. En die opslagruimte lag apart van de geneesmiddelen.'

'Maar het blijft inbraak,' zei Tristan.

'Misschien vinden we wel belangrijk bewijsmateriaal over Caitlyns verdwijning, of iets voor de zaak van de copycatmoordenaar! Als serieuze privédetectives moeten we risico's durven nemen. Ik zou dit nooit doen als ik die code niet toevallig wist – en als ik niet dacht dat we er iets aan zouden hebben.'

'Kate, ik zie ook wel eens een misdaaddrama op tv,' zei hij. 'Als we...' Hij zweeg toen een ouder echtpaar langs hun tafel liep en wachtte tot zij buiten gehoorsafstand waren. 'Als we daar foto's stelen, die daarna moeten dienen als bewijsmateriaal, is dat bewijsmateriaal dan wel "ontvankelijk voor de rechtbank"?'

'Niet als de politie ergens zonder huiszoekingsbevel inbreekt, nee. Maar als wij gewoon wat foto's vinden, met mensen en locaties die we herkennen? Misschien zit er zelfs wel een potentiële locatie tussen waar Caitlyns lichaam is gedumpt. Tristan, Sheila en Malcolm hebben ons gevraagd hun dochter te vinden; wij hebben gezegd dat we dat zouden proberen. Stel toch eens dat we haar lichaam vinden, doordat we via een niet-afgesloten deur ergens zijn binnengelopen – zodat zij hun dochter eindelijk een fatsoenlijke begrafenis kunnen geven?'

Tristan zweeg even, wreef over zijn gezicht en keek naar buiten, naar de zee. 'Oké,' zei hij toen. 'We doen het.'

52

Een paar ogenblikken nadat hij was getaserd kwam Peter weer bij. Hij had intussen handboeien om en lag op zijn buik in de hoek van de therapieruimte, met Winston op zijn rug. Diens aanzienlijke gewicht drukte hem tegen de vloer. Met zijn ene hand drukte hij Peters hoofd naar beneden, met de andere verzocht hij via zijn radio om versterking.

Peter rolde het stuk vlees rond in zijn mond, zoog er even op en slikte het toen door. Hij was blij dat hij niet met zijn hoofd naar de muur lag, zodat hij de chaos om hem heen goed kon bekijken.

Overal op de witte muren zat bloed, evenals op de patiënten. Ned, Derek en Martin werden in bedwang gehouden door de andere ordebewaarders. Dat wil zeggen: alleen Martin stond te worstelen en te kronkelen in hun sterke armen. Derek, de kwijlende zombie, verzette zich niet. Ned was te iel en te klein om zich te verzetten; die stond alleen maar te roepen, terwijl zijn melkachtige ogen blind door hun kassen rolden. 'Vertel me wat er aan de hand is! Ik proef bloed! Wie z'n bloed is het?' En dikke Henry was uit zijn stoel gevallen.

'Het wapen!' schreeuwde Winston paniekerig. 'Waar is dat?'

'Op de grond bij haar stoel, stelletje mongolen!' riep Martin, die ondertussen handboeien omhad. In de plas klonterend bloed lag inderdaad een verbogen stukje metaal.

'Ik heb dringend versterking nodig! G-vleugel, vergaderruimte 6. We hebben hier te maken met een 3-80-1. Ik herhaal: code 3-80-1,' riep Winston in zijn radio.

Peter zag dat niemand de handen vrij had om zijn wapen op te rapen.

Een ogenblik later stormden acht extra ordebewaarders de reeds propvolle ruimte binnen, onder wie een bedrijfshulpverlener met een EHBO-doos. Deze begon haastig Meredith te reanimeren, al zag Peter dat zij allang dood was. Derek, Ned en Martin werden vlug de ruimte uit geleid. Henry werd door drie ordebewaarders in zijn rolstoel gehesen (waarbij ze bijna uitgleden over de plas bloed die zich vanuit Merediths lichaam over de vloer verspreidde) en weggereden. Zijn wielen trokken twee bloedsporen over de spierwitte tegelvloer.

Maar liefst vier ordebewaarders dromden vervolgens om Peter heen, Winston zat nog steeds boven op hem. Hij voelde de prik van de injectienaald toen hem een verdovend middel werd toegediend. Even later loste het gekkenhuis op in een grote, witte wolk.

Toen Peter weer bijkwam, voelde hij koude wind op zijn gezicht. Hij was buiten en zat vastgebonden in een rolstoel die het hoofdgebouw van Great Barwell uit werd gereden. Op weg naar het blok met de isoleercellen kwamen ze langs het hoge hekwerk met het scheermesdraad erbovenop. Hij kon zich niet verroeren: behalve zijn spuugkap droeg hij nu ook een dwangbuis en zijn benen waren vastgebonden aan de rolstoel. Toen hij zijn hoofd achterover deed, zag hij dat het Winston was die hem duwde – diens gezicht stond koud en hard.

Toen ze over het pad om het hoofdgebouw heen liepen, zag hij een rode traumahelikopter staan. Twee ambulanceverplegers schoven net een lege brancard achterin. Daarna liepen ze om naar de deur, en terwijl ze naar binnen klommen begon de motor alweer te ronken. Meredith Baxter had geen ziekenhuis meer nodig, dacht Peter. Die ging regelrecht naar het mortuarium, en daar was veel minder haast bij.

De isoleerafdeling lag apart van de rest van de inrichting, tegen de achtermuur van het terrein. Terwijl ze bij de zwaar beveiligde hoofdingang stonden te wachten tot er voor hen werd opengedaan, hoorde Peter de luchtambulance opstijgen. Hij zag het toestel hoog boven hem een rondje draaien en vervolgens wegvliegen.

Winston ging met hem mee naar binnen. Zijn gezicht bleef onbewogen terwijl Peter werd ingeschreven door de hoofdbewaker, een grote, kale man met een pijnlijk uitziend soort huiduitslag op zijn gezicht en armen. Hij werd naar een kleine kamer gebracht, waar Winston hem losmaakte van de rolstoel en hem al zijn kleren liet uittrekken, waarna hij door de norse, kale ordebewaarder aan een volledige visitatie werd onderworpen. Toen kreeg hij een stuk zeep en werd hij naar een douche gebracht.

Peter stond lang onder de warme waterstraal en zag het water eerst rood, toen roze en ten slotte helder in het putje verdwijnen. Terwijl hij zich inzeepte, voelde hij elke zenuw in zijn lichaam steken.

Zijn laatste bezoek aan het isoleercellenblok dateerde van acht maanden geleden, na zijn vechtpartij met Larry, toen hij het puntje van diens neus eraf had gebeten.

Hij wist dat hij nu in een isoleercel zou worden opgesloten, waar hij niemand meer mocht bellen of ontvangen. Iemand van Great Barwell zou Enid bellen om haar te vertellen wat er was gebeurd. Ze zouden haar informeren over de gerechtelijke gevolgen en ze zou te horen krijgen dat hij vierentwintig uur per dag in isolement zou worden gehouden, met slechts tweemaal vijftien minuten per etmaal een bezoekje aan de luchtplaats. De wet verplichtte hen haar tevens in te lichten over de precieze tijdstippen waarop deze kwartiertjes zouden staan ingeroosterd.

Na het douchen kreeg Peter een blauwe overall aangereikt en werd hij in een van de cellen geplaatst. De kleine ruimte was helemaal leeg, op een smal bankje en een roestvrijstalen toilet na. Even later werd er een dienblad met eten door het luik geschoven: een slijmerige, grijze massa op een plastic bord. Hij at alles op. Hij moest zijn energieniveau op peil houden.

Vlak nadat het bord was opgehaald, ging het luik in de deur opnieuw open. 'Luchten,' zei Winston kortaf, en hij duwde een spuugkap door het luik naar binnen. Peter trok hem over zijn hoofd en maakte de gespen op de achterkant vast. Het luik ging weer open. 'Ga nu bij de deur staan, met je handen op je rug. Niet omdraaien.' Peter bespeurde zowel woede als teleurstelling in Winstons stem. Geduldig ging hij bij het luik staan, waarna hij strak werd gehandboeid. 'En nu één stap opzij, weg van de deur.' Hij deed opnieuw braaf wat hem gezegd werd. Het luik sloot, de deur ging open. Op de gang stond

Winston, samen met een jonge, blonde ordebewaarder.

Ze leidden Peter vanuit zijn cel door een raamloze gang, langs een paar andere celdeuren. Het isoleerblok omvatte zes cellen, die in een zeshoek lagen gegroepeerd en met elkaar waren verbonden door een rondlopende gang. In het midden hiervan lag de luchtplaats. In de deur naar buiten zat een wazig raampje van dik veiligheidsglas.

Peter zag dat het buiten al donker was. 'Hoe laat is het eigenlijk?' vroeg hij.

Stilte.

'Kunnen jullie me de tijd vertellen, alsjeblieft?'

'Negen uur 's avonds. Aan de kant nu,' blafte Winston. De blonde ordebewaarder pakte er een grote sleutelbos bij: er moesten maar liefst drie sloten worden omgedraaid voordat de deur openging. 'Je hebt vijftien minuten.'

Peter stapte de koude, frisse lucht in. De luchtplaats was maar een smalle strook van kaal beton met een afvoerputje in het midden. De muren eromheen waren zo'n vierenhalve meter hoog, met daarbovenop nog eens drie meter gazen hekwerk, afgewerkt met scheermesdraad.

Peter deed zijn hoofd achterover en ademde de koude lucht in. Hoog boven hem was een kleine zeshoek van donkere lucht met een oranje gloed. En inderdaad hing er, zoals hij dankzij Winstons loslippigheid wist, geen net meer boven de luchtplaats. Hij glimlachte onder de spuugkap.

Ondertussen zou zijn moeder zijn geïnformeerd over de moord op dokter Baxter, zijn overplaatsing naar de isoleerafdeling en de tijdstippen waarop hij op de luchtplaats zou zijn: om negen uur 's avonds en om negen uur 's morgens.

Dat was de informatie die Peters grootste fan nodig had.

53

Toen Kate en Tristan die avond tegen zeven uur het centrum van Altrincham binnenreden, was het al donker. De winkels waren allemaal gesloten, maar de pubs en clubs waren open. Hun lichten maakten kleurige vlekken op de stoepen, waar het barstte van de jongeren op weg naar een gezellig avondje stappen.

'Zit er ook een pub in de buurt van die apotheek?' vroeg Tristan toen ze voor een verkeerslicht moesten stoppen. Een stroom jongens in chique overhemden en broeken en jonge vrouwen in korte rokjes stak de straat over. Daarna wankelde er een gezelschap voorbij van zo'n twintig vrouwen, die duidelijk een vrijgezellenfeestje vierden: ze droegen allemaal hetzelfde roze T-shirt en een plastic tiara op hun hoofd. Toen een van de meisjes Tristan op de passagiersstoel zag zitten, strompelde ze naar de auto, tilde zonder enige waarschuwing haar T-shirt op en drukte haar blote borsten tegen het zijraam.

Tristan bleef doodstil zitten; alleen zijn mond viel open.

Ook Kate was heel even met stomheid geslagen (en een beetje jaloers: zo stevig waren haar borsten allang niet meer). Maar toen zei ze: 'In godsnaam, Tristan, blijf daar niet zo zitten staren', en ze boog zich over hem heen om op het raampje te bonken. Het meisje stommelde naar achteren.

Het licht was intussen weer op groen gesprongen, maar de hele vrijgezellenclub was nu om hun auto heen gedromd. Ze waren allemaal stomdronken en, aangemoedigd door het eerste meisje, tilden ze opeens allemaal hun T-shirt op en toonden Tristan hun ontblote borsten. Het verbaasde Kate hoe weinig van hen een beha bleken te dragen. Ze drukte op haar claxon.

Er klonk een doffe bons toen een meisje met donker haar en uitgelopen mascara op de motorkap van de auto begon te klimmen. Ze drukte haar gezicht tegen de voorruit. 'Hé, lekker ding!' riep ze tegen Tristan. 'Is dat je mammie?'

'Nu begint het vervelend te worden,' zei Kate geïrriteerd. Technisch gezien zou ze best Tristans moeder kunnen zijn, maar de minachting in de stem van de jonge vrouw kwetste haar. Ze zette de ruitenwissers én de sproeiers aan. Het meisje begon te gillen zodra ze het water voelde en sprong luid vloekend van de motorkap. Kate toeterde nog een keer luid en reed toen heel langzaam op het gezelschap af. Joelend en scheldend vlogen ze uit elkaar.

'Gaat-ie weer?' informeerde Kate.

'Ja hoor,' zei Tristan. Hij zag vuurrood.

'Laten we ons maar gauw concentreren op waarvoor we hier zijn.' zei Kate, en ze reed door, naar Adlers Apotheek. Hoe verder ze de pubs achter zich lieten, hoe minder mensen ze op straat zagen, totdat de donkere straten helemaal verlaten waren. Het werd beklemmend stil in de auto.

'We kúnnen er nog tussenuit knijpen...' zei Kate, die nu ook een beetje het gevoel begon te krijgen dat ze niet goed snik waren.

'Nee. Als de kans bestaat dat we iets vinden wat ons naar Caitlyn kan leiden, móéten we die kans grijpen,' zei Tristan. Kate zag dat hij zijn bezwete handen nerveus afveegde aan zijn broek.

Een paar minuten later bereikten ze de winkelstraat waaraan Adlers Apotheek lag. Bij de twee makelaarskantoren brandde licht in de etalage met de huizenfoto's, maar de ramen van Costa Coffee en de apotheek waren donker.

Kate moest tweemaal om het blok heen rijden voor ze de ingang had gevonden van de smalle toegangsweg achter de winkels die naar de kleine laad- en losplaats aan de achterkant van de apotheek leidde. Ze parkeerde twee straten verderop, voor een donkere huizenrij. Nadat ze de motor en de koplampen had uitgezet, bleven ze nog even in het donker zitten luisteren naar het getik van de afkoelende motor.

De laatste keer dat ze als politievrouw actief aan een onderzoek had meegewerkt, was die avond dat Peter Conway haar thuis had afgezet, na hun gezamenlijke klus op de plaats delict in het Crystal Palacepark. Dat leek nu wel een leven lang geleden. Ze dacht terug aan het moment waarop ze die ingeving had gekregen, bij het zien van Peters sleutelbos en thermosfles. Ze herinnerde zich nog precies hoe huiverig ze was geweest om daar ook echt iets mee te doen. Een dergelijk gevoel had ze nu bij Paul Adler.

Tristan zat in zijn rugzak te rommelen. Hij haalde er een hardloopoutfit uit en twee nogal gehavend uitziende honkbalpetten. Hij gaf haar er een aan. 'Dat kan geen toeval zijn, dat die nog in mijn tas zaten,' zei hij. Ze zetten elk een pet op. Kate bekeek het resultaat in de achteruitkijkspiegel. Het stond een beetje raar bij haar spijkerbroek en zwartleren jack, maar die grote klep hield haar gezicht wel mooi in de schaduw.

Tristan zette haar pet goed, en daarna die van hemzelf. 'Je moet hem zo laag mogelijk trekken en je hoofd naar beneden houden,' zei hij.

'Oké dan: als er ook maar iets dreigt mis te lopen, gaan we er als een haas vandoor,' zei Kate. Het was niet haar beste peptalk, maar toch knikte Tristan ernstig.

Ze stapten uit en liepen terug naar de weg achter de winkelrij. Hij was verlaten en vooral aardedonker. Er kwamen twee raamloze zijgevels van huizenrijen op uit, die hoog boven hen uittorenden en het licht van de omringende straatlantaarns voor een groot deel tegenhielden. Het hek naar Adlers laad- en losplaats bleek niet op slot te zitten. Wel kraakte het luid in de stilte toen Kate het opentrok.

De laad- en losplaats zelf was zo donker dat Tristan er struikelde over een berg volle vuilniszakken. 'Shit!' siste hij.

'Alles goed?' vroeg Kate, terwijl ze hem overeind hielp.

'Ja hoor,' zei hij. Ze hoorde de angst in zijn stem.

Ze slopen naar de achterdeur. 'Hier moeten we zijn,' zei Kate. Op de tast vond ze het elektronisch cijferpaneel.

'En als het alarm nou afgaat?' vroeg Tristan.

'Dan maak je je klaar om te vluchten,' zei Kate. Ze haalde haar telefoon tevoorschijn en zette de zaklampfunctie aan. Toen toetste ze het nummer in dat ze onthouden had. Elk piepje ging haar door merg en been. Maar aan het eind klonk er inderdaad gezoem, gevolgd door een klik, waarna de deur opensprong.

'Het werkte!' zei Tristan verbluft.

'Nu doe ik mijn lichtje weer uit, hoor,' zei Kate, waarna ze weer werden omsloten door het duister. Ze stak haar hoofd om de hoek van de deur. Ze zag niet veel, maar ook geen rood lampje aan het plafond dat zou kunnen betekenen dat er een alarm aanstond. Ze herkende de geur, een mengeling van verschaalde koffie, schoonmaakmiddel en een muntachtig ontsmettingsmiddel, van de vorige keer dat ze hier was.

Ze gingen naar binnen, Kate sloot de deur achter zich. Tristan botste meteen tegen een stoel op, waarop Kate het bijna uitgilde van de schrik. 'Sorry,' zei hij droog.

Kate liep om de kleine tafel heen naar de andere deur. De klink daarvan ging gewoon omlaag. Ze keken de lange gang in, die doorliep tot aan de winkel. In de gang bevonden zich twee deuren, die beide gesloten waren: links die van de receptverwerkingsruimte, rechts die van de opslagkamer. Een klein beetje licht van de straatlantaarns aan de voorkant drong door tot in de duisternis. Tristans sportschoenen piepten over de vloer toen ze door de gang naar de rechtse deur slopen.

Kate keek om zich heen, maar zag nergens een camera. 'Hier is het,' fluisterde ze, waarna ze de deur probeerde te openen. Dat lukte echter niet. In het vage licht van haar telefoonscherm zag ze dat er een hangslot aan hing. 'Shit!'

'Wat nu?' fluisterde Tristan. 'De sleutel zoeken?'

'Als deze ruimte zo belangrijk is dat er een hangslot op moet, zal hij die sleutel hier echt niet zomaar laten rondslingeren.' Kate vond het overigens stom dat iemand een hangslot gebruikte voor een kamerdeur. Het zag er misschien heftiger uit dan een gewoon slot, maar was veel gemakkelijker open te krijgen. 'Ik heb een haarspeld nodig,' zei ze.

'Waarom zeg je dat tegen mij? Ik heb stekeltjes,' zei hij paniekerig. 'Ik dacht dat we alleen door open deuren zouden hoeven.'

'Is ook zo – als we een haarspeld of paperclip weten te vinden,' zei

Kate. Ze wist dat ze in de winkel ook haaraccessoires verkochten, maar daar hingen camera's. Toen dacht ze aan de meisjes die voor Paul Adler werkten: die hadden allemaal lang, blond haar. Het sloeg misschien nergens op, maar ze wilde deze kans niet zomaar laten schieten: ze waren immers al binnen, en zo dichtbij! 'Kijk eens of je het personeelstoilet kunt vinden,' zei ze.

Ze slopen nog wat rond en vonden de wc naast het keukentje. Er hing een spiegelkastje boven de wastafel. Kate trok het open: er stond een pakje tampons in, er lag een borstel vol blonde haren en een haarband... die was gewikkeld om een bosje haarspelden. 'Bingo!' Terwijl ze het kastje sloot, ving ze een glimp op van hun gezichten in de spiegel, in het licht van haar telefoonscherm. Ze keken allebei hevig gestrest.

Ze liepen terug naar de deur met het hangslot. 'Gaat dit echt werken?' fluisterde Tristan toen Kate bij de deur knielde en een van de haarspelden rechtboog.

'Zeker weten. Toen ik nog agent was – of eigenlijk WPC, *Woman Police Constable*, zoals we toen nog werden genoemd – hebben we een keer een training gehad van een slotenmaker en een inbreker, een ex-gevangene. Zij gebruikten een hangslot van doorzichtig plastic voor trainingsdoeleinden, om ons te laten zien hoe zo'n slot vanbinnen werkt. Er zit een rij pennen in, die allemaal op dezelfde hoogte moeten staan. Dat is dus wat een sleutel doet als je hem erin steekt. Als je hem vervolgens omdraait, gaat het mechanisme open...'

Er klonk opeens een knal. Ze maakten allebei een sprongetje van schrik. De knal werd gevolgd door het gedreun van een automotor.

'Shit!' zei Tristan geschrokken.

'Gewoon een knallende uitlaat,' zei Kate. Toch voelde ze een zweetdruppel over haar rug glijden. 'Kom, richt deze eens op het slot.' Tristan richtte het licht van het scherm van haar mobieltje op het hangslot.

Ze stak de haarspeld in het slot en duwde hem tot helemaal onderin. Toen opende ze nog een haarspeld, boog hem recht en maakte er aan één kant een puntje aan. Ze stak hem boven de andere speld in het slot en begon hem op en neer te bewegen. 'Ik wou dat ik kon zien of die dingen ook reageren...' Voorzichtig wrikkend duwde ze ook deze speld helemaal in het slot. 'Oké, daar gaan we dan.' Toen draaide ze aan beide spelden tegelijk... en het hangslot sprong open.

'Goed zo!' juichte Tristan, iets te hard. 'Sorry,' zei hij er meteen achteraan.

Kate haakte het hangslot open, stopte het in haar zak en opende de deur.

De ruimte was in schaduwen gehuld. Ze trokken de deur achter zich dicht en zetten allebei de zaklamp van hun telefoon aan. Aan één kant stonden een paar oude reclameborden voor zonnebrandcrème en make-up, en een stapel stoelen; in een hoek stond een grote fotoafdrukmachine met een hoop troep erop; een andere wand ging schuil achter een paar plafondhoge kasten met op elke plank tientallen archiefdozen; en tegen de achterwand hing een dik, fluwelen gordijn dat vies en stoffig oogde.

'Tering!' bracht Tristan geïmponeerd uit. 'Moet je zien.' Een deel van de archiefdozen was keurig gelabeld: BELASTINGEN, FACTUREN, WERKCONFERENTIES, PERSONEEL, SALARISADMINISTRATIE.

'En wat dacht je van die daarboven?' zei Kate, terwijl ze naar een rij oud uitziende dozen bij het plafond wees.

Ze keken om zich heen, maar nergens stond een ladder. 'Kijk,' zei Tristan, 'die fotomachine... die staat op wieltjes.'

Met zijn tweeën wisten ze het zware ding naar voren te trekken en naar de andere hoek te schuiven, waarna Tristan erbovenop klom en de oude archiefdozen uit de kast begon te trekken en door te geven aan Kate, die ze op de vloer opstapelde.

Ze opende elke doos eerst, zodat algauw de stofvlokken door de kamer dwarrelden. In de eerste twee zaten slechts wat oude papieren en bankafschriften, maar in de volgende kwam ze de eerste fotomapjes tegen. Het waren vooral portretfoto's van acteurs en groepsfoto's van het personeel van allerlei bedrijven.

Alle fotomapjes waren netjes gedateerd. Terwijl ze nog een paar archiefdozen van Tristan aanpakte, vond ze al wat foto's uit de periode 1989-1991. In het eerste mapje zaten weer alleen acteursportretten, maar toen stuitte ze ineens op een fotoserie van twee jonge meisjes in schooluniform, die in een zonnige slaapkamer poseerden. Hoe verder de fotosessie vorderde, hoe verder de meisjes zich uitkleedden, totdat ze uiteindelijk naakt waren.

'En?' vroeg Tristan, terwijl hij van de fotoafdrukmachine af klom en naast haar kwam staan. 'O, jezus...' stamelde hij toen.

Er waren een stuk of zes archiefdozen die Kate nog niet had geopend. Tristan maakte de eerste open. 'Hier heb ik foto's met de jaartallen 1990 en 1991 erop,' zei hij. 'Hoofdzakelijk tienermeisjes... Maar er is nog meer.'

'Wat was dat?' zei Kate ineens.

Als verstijfd luisterden ze allebei hoe vlakbij een auto tot stilstand kwam. Na een korte stilte werd er een portier dichtgegooid. 'Ach, er wonen hier natuurlijk ook gewoon mensen: aan de overkant staan allemaal rijtjeswoningen,' zei Kate. 'Stop deze maar gauw ergens in. Ik zag daarachter een stapel oude reclametassen liggen.'

Ze liep naar het fluwelen gordijn en trok het een eindje opzij. Tot haar grote schrik zag ze door het kleine raam erachter Paul Adler staan, gekleed in een spijkerbroek en een colbertje. Hij was samen met Tina, het meisje dat voor hem werkte. Ze droeg een kort jurkje en hield, wiebelend op haar hoge hakken, lachend zijn arm beet. Ze kwamen recht op de winkel af lopen.

'Shit! We moeten ervandoor, nu!' zei Kate. Haar hart begon te bonken in haar borstkas.

Ze zag dat Tristan de fotomapjes in een Oil of Olay-tas had gestopt en dat hij weer boven op de fotomachine stond, met een paar archiefdozen in zijn armen. 'Vlug! Geef me de rest aan!' zei hij.

Kate deed wat hij vroeg. Toen sloop ze naar de deur en opende hem op een kier. Er klonk een traag gebrom toen het metalen rolluik voor de winkel omhoogging. Ze kon de voeten van Tina en Paul en een deel van hun benen al zien!

Toen ze zich weer omdraaide, sprong Tristan net van de fotomachine af. Samen duwden ze het logge ding weer op zijn oude plek. 'En nu rennen! En vergeet die tas niet!' fluisterde Kate, en ze duwde Tristan de kamer uit.

Precies op het moment dat het rolluik de hele voordeur had vrijgemaakt, trok ze het hangslot uit haar zak. Maar toen ze knielde om het weer aan de deur te hangen, glipte het uit haar handen. 'Schiet nou op! Hij komt zo binnen!' zei Tristan.

'Ja ja. Ren jij maar vast!' zei Kate, terwijl ze in het donker over de vloer tastte. Ze hoorde hoe de sleutel in het voordeurslot werd gestoken. Een tel later stootte ze met haar hand tegen het hangslot. Ze raapte het vlug op, haakte het weer aan de deur en klikte het dicht.

Ze hoorden hoe het tweede slot van de voordeur werd omgedraaid. Op het moment dat dit openging, vlogen Kate en Tristan door de lange gang naar de personeelsruimte. Kate sloot de deur hiervan zo zacht mogelijk achter zich, terwijl Tristan de achterdeur opende. Toen renden ze samen de laad- en losplaats op en het hek door, dat Kate ook weer keurig dichtmaakte. Pas bij de volgende zijstraat stopten ze met rennen.

'O, mijn god!' zei Tristan luid hijgend, maar hij glimlachte er wel bij.

'Ja, dat was op het nippertje!' zei Kate.

Ze snelwandelden terug naar de auto, af en toe schichtig omkijkend. Gelukkig, ze werden niet gevolgd. Ze stapten in en reden meteen weg.

Kate keek naar Tristan, die de tas met de fotomapjes stevig vasthield.

'Wat moesten die twee zo laat nog in de apotheek?' vroeg hij zich af.

Kate trok één wenkbrauw op. 'Ze kwamen vast geen aspirientjes tellen...'

'Zijn we nu een grens overgegaan, door die dingen te stelen?' zei Tristan toen. Hij keek haar bezorgd aan.

'Nee. Die foto's zien er bepaald niet onschuldig uit, toch?' antwoordde Kate.

'Maar wat als Caitlyn er niet tussen zit?'

'Laten we eerst maar eens diep ademhalen en bijkomen,' zei Kate. De zenuwen gierden ook bij haar nog steeds door de keel. Het was een riskante actie geweest, en het had weinig gescheeld of ze waren op heterdaad betrapt!

Pas op de snelweg dacht ze aan de honkbalpet en zette hem af.

Als die foto's ons maar iets kunnen vertellen...

54

Eenmaal op de snelweg viel Tristan algauw in slaap. Kate genoot van de rust tijdens het rijden.

Het leek wel alsof ze alle gebeurtenissen van de afgelopen dagen nu pas kon verwerken. Jakes foto die door 'de Fan' aan Peter Conway was gestuurd. Dat briefje dat na die stille tocht op haar auto was achtergelaten. Het weerzien met Gary Dolman, die ook nog eens had aangetoond dat er toch een connectie was tussen Peter Conway en Paul Adler. En tussen dat alles door had ze ook nog bijna een terugval gehad. Het had een haar gescheeld of ze had weer alcohol gedronken...

Ze wist niet eens of ze moest huiveren of juichen omdat ze de afgelopen dagen had overleefd. Ze voelde zich vooral schuldig. Omdat ze Jake niet in haar eentje kon beschermen; omdat ze haar huis nu in allerijl zou moeten voorbereiden op zijn komst; omdat ze daarnet ook Tristan in gevaar had gebracht.

Ze vroeg zich af of mannen zich ook zo intens schuldig konden voelen. Zij hoefden zich nooit te schamen wanneer ze als vader amper of helemaal niet aanwezig waren in het leven van hun kind. En Paul Adler met zijn fotocollectie, die hoogstwaarschijnlijk met ten minste één van zijn medewerksters naar bed ging – voelde hij zich niet schuldig? Hij had thuis ook nog een vrouw!

Ze keek naar Tristan, die met zijn hoofd op de tas met foto's hing te slapen. Hoe kon hij zichzelf gewoon uitschakelen en in slaap vallen, na alles wat er was gebeurd? De zenuwen gierden nog steeds door haar lijf, en haar hoofd liep over van gedachten die stuk voor stuk wilden worden gehoord.

De weg strekte zich donker en verlaten voor haar uit. Het enige sprankje licht aan haar horizon was Jake: die kwam bijna vier dagen bij haar logeren! Vier dagen zonder skypetelefoontjes waarin elke minuut telde. Nee, zeeën van tijd zouden ze hebben: om te kletsen, om bij te praten, om samen plezier te maken.

Ergens na middernacht kwamen ze weer in Ashdean aan. De adrenaline was inmiddels uit Kates lichaam verdwenen. Ze voelde zich nu vooral heel erg moe. Het was dan ook een opluchting toen ze eindelijk weer de twinkelende lichtjes langs het strand zag.

Tristan sliep nog steeds, toen ze voor zijn flatgebouw aan zee stopte. Ze boog zich naar hem toe en schudde voorzichtig aan zijn schouder. 'We zijn er.'

Hij opende zijn ogen, en keek eerst wazig om zich heen en toen verbaasd naar de tas met foto's op zijn schoot. 'Ik heb het dus niet gedroomd?' zei hij.

'Echt niet! Nog bedankt voor je hulp!'

Hij knikte glimlachend. Toen wreef hij door zijn ogen. 'Oké... Hoe laat zien we mekaar morgen?'

'Het is zelfstudieweek,' zei Kate.

'O, cool. Lekker uitslapen!'

'Yep. Jake komt dinsdag naar mij toe. Of... het is al maandag, dus eigenlijk moet ik "morgen" zeggen. En ik heb nog een miljoen dingen te doen! Maar zou jij 's middags misschien even willen langskomen? Dan bekijken we samen die foto's en plannen we onze volgende stap.'

Hij knikte en stapte toen uit. 'Slaap lekker,' zei hij.

Kate keek hem na tot hij bij zijn voordeur was. Toen zwaaide hij naar haar en reed ze weg.

Toen ze haar eigen straat in reed, zag ze dat de politieauto voor haar huis alweer was verdwenen. Ze noteerde voor zichzelf dat ze Varia daar morgenochtend meteen over moest bellen.

Eenmaal binnen zette ze een kop thee en ging in de leunstoel bij het raam zitten. En hoe moe ze ook was, ze kon het niet laten om de fotomapjes uit de tas te halen en uit te spreiden op het tapijt. Er was steeds een mapje met foto's; de bijbehorende negatieven zaten in een apart vakje op de voorkant.

Ze knielde op de grond en begon elk pakket door te nemen. De data liepen van 1989 tot 1991 – de jaren dat Peter Conway in Manchester had gewoond – en het leek steeds te gaan om spontane fotosessies met amateurmodellen. De meisjes waren allemaal rond de twintig, klein en fragiel, met lang haar. En alle foto's waren in de zon genomen – dus lente of zomer – in de vrije natuur. De meisjes kleedden zich eerst langzaam uit, totdat ze helemaal naakt waren. Dan poseerden ze eerst nog met een arm voor hun borsten, maar algauw open en bloot. Sommigen lagen op hun rug op een kleed; anderen stonden geleund tegen een boom, met hun rug gekromd en hun ogen gesloten, zogenaamd van opwinding.

Op het eerste gezicht leek geen van de meisjes in nood te verkeren, hoewel je van een foto natuurlijk niet kon zeggen wat er in het model omging. Had Paul Adler hun iets beloofd, had hij hen voor de foto's betaald? Of waren ze gewoon gevallen voor zijn charmes en wilden ze hem graag een plezier doen?

Kate zocht verder. Op een gegeven moment vond ze een setje met een model dat ze dacht te herkennen als Caitlyn. Ze pakte de foto's die Paul haar laatst had gegeven erbij en zag dat ze het inderdaad was. Deze fotoserie leek echter van een andere dag te dateren: Caitlyns haar was wat korter en ze bevond zich in een bos. Ze lag naakt op een kleed en poseerde met een arm onder haar hoofd.

De volgende foto was van verder af genomen. Een naakte man met donker haar zat met zijn rug naar de camera en Caitlyn zat met haar benen om zijn middel. Hiervan waren er meer genomen, heel snel achter elkaar, waardoor het net een soort filmpje was.

Vervolgens kwam er een close-up van Caitlyn, geknield op hetzelfde kleed, met een penis in haar mond. Er was echter iets geks met de twee blote benen naast Caitlyns gezicht, vond Kate. Ze bestudeerde de foto wat beter. Beide benen hadden donkere haren, maar ze waren ietsje anders van proportie: ze hoorden bij twee verschillende mannen, die vlak naast elkaar zaten! Waarschijnlijk fotografeerde de ene man Caitlyn terwijl ze met de andere bezig was.

En ze waren allebei naakt.

Kate bekeek vlug de andere fotomapjes. Er bleken nog twee meisjes voor seks naar het bos te zijn gegaan. Ook hier waren twee mannen bij betrokken en was van geen van beiden het gezicht te zien.

Bij een foto van een donkerharig meisje stopte Kate abrupt. Ze tuurde naar haar gezicht.

'Jezus! Jou ken ik!'

55

Even voor negenen de volgende ochtend klopten Kate en Tristan op de deur van een mooie woning aan de rand van Bristol. Ze hadden maar een paar uurtjes geslapen en waren al om zes uur vertrokken, om de maandagochtenddrukte zo veel mogelijk voor te zijn.

'Wat doen we als ze niet thuis is?' vroeg Tristan.

Daar wilde Kate niet eens aan denken. Ze had nog helemaal niets voorbereid voor Jakes logeerpartij. Op de een of andere manier zou ze ergens vandaag tijd moeten zien vrij te maken voor boodschappen doen, schoonmaken en de bedden verschonen. Ze schoof deze gedachten gauw aan de kant toen ze door het gebrandschilderde raam iemand aan zag komen.

Victoria O'Grady opende de deur, gekleed in een legging en een lange, roze trui. Ze had geen spoortje make-up op, waardoor ze er veel jonger en vooral kwetsbaarder uitzag. 'Hallo?' zei ze verbaasd en geïrriteerd tegelijk. 'Wat doen jullie hier?'

'Kunnen we je even spreken?' vroeg Kate. 'Het is belangrijk.'

'Nee. Ik ben me aan het klaarmaken voor mijn werk. Hoe komen jullie eigenlijk aan mijn adres?' zei ze.

'We hebben je gewoon gegoogeld,' zei Kate. 'Alsjeblieft, het is echt belangrijk. Het gaat over Caitlyns verdwijning.'

'Ik heb jullie al alles verteld wat ik weet. Sorry, maar ik moet jullie echt verzoeken te gaan.' Toen ze de deur wilde sluiten, zette Kate vlug haar voet ertussen. 'Haal weg die voet!' riep Victoria.

Kate trok een foto uit haar tas en stak hem door de kier. Het was niet eens zo'n heel expliciete scène: Victoria zat op haar knieën op een kleed naast twee naakte mannenbenen, ze keek omhoog, de zon scheen op haar gezicht en ze hield haar armen beschermend voor haar borsten. Ze keek alsof ze zich schrap zette voor wat er te gebeuren stond.

Victoria keek even naar de foto en begon toen hevig te trillen. Ze probeerde nog één keer haar voordeur dicht te maken, maar toen liet ze zich hulpeloos tegen de muur zakken. 'O nee, nee...' zei ze, met een pijnlijk vertrokken gezicht. Toen sloeg ze een hand voor haar mond, rende de gang in, trok een deur open en smeet hem met een klap achter zich dicht. Even later hoorden ze haar braken.

De deur waaide open en klapte tegen de muur.

'Tristan... vind jij het heel erg om in de auto te wachten?' vroeg Kate. 'Ik geloof niet dat ze zal willen praten met een man erbij.'

Hij zuchtte, maar knikte toen. 'Oké dan.' Hij pakte de autosleutels van haar aan. 'Maar je houdt wel je telefoon aan!'

Kate kwam de gang in en sloot zacht de voordeur. Toen liep ze naar de badkamer en klopte zacht. 'Victoria?'

'Ga weg!' klonk een gedempte stem. 'Alsjeblieft...'

'Ik heb alle foto's; Paul Adler heeft ze dus niet meer. En als je met me praat, geloof ik dat ik je ook nog kan helpen...'

Er volgde een lange stilte; toen ging de deur langzaam open. Victoria's ogen waren opgezwollen en ze trilde nog steeds over haar hele lichaam.

Kate pakte haar hand. 'Het is goed.' Victoria knikte.

Kate zette thee voor hen tweeën, waarna ze plaatsnamen in de knusse woonkamer.

Het duurde een paar minuten voordat Victoria het woord nam. 'De andere meisjes van de school gaven me altijd het gevoel dat ik niets voorstelde, dat ik maar gewoontjes was. Je hebt onze schoolfoto gezien: het was een prestigieuze meisjesschool. En je weet ook hoe tienermeiden kunnen zijn.

Als Paul Adler in de videotheek kwam, deed hij altijd heel flirterig tegen Caitlyn en mij. Op een keer kwam hij aan het eind van de dag binnen, net toen ik aan het afsluiten was, en vroeg of ik iets met hem wilde gaan drinken. Hij was een knappe man, met een magnetisch soort aantrekkingskracht: een beetje gevaarlijk en tegelijkertijd spannend. En hij zei dat hij me mooi vond. Dus begon ik met hem uit te gaan: ritjes maken met zijn auto en zo. Op een dag nam hij me mee naar een meertje en had hij een fantastische picknick voor me geregeld. Hij gedroeg zich de hele tijd als een echte heer; ík was juist degene die de eerste stap zette, waarna we begonnen te zoenen...

Een paar weken later vroeg hij me weer mee. Ditmaal vertelde hij dat hij een nieuwe fotocamera had en dat hij die eens wilde uitproberen. We hadden wijn gedronken, dus was ik een beetje tipsy, en dat gaf me zelfvertrouwen. Hij vroeg me voor hem te poseren en maakte allerlei foto's van me – gewoon met mijn kleren aan. Het was een heerlijke dag, en naderhand gaf hij me zelfs de afdrukken...' Ze veegde een traan uit haar ogen. 'Hij leek zo'n aardige kerel, terwijl ik me nu pas realiseer dat hij me toen... Dat hij gewoon bezig was me te...'

'*Groomen*,' vulde Kate aan. 'Langzaam en liefjes inpakken, met een heel ander doel.'

Victoria rolde met haar ogen en pakte een tissue. 'Als je het zo zegt, is het overduidelijk. Wat was ik toch stom en naïef...' Ze snoot haar neus.

'Heb je ooit iemand over die picknicks verteld?' vroeg Kate.

'Nee. Hij had me laten beloven dat ik dat niet zou doen. Volgens hem zou hij dan zijn vergunning kwijtraken, en hij had ook nog een zieke moeder om voor te zorgen. Volgens hem moesten we gewoon even wachten – tot ik zestien was, dan zouden we kunnen trouwen... Achteraf bezien dacht ik echt dat we een relatie hadden. Hoe gestoord is dat, hè?'

'En Caitlyn?'

'Op een gegeven moment ontdekte ik dat ook zij met hem afsprak. Tot dan toe had ik gedacht dat ik de enige was. Dus toen kregen Caitlyn en ik een gigantische ruzie, waarna ik ervoor zorgde dat mijn vader haar ontsloeg. Vervolgens confronteerde ik Paul ermee. Ik geloof wel dat hij schrok van hoe boos ik was... Hij nodigde me opnieuw uit voor een picknick, "om het goed te maken". De volgende dag zou hij me meenemen naar een bos, Jepson's Wood, waar we nog niet eerder waren geweest. Een magische plek, volgens hem, zijn lievelingsplek. En hij zei dat hij me er iets wilde vragen.'

'Een huwelijksaanzoek?' zei Kate.

'Daar zinspeelde hij wel op, ja...' Victoria schudde weer haar hoofd en haalde diep adem. 'Hij had heerlijke picknickspullen ingepakt, met wijn en alles... Ik herinner me alleen niet dat hij daar zelf veel van dronk. Hij bleef mijn glas maar bijvullen. En op een gegeven moment begon ik me heel raar te voelen, warrig, alsof ik buiten mijn eigen lichaam zweefde of zo. De rest van die middag is één waas.

Opeens was er een andere man bij. Ik weet alleen nog dat ze allebei tegen me praatten, maar ik kon er niets van verstaan. En toen waren ze opeens naakt... en toen ik mijn hand naar beneden deed, voelde ik dat mijn korte broek en slipje ook weg waren...' Victoria brak. Ze sloeg haar handen voor haar gezicht en begon luid te snikken.

Kate stond op, liep naar haar toe en sloeg een arm om haar heen.

'Verder herinner ik me niet zo veel meer van die middag. Het volgende ogenblik was ik weer helder. Ik zat thuis in bad en ik bloedde. Je weet wel, daarbeneden,' zei ze.

'Waar waren je ouders toen?' vroeg Kate.

'Die waren er die dag niet. Ze kwamen pas 's avonds laat thuis, toen ik me allang weer had opgeknapt...

De volgende ochtend belde Paul: hij wilde me spreken. We spraken af in de apotheek, en daar liet hij me die foto's zien: alles wat ze met me hadden gedaan, bleken ze ook nog te hebben gefotografeerd! Hij zei dat als ik er ooit iets over vertelde, hij deze foto's naar mijn ouders zou sturen én naar de brievenrubrieken van alle pornobladen. Dat was nog voor het internettijdperk, en heel veel mannen bekeken in die tijd de ingezonden brieven en foto's van lezers – ook mijn vader. Als hij mij daar ineens tussen had zien staan...'

'O, Victoria. Wat vreselijk voor je.'

'Alleen al het feit dat hij ze al die tijd heeft gehad...'

'Wil je ze nog eens zien?' vroeg Kate.

'Nee. Ik heb ze één keer gezien: ze zijn walgelijk expliciet. Ik heb sinds die tijd nooit meer van seks kunnen genieten.'

'Weet je toevallig wanneer Caitlyn deze twee heeft ontmoet? Want ik heb precies zo'n serie van haar, met dezelfde mannen.'

'Nee, dat weet ik niet. Na die ruzie en haar vertrek bij de videotheek heb ik haar nooit meer gezien...'

'Toen ze niet lang daarna vermist raakte, moet je hier ook aan hebben gedacht.'

'Jazeker. Denk je dat ik me niet schuldig voel? Denk je dat dit me niet al jaren achtervolgt? De angst voor wat hij met die foto's zou kunnen doen... Na verloop van tijd begin je meer te denken in termen van overleven. Ik heb het al zo lang overleefd, iedereen zal het onderhand zijn vergeten. Ik stop het gewoon heel diep weg, dan zal niemand het er ooit meer over hebben...'

'Die andere man op die foto's... was dat Peter Conway?' vroeg Kate.

'Dat weet ik niet. Er zijn in de loop der jaren wel wat herinneringen bij me teruggekomen, maar ik zie die twee steeds alleen vanaf de plek waar ik lag, in tegenlicht, met de zon achter hen, waardoor ik hun gezichten niet kon zien...

Maar ik heb wel íéts,' zei ze toen. Ze wreef haar ogen droog en stond op. Toen keerde ze Kate haar rug toe en begon haar lange trui en een deel van het T-shirt eronder op te tillen. 'Het is intussen wel wat uitgerekt omdat ik dikker ben geworden, maar dit is de plek waar een van die twee me heeft gebeten.'

Kate zag een litteken van bobbelige huid rond een vrij duidelijke afdruk van tanden. 'Peter Conway...' fluisterde ze.

Victoria draaide zich om en ging weer zitten. 'Ik heb zijn gezicht nooit gezien... Maar ik had naderhand allemaal blauwe plekken rond mijn hals, dus ik denk dat ze me ook hebben proberen te wurgen.'

'Ja,' zei Kate zacht, 'daar zijn ook foto's van.'

'Maar wat gebeurt er nu?' vroeg Victoria ineens paniekerig. 'Weet hij dat jij deze foto's hebt?'

Kate legde haar uit hoe ze aan de foto's was gekomen. Daarna vertelde ze dat ze de politie erover ging inlichten, waarna Victoria een officiële verklaring zou moeten afleggen, met de foto's als bewijs. 'Wij hebben de originelen én de negatieven,' zei ze. 'Maar praat alsjeblieft met de politie, zorg dat het wordt vastgelegd.'

Toen Kate Victoria's huis verliet had ze inmiddels contact opgenomen met Varia, die haar had toegezegd alles vanaf dat punt over te nemen. Victoria's verhaal was de zoveelste schokkende onthulling voor Kate.

'Wat gaat er nu gebeuren?' vroeg Tristan.

'Ik hoop dat de politie met Paul Adler gaat praten. Ergens zou ik nu wel weer even bij de politie willen zitten. Wat zou ik graag bij die vent aankloppen en hem voor verhoor naar het bureau sleuren!'

Tijdens de terugrit voelde Kate zich verscheurd, en ook haar schuldgevoel keerde weer terug. Het allerliefst zou ze nu gewoon verdergaan met het onderzoek. Maar ja, Jake kwam, en tegelijkertijd wilde ze niets liever dan allerlei leuke dingen met hem gaan doen...

Ze zette Tristan af bij zijn appartement. 'Zodra ik iets hoor, laat ik het je weten,' beloofde ze. 'Maar nu moet ik mijn huis gaan poetsen en me voorbereiden op Jake.'

'Oké, we houden contact,' zei hij.

Kate reed meteen door naar de supermarkt en laadde haar winkelwagentje vol met lekkere spullen voor Jakes logeerpartij. Toen ze naar huis reed, wierp ze een verontruste blik in de achteruitkijkspiegel. Twee auto's achter haar reed een auto waarvan ze zou durven zweren dat hij op weg naar de supermarkt ook al achter haar had gezeten. Maar zo goed had ze nu ook weer niet opgelet. Waren dit pure zenuwen, of werd ze echt geschaduwd? Net toen ze dit dacht, sloeg de auto af, voordat ze de chauffeur had kunnen bestuderen.

Ze schudde deze paranoïde gedachte vlug uit haar hoofd, al hield ze die hele dag een knagend gevoel in haar buik.

56

Kate was opgetogen toen ze Glenda en Jake de volgende middag om drie uur bij haar huis zag aankomen. Ze hadden een lange autorit achter de rug, dus nam ze hen meteen mee naar het strand, om lekker uit te waaien. Het was een zonnige dag. Er stond wel wat wind, maar het was aangenaam genoeg om de schoenen uit te trekken en wat te pootjebaden. Jake was al vooruit gerend en stond met een stok in een van de getijdenpoeltjes te prikken.

'Hij vond het zó spannend dat hij naar jou ging! Hij kon er gisteravond niet van in slaap komen,' zei Glenda terwijl ze over het zand liepen. 'Hij valt vast straks op de bank al in slaap.'

Kate vond het heerlijk om te horen dat haar zoon het leuk vond om naar haar te komen.

Jake bukte zich net om een grote, brede getijdenpoel van dichterbij te bekijken en deed toen een grote sprong naar achteren. 'Godver! Hier zit een enorme kwal in, met blauwe streepjes!' riep hij.

'Jake, niet vloeken!' zei Glenda.

Hij reageerde er niet op en begon weer in de getijdenpoel te poken. Vervolgens stapte hij er plompverloren in en waadde erdoorheen.

'Hou je wel een oogje op hem?' zei Glenda tegen Kate. 'Laat hem niet te ver afdwalen.'

'Natuurlijk,' zei Kate verontwaardigd. 'Ik ben niet achterlijk.'

Jake tuurde in het water en begon foto's te maken met zijn telefoon.

'Wat heb je hem over die surveillanceauto verteld?' vroeg Kate aan haar moeder.

Ze had contact opgenomen met de politie van Whitstable, om hun te vertellen dat Jake een paar dagen bij haar kwam logeren. Zij hadden het vervolgens gecoördineerd met de politie van Devon and Cornwall, en nu stond er dus weer een politieauto voor Kates huis. Ze leken te denken dat Kate en Jake sámen een belangrijker doelwit vormden.

'Ik heb hem verteld dat er een slechte man is, die iets te maken heeft met Peter Conway, en dat de politie op zoek is naar die man. En dat ze daarom nu, puur als voorzorgsmaatregel, hier op wacht staan,' zei Glenda.

'Was hij daar tevreden mee? Stelde hij niet meer vragen?'

'Jawel, maar ik heb het vaag gehouden. Als ik heel eerlijk ben, wilde ik zijn bezoekje aan jou eigenlijk afzeggen na alles wat er is gebeurd. Maar nu de politie er is, voel ik me er wel wat beter over,' zei Glenda.

'Ik zal goed op hem passen, mam,' zei Kate. Het irriteerde haar dat haar moeder haar nog steeds niet echt met Jake vertrouwde.

'Weet ik, lieverd. Hou ook maar een oogje op de politie: dat-ie niet indommelt tijdens zijn werk.'

'Surveillanceagenten dommelen niet in tijdens hun werk,' zei Kate. Ze dacht aan al die keren dat ze zelf had gesurveilleerd en voelde zich verplicht om haar voormalige carrière te verdedigen.

Jake stond nu in het midden van de getijdenpoel. De zanderige bodem zakte een beetje weg, waardoor hij tot aan zijn middel in het water stond. 'Aah! Koud!' Hij trok een grimas.

'Jake! Die broek heb je net schoon aangetrokken, dat is je enige nette broek!' riep Glenda geschokt. Kate onderdrukte een glimlach, terwijl Jake zijn oma opnieuw negeerde.

'Mam,' zei Kate, en ze legde een hand op Glenda's arm. 'Het is maar zeewater. En ik was niet van plan om met hem naar een chic restaurant of naar de kerk of zo te gaan. Wij gaan gewoon een hoop plezier beleven samen. En jij kunt tot zaterdag lekker bijkomen.'

Toen het voor Glenda tijd was geworden om te gaan, was Jake daar niet erg verdrietig over. Hij maakte zich drukker over het feit of ze nog teruggingen naar het strand: hij wilde graag een gigantisch zandkasteel gaan maken.

Toen ze naar haar auto liepen, wilde Glenda per se kennismaken met de politieagent in de auto. Hij was in de twintig en zat net een boterham te eten toen ze op zijn zijraam klopte. Hij slikte zijn hap vlug door en liet het raampje zakken.

'Hallo, ik ben Glenda Marshall. En jij bent?' vroeg ze, terwijl ze hem met haar kraalogen strak aankeek.

'Agent Rob Morton,' zei hij. Hij veegde zijn handen af aan een zakdoekje, haalde zijn politiepenning tevoorschijn en liet hem haar zien.

Glenda wierp er een vluchtige blik op. 'Als je maar goed op Jake, mijn kleinzoon, past. Dit is trouwens mijn dochter, Kate. Zij heeft ook bij de politie gezeten!'

'Hallo,' zei Rob.

Jake stond intussen in zijn natte broek naast hen van de ene voet op de andere te wippen. Het leek hem weinig te boeien dat hij politiebescherming genoot. Kate wist niet of ze dat als een goed of een slecht teken moest zien.

Is hij soms al gewend aan al deze waanzin?

'Ik wilde je gewoon even komen begroeten en benadrukken dat we echt waarderen wat je doet. Ik heb Kate gevraagd om zo nu en dan een kop koffie voor je te zetten. Dat houdt je scherp,' zei Glenda.

'Het is tot nu toe erg rustig geweest,' zei Rob met een glimlach. 'Er is een camperplaats iets verderop, maar die is zo goed als leeg: alleen een paar fanatieke kampeerders die de wind trotseren.' Toen deed hij zijn raampje weer omhoog en begon aan de rest van zijn boterham.

Ze liepen met zijn drieën naar Glenda's auto. 'Nou Jake, altijd doen wat mamma zegt, oké?' zei Glenda.

'Ja, oma... Wij kunnen het prima met elkaar vinden, dus dat komt heus wel goed,' zei Jake. Glenda boog zich naar voren om een kus op zijn wang te geven. '*Iew!*' riep hij uit, en hij veegde met een zanderige hand over zijn gezicht.

'Bedankt, mam. Rij voorzichtig. En als er problemen zijn, bel ik je.'

'Het duurt niet lang meer of hij kan logeren waar en zo lang hij maar wil,' zei Glenda. Kate hoorde het vleugje bitterheid in haar moeders stem. 'Hou hem goed in de gaten. Hij is me erg dierbaar.'

Kate begreep heel goed hoe gehecht Glenda aan hem was en hoe zwaar het voor haar moest zijn om hem steeds groter te zien worden. Ze had er zelf zó lang mee gezeten dat ze niet langer samen met Jake in één huis woonde... 'Ik zal hem met mijn eigen leven bewaken,' beloofde ze.

Ze keken Glenda's auto na tot ze in de bocht verdween.

Toen zei Jake: 'Ik dacht dat ze nooit zou vertrekken! Zullen we nu teruggaan naar het strand?'

'Ja! Laten we een zandkasteel gaan bouwen,' riep Kate enthousiast.

De roodharige Fan zat in zijn auto aan de rand van de camperplaats, tussen de geparkeerde auto's van de kampeerders en een paar hondenuitlaters. Hij was vandaag met een gehavend wit busje, de auto die hij het liefst gebruikte om in de massa op te gaan. En hij droeg wandelkleding: als iemand te erg op hem lette, kon hij zó uitstappen en gewapend met een kaart en een rugzak de heuvel op lopen.

Toen Glenda langsreed, deed hij dan ook alsof hij verdiept was in een grote landkaart. Een paar uur eerder had hij haar samen met Jake zien aankomen. Het was bijna te mooi om waar te zijn: Kate én het kind, alleen in huis. Hij hield Kate al een paar dagen in de gaten en had daarbij een paar problemen bespeurd: de oude vrouw van de surfwinkel en nu ook nog een politieauto voor de deur.

Dit zou enkele wijzigingen in zijn plan vergen, maar aan de andere kant: hij hield er wel van om creatief te zijn. Hij wachtte nog een paar minuten. Toen startte hij zijn motor en reed weg. Zijn voorbereidingen waren bijna afgerond, het hele toneelstuk stond op het punt van beginnen. Hij kwam hier terug.

Kate en Jake liepen het strand weer op. Kate liet zich er in een ligstoel zakken en keek toe hoe Jake aan zijn zandkasteel begon. De lucht was nu helder en de zon maakte het allemaal best aangenaam.

Haar telefoon begon te rinkelen in haar zak. Toen ze hem eruit haalde, zag ze dat het Tristan was.

'Kate, er zijn ondertussen dankzij Victoria O'Grady wat stappen ondernomen,' zei hij. Hij klonk opgewonden. 'De politie heeft haar verklaring opgenomen – hetzelfde verhaal als wat ze jou had verteld – en ze hebben de foto's bestudeerd die wij uit Paul Adlers apotheek hadden meegenomen. Volgens Varia is er nu voldoende bewijsmateriaal om de zaak-Caitlyn Murray te heropenen. Morgen gaat er al een team naar Jepson's Wood... Maar ik neem aan dat jij daar niet bij kunt zijn?'

'Nee, helaas. Je weet dat Jake bij me op bezoek is,' zei Kate. Haar zoon had intussen een gat gegraven waar hij al tot aan zijn middel in kon staan.

'Ja, oké. Maar ik kan wél gaan – als je dat tenminste goedvindt?'

'Natuurlijk! Laat je me wel weten wat eruit komt?'

'Zodra ik iets nieuws hoor, bel ik je.'

Ze verbrak de verbinding. Het onderzoek voelde nu al zó ver weg! Al moest ze tot haar schaamte ook bekennen dat een klein deel van haar nu wilde dat Jake een andere keer was gekomen... Ze duwde deze gedachte gauw weg en ging Jake helpen met het zandkasteel. Ze wisten met zijn tweeën een indrukwekkend bouwwerk neer te zetten, met vier torentjes en een slotgracht – waarna een gigantische golf hun hele kunstwerk weer wegspoelde en hen allebei kletsnat maakte.

Ze liepen terug naar het huis, waar Kate een paar handdoeken voor hen pakte om zich af te drogen en weer een beetje warm te worden. De zon was intussen achter een paar wolken verdwenen en het was een stuk kouder geworden.

'Mam, dat was echt het mooiste zandkasteel ooit! Bij ons kan ik nooit zoiets bouwen, daar is het strand een en al kiezels.'

Nu hij voor het eerst sinds een paar maanden weer in haar woonkamer stond, zag Kate opeens hoe lang hij al was. 'Ga eens bij de deur staan,' zei ze. En ze pakte een pen en zette een streepje bij de bovenkant van zijn hoofd. Toen deed hij een stap opzij, waarna ze samen naar de vele streepjes op de deurstijl keken: bij elk bezoek een stukje langer.

'Jeetje, nog even en je bent langer dan ik!' zei Kate, terwijl Jake met zijn vinger aan de streepjes voelde. De tijd was zo snel gegaan. Het zou niet lang meer duren of zijn jeugd zat er alweer op. Ze zou zich eigenlijk bij hem willen verontschuldigen – omdat ze zijn leven zo ingewikkeld had gemaakt, omdat ze...

'Mam... Ik ben kletsnat en dat zand schuurt tussen mijn billen,' zei hij, en hij trok er een grappig gezicht bij.

Kate trok hem naar zich toe en omhelsde hem stevig.

'Waar was dat voor?' wilde hij weten. 'Je zou me eerder straf moeten geven, omdat ik met mijn goeie goed de zee in ben gegaan.'

'Gewoon,' zei Kate. 'Ik had even een knuffel nodig.'

Jake rolde met zijn ogen. 'Vrouwen...' zei hij.

'Kom, dan breng ik jou eens naar boven en zorg ik dat je droge kleren aan je kont krijgt,' zei ze.

Ze bracht hem naar de voorste slaapkamer, naast de hare. Die kamer kreeg hij altijd als hij bij haar logeerde. Er lag een kleurige, gestreepte deken op het bed, er stond een boekenkast vol kinderboeken – al besefte ze heus wel dat hij daar onderhand te groot voor was – en het raam keek uit op het strand.

Jake streek met zijn vinger over het hoofdbord om te zien of er stof op lag. 'Nou Catherine, je bent niet zuinig geweest met de meubelwas...' zei hij, in een griezelig goede imitatie van Glenda.

'Heb je nog hulp nodig bij het uitpakken?' vroeg Kate, nog nagniffelend.

Jake zette zijn tas op het voeteneind van het bed. 'Nee hoor, alles onder controle,' zei hij, en hij gebaarde dat ze weg kon gaan.

'Oké, oké. We eten vanavond cumberlandworstjes met frietjes en bonen. Ik zal het vel voor je van de worstjes halen,' zei ze.

'Cool!'

'En ik heb Phish Food-ijs als toetje.'

'Jij wint de prijs voor Beste Moeder,' zei hij. Toen sloot hij de deur.

Kate liep naar beneden om aan het eten te beginnen. Ze voelde zich helemaal warm en blij dat Jake er was. Het enige wat haar blijdschap een beetje temperde, was de politieauto die ze voor haar deur zag staan. Hij deed haar weer denken aan de zaak, en aan het feit dat Tristan nu zonder haar naar Jepson's Wood zou gaan.

Die eeuwige strijd ook tussen een goede moeder zijn en een carrière! Ze stopte deze gedachte gauw weg en ging koken.

57

De volgende ochtend trof Tristan Victoria O'Grady en een team van politieagenten in Jepson's Wood. Hij had de auto van zijn zus voor een dagje geleend (en had haar op straffe des doods moeten beloven hem heel terug te brengen).

Het bos was in de afgelopen jaren behoorlijk gekrompen. Het was tegenwoordig nog maar een paar vierkante kilometer groot en werd aan alle kanten omringd door nieuwbouw. Het deel waar de politie zou gaan zoeken lag aan de rand van een woonwijk: een lange rij schuttingen grensde aan de bomen.

Bij een hek stonden een politiebusje en een paar politieauto's. De man van de kadaverspeurhonden was net gearriveerd. Hij stond te praten met een van de agenten.

Tristan haalde twee koppen thee bij het busje en liep ermee naar Victoria. Haar ogen waren dik en rood van het huilen. Ze droeg een grote oranje bontmantel. 'Bedankt dat je er bent,' zei ze. 'Ik kan nog steeds niet geloven dat we dit echt gaan doen...'

'Ik verwachtte eigenlijk twee grote, woeste Duitse herders,' zei Tristan lachend, toen hij de hondenbegeleider zijn busje zag openen. Twee Cavalier King Charles-spaniëls sprongen eruit en begonnen enthousiast blaffend in het rond te rennen. Ze hadden allebei een pluizige witte kop en lange bruine flaporen.

Victoria lachte mee. De honden kwamen naar hen toe gedarteld, rolden zich om en lieten zich genietend over hun buik kroelen.

De hondenbegeleider kwam zich aan hen voorstellen. 'Harry Grant,' zei hij. Hij was een opgewekte man van achter in de vijftig met dun grijs haar. 'En dit zijn Kim en Khloe.'

'Wat een leukerds,' zei Tristan toen Kim, de grootste van de twee honden, speels op de manchet van zijn jack begon te kauwen.

'Onderschat ze niet, met die schattige pluizenkoppies van ze. Ze zijn ongelooflijk goed in hun werk. Ze zijn allebei speciaal getraind in het opsporen van de geur van rottend vlees.'

'Maar Caitlyn is al twintig jaar vermist. Zelfs áls ze hier begraven ligt, wat is er na al die tijd dan nog van haar over?' vroeg Tristan.

'O, ik heb ze al in zo veel verschillende omstandigheden getest! Zo hebben ze een keer geholpen bij de oplossing van een cold case die maar liefst achttien jaar terugging. De politie vermoedde dat een man zijn dochter had vermoord en begraven in de tuin, waarna hij haar lichaam kort daarna zou hebben verplaatst. Die twee daar wisten alsnog te vinden waar het lichaam in eerste instantie had gelegen, ook al was dat al achttien jaar geleden heel ergens anders begraven. Toen de politie er ging graven, vonden ze een paar piepkleine fragmenten van de tanden en de schedel van het kleine meisje.'

'Hoe diep kunnen ze zo'n geur eigenlijk oppikken?' wilde Victoria weten.

'Tot tweeënhalf à drie meter,' zei Harry, terwijl Khloe op haar rug lag zodat Victoria haar roze buik kon kriebelen.

Toen ze hun thee ophadden, liepen ze naar het gedeelte van het bos waarvan Victoria had onthouden dat de bewuste picknick met Paul Adler er had plaatsgevonden. Zwijgend liepen ze naar de rand van het bos. Het was zo stil dat je alleen het verkeer op de snelweg in de verte hoorde. Victoria, in haar oranje jas, wankelde over de ongelijke bodem, geflankeerd door vier politieagenten en Tristan. Harry bleef achter bij de honden in zijn busje. Hij zou wachten totdat Victoria precies had aangewezen waar de zoektocht moest beginnen.

Ze kwamen bij een open plek die was bedekt met dennennaalden. De zon scheen zwakjes tussen de takken door en maakte lichtvlekjes op de grond. 'Het is hier allemaal zo veranderd,' zei Victoria. Ondanks haar dikke jas en de zon zag Tristan dat ze rilde. 'Dit gedeelte was vroeger veel groter.'

'En waar was dat meer?' vroeg Tristan.

Een van de agenten bestudeerde de kaart die hij in zijn handen hield. 'Zo'n vierhonderd meter die kant op lag een meertje.' Hij wees naar een plek waar nu alleen rijen daken te zien waren.

Victoria keek om zich heen en knikte. 'Het was hier ergens, vlak bij deze open plek. We gingen iets dieper het bos in, maar niet te ver, omdat de bomen daar te dicht op elkaar stonden.'

Een politieagent met een keurig getrimd zwart sikje keek om zich heen. 'Hoe weet u dat zo zeker?' informeerde hij. Het klonk vriendelijk, niet alsof hij aan haar twijfelde.

'Omdat ik me de afslag van de hoofdweg nog herinner. Daar staat een heel oude telefooncel, een eindje voordat het pad doodloopt bij een paar akkers. De bomen zijn nu veel hoger, maar ik zal nooit vergeten waar hij me toen naartoe bracht,' zei ze.

'Hoe groot is ruwweg het gedeelte waarvan u denkt dat de honden het zouden moeten doorzoeken, in overeenstemming met wat u zich herinnert?'

'Deze hele open plek en nog een stukje tussen de bomen, daarzo,' zei ze. Haar ogen vulden zich weer met tranen en ze zocht in haar jas naar een zakdoekje.

'Oké,' zei de agent, en hij pakte zijn radio. 'Harry, wij zijn hier klaar voor Kim en Khloe.'

Ondanks de ernst van de situatie moest Tristan een glimlach onderdrukken.

Alles hangt nu af van de schattige pluizenbollen Kim en Khloe. Laten we maar hopen dat er niemand langskomt met een hamburgerkraampje, die ze afleidt... Ik kan me niet voorstellen dat die twee honden iets anders zullen ruiken dan mos en rottende bladeren.

Kim moest als eerste aan de bak. Iedereen ging naar achteren toen Harry haar riem losmaakte en ze snuffelend begon rond te rennen over het deel dat Victoria had aangewezen. De hondenbegeleider werkte het hele stuk methodisch met haar af en zorgde er daarbij voor dat ze overal kwam – een beetje zoals je ook een grasveld zou maaien. Na ongeveer tien minuten kwam de hond bij een hoge, dikke eik. Ze bleef staan, draaide er een rondje omheen en begon met wat meer overgave te snuffelen. Haar lange pluisoren gleden over de dikke laag bladeren en dennennaalden. Toen ging Kim zitten, gooide haar kop in haar nek en begon luid te blaffen. Een agent markeerde vlug deze plek. Daarna snuffelde Kim nog wel een kwartier lang rond. Maar op een gegeven moment keerde ze terug naar dezelfde plek en begon ze opnieuw te blaffen.

Tristan en Victoria hadden de hele tijd zwijgend staan toekijken, maar toen de hond voor de tweede keer begon te blaffen, voelde Tristan de spanning toenemen.

'Misschien is het gewoon een dooie vogel of een vos of zo,' zei Victoria. Haar stem klonk schor van emotie.

'Nee,' zei Tristan. 'Volgens Harry is ze alleen getraind op het vinden van menselijke resten.'

Harry gaf Kim een paar hondensnoepjes en liep toen met haar terug naar het busje. De politieagenten bleven bij de rand van de open plek staan.

'Wat gebeurt er nu?' vroeg Victoria aan de agent met het sikje.

'Nu gaat hij de tweede hond halen om het te controleren, voor de zekerheid. Maar ik geloof dat we de roos al hebben geraakt, hoor: Kim heeft hoe dan ook menselijke resten gevonden.'

58

Kate was op haar normale tijdstip wakker geworden – half acht – maar Jake sliep door tot tien uur. Nog een verandering die haar eraan herinnerde dat hij nu toch echt een puber was: vroeger was hij altijd om zes uur al helemaal helder en druk.

Ze scharrelde wat door het huis en zette een kop thee voor zichzelf en de politieagent buiten. En ze belde Tristan, die nog onderweg was naar Jepson's Wood en opnieuw beloofde haar op de hoogte te houden.

Toen Jake eindelijk op was, gingen ze eerst samen zwemmen. Het weer was mooi helder en het water kalm. Jake was opgetogen dat hij zijn wetsuit en waterschoenen nu eindelijk kon gebruiken. Ze brachten een vrolijk uurtje samen in de zee door, spetterend in de branding en onder water duikend met hun zwembril op. Daarna gingen ze in Ashdean ergens lunchen.

Toen ze daarvan thuiskwamen, kwam Myra met hen mee voor een fikse strandwandeling. Kate vond het prachtig om te zien hoe leuk zij met Jake omging. Bij de getijdenpoelen bleek ze bovendien alle zeedieren te kunnen benoemen die zich in de duistere diepten schuilhielden, en wist ze er van alles over te vertellen. Jake was als gebiologeerd.

Agent Rob Morton was bezig aan zijn derde dagdienst voor Kates huis, en het beloofde opnieuw een lange, saaie dag te worden. Zijn diensten liepen van zeven uur 's ochtends tot zeven uur 's avonds. Hij was dan ook erg blij met alle kopjes thee en koffie die Kate en haar buurvrouw hem brachten.

Het slechte eten waar hij zich de laatste dagen mee had moeten behelpen, was echter niet best voor zijn darmen. Sinds zijn vriendin Danni bij hem weg was, moest hij ook wat de catering betrof voor zichzelf zorgen. Hij miste Danni's boterhammen en zelfbereide avondmaaltijden eigenlijk meer dan hij háár miste. Hij keek naar zijn lunch van vandaag, die op de passagiersstoel naast hem lag: een zweterige kaas-uiensandwich van het tankstation. Duur en vies: dat was zijn lunch nu al voor de derde dag op rij.

Nee, dit soort langdurig surveillancewerk was echt slopend. Terwijl hij daar zo zat, met de radio aan, dwaalden zijn gedachten alweer af naar wat hij vanavond zou gaan eten. Het enige wat hij nu wilde was naar huis rijden, in bad gaan en dan lekker op de bank in slaap vallen. Hij zou zichzelf vanavond eens trakteren en sushi laten thuisbezorgen, van die nieuwe zaak in Ashdean. Maar toen hij zijn portemonnee uit zijn zak trok, zag hij dat hij nog maar een tientje had. Shit!

Maar er hing immers een geldautomaat bij de surfwinkel! En omdat hij zijn benen toch wel even wilde strekken, stapte hij uit en slofte naar de automaat. Kates huis lag aan het eind van de straat, daarna liep deze dood. Het was typisch zo'n straat waar nooit veel gebeurde. Toch moest hij zijn ogen openhouden, juist omdát het er zo rustig was en geen enkel huis op dat van Kate uitkeek.

Het schermpje van de geldautomaat was wazig door het dunne laagje zout dat erop zat. Hij wreef het weg met de mouw van zijn uniform. Hij stak zijn kaart in de gleuf en nam vijftig pond op. Toen pas zag hij dat dit apparaat hem voor dit voorrecht maar liefst vijf pond in rekening bracht. Hij zou die oude vrouw eens vragen of zij wist waar dat geld aan werd besteed.

Terwijl hij de biljetten in zijn portemonnee stak, zag hij dat een eindje verderop in de straat een wit busje was gestopt. Een lange, roodharige man in wandelkleding was eruit gestapt en zat nu zijn wandelschoenen aan te trekken.

Toen Rob alweer in zijn auto zat, zag hij dat de wandelaar een grote rugzak om zijn schouders hing en een kaart pakte. Daarna kwam hij regelrecht op hem af lopen.

De roodharige Fan keek om zich heen terwijl hij op de politieauto af liep. Hij was net al over het strand onder Kates huis gewandeld en had haar toen op het zand gezien, met Jake en de oude vrouw van de surfwinkel.

Toen hij bij de politieauto aankwam, zag hij er een magere agent met een bleek gezicht en een sippe blik in zitten. Hij glimlachte vriendelijk naar hem en klopte op het zijraam. De politieagent schonk hem een bozige blik nadat hij het raampje had laten zakken.

'Hallo! Sorry dat ik u stoor, meneer agent,' zei hij. 'Maar is hier nu het begin van de kustwandeling naar Ashdean?' Hij hield een opgevouwen kaart van de omgeving omhoog. Zijn hand vloog onopvallend even naar de zak van zijn korte broek, waarin hij de omtrek van een stiletto en een dot wattenbolletjes voelde.

De agent negeerde de kaart, maar draaide zijn hoofd en keek achter zich. 'Ja. Volgens mij moet je dat voetpad daar hebben,' zei hij.

Hij wilde het raampje net weer dichtdoen toen de Fan zijn kaart op de sponning legde. 'Agent, ik ben echt waardeloos met kaarten. Is dat dat voetpad waar zo veel van is afgebrokkeld? Ik zou niet graag over de rand van het klif vallen...' En hij duwde de kaart naar binnen, waardoor de agent werd gedwongen deze met beide handen aan te pakken.

Rob Morton keek er even verward naar. 'Moet je horen, vriend. Ik heb dienst en...'

De Fan stak zijn hand in zijn broekzak. Met een soepele, snelle beweging haalde hij de stiletto eruit, zette hem tegen het rechteroor van de agent en drukte op het knopje. Het twintig centimeter lange lemmet schoot eruit en doorboorde de hersenen van de politieagent.

Het ging allemaal zo snel.

De agent keek geschrokken op naar de Fan; toen schokte zijn lichaam en graaide hij naar de hand die het mes tegen zijn hoofd gedrukt hield. De Fan draaide het lemmet en trok een cirkel door het hersenweefsel van de agent. Deze begon daarop weg te glijden, hij rochelde en er verscheen schuim op zijn mond. Minder dan een minuut later bleef hij doodstil zitten.

De Fan trok zijn mes er weer uit en vulde het oor van de agent met de watten. Toen zette hij hem zo overeind dat het vanaf een afstandje leek alsof hij gewoon in zijn auto zat. Hij haalde een zakdoekje tevoorschijn en veegde eerst de kin van de agent en toen het mes ermee af. Vervolgens liet hij het lemmet weer naar binnen schieten en stopte het mes terug in zijn broekzak.

Hij keek om zich heen. De straat was nog steeds stil en rustig.

Nu was het tijd om in te breken in Kates huis en rustig af te wachten.

59

Tristan stond naast Victoria in Jepson's Wood toen de tweede kadaverhond, Khloe, zich over de open plek heen werkte, met haar neus vlak boven de bosbodem. Ze stopte op exact dezelfde plaats als Kim, ging er zitten en blafte.

Binnen een uur was het forensisch team ter plaatse.

Tristan en Victoria kwamen dichterbij en keken hoe drie forensisch medewerkers een deel van de bladeren en dennennaalden weghaalden en begonnen te graven. Enkele minuten later begon het te regenen, waarop haastig een zeildoek werd opgehangen zodat ze verder konden werken. Tristan en Victoria kregen een paraplu aangereikt. Hij hield hem voor hen beiden vast, terwijl ze luisterden naar het ritmische geluid van de spades die in de grond werden gestoken en de regen die op het zeildoek roffelde.

'Ik ben hier nooit meer geweest,' verbrak Victoria de stilte. 'Niet sinds... toen die dag. Mag ik je hand vasthouden? Ik tril zo.'

'Natuurlijk,' zei hij. Haar hand bleek ijskoud.

Een uur ging voorbij. Het team groef steeds dieper, de berg aarde naast het gat werd steeds hoger. En de regen bleef maar vallen. De wolken waren dik en maakten het donker op de open plek. Maar de geur van de regen op de grond en de planten was fris. Hoe dieper ze groeven, hoe kleiner de kans leek te worden dat ze nog een lichaam zouden vinden.

Tristan stond net te bedenken dat ze het vast zo zouden opgeven, toen er een kreet klonk vanuit de diepte van het gat. 'Ja! Hier is iets!' riep een van de forensisch medewerkers. 'We hebben meer licht nodig.'

Tristan liep samen met Victoria naar het gat, dat ondertussen zeker twee meter diep was. De dunne wortels van de omringende bomen prikten overal door de aarde heen.

'Ik durf niet te kijken,' zei Victoria, en ze drukte haar gezicht tegen Tristans schouder.

De forensisch medewerkers hadden rode gezichten en hun blauwe overalls zaten vol brokken van de plakkerige, turfachtige bodem. Tristan zag hoe ze steeds voorzichtiger te werk gingen: eerst schraapten ze de grond weg, toen gebruikten ze grote, ruwe borstels om de aarde weg te vegen. Een van de agenten bracht een lamp op een standaard en richtte hem op het gat.

Vanuit de donkere diepte staarde de modderige omtrek van een schedel met tanden hen aan...

Zo snel mogelijk werkten de forensisch medewerkers zich vervolgens met hun borstels naar beneden en veegden overal modderige brokken aarde weg, totdat ze een klein skelet hadden blootgelegd – nog helemaal intact.

'O, mijn god,' bracht Tristan uit. Hij voelde hoe zijn hartslag versnelde.

Victoria draaide zich nu ook om naar het gat. Ze hapte naar adem en begon toen nog heviger te trillen. 'Ik heb nog nooit een dode gezien...' zei ze kleintjes.

'Het is goed, het is goed,' suste Tristan. Victoria liet zich zakken en ging op de natte aarde zitten.

Tristan keek hoe het forensisch team de botten nu met een fijnere borstel begon schoon te maken. Hij zag dat er nog wat haren aan de schedel vastzaten, er was een rafelig stuk stof overgebleven en toen ze bij de voeten kwamen, bleken er zelfs nog restanten te zijn van een paar leren sandalen. En naast het skelet lag iets wat eruitzag als een platte, vierkante handtas met een handvat.

De sandalen en de tas waren de eerste voorwerpen die uit de aarde naar boven kwamen en in een plastic bewijszak werden gedaan. Tristan vroeg of hij ze even mocht zien en haalde de foto tevoorschijn die Malcolm Murrays buurvrouw hun had gestuurd. Hierop stond Caitlyn in de kleding die ze had gedragen op de dag dat ze vermist was geraakt: een dunne, blauwe zomerjurk met een witte bloemenrand op de zoom. Haar sandalen en tas waren van blauw leer en hadden eveneens een patroon van witte bloemen.

Ook Victoria bestudeerde de foto. 'Ik weet nog dat ze die outfit een keer op het werk aanhad,' zei ze.

'Caitlyns moeder vertelde ook al dat dit was wat haar dochter op de dag van haar vermissing droeg,' zei Tristan. Hij vergeleek de foto met de voorwerpen in de plastic bewijszakken. Deze zaten onder de vegen en de vlekken van de donkere aarde, maar de voorflap van de tas was nog helemaal intact. Hij voelde even aan het bloempatroon dat in het leer was geperst en gaf de bewijszakken toen terug aan de forensisch medewerker.

Dit moest Caitlyn zijn.

'We zullen nog naar de tandheelkundige gegevens en het DNA moeten kijken, maar de kans is zeer groot dat dit de overblijfselen van Caitlyn Murray zijn,' zei de forensisch medewerker.

'O, mijn god,' zei Victoria. 'Ik had nooit gedacht dat het waar zou zijn... Dat ze het echt hebben gedaan en haar hier hebben achtergelaten.'

Tristan wist niet welk gevoel in hem overheerste: triomf of verdriet.

60

Kate was op het strand met Myra en Jake – ze probeerden net een gigantische krab uit zijn getijdenpoel te lokken – toen haar telefoon rinkelde. Ze haalde hem uit de zak van haar spijkerbroek, in de veronderstelling dat het Tristan was met nieuws over de opgraving. Ze zag echter dat het Alan Hexham was.

'Hallo, Kate,' zei hij.

Er was inmiddels een flinke wind opgestoken. Hij joeg over het strand en klopte de koppen van de golven op tot wit schuim. Kate liep een eindje van de getijdenpoelen vandaan, hoger het strand op. 'Hé, hoi! Ik vroeg me al af waar jij was gebleven. Alles in orde?' vroeg ze.

'Ja sorry, ik moest een weekje in het noorden aan het werk. Maar luister, ik heb weer iets voor je: het lijkschouwingsrapport van Abigail Clarke. En ik heb nóg iets wat je misschien interessant vindt.'

'Heel even, hoor, Alan...' zei ze. Ze gebaarde naar Myra en Jake en riep: 'Ik moet dit even afhandelen. Dus ik zoek het wat hogerop, uit de wind.'

Myra knikte en keerde zich toen weer naar Jake, die nog steeds in de getijdenpoel stond te turen.

Kate liep via het strand de duinen in, waar de wind eindelijk wegviel. 'Sorry, Alan. Ga maar door,' zei ze.

'Ik heb de dossiers van alle slachtoffers nog eens zitten doorkijken – vooral vanwege de aard van de aanval op Abigail Clarke. Ik kan namelijk niets vinden om deze moord te koppelen aan die op de andere jonge vrouwen, ook al denkt de politie dat het hierbij om dezelfde moordenaar gaat... Maar toen vielen me dus een paar tegenstrijdigheden op in de zaak-Emma Newman. Niets wereldschokkends, maar ik had toch het idee dat ik het jou moest vertellen voordat ik dit alles doorstuur. Ten eerste was ze al achttien, dus niet zeventien zoals in eerste instantie werd gemeld; ten tweede was ze wél als vermist opgegeven: een collega van haar had erover gebeld; en ten derde heeft Emma's vriendje van dat moment in het politiedossier een verkeerde naam meegekregen.'

'Verkeerde naam?'

'Ja. Ze hadden hem genoteerd staan als "Keir Castle", maar zijn naam luidt officieel Keir Castle-Meads. Op social media presenteert hij zichzelf ook als Keir Castle, dus heel gek is dat niet. En ook de *Okehampton Times* noemde hem abusievelijk zo, toen hij een boete en een taakstraf had gekregen voor het bedreigen van zijn toenmalige vriendin. Maar toen ik de gegevens van de politierechter nog eens goed bekeek, ontdekte ik dat hij eigenlijk Keir Castle-Meads is. Ik weet niet of de politie overal dezelfde vergissing heeft gemaakt, hij heeft verder ook geen strafblad of zo...'

Kate wierp een blik op Myra en Jake. Zij hadden intussen hun broek opgerold en waadden samen een getijdenpoel in. Ze maakten rimpels op het strakke wateroppervlak. Er klikte iets diep in haar achterhoofd, waardoor ze de rest van Alans woorden niet meer hoorde.

'Kate? Ben je er nog? Ik zei dus dat ik je dit alles ga mailen. Maar je weet hoe het werkt, hè: mondje dicht, je hebt het niet van mij. O, en bewaar het op een veilige plek.'

'Ja ja... Dank je.'

Alan hing op.

Het was alsof er een bom insloeg toen Kate zich realiseerde waar ze die naam eerder had gehoord. 'Myra! Jake!' riep ze.

Ze draaiden zich allebei naar haar om, Jake met een hand vol zeewier. 'Ik moet heel even naar boven, naar het huis. Redden jullie het zonder mij?'

'Ja hoor, prima!' riep Myra, en ze gebaarde dat ze maar gauw moest gaan. Toen draaiden ze zich om en keken weer in het water.

Kate rende door de duinen omhoog naar haar huis. De gedachte was zó plotseling naar voren geschoven, ze móést haar zien vast te houden.

Keir Castle-Meads, Castle-Meads, Castle-Meads...

In de woonkamer scande ze haar boekenplanken en vond algauw het boek dat ze zocht. Het was een van de betere boeken over de geschiedenis van de zaak van de Kannibaal van Nine Elms.

Ze bladerde er snel doorheen, naar het fotokatern achterin.

Waar stond hij nou? Castle-Meads, Castle-Meads...

Er zaten twaalf pagina's aan foto's in, de foto die ze zocht zat halverwege. Daar had je 'm: de hoofdaanklager in de zaak van de Kannibaal van Nine Elms: Tarquin Castle-Meads, QC. Hij was een grote man, imposant en pompeus, met knalrood, dunnend haar, dat hij over zijn deels kale schedel kamde. Hij stond verder bekend om zijn hangwangen en grote, overhangende oogleden, die hem de ernstige blik van een buldog gaven.

Er stond een foto naast – genomen op de dag van het vonnis, op de trappen voor de rechtbank – van een triomfantelijke Tarquin Castle-Meads, die glimlachend zijn scheve, gelige tanden liet zien, en zijn vrouw Cordelia, een knappe, donkerharige dame met een hoog voorhoofd en een ernstige blik. Hun kinderen stonden op een rijtje naast hen, gekleed alsof ze naar de kerk gingen. Ze hadden allemaal hun vaders rode haar en overhangende oogleden geërfd, wat hun gezichten een merkwaardig, rubberachtig uiterlijk gaf. Kate tuurde naar de vier kinderen: Poppy, Mariette, Keir... en Joseph.

'Jezus...' prevelde ze voor zich uit. 'Keir had een alibi: die zat in de States toen Emma vermist raakte. Maar hoe zit het met de andere zoon? Wat als dit de link is, het begin van de oplossing?'

Ze herinnerde zich ineens nog iets over deze familie. Ze bladerde door naar het register en vond de passage die ging over Tarquin Castle-Meads, QC. Hij had Queen's College in Oxford bezocht en was al op jonge leeftijd afgestudeerd als jurist. Dankzij zijn huwelijk had hij weten op te klimmen tot de Britse elite. Zijn eretitel QC, Queen's Counsel, had hij daar onder andere ook aan te danken. Zijn vrouw was de erfgename van transportconcern CM Logistics Ltd.

'CM Logistics...' zei Kate hardop, met het boek in haar hand. 'Die klotebusjes en bestelauto's zie je echt overal! En ze hebben opslagloodsen in het hele land...' Ze googelde het bedrijf op haar telefoon.

Daar was hun gelikte website al, met een foto van een breed uitwaaierend wagenpark op een uitgestrekte snelweg.

'Tarquin Castle-Meads is na zijn pensioen met zijn vrouw naar Spanje verhuisd. Hun kinderen hebben sindsdien gestreden om het beheer van het miljardenbedrijf...' citeerde ze hardop, zich de fragmenten herinnerend die ze er door de jaren heen over in de pers had gelezen. 'Hoe kán ik dit over het hoofd hebben gezien?'

Trillend van de opwinding en de adrenaline belde ze Tristan. Zijn telefoon sprong echter meteen over op de voicemail. 'Tristan, bel me zodra je dit hoort. Ik heb de link gevonden... degene die achter al die copycatmoorden zit! Het is de zoon van de jurist dankzij wie Peter Conway in de gevangenis zit. Tarquin Castle-Meads was de QC die het proces tegen hem destijds leidde én won. Zijn zoons heten Keir en Joseph Castle-Meads. Keir heeft een alibi, maar ik denk nu dus dat de andere zoon, Joseph, onze copycat is. Dat is meteen ook de reden dat hij zich steeds zo gemakkelijk heeft kunnen verplaatsen: hij heeft de beschikking over gigantische hoeveelheden geld én zijn familie staat aan het hoofd van transportconcern CM Logistics... Zij leveren van alles en kunnen dus ook best een contract hebben voor het transporteren van geld voor geldautomaten. Het was immers een geldtransportbusje dat we op die beelden van de bewakingscamera aan de gevel van Frederick Walters' huis hebben gezien...'

'Wat bén je toch een slimme meid...' zei opeens een kille stem.

Kate maakte een sprongetje van schrik en liet haar telefoon uit haar handen vallen.

Naast haar boekenkast stond een lange man. Hij had hetzelfde rode haar en dezelfde overhangende oogleden als op de foto's die ze net had bestudeerd. Zonder haar blik los te laten, bukte hij zich en raapte haar telefoon op. Hij drukte hem even tegen zijn oor en toetste toen een nummer in. Kate hoorde een computerstem zeggen: 'Bericht gewist.' Toen beëindigde hij het telefoontje weer.

'Joseph Castle-Meads...' wist ze uit te brengen. Het was angstaanjagend om hem ineens in haar eigen woonkamer te zien staan. Hij was zo groot en straalde zo veel kwaadaardige energie uit dat de lucht om hem heen bijna leek te knetteren.

Hij liet haar telefoon op het tapijt vallen en zette zijn voet op het scherm. 'Inderdaad. Nou, maar op een foto kom jij niet tot je recht, hoor: in het echt ben je veel knapper,' zei hij, terwijl hij op haar af kwam.

Kate deed een stap naar achteren en voelde de boekenkast tegen haar rug.

Zijn bleke huid blonk van het zweet en ondanks zijn goede bouw en lengte leek hij op een wild beest. Hij glimlachte – en stompte haar toen hard in het gezicht.

Kate voelde in een explosie van pijn haar neus breken. Ze viel met een galmende klap op de salontafel en gleed van daaruit languit op de vloer.

61

Jake vond het geweldig om samen met Myra bij de getijdenpoelen rond te hangen. Ook al was ze al heel oud – haar haar was immers wit en haar gezicht zat vol rimpels – toch vond hij haar cool en grappig. En ze wist een hele hoop over zeedieren.

Ze hadden onder andere een lange paling gevonden. Hij dreef onder in de diepste getijdenpoel, waar hij loom water door zijn kieuwen pompte. Myra wist het dier te vangen en hield hem even voor Jake omhoog, zodat hij er een foto van kon maken. Wat een enorme ogen en tanden had dat beest!

Maar Myra deed ook iets heel smerigs. Ze trok een mosselschelp van de zijkant van een rotsblok en vroeg toen of hij het eens wilde proberen.

'Wat? Opeten?' had hij geroepen.

'Ja! Verser krijg je ze niet... Toen ik klein was, was dit het hoogtepunt van een uitstapje naar zee.'

'Opeten? Zo'n ding dat eruitziet als een hoopje opgerolde snot met oorsmeer?'

'Yep.' En toen zette ze de schelp tegen haar mond en liet de mossel met een goor slurpgeluid naar binnen glijden.

'Getver!' riep Jake uit.

Myra glimlachte. 'Weet je zeker dat ik je niet kan verleiden?' zei ze – en ze trok nog een grote mossel van een met zeewier bedekte rots.

Jake zag het diertje bewegen en schudde breed grijnzend zijn hoofd.

'Ik daag je uit...' zei ze.

'Wat krijg ik daar dan voor?'

'Ik ben geen gokster, maar voor jou zet ik er een paar Mr Kipling Fondant Fancies voor in.'

'Als ik dat ding opeet, kots ik nog de hele avond fondantcakejes!' Hij gilde het uit toen zij de mossel vervolgens met smaak naar binnen werkte.

Myra spoelde lachend haar handen af in het water. Het begon steeds harder te waaien en vanaf de horizon rolden er grijze wolken op hen af. 'Waar blijft je moeder nou?' vroeg ze.

Jake keek omhoog naar het huis en haalde zijn schouders op.

'Ga jij even kijken waar ze blijft! Dan loop ik zo naar de winkel en kijk of ik een bodyboard voor je kan vinden. Kun je straks lekker surfen.'

'Oké!' riep hij opgetogen.

Jake haastte zich over het strand naar de duinen en toen omhoog over het klif naar de achterdeur. Het was griezelig stil in huis toen hij binnenkwam. Op de vloer van de woonkamer lagen overal boeken en de grote, porseleinen schaal op de salontafel was gebroken. Toen hoorde hij een raar geluid bij de voordeur: alsof iemand een stuk plakband ergens vanaf trok. Hij liep via de woonkamer naar de hal.

Daar lag zijn moeder, op haar rug op de vloer. Haar neus zat onder het bloed en haar polsen waren aan elkaar gebonden met afplaktape. Een enorme, roodharige man zat over haar heen gebogen en was bezig haar voeten met de tape aan elkaar te binden.

Jake sloeg een hand voor zijn mond om een schreeuw te onderdrukken.

De man stopte met wat hij aan het doen was, keek op en staarde hem strak aan.

Jake stond als aan de grond genageld.

'De jongen...' fluisterde de man met een rasperige stem. Toen glimlachte hij. Zijn lippen waren dik en vochtig en hij had gigantische tanden.

Hij leek wel een soort griezelclown, vond Jake.

Toen de man opstond, torende hij boven Jake uit. Hij trok een stiletto uit zijn achterzak. 'Eén kik en ik snij je moeders tieten eraf en laat jou ze opvreten,' zei hij vlak en zacht. 'Die smeris buiten heb ik al vermoord. Ik douwde dit mes in zijn oor en toen: *BAM!*' Het lemmet sprong eruit: lang, scherp en zilverkleurig. Jake voelde dat zijn benen begonnen te bibberen. 'Dus hou je kop en doe wat ik zeg. Afgesproken... Jake?'

Jakes bovenlip begon te trillen. Hij knikte. Toen begon hij te huilen.

'Niet grienen!' zei de man, en hij stak een hand uit. Jake kromp ineen toen hij vervolgens met de zijkant van het lemmet over zijn haar begon te strijken. 'Jij bent het wonderkind... Weet je hoe graag ik jou zou willen zijn? Je lijkt net zo veel op je vader als op je moeder.' Hij liet het mes haast liefdevol over Jakes wang glijden.

Jake voelde het koude metaal op zijn huid. De doodsangst nam het plots van hem over en hij slaakte een kreet.

De man klemde zijn vrije hand over Jakes mond, duwde Jake omhoog tegen de muur en drukte het lemmet tegen zijn keel. 'Jij maakt het ingewikkeld voor me, hè, klootzakje... Als je nog een keer zo schreeuwt, doe ik echt met je moeder wat ik daarnet zei. Heb je me gehoord? Ik meen het, hoor!'

Zijn stem was zacht en dreigend en leek zich als een soort rooksliert om Jakes oren te krullen, toen hij vroeg: 'En waar is dat ouwe mens gebleven? Geef antwoord – zachtjes.'

'Die, die... Zij is naar haar huis gegaan,' fluisterde Jake. Vanuit zijn ooghoek zag hij Kate een beetje bewegen, en haar wimpers trilden.

De man bestudeerde Jakes gezicht. 'Da's typisch, jullie hebben precies dezelfde ogen. Met die zonnevlek in jullie linkeroog.'

Jake deinsde terug toen de man het mes van zijn keel haalde, zijn hand in zijn achterzak stak, er een vierkant lapje uit haalde en zich naar hem toe boog. Jake rook zijn adem, die smerig en zuur was. Zijn lichaam trilde nog steeds oncontroleerbaar. Hij voelde zijn korte broek en benen warm worden van de urine.

'Jake, Jake, Jake... Je wil niet weten hoe lang ik dit al loop te plannen. Ik heb zó'n grote verrassing voor jou!' zei de man. Toen klemde hij het lapje over Jakes mond en neus en duwde diens hoofd achterover tegen de muur.

Jake rook een scherpe, chemische geur. Alles werd eerst rood, en toen zwart.

Joseph Castle-Meads had zijn busje recht voor Kates deur geparkeerd en laadde Kate en Jake er nu achterin. Hij hurkte even naast hen en legde een hand op Kates gezicht om haar ademhaling te voelen; toen deed hij hetzelfde met Jake. Moeder en zoon... Toen hij hen op het strand had gezien, had hij hen benijd om de goede band die ze met elkaar leken te hebben.

Zijn eigen moeder was kil en afstandelijk geweest tijdens zijn jeugd. Zijn ouders hadden zich altijd drukker gemaakt over hun positie in de maatschappij en zijn vaders juridische carrière dan over hun kinderen. Al op zeer jonge leeftijd hadden ze hem weggestuurd, naar een kostschool waar geweld de normaalste zaak van de wereld was geweest, en toen waren ze hem verder vergeten. De weinige keren dat hij zijn ouders zag, moest hij vechten om hun aandacht.

'Vader, moeder... Ga er allebei maar eens goed voor zitten en let op,' zei hij.

Hij legde behoedzaam een deken over Kate en Jake heen en sloot toen de deur van het busje. Hij keek nog even om zich heen of niemand hem had gezien en stapte toen in. Ze hadden nog een flinke reis voor de boeg. Hij zwaaide naar de dode politieman, die nog keurig overeind zat op de chauffeursstoel van zijn politieauto.

62

Sinds hij drie dagen geleden Meredith Baxter had vermoord, zat Peter Conway in de isoleercel. Iedere dag zag er exact hetzelfde uit: eten, medicatie, douchen, even naar buiten.

Het was lastig om zonder horloge of licht vanbuiten bij te houden hoe laat het ongeveer was. De tijd kroop voorbij en de paranoia sloop binnen. Hij kreeg nu ook geen updates van Enid meer. Stel dat hun plan opeens niet meer doorging? Hij zou hier nog een aardig tijdje moeten zitten, en wat dan? Dan zou hij langzaam wegglijden in het leven van een bejaarde seriemoordenaar...

Steeds weer had hij naar de tijd gevraagd: bij elke maaltijd en elke keer dat hij voor zijn kwartiertje beweging op de kleine luchtplaats werd gelaten.

Als een hond. Een hond die 's ochtends en 's avonds wordt uitgelaten om zijn behoefte te doen.

Gisteren had hij een bezoekje gekregen van Terrence Lane, zijn advocaat. Voor deze twintig minuten was hij naar de kleine bezoekruimte van de isoleerafdeling gebracht, die een glazen scheidingswand had. Terrence had hem verteld dat hem moord ten laste zou worden gelegd. Het zou echter waarschijnlijk niet tot een proces komen, omdat zijn advocaten zouden pleiten voor verminderde toerekeningsvatbaarheid.

Aan het eind van hun bespreking, toen Terrence al was opgestaan en zijn papieren stond te verzamelen, zei hij: 'Ik heb Enid ook gesproken. Zij was er helemaal kapot van toen ze hoorde wat je had gedaan... Je mocht bijna naar een open inrichting, Peter. Wat was hier nou de bedoeling van? Deze dokter... zij stond aan jouw kant! Ze was heel hard haar best aan het doen om jou een betere plek te bezorgen om je laatste jaren door te brengen. En ze had een zoontje...' Hij schudde zijn hoofd. Kennelijk herinnerde hij zich ineens weer dat Peter zijn cliënt was en dat het niet aan hem was om een moreel oordeel te vellen.

'Bedankt, Terrence – voor alles,' zei Peter, die ook opstond. 'Ik wou dat ik je nu de hand kon schudden om je te bedanken voor alles wat je door de jaren heen voor mij hebt gedaan.'

'Ga je weg?' vroeg Terrence enigszins cynisch, terwijl hij de laatste papieren in zijn tas schoof.

'Natuurlijk niet.'

'Goed, dan zie ik je volgende week weer,' zei Terrence, en hij verliet de bezoekruimte.

Peter glimlachte voor zich uit. 'Zeker ga ik weg. Naar een betere plek om mijn laatste jaren door te brengen...' mompelde hij. 'Wacht jij maar eens af.'

Enid Conway zat op het voeteneind van haar bed en keek naar haar openstaande, keurig ingepakte koffer. Het was een onopvallend blauw kunststof koffertje van het type dat bij vliegmaatschappijen mee mocht als handbagage. Ze had er zorgvuldig een paar vrijetijdsoutfits in gestopt: een chic pakje met pumps en een nieuw badpak. Er zaten ook een paar dingen in die bewezen dat Enid geen notie had van de regels voor cabinebagage: een set waarmee je thuis je haar kon blonderen en een scherpe schaar. Ze had zich voorgenomen om een blondine van zichzelf te maken, met een heel ander kapsel. Het was een van de vele opwindende dingen: ze kreeg de kans om heel iemand anders te worden! Zij zou June Munro worden, Peter werd Walter King.

Op het bed naast de koffer lag een huidkleurige geldbuidel. Ze pakte het centimeters dikke pakket bankbiljetten – waarde: bijna een kwart miljoen! – en propte het erin. Het paste maar net. Toen controleerde ze voor de tigste keer hun paspoorten en schoof deze eveneens in de geldbuidel. Vervolgens ritste ze het ding dicht en gespte de riem om haar middel. Hij zat vreselijk strak en sneed pijnlijk in haar vel. Ze frunnikte wat aan haar kleren en keek in de spiegel. De geldbuidel stak maar een klein beetje uit onder haar blouse – het zou net zo goed een vetrol kunnen zijn.

Toen de telefoon rinkelde, liep ze naar beneden om hem op te nemen. Het was Peters advocaat. Terrence klonk nogal moedeloos. Hij gaf haar de laatste update over Peters naderende beoordeling, waarbij zou worden gekeken of hij in staat was om terecht te staan voor de moord op dokter Baxter. Verder vertelde hij haar dat Peter er goed uitzag, maar dat Great Barwell hem zeker nog een paar weken op de isoleerafdeling zou houden.

Toen Enid ophing, was ze door het dolle heen: ze hadden niet het flauwste vermoeden van hun opzet! Ze wilde alleen dat ze Peter kon vertellen dat alles volgens plan verliep.

Ze liep naar de keuken en schonk een groot glas whisky voor zichzelf in.

Enid Conway had geen vrienden, ze had alleen kennissen in de straat waar ze woonde en ze leidde een eenvoudig leven. Ze was óf thuis, óf op visite bij Peter. Ze kon het nog steeds bijna niet geloven dat ze zeer binnenkort dit huis, dit hele leven, voorgoed vaarwel zou zeggen.

Ze dronk haar glas leeg en schonk het meteen weer vol. Ze moest zich nog wel een beetje moed indrinken.

63

Tristan verliet Jepson's Wood toen het net donker was geworden, nadat het skelet eindelijk uit de aarde was getild en in een zwarte lijkenzak gelegd, waarna het naar het forensisch lab was vervoerd.

Toen pas zag hij dat hij een telefoontje van Kate had gemist. Ze had geen bericht achtergelaten. Maar toen hij haar daarop probeerde te bellen – meerdere malen achter elkaar – nam ze niet op. Hij voelde zich wel wat schuldig dat hij daarop meteen was weggehold en Victoria O'Grady aan haar lot had overgelaten, maar het feit dat hij geen contact met Kate kon krijgen terwijl hij wist hoe benieuwd ze was naar de uitkomst van deze zoektocht maakte hem erg ongerust. Zo snel als de maximumsnelheid hem toestond reed hij terug naar huis.

Toen hij in Ashdean Kates straat in draaide, zag hij tot zijn grote schrik overal blauwe zwaailichten en politieagenten bij het huis. Voor de surfwinkel stond Varia Campbell met een vrouw te praten, de parkeerplaats stond vol met politieauto's en zijn alarmbellen gingen helemaal af toen hij zelfs het busje van een patholoog zag staan. Kates huis was afgezet met politielint. Hij parkeerde zo dichtbij mogelijk en rende naar Varia toe. 'Wat is er gebeurd? Ik probeer Kate al de hele tijd te bellen,' riep hij paniekerig.

Een deel van zijn vraag werd al beantwoord toen hij zag hoe het lichaam van de politieagent die Kates huis moest bewaken uit zijn auto werd getild en op een brancard in een lijkenzak werd gelegd.

Varia legde uit wat er was gebeurd. 'En Kate en haar zoon Jake zijn vermist. We denken dat er is ingebroken: het glas in de voordeur is kapot en er zijn tekenen van een worsteling,' besloot ze haar verhaal.

Tristan had Myra nog nooit ontmoet, maar Kate had hem wel eens over haar verteld. Hij zag dat haar ogen rood waren van het huilen. 'Ik was op het strand. Eerst ging Kate naar boven, toen Jake,' vertelde ze. 'Ik dacht dat ze elk moment konden terugkomen. We hadden samen een strandwandeling gemaakt... Maar toen ik ook maar eens naar boven ging, vond ik die arme politieagent. Hij was in de zijkant van zijn hoofd gestoken. Ik had hem vanochtend nog een kop thee gebracht...'

'Maar je hebt niemand gezien?' vroeg Tristan.

Myra schudde haar hoofd.

Tristan keek om zich heen. De lijkenzak was inmiddels dichtgeritst en de brancard werd naar het busje van de patholoog gereden. Toen zag hij het bonnetje dat uit de gleuf van de geldautomaat stak. Hij liep erheen, trok het eruit en liet het aan Varia zien. 'Het tijdstempel hierop is van twintig minuten voordat Kate mij heeft gebeld,' zei hij.

'En?' vroeg zij.

'Kate grapte een keer dat zij de enige was die deze geldautomaat in de winter gebruikte. Gebruik jij hem wel eens, Myra?'

'Nee. Dat ding rekent vijf pond per transactie!' zei ze verontwaardigd. 'Het moet Kate zijn geweest, of misschien die politieagent. Op de camperplaats staat ook bijna niemand.'

'Er zit een camera op die automaat die aanspringt zodra er iemand geld opneemt. Misschien heeft die iets opgevangen?' opperde Tristan.

Varia's ogen lichtten ineens op. Ze griste het bonnetje uit zijn handen en trok haar telefoon uit haar zak om iemand te bellen.

64

Toen Kate bijkwam, voelde ze een harde ondergrond onder haar rug, en haar wang was nat waar ze had gekwijld. Tot haar verbazing waren haar handen niet vastgebonden. Ze bracht voorzichtig een hand naar haar gezicht. Haar neus deed vreselijke pijn toen ze hem aanraakte en was enorm opgezwollen. Boven haar hoofd brandde een fel licht.

Ze kwam overeind. Ze was nog steeds gekleed in de spijkerbroek, het T-shirt en de trui die ze op het strand had aangehad. Naast haar lag Jake. Hij was doodstil en zag erg bleek. Hij had geen schoenen aan en zijn voeten zaten vol zand. 'O, shit... O, mijn god...' mompelde ze, terwijl ze aan hem voelde. Hij was warm. Ze legde een hand in zijn hals en voelde ook een hartslag.

Een ogenblik later begon hij te hoesten en zijn ogen vlogen open. Het duurde even voordat hij zich realiseerde wat er ook alweer was gebeurd. Toen begon hij te gillen.

Kate legde vlug een hand over zijn mond. 'Nee! Alsjeblieft, Jake,' fluisterde ze. 'Wees alsjeblieft stil.'

Toen begon hij te huilen, de warme tranen vielen op haar hand. Hij kroop tegen haar aan. 'Mam? Wat is dit allemaal? Wie was die man? En waar zijn we nu?'

'Die man... dat was Joseph Castle-Meads,' zei ze. En toen wist ze al niet meer wat ze verder moest zeggen. Haar hoofd duizelde nog steeds van wat ze had ontdekt: dat de copycatmoordenaar de zoon was van de aanklager uit de zaak-Peter Conway.

Ze probeerde zich te herinneren wat er precies was gebeurd. Hij was haar huis binnengedrongen en had haar in de woonkamer aangevallen. Maar daarna... niets. Ze begon in haar zakken te zoeken, tot ze zich herinnerde dat hij haar telefoon kapot had getrapt. 'Jake, weet jij hoe we hier zijn gekomen? Wat kun jij je nog herinneren?'

Door zijn tranen heen vertelde Jake hoe hij bij terugkomst in haar huis Joseph had aangetroffen terwijl hij haar in de hal aan het vastbinden was.

Kate bekeek hem onderzoekend. 'Heeft hij jou ook pijn gedaan?' vroeg ze.

'Nee. Maar hij maakte me wel heel bang, en toen... toen heb ik in mijn broek geplast,' zei hij. Hij begon weer te huilen. 'En toen duwde hij iets in mijn gezicht. Het rook chemisch... Da's alles wat ik me kan herinneren.'

'Rustig maar, rustig maar,' zei Kate, en ze omhelsde hem stevig. Het was belangrijk dat zij helder bleef en zich goedhield.

Ze keek om zich heen. Ze lagen in een kleine, raamloze ruimte met een betonnen vloer, niet groter dan zo'n drie bij drie meter. Boven hen brandde een kaal peertje, alle muren waren wit en in een hoek aan het plafond hing een kleine plexiglazen bol met daarin een bewakingscamera. Ze lagen ieder op een dunne slaapzak, die nieuw en schoon rook. In een hoek stonden een tweeliterfles met mineraalwater en een emmer met een rol wc-papier ernaast.

Ze stond op. Jake deed hetzelfde; hij wilde haar hand kennelijk niet loslaten. Kates hoofd bonkte en haar polsen en enkels voelden nog raar gevoelloos aan op de plekken waar ze vastgebonden hadden gezeten. Het leek wel een soort voorraadkamer of koelcel waar ze in zaten. Als het dat laatste was, stond die in ieder geval wel uitgeschakeld. Maar waarom waren ze niet vastgebonden? En waarom werden ze bewaakt? Of hadden alle koelcellen tegenwoordig een bewakingscamera?

Ze liepen samen naar de deur. Kate sloeg er met haar vlakke hand op, maar hij maakte opvallend weinig geluid. Blijkbaar was hij van erg dik metaal. Ze legde haar oor ertegenaan, maar hoorde helemaal niets.

Nu haar zintuigen langzaam weer begonnen te werken, rook ze ook de metalige wildgeur van dood vlees. Ze vroeg zich af of er ergens een luchttoevoer was. Ze zag geen ventilatieopeningen, maar er zaten wel drie afvoerputjes op gelijke afstand van elkaar in de betonnen vloer. Die moesten ergens op zijn aangesloten, wat betekende dat er ook lucht kon binnenkomen.

Haar keel was kurkdroog en ze proefde nog steeds de chemicaliën waarmee ze was verdoofd. Ze keek Jake aan, die haar hand nog altijd vastklampte en haar blik volgde, met grote, ronde ogen van de angst. 'Heb je dorst?' vroeg ze hem.

Hij knikte. 'Mam... Deze kamer lijkt wel steeds kleiner te worden,' zei hij.

'Nee, dat is niet zo, dat beloof ik je. Alles komt goed, echt.'

Ze liep naar de waterfles naast de emmer. Hij was nog verzegeld. Ze draaide de dop eraf, snoof eraan en proefde toen een heel klein beetje. Het was gewoon fris water. Ze nam een paar grote slokken en veegde toen haar mond af. 'Hier, drink ook maar wat. Dan voel je je wat beter,' zei ze. Ze hield de fles tegen zijn lippen en hij dronk een klein beetje. Toen Jake vervolgens begon te rillen, sloeg Kate een van de slaapzakken om hem heen.

Waarom had Joseph hen hierheen gebracht? En waarom niet alleen haar?

Opnieuw pijnigde ze haar geheugen, op zoek naar een aanwijzing over waar ze zich bevonden of hoe ver ze waren gereisd. Maar ze kon zich echt niets meer herinneren. Heel even maakte haar hart een sprongetje toen ze dacht aan haar voicemailbericht aan Tristan. Maar toen herinnerde ze zich weer dat Joseph dat had gewist. En Myra dan? Als die hem maar niet ook tegen het lijf was gelopen...

Met Jake dicht tegen zich aan keek ze de ruimte rond, op zoek naar iets wat ze als wapen zou kunnen gebruiken. Ze moest er klaar voor zijn om hen tweeën te verdedigen zodra hij die deur openmaakte.

Joseph had de camera voor zijn vertrek nog gecontroleerd en had toen gezien dat Kate en Jake bijgekomen waren. Hij had zich even zorgen gemaakt dat hij hun een te hoge dosering had gegeven en dat ze de lange reis niet zouden overleven, maar gelukkig leken ze allebei in orde.

Kort daarna verliet hij de opslagloods en reed over Nine Elms Lane langs de rivier de Theems. Het landschap was hier sinds 1995 behoorlijk veranderd; er werd gigantisch gebouwd en ontwikkeld. Langs de vele bouwterreinen vol hoge kranen in de donkere avondhemel reed hij naar Battersea Heliport, waar hij drie helikopters had staan. Deze stonden op naam van een lege bv, waardoor ze de politie niet zomaar naar hem toe zouden leiden. Uiteindelijk zouden ze ze heus wel weten te traceren, maar het zou hem net genoeg tijd geven om te doen wat hij moest doen.

Het was een particuliere helihaven, en op dit late tijdstip lag alles er zo goed als verlaten bij. Zijn hart begon sneller te slaan toen hij het hek met behulp van zijn keycard opende en vervolgens werd doorgewuifd naar het laad- en losgedeelte bij de rivier, waar hij zijn auto parkeerde.

Twee van de helikopters had hij regelmatig gebruikt voor legitieme zaken en pleziervluchten. Hij had in de afgelopen twaalf maanden dan ook aardig wat vluchtplannen ingediend. De wetten die het luchtruim boven Londen en de snelweg M25 reguleerden, werden uiterst strikt toegepast vanwege de vluchtroutes van het commerciële luchtverkeer van en naar de verschillende luchthavens van de stad. In andere delen van het land werd er wat gemakkelijker mee omgesprongen en werd een kleine afwijking van het vluchtplan oogluikend toegestaan. Psychiatrische Inrichting Great Barwell lag ruim honderdveertig kilometer buiten Londen.

Joseph had al een vluchtplan ingediend dat hem buiten Londen, richting Cambridge en ten slotte naar Great Barwell zou brengen. Hij kreeg slechts één kans. Maar dankzij zijn zorgvuldige planning wist hij zeker dat het hem ging lukken.

Voordat hij uitstapte, veegde hij het stuur en de handvatten van zijn auto schoon. Hij droeg eigenlijk altijd handschoenen tijdens het rijden, maar dit zou hem ook weer tijd opleveren – mocht dat nodig blijken. Toen pakte hij zijn kleine rugzak, sloot de auto af en liep naar de rode luchtambulance die op het heliplatform op hem stond te wachten. Hij controleerde even of hij was volgetankt en verder ook alles in orde was; toen klom hij aan boord.

CM Logistics bezat een heel scala aan overeenkomsten voor commerciële en privétransportmiddelen, waaronder een contract voor de opslag en het onderhoud van twee luchtambulances die door Britse ziekenhuizen werden gebruikt. Deze helikopter had net zijn jaarlijkse onderhoudsbeurt achter de rug en zou over twee dagen weer in actieve dienst worden genomen. Het had hem heel wat gegoochel met papieren gekost, maar nu had hij het belangrijkste element van zijn plan dan toch in handen.

Nadat hij bij de verkeerstoren had gecheckt of de radioverbinding in orde was, startte Joseph de motor. De rotorbladen begonnen te draaien. Zodra de luchtambulance toestemming kreeg om op te stijgen, schoot hij de donkere avondlucht in.

65

Winston was speciaal overgeplaatst naar de isoleerafdeling, zodat hij zich met Peter kon blijven bezighouden. Zij zaten al jaren samen op dezelfde afdeling; Peter wist dat continuïteit in Great Barwell werd gezien als een belangrijke factor om de patiënten kalm te houden.

Toen Winston hem zijn avondmaal kwam brengen, bleef hij iets langer dan normaal bij het luik staan. Zijn ogen stonden ernstig. Peter kwam naar het luik toe om het dienblad van hem aan te nemen.

'Wat ben jij van plan?' vroeg Winston, die het blad nog even achterhield.

'Gewoon, die bak voer leegslobberen,' zei Peter.

'Nee... Ik ken jou beter dan je denkt, Peter. Je hebt wel vaker medepatiënten, artsen of ordebewaarders aangevallen, maar dat was altijd in een vlaag van woede. Maar laatst was je niet kwaad. Dat was gepland.'

Peter bracht zijn hoofd wat dichter bij het luik. 'Winston, jij bent zo'n slimme kerel. Hoe kan het toch dat jij op deze kutplek bent beland, voor zo'n miezerig uurloontje?'

'Als slimme kerels onder mekaar, Peter: waarom heb je het gedaan?'

'Omdat ik die irritante Meredith Baxter niet langer verdroeg. Ik heb dat blije hallelujagedoe van haar, die gretigheid om iets goeds te doen voor de mensheid nooit geloofd. Als ík haar niet had vermoord, had een van de andere patiënten wel een poging gewaagd.'

'Nee,' hield Winston vol. 'Jij wíl in de isoleer zitten. Daar heb je een reden voor.' Zijn pientere ogen leken wel tot ín Peters hoofd te kunnen kijken. 'Wat is die reden?' vroeg hij zich hardop af.

Heel even vreesde Peter dat Winston zijn gedachten kon lezen. 'Vertrouw ons nooit, Winston,' zei hij. 'Vertrouw nooit iemand van ons. Wij zijn niet meer te helpen. De moordenaars, verkrachters en kinderlokkers hier zijn allemaal hetzelfde: wij kicken op de pijn van anderen.'

Winston aarzelde even en schoof het dienblad toen bruusk door het luik. De smurrie uit het bord spatte tegen de binnenkant van de celdeur. 'Jij... jij zult wegrotten in de hel!'

'De hel bestaat niet, Winston... maar uurcontracten bestaan wel. Denk daar maar eens over na,' riep Peter door het dichtgeklapte luik heen.

Hij kreeg geen hap naar binnen. Zijn hart bonsde en hij zweette zich een ongeluk. Ging het nu echt gebeuren? Alles was zo stil en klein in Great Barwell, een bezoek aan de douche was al een hele onderneming. Hij zat hier al zo lang. Stond hij werkelijk op het punt om hier voorgoed weg te gaan?

Toen Winston terugkwam om zijn dienblad op te halen, was diens gezicht weer een onverstoorbaar masker. De spuugkap werd door het luik geduwd. Peter zette hem met trillende handen op. Toen hield hij zijn handen voor het luik om zich de handboeien te laten omdoen. Zijn advocaat, Terrence, had ervoor gezorgd dat hij voorlopig met zijn handen vóór zich werd geboeid, vanwege de schouderblessure die hij had opgelopen toen ze hem bij het Meredith-incident in bedwang hadden gehouden.

Zodra de handboeien zaten, opende Winston de sloten van de celdeur en leidde hem via de korte gang naar de luchtplaats. Traag en systematisch maakte hij de deur voor hem open. 'Oké dan, Peter,' zei hij toen. 'Je hebt een kwartier.' Hij deed een stap opzij.

Peter stapte de kleine, open ruimte in; hij rook de frisse avondlucht. Hij keek door het raampje hoe Winston de deur weer sloot. Die nam zijn tijd voor de drie sloten, hing de sleutels weer aan zijn riem, slofte toen de gang in en verdween uit het zicht.

Peter begon over de luchtplaats te ijsberen. Toen hij omhoogkeek, zag hij een vierkantje donkere lucht, met een oranje gloed van de lichtvervuiling.

Het was stil. Té stil.

Hij fronste en voelde het koude materiaal van de spuugkap tegen zijn gezicht.

Tijdens zijn hele vlucht boven Londen onderhield Joseph braaf contact met de luchtverkeersleiding, maar nadat hij de M25 was gepasseerd, werden de regelmatige updates steeds zwakker. Daarop had hij ze zijn eindpositie doorgegeven, waarna hij verder was gevlogen.

Hij wachtte totdat hij vlakbij was en hij het hek rondom Great Barwell, met de lage, langwerpige gebouwen erbinnen, zag liggen. Toen belde hij de observatietoren. 'Wij reageren op een noodoproep. Een arts uit de inrichting schijnt te zijn neergestoken. We vragen toestemming om te landen,' zei hij door zijn radio.

Er volgde een lange stilte.

Hij wist dat ze eerst een paar controles moesten uitvoeren, maar hoopte dat hij – mede gezien het recente overlijden van dokter Baxter – gewoon toestemming zou krijgen. Het zou hem een hoop kostbare tijd schelen.

'U hebt toestemming om te landen,' kraakte een stem door de radio.

Joseph stootte triomfantelijk een vuist in de lucht en grijnsde breed. Hij checkte of de radio op *mute* stond en riep toen opgewonden: 'Yes! Daar gaan we dan, klootzakken!'

Peter wachtte nog een paar minuten. Hij bleef maar ijsberen, terwijl hij zijn best deed eruit te zien alsof hij gulzig frisse lucht liep op te snuiven. De stilte leek zich steeds verder uit te strekken.

Hij vroeg zich af of zijn moeder al in actie was gekomen en intussen onderweg was naar de plek waar ze elkaar straks zouden ontmoeten. Er leken al zo veel minuten van zijn kwartier verstreken! Hij begon 'm een beetje te knijpen: nog even, dan kwam Winston alweer terug!

Zijn hart begon sneller te kloppen toen hij in de verte het gedreun van een helikoptermotor dacht te horen. Was het maar een overvliegend toestel of was dit echt voor hem?

Het motorgeluid werd algauw luider – en vervolgens oorverdovend. Toen verscheen de helikopter in het vierkantje lucht hoog boven zijn hoofd; hij zag de rotorbladen draaien. Het volgende moment leek de helikopter naar beneden te vallen; Peter voelde de luchtdruk op zijn lichaam. Een fel licht bescheen de kleine luchtplaats en verlichtte elk hoekje ervan. Een seconde later zag Peter de uitgestrekte arm van de piloot naar hem zwaaien. Hij zwaaide terug met zijn geboeide handen.

Een touwladder werd naar buiten gestoken. Toen deze werd uitgerold, miste hij Peters hoofd op een haar na, waarna hij strak naast hem bleef hangen. Peter zette voorzichtig een voet op de eerste sport en stak zijn aan elkaar gebonden handen door een van de gaten erboven.

Maar toen verscheen Winstons hoofd voor het raampje in de deur. Eerst was zijn blik nog louter verbaasd; toen begon hij als een razende te klooien met de sleutels van de drie sloten.

Peter kon zich slechts met de grootste moeite vasthouden toen de touwladder met hem erop uit de luchtplaats begon op te stijgen. Winston had inmiddels ook het laatste slot open en stormde naar binnen. Hij rende op Peter af en graaide naar diens enkels, maar kon er net niet meer bij.

'Vaarwel, Winston!' riep Peter dramatisch, boven het gebulder van de helikopter uit. Tot zijn verbijstering voelde hij zelfs een vleug droefheid omdat hij de ordebewaarder moest achterlaten. Winston staarde hem geschokt en met opengesperde ogen na.

De luchtplaats onder Peter werd steeds kleiner. Hij zag nog net twee oudere ordebewaarders naar buiten stormen. Zij moesten echter hulpeloos toekijken hoe hij steeds hoger opsteeg. Heel even bleef de helikopter op dezelfde plek zweven – alsof hij afscheid nam; toen stoof hij weg over de gebouwen van de inrichting, terwijl Peter zich uit alle macht aan de touwladder eronder vastklampte.

De ijskoude wind in zijn gezicht was echt, het geschommel van de helikopter die hem wegdroeg was echt – maar Peter had moeite te geloven dat het werkelijk gebeurde.

De helikopter vloog over het hoofdgebouw; artsen, verplegers en ordebewaarders stroomden door de voordeur naar buiten. Ze konden alleen maar toekijken hoe Peter Conway, de Kannibaal van Nine Elms, hoog boven hun hoofden wegvloog en het met scheermesdraad beveiligde hek rondom het terrein achter zich liet.

En weg was hij – de koude, donkere avondlucht in.

66

Kate wist niet hoeveel tijd er was verstreken toen ze, ergens buiten de ruimte waarin zij zaten, een grote deur hoorde opengaan. Jake was in slaap gevallen met zijn hoofd op haar schoot. Ze legde hem voorzichtig op zijn slaapzak, stond op en liep naar de deur om te luisteren.

Toen er een harde klap klonk, opende Jake zijn ogen. Hij was meteen weer in paniek.

Kate snelde naar hem toe. 'Sst, stil maar. Het is goed, hou je maar rustig,' zei ze. Het was net zo goed voor haarzelf bedoeld als voor haar zoon.

Ze pakte de waterfles, die nog maar halfvol was, en liep ermee naar de deur.

'Wat ben je van plan?' fluisterde Jake.

'Ik ga deze fles in zijn gezicht gooien. Meteen daarna duik jij om hem heen en ren je ervandoor. Kom, klaarstaan!' Toen herinnerde ze zich de camera en drukte de fles tegen haar zij.

'Mam...?'

'Ja?'

'Je moet op zijn ballen richten. Geef die fles een flinke zwieper en knal hem dan recht in zijn kruis,' zei Jake.

'Goed idee!' zei ze. Ze zetten zich schrap toen ze hoorden hoe een paar grendels opzij werden geschoven. Kate begon alvast met de fles te slingeren. Maar toen de deur openschoof, stopte ze abrupt. Ze verloor bijna haar evenwicht en de waterfles viel uit haar hand.

In de deuropening stond... Peter Conway.

Zijn blik gleed zonder te knipperen van boven naar beneden over haar lichaam. Hij droeg een blauwe broek, een rode wollen trui en gympen. Alles leek gloednieuw: de pijpen van de broek hadden een messcherpe vouw en aan een van de gympen hing zelfs nog een prijskaartje. Kate zag dat Peters haar lang en grijs was geworden; hij had het achter zijn oren gestreken.

Toen hij naar haar glimlachte, onthulde hij een rij bruin geworden tanden. 'Hallo, Kate,' zei hij. 'Dá's een poosje geleden...'

Ze schudde haar hoofd, deed een stap naar achteren. Heel even vroeg ze zich af of ze dit droomde. Want het kón toch niet dat hij hier voor haar stond, buiten de gevangenis? 'Hoe... hoe...?' begon ze.

Hij glimlachte. 'Hoe? Wat, Kate? Hoe ik het voor elkaar krijg om er zo jong uit te blijven zien?' Hij wierp een blik op Joseph, die manisch naast hem stond te grijnzen – de man keek alsof Tom Cruise net bij hem had aangebeld of zo.

'Nee, hoe kun jij hier zijn? En waar zitten we eigenlijk?' zei Kate, terwijl ze Jake tegen zich aan trok.

'Joseph hier heeft een werkelijk geniaal plan uitgebroed. De beste plannen zijn altijd de simpelste: hij heeft gewoon een traumahelikopter ingezet,' zei hij.

Kate keek van de een naar de ander. 'Maar... maar dat heeft de politie toch zo door, als er ergens een helikopter wordt gestolen?'

'Nee hoor,' zei Joseph, die, nog steeds hevig geïmponeerd door de beroemdheid in hun midden, stond te grijnzen. 'CM Logistics, het bedrijf van mijn familie, is de eigenaar en verleaser van deze helikopter. En we zijn onder de radar naar de rand van Londen gevlogen, waar we in een weiland zijn geland. Ze zullen hem uiteindelijk wel vinden, maar dat duurt nog wel even.'

'Is dat mijn zoon?' vroeg Peter ineens. Hij leek Jake nu pas op te merken.

Kate kon geen woord uitbrengen toen hij nog wat dichterbij kwam. Zijn ogen hadden dezelfde bruine kleur die ze zich nog herinnerde, en zijn stem klonk ook nog hetzelfde.

'Heb je me niets te zeggen, jongen, na al die jaren?' Peter leek met zijn aanwezigheid de hele ruimte te vullen.

Kate keek naar Joseph. Die stond alles breed glimlachend en met een heldere blik in zich op te nemen, zichtbaar genietend van de hele situatie.

Toen Peter nog wat verder op Jake af liep, schoot Josephs hand ineens naar Kate. Hij trok haar aan haar haar de opslagruimte uit en drukte een mes tegen haar keel. 'Raak hem niet aan!' riep Kate, en ze wrong zich in alle bochten om Jake te kunnen blijven zien.

Peter stak zijn hand naar Jake uit. 'Wat een knappe jongen ben je. Je hebt dezelfde ogen als je moeder,' zei hij, wijzend naar de oranje veeg in Jakes linkeroog. 'En ik ben dus je vader.' Jake keek hem verward aan, aarzelde heel even, maar schudde toen toch Peters uitgestoken hand.

'Nee, Jake! Nee!' riep Kate.

Jake en Peter keken elkaar aan; Jake leek wel gehypnotiseerd. Dit was precies wat Kate altijd had gevreesd: dat zij elkaar zouden ontmoeten en toch een soort vader-en-zoongevoel zouden hebben. Ze verzette zich tegen Josephs greep, maar hij had haar stevig beet, met een hand in haar haar en een arm over haar borstkas.

'Laat me je tanden eens zien, jongen,' zei Peter. En hij boog zich naar voren en trok aan Jakes onderlip. Jake keek geschokt terug terwijl zijn rechte, spierwitte gebit werd onthuld.

'Poets je ze netjes tweemaal per dag?'

Jake knikte.

'Goed zo, jongen.'

Peter liet Jakes lip weer los en draaide zich om naar Kate. Hij stapte uit de opslagruimte. Kate hoopte dat hij de deur ervan achter zich dicht zou schuiven, zodat Jake veilig opgesloten zat en niets hoefde te zien, maar dat deed hij natuurlijk niet. 'Kate, Kate, Kate... Je weet waarschijnlijk al dat Joseph hier een grote fan van mijn werk is. Hij is druk in de weer geweest om mij hulde te brengen. Hij is een echte Peter Conway-adept. En hij is behoorlijk creatief geweest, vind je ook niet? Hij had alleen een beetje pech met slachtoffer nummer vier.'

'Ja, het spijt me heel erg dat dat zo is gelopen,' zei Joseph schor, met zijn mond tegen Kates wang.

'Hoe hebben jullie met elkaar weten te communiceren?' wilde Kate weten.

'Via toffees,' zei Peter met een brede grijns. 'Mijn lieve moedertje verstopte de briefjes in de snoepjes die ze tijdens haar bezoekjes altijd voor me meebracht. Ik op mijn beurt stopte mijn reacties in een lege pillencapsule, die ik achter in mijn mond verstopt hield, tussen mijn tanden en mijn wang. Als ze op bezoek kwam, mocht ik haar altijd een zoen op haar wang geven... en terwijl ik dat deed, spuugde ik mijn antwoord in haar oor. Zo simpel als de pest.'

'Maar hoe wist Enid die capsules vervolgens de inrichting uit te krijgen?'

'Ze droeg een nepgehoorapparaatje. Dat wisselde ze tussen haar oren, waarbij ze de pil erin duwde. Mijn arme moedertje werd altijd gevisiteerd, ze controleerden elke lichaamsopening met een zaklamp, maar ze hebben er dus nooit aan gedacht om dat hoorapparaatje te checken...'

Peter kwam glimlachend naar haar toe. Zijn handen gleden over haar lichaam, hij kneep in haar borsten en stopte toen zijn hand tussen haar benen.

'Ben je me soms aan het controleren op wapens?'

'Nee, ik had gewoon zin om even lekker te voelen.' Hij grinnikte. Joseph lachte mee, met zijn mond nog steeds vlak bij haar gezicht.

Kate zou haar ogen willen sluiten en zich van hen af draaien, maar ze probeerde juist Jakes blik vast te houden, die nog steeds in de geopende opslagruimte stond. Ze kromp ineen toen Peter haar trui optilde en het litteken op haar buik begon te inspecteren.

'Zo zo, da's netjes geheeld,' zei hij, terwijl hij met het puntje van zijn wijsvinger over de harde, bobbelige streep littekenweefsel ging. Toen trok hij haar trui weer naar beneden. 'Oké dan. Joseph, je weet dat ik nog meer te doen heb. Zullen we dus maar eens beginnen?'

'Da's goed,' zei Joseph, vlak bij Kates oor.

Daarop draaide Peter zich abrupt om en liep terug naar Jake. Hij greep hem bij zijn haar en trok de schoppende en schreeuwende jongen de opslagruimte uit. Joseph volgde hen met Kate.

'Blijf van hem af!' riep Kate paniekerig. 'Jij verdient het niet om ook maar één haar op zijn hoofd te mogen aanraken!'

Peter stoof op haar af. 'Schreeuw niet tegen mij, trut!' zei hij. En hij gaf haar een harde klap, recht in haar gezicht. Jake gilde het uit. De klap was zo hard dat Kate bijna flauwviel van de pijn. 'Jij bent godverdomme niet echt de Moeder van het Jaar, is het wel?'

Een paar meter van de opslagruimte stond een grote bestelbus. Toen Peter en Joseph Kate en Jake hieromheen hadden gesleurd, zag Kate pas dat ze zich in een enorme opslagloods bevonden. En in het midden daarvan stond een slaapkamer opgesteld: een soort filmset met drie wanden, die aan de achterkant door grote steunen overeind werden gehouden.

'Herken je het, Kate?' vroeg Peter. Joseph trok haar naar de kamer toe, terwijl Peter Jake aan zijn arm meesleurde.

Kates ogen vielen bijna uit hun kassen. Wat ze voor zich zag, was een perfecte kopie van de slaapkamer in haar appartement in Deptford, jaren geleden. Hij had hetzelfde behang en er was zelfs een nepraam, met daarachter hetzelfde uitzicht van toen, op een straat met een paar winkels.

'Ik heb 'm helemaal gereconstrueerd aan de hand van de plaatsdelictfoto's en alles online opgeduikeld,' zei Joseph, duidelijk trots. 'Ze hebben me zelfs even in het echte appartement gelaten, waar ik die foto van het uitzicht heb gemaakt, die ik vervolgens heb laten uitvergroten.'

Kate keek van Joseph naar Peter en toen weer naar de slaapkamer. Ze stond als aan de grond genageld: dit was compleet gestoord! Daar lag de beddensprei die ze toen had gehad, blauw met gele bloemen. Op het nachtkastje stond de lavalamp: de oranje was borrelde loom op uit de bodem; één bobbel brak zich net los en steeg langzaam op. En daar was haar kleine tv, met dat lampje erbovenop – die vreselijke Laura Ashley-lamp die Glenda haar een verjaardag eerder cadeau had gedaan.

Het bloed stolde haar in de aderen. Alle puzzelstukken vielen ineens op hun plek. 'Je hebt niet alleen Peters moorden gekopieerd,' stamelde ze. 'Ik vroeg me al af wat je na slachtoffer nummer vier zou doen... Ik was slachtoffer nummer vijf, nietwaar?'

'Ja,' fluisterde Joseph in haar oor.

'Wat is ze toch slim, hè Joseph?' zei Peter. 'Jazeker: jij zóú mijn vijfde slachtoffer zijn geworden. Of laat ik het zo zeggen: na vanavond zúl jij mijn vijfde slachtoffer zijn...' Hij zei het zo stellig, bijna alsof het iets religieus was, dat Kate het er ijskoud van kreeg.

'Waarom doe jij dit, Joseph?' wilde ze weten.

'Ik ben opgegroeid in de schaduw van een zogenaamd briljant advocaat. Mijn broer, Keir, is de eerstgeborene, de erfgenaam. Ik ben maar de reservezoon. Mijn leven lang heb ik te horen gekregen dat ik nooit een gedenkwaardig iemand zou worden, dat ik nooit in staat zou zijn tot grootse dingen, zoals mijn vader. Maar vanavond zal ik ze laten zien waartoe ík in staat ben. Mijn vader dacht Peter voor het leven te hebben opgesloten... maar nu heeft de zoon van wie hij dacht dat hij niets voorstelde hem weer bevrijd!' Kate voelde hoe Joseph over zijn hele lichaam begon te trillen. Hij greep haar nog wat steviger beet.

'En jij, Peter, wat heb jij hieraan?' vroeg ze toen. 'Je weet dat ze je gewoon opnieuw zullen oppakken.'

Peter grijnsde en haalde zijn schouders op. 'In de gevangenis is het leven alleen maar zwart of wit – ja en nee, binnen en buiten, goed en fout. Alles keurig geordend; nooit eens is er een grijs gebied. Het is natuurlijk een risico, maar ik ben er nu uit en ik mag weer meemaken hoe het is om in het grijze gebied te leven. Joseph hier gaat mij en mijn moeder een heel nieuw leven geven, op het vasteland. In ruil daarvoor help ik hem nu om zijn taak te volbrengen. Hij heeft mijn eerste vier slachtoffers al zijn hulde gebracht, nu word jij mijn vijfde. Zie het maar als een gastrol. Een soort herstart.'

'Maar Jake dan?' vroeg Kate, die vliegensvlug had nagedacht en nog een kans dacht te zien. 'Hém heb je hierbij niet nodig. Hij was nog niet eens geboren toen dit alles plaatsvond, het heeft helemaal niets met hem te maken. Laat hem gaan!'

'Nee. We hebben een getuige nodig, iemand die iedereen kan vertellen wat er precies is gebeurd – om de legende door te geven. Jij, Kate, zult dan immers dood zijn; Joseph en ik zijn er dan allang vandoor. En we kunnen er niet op vertrouwen dat de politie alle puzzelstukken op de juiste manier aan elkaar weet te passen.' Peter lachte zijn bruine tanden bloot.

Kate kreeg opeens het gevoel alsof de werkelijkheid kantelde. Het was allemaal onwezenlijk, haast surrealistisch. Ze hoorde een vreemde lach uit haar eigen keel ontsnappen.

Peters gezicht betrok. 'Wat is er godverdomme zo grappig? Jij zou nu helemaal niet moeten lachen!'

De twee mannen keken elkaar enigszins paniekerig aan.

'Jullie twee!' antwoordde Kate, nog steeds lachend.

'O ja? Dus jij vindt mij grappig, hè kutwijf?' riep Joseph. Hij draaide haar om, zodat ze hem wel móést aankijken. 'Vind je dit dan ook grappig?' Hij liet haar abrupt los en beende op Jake af. In één beweging trok hij zijn mes tevoorschijn en sneed een stukje van de bovenkant van Jakes oor af. Het was maar een heel klein stukje, maar Jake gilde het uit en klemde zijn hand tegen zijn hoofd. Het bloed stroomde meteen tussen zijn vingers door.

'Nee! Alsjeblieft!' riep Kate. Ze vloog op Jake af. Ze voelde zich meteen vreselijk schuldig dat haar zoon werd gestraft voor háár stommiteit. 'Het spijt me, het spijt me. Nee, ik vind jullie helemaal niet grappig.' Ze hield Jake vast, terwijl ze probeerde in te schatten hoe ernstig zijn verwonding was.

'Lach mij niet uit!' gilde Joseph. 'Ik kan alles kopen wat ik wil, geld zat. En alles is tegenwoordig te koop: paspoorten, een vrije doortocht... Met geld kun je vechten en chanteren, je dromen waarmaken, je fantasieën uitleven. Ik heb medelijden met mensen zoals jij. Jij hebt niets en je bent niets. En je lacht mij godverdomme niet uit!'

'Oké, oké,' zei Peter. Hij stak zijn handen naar Joseph omhoog. 'Jezus, man. Laten we eens opschieten hiermee.'

Kate keek naar de nagebouwde slaapkamer. Het lampje op het nachtkastje brandde en het bed was keurig opgemaakt. En te midden van al die angst en waanzin vond ze dat bed er opeens zo heerlijk, zo uitnodigend uitzien... Voor het allereerst wenste ze dat ze die avond, nadat ze was thuisgekomen van haar werk op die plaats delict in het Crystal Palace-park, haar tas gewoon in Peters auto had laten liggen en dat hij naar zijn eigen huis was gereden. Dan was ze lekker op die knusse matras gaan liggen en had ze de rest van haar leven probleemloos verder kunnen leven...

Toen ze weer ontwaakte uit haar dagdroom zag ze dat Peter en Joseph haar allebei stonden aan te staren. 'Waar zijn we hier?' vroeg ze opnieuw, want ze had iets bedacht. 'Waar staat deze loods eigenlijk?'

Peter begon te lachen en Joseph lachte met hem mee. 'Dat is geloof ik nog wel het geniaalste deel van het hele verhaal,' zei Peter.

Joseph trok Jake van haar weg, waarna Peter haar bij haar arm greep. Hij sleurde haar mee naar een enorme schuifdeur, drukte op een knop en hield haar stevig beet terwijl de deur langzaam zoemend openging.

De wind blies naar binnen, Kates haar wapperde rond haar hoofd. Haar mond viel open toen ze de Theems zag blinken, met daarachter de Londense skyline die twinkelde in de nacht en de schoorstenen van de Battersea-kolencentrale die wel vanuit het water leken op te doemen. 'Nine Elms Lane...' stamelde ze.

'Juist, en niet zomaar ergens aan Nine Elms Lane,' fluisterde Peter in haar oor. 'Nee, dit is de exacte locatie van Autosloperij Nine Elms, een terrein dat tegenwoordig het eigendom is van CM Logistics en door dat bedrijf is herontwikkeld. Jouw treurige slaapkamertje daarachter staat exact op de plek waar ik in 1993 het lichaam van Shelley Norris heb gedumpt...'

Kate probeerde zich los te wurmen. 'Jij! Je bent echt volkomen gestoord,' beet ze hem toe.

'Jazeker,' zei hij. En hij draaide haar om, zodat ze hem wel móést aankijken. 'Ik heb altijd gedacht dat dát juist was wat je zo in mij aantrok.'

De koude wind liet de grote deur kreunen.

Kate zag Joseph op haar af komen. 'Waar heb je Jake gelaten?' vroeg ze.

Toen hoorde ze een klikgeluidje en zag ze de taser in zijn hand. Toen ze naar beneden keek, zag ze twee draden in de voorkant van haar trui steken. Het volgende moment schoot er een ondraaglijke pijn door haar hele lichaam. Ze verstijfde en werd vervolgens overspoeld door duisternis.

Kate kwam bij en rook een sterke ammoniakgeur. Haar ogen vlogen open. Joseph deed een stap naar achteren. In zijn hand hield hij het potje vlugzout dat hij had gebruikt om haar weer tot leven te wekken.

Ze lag op het bed van haar nagemaakte oude slaapkamer en droeg een witte badstof badjas. Peter zat boven op haar en hield met zijn knieën haar armen klem langs haar zij, net als zo veel jaar geleden. Hij had een lang, dun mes in zijn hand.

Op de plaats van de vierde wand stond Joseph met een videocamera alles te filmen. Naast hem zat Jake, met zijn armen en benen met tape vastgebonden op een keukenstoel.

Ondanks zijn gevorderde leeftijd en het onvermijdelijke spierverlies was Peter nog steeds erg sterk. Hij leunde met zijn hele gewicht op haar en Kate gilde het uit van de pijn.

Deze situatie escaleerde wel heel snel: ze had niet eens tijd om na te denken. Peter had haar destijds met dat mes gesneden – en dat zou hij nu dus ook weer gaan doen. Op de vloer naast de camera zag ze een fles water staan, met een rol tape, een schaar en een taser ernaast.

'Draait de camera?' informeerde Peter.

Joseph stak beide duimen naar hem op.

Jakes ogen waren groot van angst en hij kronkelde wild op zijn stoel. Kate probeerde in te schatten of hij eventueel bij de taser zou kunnen, maar hij zat er te ver vandaan én hij zat vastgeplakt aan die stoel.

'Er is nog iets wat niet klopt,' zei Peter traag. En hij klemde het mes tussen zijn bruine tanden en trok Kates badjas open. Eronder was ze naakt.

Kate slaakte een kreet en kreeg tranen in haar ogen. Wat een vernedering, onder de ogen van haar eigen tienerzoon! 'Nee,' riep ze. 'Nee!'

Peter trok de punt van het mes heel licht over haar tepels en ging toen omlaag, naar het litteken. 'Jazeker, dat hebben ze mooi dichtgenaaid,' zei hij.

Joseph grinnikte vanaf zijn plek achter de camera.

Toen Peter zag dat Jake op de stoel naast Joseph zijn ogen sloot, schreeuwde hij: 'Doe die ogen open, jongen! Jij doet godverdomme nu je ogen open, anders máákt Joseph ze voor je open – met zijn mes!'

Jake begon te huilen en worstelde weer om los te komen – maar hij opende zijn ogen wel.

Peter tilde het lemmet op en zette de punt op het ene uiteinde van Kates litteken. 'Herinner je je de pijn nog?' vroeg hij. 'Ik heb wel eens gehoord dat het lichaam dat soort dingen niet kan onthouden.' Hij stond op het punt om het mes in haar buik te steken.

'Nee, Peter! Wacht!' riep Kate, in een poging om nog wat tijd te rekken. Er was haar iets ingevallen. Ze hoopte dat ze de kracht zou hebben om het door te zetten.

'Wat nou weer?' vroeg Peter.

'Je bent nóg iets vergeten! En als Joseph wil dat dit helemaal authentiek is...'

'Welnee. Ik ben helemaal niets vergeten,' zei hij nors.

'Nee, nee, nee. Het is niet goed! Stop nou! Zo gaat het helemaal verkeerd,' riep ze.

'Wacht even, hoor,' zei Joseph nu. En hij kwam achter de camera vandaan en liep op hen af. 'Wat is er dan?'

Peter leunde nog wat zwaarder met zijn knieën op haar polsen, zijn benen drukten haar buik bijna plat. De pijn was scherp en doordringend, maar Kate bleef haar gezichtsuitdrukking neutraal houden.

'Het is eh... Nou ja, het is nogal gênant.'

'Wát is het dan?' vroeg Joseph.

'Peter weet wel waar ik het over heb,' zei ze.

'O ja?' zei Peter. Hij leek inmiddels toch behoorlijk in verwarring gebracht.

'Ja. Die avond dat je me hebt neergestoken... Toen heb ik nog iets tegen je gezegd. Ik eh... ik heb je gesmeekt... om me te laten leven...' De pijn van Peters volle gewicht op haar polsen was nu bijna ondraaglijk.

'O, oké,' zei Joseph, 'dan beginnen we opnieuw.' Hij ging weer achter de camera staan. 'En... actie!'

Kate kantelde haar hoofd, als voorbereiding om te gaan fluisteren; Peter boog zich naar haar toe, met nog meer druk op haar polsen als gevolg. Het voelde alsof ze allebei gingen knappen.

Kate keek naar de huid van Peters hals. Die was in de loop der jaren veranderd, van strak en jeugdig naar gerimpeld als crêpepapier. Ze zag de aderen erdoorheen schemeren en kon zelfs zijn hart onder het losse vel zien kloppen.

'Jij... jij gaat sterven,' gromde Peter, waarna hij breed grijnzend nog wat dichterbij kwam.

Kate zette haar lippen tegen zijn oor. 'Nee, jij gaat wegrotten in dat gekkenhuis, verachtelijke schoft die je bent,' fluisterde ze terug. En toen opende ze haar mond, zette haar tanden in Peters lubberende keelvel en beet zo hard als ze kon. Ze voelde de huid scheuren, waarna het bloed uit zijn halsslagader begon te spuiten.

Peter liet het mes vallen; het kletterde op de grond.

Jake begon ijselijk te gillen, terwijl Kate nog harder doorbeet. Ze bleef vasthouden en schudde haar hoofd erbij heen en weer als een vechthond.

'Laat me los! Help!' riep Peter, die zich paniekerig los probeerde te rukken. Met een enorme oerkreet lukte hem dat uiteindelijk. Hij greep meteen naar zijn hals; het bloed gutste eruit. Ook Kates gezicht en ogen zaten onder Peters bloed.

Joseph, die wel in shock leek en mechanisch was blijven filmen, rende nu pas op Peter af om hem te helpen. Daarop vloog Kate van het bed af, liet zich over de vloer glijden en griste de taser van de grond. Ze draaide zich om, richtte en schoot – recht in Josephs nek. Met een kreet viel hij naar voren, kronkelend en graaiend naar de draden.

Kate wachtte geen moment langer. Ze knoopte haar badjas dicht, raapte de schaar op en begon Jake ermee los te knippen.

Met witte knokkels kneep Tristan in de kruk van de deur achter in de politieauto. Sirenes gilden, lichten flitsten. Aan zijn rechterhand stroomde de Theems, de lampen van de bouwkranen erboven weerkaatsten in het donkere water. Er hadden zich nog vier auto's van de Metropolitan Police bij hen aangesloten; daar vlak achter volgden twee ambulances. Varia Campbell zat op de passagiersstoel, John Mercy reed. Tristan, die nooit eerder in Londen was geweest, bedacht dat deze krankzinnige race naar een opslagloods aan Nine Elms Lane wel de merkwaardigste, meest bloedstollende kennismaking met de stad moest zijn.

'Volgende afslag rechts,' riep Varia boven het geluid van de sirenes uit.

Er waren twee dingen die hen op het spoor hadden gezet van de locatie waar ze Kate en Jake dachten te kunnen vinden. Ten eerste had de geldautomaat voor de surfwinkel een beeld opgevangen van een lange, roodharige man die kwam aanrijden in een wit busje – met nummerplaten die als gestolen bleken te zijn opgegeven. Ten tweede had Varia het bericht van Alan Hexham doorgekregen over de vergissing met de namen Castle en Castle-Meads.

En toen was datzelfde witte busje ook nog eens gefilmd door een bewakingscamera op het moment dat het Londen binnenreed.

De rest was Tristans verdienste. Hij had het open boek gevonden dat Kate op de vloer van haar woonkamer had laten vallen, met de foto van de familie Castle-Meads erin. Ze hadden Joseph Castle-Meads nog maar net geïdentificeerd toen de melding binnenkwam dat Peter Conway was ontsnapt uit Great Barwell. Toen was alles op zijn plek gevallen.

Tristan had Varia gevraagd alle Londense locaties van elke door Peter Conway gepleegde moord te checken, waarna ze hadden ontdekt dat er tegenwoordig boven op de plaats van de allereerste moord een opslagloods stond die eigendom bleek te zijn van CM Logistics, het bedrijf van de familie Castle-Meads...

Met piepende banden draaiden ze van Nine Elms Lane af, de verlaten parkeerplaats van een gigantische loods op. Terwijl ze op het laadplatform af scheurden, schoof een grote deur in de zijkant van het gebouw langzaam open. Een met bloed besmeurde vrouw op blote voeten kwam eruit gerend, met in haar armen een tienerjongen met vastgebonden armen en benen.

'Daar heb je ze! Kate en Jake!' riep Tristan opgewonden.

De politieauto kwam tot stilstand, geflankeerd door de andere auto's en ambulances. Tristan sprong eruit en rende op hen af. 'O, mijn god! Waar ben je allemaal geraakt?' riep hij doodongerust.

'Dat bloed is niet van mij! Ik ben helemaal in orde,' riep Kate terug, en ze veegde wat van het bloed van haar gezicht. Toen begon ze te huilen, net als Jake, die zich vastklampte aan zijn moeders badjas.

De medewerkers van de ene ambulance renden op Tristan, Kate en Jake af. 'Peter Conway en Joseph Castle-Meads zijn nog binnen,' zei

Kate buiten adem. 'En Peter is gewond... Omdat ik hem heb gebeten.'

Tristan rende samen met een paar ambulancemedewerkers en politieagenten de loods in. Het eerste wat hij zag, was het krankzinnige tafereel van de nagebouwde slaapkamer, met de camera op zijn driepoot ervoor. Naast het bed lag Peter Conway op het beton, met zijn hand aan zijn hals, waar het bloed nog steeds uit gutste. In zijn andere hand hield hij een mes. En naast hem lag Joseph Castle-Meads, amper bij kennis en verstrikt in de draden van een taser.

'Als jullie dichterbij komen, vermoord ik hem. Ik rits hem helemaal open!' dreigde Peter, en hij drukte het mes tegen Josephs keel.

'Weg met dat mes, anders schieten we,' klonk een stem door een megafoon.

Achter Tristan waren intussen vier agenten van de bewapende interventie-eenheid binnengekomen. Ze droegen geweren en beschermende kleding met een helm. Daarachter verschenen Varia en hoofdagent Mercy. Zij trokken Tristan weg en duwden hem in de richting van de deur.

Peter drukte het lemmet nog wat harder tegen Josephs keel. 'Ik vermoord hem, hoor! Ik maak hem verdomme af!' riep hij. 'En ik ben hier aan het doodbloeden, godverdomme!'

De bewapende agenten kwamen dichterbij en omsloten Peter en Joseph, met hun geweren in de aanslag.

Bloed borrelde op tussen de vingers van Peters rechterhand en sijpelde over de rechterkant van zijn lichaam. Het mes in zijn linkerhand begon te trillen. 'Ik... ik bloed dood!' riep hij met een dramatisch haperende stem.

'Laat dat mes vallen, anders schieten we,' herhaalde de stem via de megafoon.

Peter keek naar de gewapende eenheid en toen door de openstaande deur naar de politieauto's en ambulances die buiten de loods op hem stonden te wachten. 'O, fuck! Verrek allemaal ook maar,' zei hij. En hij haalde het mes van Josephs keel en smeet het van zich af. Het belandde met een luid gerinkel op de betonvloer.

Joseph begon intussen langzaam bij te komen. Hij probeerde overeind te krabbelen en te vluchten, maar gleed uit in de plas van Peters bloed en viel met een gesmoorde kreet plat op zijn rug. Twee van de bewapende agenten maakten zich los uit de kring en grepen hem.

'Ik heb hulp nodig! Ik bloed!' riep Peter weer, waarna hij ineenzakte op de vloer.

De derde gewapende agent vloog op hem af en controleerde vlug of hij nog meer wapens op zak had voordat hij het mes opraapte.

Toen pas riep het bewapende team de ambulancemedewerkers verder, die Peter meteen onder handen namen en een drukverband aanbrachten.

Varia en Mercy liepen naar Joseph. 'Joseph Castle-Meads, ik arresteer u bij dezen voor de moorden op Emma Newman, Kaisha Smith, Layla Gerrard, Abigail Clarke en agent Rob Morton...' begon Varia.

'De camera moet uit!' onderbrak Joseph haar met een wilde blik, terwijl Mercy zijn handen op zijn rug draaide en hem de handboeien omdeed.

'Ik arresteer u tevens voor de ontvoering van Kate en Jake Marshall en voor het helpen ontsnappen van iemand die u bekend was als crimineel. U hoeft niets te zeggen, maar het zou uw verdediging kunnen schaden als u nu iets verzwijgt waar u later voor de rechter op wenst terug te grijpen. Alles wat u zegt, kan echter tevens als bewijs tegen u worden gebruikt,' maakte Varia haar verhaal af.

'Zet die camera uit...' jammerde Joseph nu. 'Zo had het niet moeten lopen!'

Hij werd afgevoerd door Mercy en twee geüniformeerde agenten.

Peter was weer rustig en staarde somber voor zich uit. Het ambulancepersoneel had ook nog een infuus aangebracht en legde hem nu op een brancard.

Tristan liep naar de camera op zijn standaard, Varia kwam naast hem staan. Samen keken ze ontzet naar de replica van Kates slaapkamer.

'Mijn god, zoiets heb ik nog nooit gezien!' zei Varia. 'Het is echt precies Kates slaapkamer van de plaatsdelictfoto's uit 1995.'

Tristan, die vooral benieuwd was wat de camera had gefilmd, stak zijn hand er al naar uit, maar Varia riep: 'Nee, niet aanraken! Eerst moet de forensische dienst erbij.'

'Oeps, sorry. Beginnersfout,' zei hij, en hij trok vlug zijn hand terug.

Varia glimlachte naar hem. 'Goed werk, hoor! Zonder jouw hulp hadden we hen niet gevonden.'

Tristan voelde zowel trots als opluchting. Toen haastte hij zich de loods uit en beende naar de parkeerplaats.

Daar stonden ze, naast de grote loods: Kate en Jake, gewikkeld in een grote deken. Ze waren al gecontroleerd door de ambulancemedewerkers; ze verkeerden natuurlijk in shock, maar zouden het wel redden. Toen Kate voelde dat Jake trilde, trok ze de deken nog wat dichter om hen heen.

Ze keken naar Joseph Castle-Meads, die gehandboeid langs hen werd geleid en vervolgens achter in een van de politieauto's werd gezet. Hij had het zo druk met schelden en tieren tegen de agenten dat hij Kate en Jake niet eens zag staan.

Een paar ogenblikken later haastten twee ambulancemedewerkers zich uit de loods naar buiten, met een brancard met daarop Peter Conway. Hij lag op zijn linkerzij en had een gigantisch verband om zijn bebloede nek, dat de hele rechterkant van zijn gezicht bedekte. Toen ze langs Kate en Jake kwamen, riep hij ineens: 'Ho, stop!'

De brancard kwam vlak naast hen tot stilstand. Met één oog en een bebloed gezicht keek Peter naar hen op. Toen stak hij een bebloede hand uit; bovenop zat een infuusnaald. 'Jake,' zei hij schor, 'je moet me eens komen opzoeken. Ik ben tenslotte je vader... We zijn bloedverwanten.' Zijn stem klonk maar zwak, maar zijn ene oog glinsterde er kwaadaardig bij.

Kate verstijfde en keek naar Jake, die Peter aanstaarde alsof hij hem voor het allereerst echt zag. 'Vader?' herhaalde hij.

'Jazeker, ik ben jouw vader.' Peter glimlachte.

Toen wisselden ze een blik – een blik van herkenning tussen vader en zoon.

'Kom, we moeten jou snel naar het ziekenhuis zien te krijgen,' zei een van de ambulancebroeders.

'Ik hou van je, zoon,' riep Peter nog, waarna hij gehaast naar de klaarstaande ambulance werd gereden.

Pas toen de ambulancedeuren waren gesloten en de ambulance wegreed, kon Kate weer ademhalen. Ze keek naar Jake. 'O Jake, dat spijt me zo... Gaat het wel?'

'Ja hoor,' zei hij. Toen keek hij naar haar op. 'Ik wil hem nooit meer zien, mam.'

Kate gaf een kus op zijn hoofd en trok hem dicht tegen zich aan. Ze was er niet erg van overtuigd dat Jake die houding zou kunnen volhouden. Want hoe klein en aarzelend ook: hij hád een connectie met Peter gemaakt. Over een paar jaar zou ze machteloos staan als hij zijn vader wilde zien.

Honderdtwintig kilometer verderop zat Enid Conway te wachten, op een houten bankje op een kleine steiger in de schaduw van de haven van Portsmouth. Het was nog best lastig geweest om er te komen: ze had er helemaal voor over een smal modderpad langs de met riet begroeide oever moeten lopen.

Bij haar voeten stond de kleine koffer. Ze zat overdreven rechtop, omdat anders de geldbuidel met daarin de paspoorten en een kwart miljoen aan bankbiljetten pijnlijk in haar huid sneed. Ze droeg open schoenen met een hoge sleehak van kurk. Niet het meest praktische schoeisel, maar ze pasten niet meer in de koffer, dus had ze ze maar aangetrokken. Naast haar op het bankje lag een zonnehoed. Want ook al was het al oktober, in Spanje zou het nog lekker warm zijn. De hoed was van licht gekleurd stro. Die had ze speciaal uitgekozen om te passen bij haar kapsel, dat weldra lichtblond zou zijn. Ze rilde. Ook haar kleding was bedoeld voor warmer weer. De kou kroop tussen haar dunne vestje en haar rug omhoog.

Er was haar gezegd te wachten op een kleine vissersboot, die om half drie in de ochtend zou arriveren, met aan boord een gezette man met een grijze baard, ene Carlos. Terwijl ze uitkeek over het stille water van de haven, zag ze echter niets anders dan een grote tanker die een wolk dikke rook uitbraakte.

Ze stond op en begon te ijsberen. Ze vervloekte de geldbuidel, die steeds erger in haar vel sneed. Ze waren al een uur te laat, dacht ze, toen ze op haar horloge keek. Ze hadden gewaarschuwd dat er misschien nog wat oponthoud zou zijn, maar ondanks de kou begon ze nu toch ook te zweten van de zenuwen.

Toen zag ze aan de rand van de haven ineens een lichtje verschijnen, dat over het water op haar af kwam. Het bewoog zich vrij snel voor een vissersboot, maar ze voelde zich meteen opgelucht – en opgewonden. Peter zou nog niet op deze boot zitten, ze zouden elkaar treffen op een grotere boot, een paar mijl op zee. Maar dan zouden ze weer bij elkaar zijn!

Enid pakte haar koffer en haar hoed en checkte nog een keer of de geldbuidel nog goed zat. Toen liep ze op haar hoge hakken voorzichtig over het rottende hout naar het einde van de houten steiger.

Pas toen de boot vlakbij was, zag en hoorde ze dat het geen vissersbootje was, maar een speedboot – met het woord POLITIE op de zijkant.

In paniek pakte Enid het handvat van haar koffertje en rende ervandoor: terug over de steiger naar de oever, waar ze hen hoopte te kunnen kwijtraken tussen de duizenden vierkante meters hoog riet. Maar de rand van een van haar schoenen bleef haken achter het ongelijke hout, en vlak bij de rand van de aanlegsteiger struikelde ze. Haar armen molenwiekten in het rond, waarna ze haar evenwicht verloor en met een enorme plons in het troebele water belandde.

'Klootzakken!' riep ze, en ze dacht aan al dat geld en hun paspoorten, die nu onder water lagen. Ze probeerde weg te zwemmen en kreeg daarbij een mondvol smerig water binnen.

Een fel licht werd op haar gericht. Vervolgens plofte er een lange stok in het water en zat er opeens een grote plastic hoepel om haar heen. Zo werd Enid uit het water gevist en in de speedboot gedumpt, waar ze werd begroet door twee politieagenten.

'Enid Conway, ik arresteer u wegens samenzwering tot het plegen van fraude en moord...' begon een van de agenten. De andere deed intussen zijn best om de plastic hoepel van haar schouders te halen. Ze gaf hem een klap in zijn gezicht.

'... En voor verzet bij uw arrestatie en het aanvallen van een politieagent,' vulde de eerste meteen aan.

Enid leunde druipend van het water achterover, terwijl ze haar rechten te horen kreeg en haar de handboeien werden omgedaan. Ze wist dat alles voorbij was, maar weigerde deze twee te laten zien dat ze eigenlijk vreselijk moest huilen.

67

Twee weken later

De begraafplaats van Chew Magna lag er prachtig bij op deze frisse novemberochtend. Kate, Tristan en Jake arriveerden precies aan het begin van de dienst. Ze lieten zich vlug op een bank achter in de kerk glijden, die tot de nok toe was gevuld met belangstellenden. Bij de ingang, achter de kerkbanken, stonden een paar journalisten en fotografen te wachten.

Kate zag Sheila en Malcolm op de voorste rij zitten, geflankeerd door hun buren en vrienden. Hoe afschuwelijk deze gelegenheid natuurlijk ook was, ze vond Sheila er wel beter uitzien dan bij hun vorige ontmoeting, toen ze vastzat aan dat dialyseapparaat. Haar huid zag bleek, maar Kate zag toch ook een lichtroze blosje. Sheila hield haar mans hand met twee handen vast.

Caitlyns kist stond op een verhoging bij het altaar, omringd door een zee van bloemen – rozen, lelies en anjers.

'Ik zie onze bos ook liggen,' fluisterde Jake in Kates oor, en hij wees naar de lelies die zij de familie hadden gestuurd.

Caitlyns stoffelijke resten waren geïdentificeerd aan de hand van haar gebitsgegevens, en DNA dat was afgenomen van haar ouders. Ook al was Kate niet degene geweest die Sheila en Malcolm het nieuws had mogen brengen, toch kon ze zich heel goed voorstellen hoe zij zich moesten hebben gevoeld toen ze hoorden dat hun dochter na vijfentwintig jaar alsnog was gevonden. Na al die tijd zouden ze nu eindelijk fatsoenlijk om haar kunnen rouwen.

Kate vond de dienst erg ontroerend. Het laatste lied was 'Ave Maria'. En hoewel ze niet gelovig was, begreep ze tijdens het beluisteren van de prachtige, maar beklemmende tekst hoe belangrijk het voor Malcolm en Sheila was dat Caitlyns stoffelijk overschot nu eindelijk was gezegend en werd begraven onder het wakend oog van een hogere macht.

Tijdens het laatste couplet dat werd gezongen, werd Caitlyns kist langzaam door het gangpad naar buiten gedragen, naar de begraafplaats. Kate pinkte een traan weg en zag dat Tristan hetzelfde deed.

Sheila en Malcolm hadden aangegeven hun laatste momenten met Caitlyn alleen te willen doorbrengen, als ze haar kist in zijn laatste rustplaats lieten zakken. Terwijl de kerk langzaam leegliep, hoorde Kate enkele bezoekers tegen elkaar zeggen dat de afsluitende koffietafel in de plaatselijke pub zou worden gehouden. Zij, Jake en Tristan besloten aan het begin van de begraafplaats even op Sheila en Malcolm te wachten.

'Wat gebeurt er nu met hem?' verbrak Jake de stilte. 'Met Peter?'

'Die ligt momenteel nog in de ziekenhuisvleugel van Great Barwell. Maar hij zal volledig van zijn verwondingen herstellen,' zei Kate. 'Daarna wordt hij beoordeeld, om te bepalen of hij in staat is terecht te staan voor de moord op dokter Baxter.'

'En hopelijk ook die op Caitlyn,' vulde Tristan aan.

Paul Adler was kort nadat Caitlyns stoffelijk overschot was geïdentificeerd opgepakt. De politie was zowel zijn woning als de apotheek binnengevallen, waar ze nog meer bewijzen van zijn connectie met Peter Conway hadden gevonden, evenals nog meer foto's van jonge vrouwen. Dankzij de vondst van Caitlyns lichaam en de daaropvolgende media-aandacht voor de zaak hadden zich nog meer vrouwen gemeld met verhalen over seksueel misbruik door deze twee mannen. Dat was een positieve ontwikkeling, maar nog slechts het begin.

'Gaat Joseph uiteindelijk naar dezelfde inrichting als P-Peter?' vroeg Jake.

Had hij nu op het punt gestaan om 'pap' te zeggen, maar had hij zichzelf nog net op tijd tegengehouden? dacht Kate. Welnee, als ze het over hem hadden (dat wil zeggen: als het niet anders kon) noemden ze hem altijd gewoon 'Peter'.

'Nee. Oorspronkelijk waren daar wel plannen voor, maar het leek de politie beter om hen gescheiden te houden,' zei Kate. Ze vroeg zich af of Joseph Castle-Meads ooit geschikt zou worden bevonden om terecht te staan. Zijn familie was er natuurlijk meteen met de allerbeste advocaten bovenop gedoken en zette al haar connecties in. De pers zou zich niet verlekkerd kunnen uitleven op elitefiguren als Tarquin Castle-Meads en zijn zoon.

Terwijl ze bij het hek van het kerkhof stonden te wachten, kwamen er een man en een vrouw op hen af. Ze waren goedgekleed, in de vijftig en de camera om de nek van de man deed Kate vermoeden dat ze van de plaatselijke pers waren. Ze was meteen op haar hoede.

'Kate Marshall, zouden we u even mogen spreken?' vroeg de vrouw. Ze had een kleine dictafoon in haar hand.

'Sorry, maar nee,' zei Kate.

'Ik wil alleen maar even uw reactie, meer niet,' zei de vrouw. 'U hebt waarschijnlijk wel gelezen dat Tarquin Castle-Meads, QC, en zijn vrouw zijn teruggekeerd naar Groot-Brittannië, vanwege het nieuws dat hun zoon de seriemoordenaar van vier jonge vrouwen blijkt te zijn, geïnspireerd door een bizar voornemen om de moorden van de Kannibaal van Nine Elms zo nauwkeurig mogelijk opnieuw uit te voeren. Diverse nieuwsbronnen hebben in dit verband aangehaald dat Tarquin Castle-Meads destijds, tijdens het oorspronkelijke Kannibaal van Nine Elms-proces, uw relatie met Peter Conway sterk bekritiseerde. Voelt het voor u als een vorm van gerechtigheid dat hij nu gedwongen wordt te erkennen dat zijn eigen zoon eveneens een seriemoordenaar is?' Ze stak haar dictafoon onder Kates neus en keek haar met grote, gretige ogen aan.

Kate dacht aan alle keren dat mensen zich tegen haar hadden uitgesproken. Ze kon deze verslaggeefster zó een sappig citaat leveren en daarmee wraak nemen. Maar ze wilde het niet. Ze wilde gewoon verder met haar leven. 'Geen commentaar,' zei ze.

'En Enid Conway dan? De politie heeft er moeite mee voldoende bewijsmateriaal te vinden om haar aan te klagen. Weet u hoe zij in Great Barwell met Peter communiceerde? En hoe denkt u erover dat deze vrouw – die in wezen min of meer uw schoonmoeder is – daardoor hoogstwaarschijnlijk een vrij mens zal blijven?'

Kate weerstond ook de neiging om op te dissen hoe Enid als een verdronken rat uit de haven van Portsmouth was gevist. Ze had zelf wel degelijk veel voldoening uit dat verhaal gehaald en er hartelijk om gelachen, maar ze koos opnieuw voor de diplomatieke weg. 'Sorry, geen commentaar.'

'En ten slotte: hoe voelt u zich erbij dat Peter Conway, de Kannibaal van Nine Elms, het alwéér heeft overleefd? Die man is kennelijk niet kapot te krijgen! Het zal niet lang meer duren of hij wordt ontslagen uit het ziekenhuis en weer overgedragen aan de reguliere zorg van Great Barwell.'

Hier had Kate zo verschrikkelijk veel gevoelens bij: schuldgevoel, ontzetting, angst... Ze zou nooit iemand dood wensen, maar toch: het zou een enorme opluchting zijn geweest als Peter Conway tijdens deze actie gewoon was overleden. 'Geen commentaar,' zei ze.

Ze zag niet dat Sheila en Malcolm intussen op hen af kwamen lopen, nog met tranen in hun ogen na hun definitieve afscheid van Caitlyn. 'Kom, wegwezen nu,' zei Malcolm kalm tegen de journalisten, die Kate daarop met tegenzin met rust lieten en wegliepen.

'Ik weet dat we het al vaker hebben gezegd,' zei Sheila, 'maar heel erg bedankt, Kate. En jij natuurlijk ook, Tristan.' Ze omhelsde hen allebei. 'Het is voor mij... Te weten dat ze nu eindelijk te rusten is gelegd... Dat ik gewoon naar haar graf kan gaan, op een bankje gaan zitten en met haar praten...' Ze kreeg opnieuw tranen in haar ogen.

'Als we ooit iets voor jou kunnen doen...' zei Malcolm. 'Viel die verslaggeefster je daarnet lastig, die van het plaatselijk sufferdje?'

'Nee hoor. Ik ben ze wel erger tegengekomen,' zei Kate.

'Je zult wel blij zijn geweest met dat artikel in de *Guardian*. Wij vonden het nogal moeilijk om te lezen, maar het liet wel goed zien wat een geweldige privédetective je bent. Net als jij trouwens, jongen,' voegde hij er voor Tristan aan toe.

Sheila opende haar handtas. 'We wilden jullie twee dit geven,' zei ze, en ze gaf Kate een envelop.

Kate maakte hem open. Er zat een cheque van vijfduizend pond in.

'Nee nee,' zei ze, 'dat kunnen we niet aannemen', en ze wilde Sheila de envelop teruggeven.

'Het komt uit een overheidsfonds voor slachtoffers van criminaliteit... vanwege Caitlyns overlijden,' zei Sheila. 'We willen graag dat jij en Tristan het krijgen. Om de kosten te dekken die jullie ongetwijfeld hebben gemaakt, maar ook in de hoop dat jullie je werk zullen voortzetten. Jullie waren onze allerlaatste hoop en dankzij jullie speurwerk is ons meisje toch nog gevonden.'

'Alsjeblieft, neem het aan. En doe er iets goeds mee,' zei Malcolm.

Ze omhelsden elkaar nog een keer, en toen vertrokken Sheila en Malcolm.

Kate, Tristan en Jake bleven nog even staan. Toen ze terugliepen naar de auto brak de zon ineens door.

Jake pakte Kates hand. 'Hier kent toch niemand me,' zei hij erbij.

'Mij hoor je niet klagen. Binnenkort ben je volwassen en wíl je mijn hand helemaal niet meer vasthouden,' zei Kate met een glimlach.

'Wie heeft er zin in fish-and-chips?' vroeg Tristan toen.

'Ik, ik, ik!' riep Jake. 'Ik ben gek op die frietzaak in Ashdean!'

'Maar die is hier kilometers vandaan!' zei Kate.

'Dan zoeken we er nu eentje hier in de buurt,' zei hij. 'Maar als ik over twee weken terugkom, gaan we dan weer naar die in Ashdean?'

'Natuurlijk,' zei Kate terwijl ze instapten. Jake had gevraagd of hij wat vaker bij haar mocht logeren, en Glenda had het goedgevonden.

'Oké dan: op naar de dichtstbijzijnde snackbar! We moeten ook nog vieren dat we nu officieel professionele privédetectives zijn,' zei Tristan.

Kate knikte en glimlachte. Ze maakte zich vaak zorgen over de toekomst, en hoe Jake in de komende jaren zou omgaan met het trauma van wat hij allemaal had meegemaakt. Maar voorlopig was hij gewoon een vrolijke jongen die van frietjes hield.

Ze sprak met zichzelf af dat ze die vrolijkheid zou proberen vast te houden, en dat ze moest proberen te onthouden dat het licht het altijd won van de duisternis.

Lees meer van

ROBERT BRYNDZA